UNE HAINE AVEUGLE

DU MÊME AUTEUR
CHEZ POCKET

L'ÉNIGME DE RACKMOOR
LE CRIME DE MAYFAIR
LE VILAIN PETIT CANARD
L'ÉNIGME DU PARC
LES CLOCHES DE WHITECHAPEL
LA JETÉE SOUS LA LUNE
LE MYSTÈRE DE TARN HOUSE
LES MOTS QUI TUENT
LA NUIT DES CHASSEURS
L'AFFAIRE DE SALISBURY
MEURTRE SUR LA LANDE
L'AUBERGE DE JÉRUSALEM

MARTHA GRIMES

UNE HAINE AVEUGLE

Traduit par Alexis Chaupon

Presses de la Cité

Titre original :

THE CASE HAS ALTERED

Le Code de la propriété intellectuelle n'autorisant aux termes de l'article L. 122-5, 2e et 3e a), d'une part, que les « copies ou reproductions strictement réservées à l'usage privé du copiste et non destinées à une utilisation collective » et, d'autre part, que les analyses et les courtes citations dans un but d'exemple ou d'illustration, « toute représentation ou reproduction intégrale ou partielle faite sans le consentement de l'auteur ou de ses ayants droit ou ayants cause est illicite » (art. L. 122-4).
Cette représentation ou reproduction, par quelque procédé que ce soit, constituerait donc une contrefaçon sanctionnée par les articles L. 335-2 et suivants du Code de la propriété intellectuelle.

© 1997 by Martha Grimes.
© Presses de la Cité 1999, pour la traduction française.

ISBN 2-266-11871-4

À la mémoire de Lucille Holland

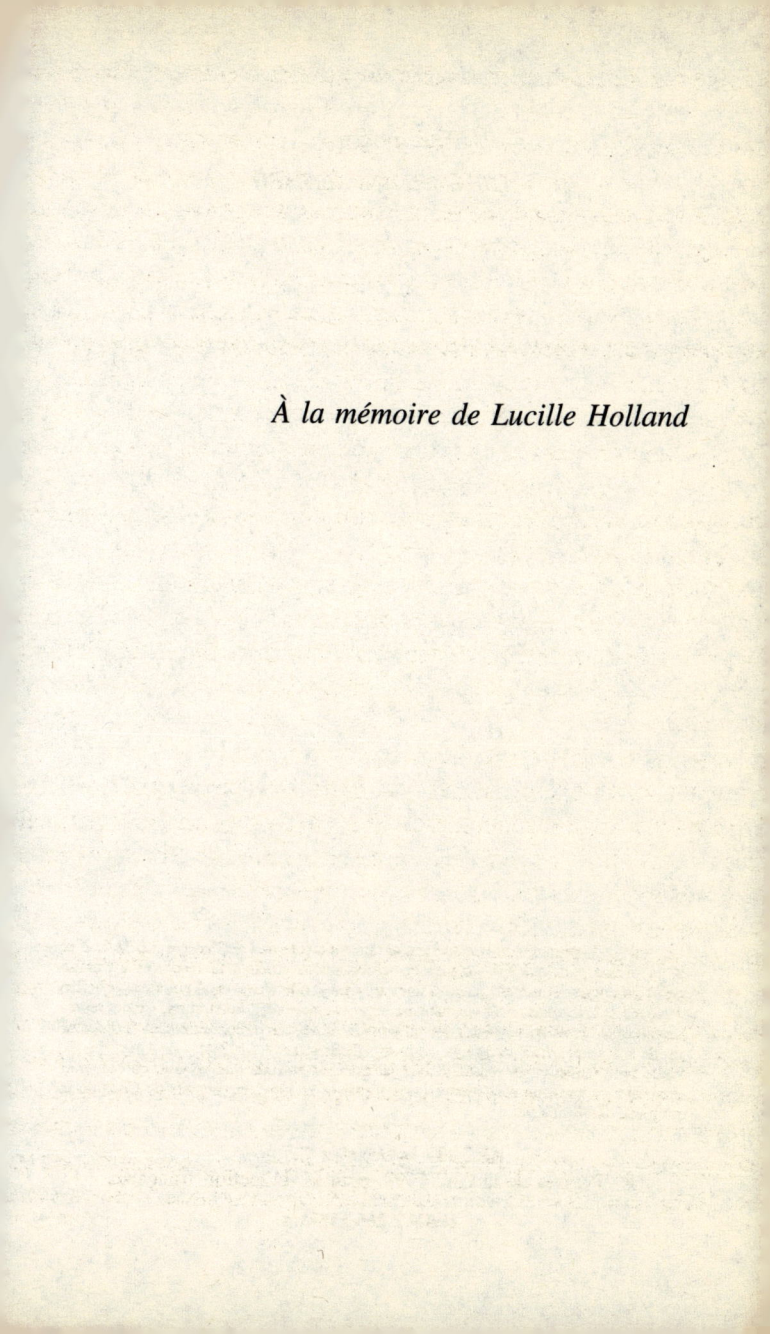

PREMIÈRE PARTIE

« DORCAS EST CONSENTANTE... »

1

Dorcas détestait les marais.

Un no man's land, dès qu'on avait dépassé le pub dont les carreaux givrés luisaient derrière elle telle une rangée d'empreintes de doigts dorées, les seules autres lumières étant celles des rares voitures qui circulaient sur l'A17. L'infinie monotonie des marais était déjà poignante en plein jour, la nuit elle donnait le frisson. Dorcas ne cessait de regarder par-dessus son épaule ; elle ne voyait que la vaste étendue noire et les lumières minuscules du pub.

C'était par une froide nuit d'hiver, vers la mi-février, il n'était guère plus de onze heures. Dorcas traversait le marais Wyndham. Ses pieds s'enfonçaient dans le sol détrempé que les pluies ininterrompues rendaient encore plus spongieux. Elle n'aurait jamais dû mettre ces talons, quatre centimètres, je vous demande un peu, mais ça lui donnait de jolies jambes. Elle était convaincue qu'il y avait des sables mouvants, même si les gens avaient beau dire que c'était une terre marécageuse, spongieuse et détrempée, certes, mais pas au point de vous aspirer. Il y a un commencement à tout, songea Dorcas.

Le pub était loin derrière, huit cents mètres peut-être, on discernait encore les lumières. Elles semblaient maintenant aussi lointaines que des étoiles et il n'y avait plus rien entre Dorcas et le ciel, noir et vide. Elle détestait spécialement le marais Wyndham, à cause des touristes qui venaient au pub et posaient des questions stupides. Parfois, elle s'amusait à leur fournir des réponses idiotes pour observer leurs visages ahuris. C'était vraiment tordant, le nombre de touristes pressés de se débarrasser de 2 livres, ou plus, pour le seul plaisir de voir un marais tel qu'il était cent ans auparavant. Seigneur, comme s'il n'était pas assez lugubre à présent ! Quel besoin de savoir à quoi il ressemblait dans le temps ? Ça lui faisait penser à sa maman en train de regarder de vieilles photos, celles de toute la famille à Skegness, des endroits comme ça.

La silhouette sombre du bureau de tourisme se dressait devant elle, tel un navire sur le sol instable. Les marais donnaient une étrangeté à toute chose — les objets paraissaient plus grands, les arbres plus gros, au loin, la flèche de l'église pointait plus haut. La lumière du matin leur rendrait leur forme, mais même en plein jour l'impressionnante étendue uniforme des marais rendait ce qui était éloigné plus lointain et ce qui était près encore plus proche. C'était comme si, de jour comme de nuit, on ne pouvait jamais se fier à ses propres yeux.

Ses chaussures s'enfoncèrent dans la terre spongieuse. La tourbe sous l'herbe lui donnait l'impression bizarre que le sol n'était pas stable. Comme si le sol lui-même flottait sur un radeau dans le brouillard.

Le bureau de tourisme était le seul bâtiment à la ronde, le seul abri possible. Dorcas se dirigeait vers son porche en se disant que c'était un drôle d'endroit pour un rendez-vous. La seule lumière, c'était celle de sa lampe torche trouant le sol ; elle l'éteignit bientôt. En regardant sur sa droite, où commençait la promenade en planches qui serpentait à travers les canaux, elle se souvint combien elle détestait l'eau, depuis toujours, depuis que, gamine, on l'avait laissée toute seule dans la baignoire, qu'elle avait glissé et failli se noyer parce que ses petites mains ne trouvaient aucune prise sur l'émail glissant — en y repensant, elle en avait encore froid dans le dos. Lorsque la famille allait à Skegness, chaque été, Dorcas ne s'approchait jamais de l'eau ; elle s'asseyait à bonne distance, sur le rivage, avec ses réserves de magazines de cinéma et de romans érotiques. Elle avait remplacé les jaquettes originales poussiéreuses par celles de *Jane Eyre* et *David Copperfield.* « Tu te cultives, Dorcas ? disait son père. C'est bien, mais n'en fais pas trop, sinon tu ne trouveras pas de boulot qui paye. » C'était pas un marrant, son père, mais au moins il n'était pas toujours derrière elle, comme ceux de certaines de ses copines.

David Copperfield, elle aurait dû le lire en classe. Elle ne l'avait jamais terminé. Au collège, on aurait dit que les garçons ne lisaient Dickens que pour le plaisir de se moquer de la pauvre Dorcas, qui, à treize ans, s'était déjà acquis une réputation. Les garçons s'étaient empressés de modifier légèrement la réplique de Barkis à l'infirmière Peggoty, devenue dans leur bouche : « Dorcas est consentante, Dorcas est consentante. » Elle jouait les indifférentes, mais la raillerie portait, et sa réputation en avait pris un coup, bien malgré elle. La raison pour laquelle Dorcas était consentante, c'est qu'elle n'était pas jolie ; elle n'avait rien pour attirer les hommes sinon sa soumission. Et cela s'était répandu dans le collège comme une traînée de poudre. Dorcas détestait Charles Dickens.

Cela faisait plus de vingt ans qu'elle rageait intérieurement contre son physique, pas un trait dont elle fût fière sinon peut-être ses dents, mais est-ce qu'un homme dit à une femme qu'il aime ses dents ? Et sa silhouette n'arrangeait rien. Allongée sur le sable chaud de Skegness, elle se rendait bien compte que le tissu élastique de son maillot de bain la comprimait et faisait ressortir les bourrelets de son ventre. Ses cheveux étaient roux et raides, aussi rêches qu'un tampon à récurer la vaisselle. Seules les taches de son qui criblaient son visage lui donnaient un peu de couleur.

Eh bien, son père ne pouvait pas l'accuser de ne pas travailler, pas avec ses deux jobs, à la maison et au pub. Bien sûr, s'il savait pourquoi elle avait deux boulots, il serait drôlement surpris. Elle avait déjà acheté sa tenue de « départ » : un tailleur en soie lavée brun doré qui donnait une couleur miel à ses yeux marron — un marron boueux, proche de la vase.

Tout en clopinant sur le sentier — elle n'aurait vraiment pas dû mettre ces chaussures —, elle sentit le poids de son physique ingrat s'alléger. Elle avait trouvé quelqu'un qui avait découvert sa beauté cachée. Depuis toujours, Dorcas était convaincue qu'elle brillait intérieurement.

Elle gravit les quelques marches, ses pieds souffraient le martyre, elle ôta ses chaussures et en secoua la boue. Les balançant au bout de ses doigts, elle contempla le marais Wyndham et soupira.

C'était un lieu historique. Elle y pensait sans enthousiasme aucun. À l'école, on l'avait forcée à accompagner ses camarades entendre un cours ennuyeux sur les méthodes d'assèchement des marais. Avec plein de détails rasoirs sur les biefs. Qui ça intéressait, à part ceux qui cultivaient les hectares de tulipes et de jonquilles ?

Ce qu'elle contemplait — sans le voir, puisqu'elle avait éteint sa torche —, c'était le marais Wyndham tel qu'il était cent ans plus tôt. Ou mille ans ? Qui pouvait se rappeler ? On avait asséché tous les marais — elle ne savait pas trop qui était ce « on », les Vikings, peut-être ? Non, c'était trop loin. Ce Hollandais, Vanderbilt ? Non, c'était un milliardaire américain, Vander... Van Der quelque chose ? Bref, il s'était dit un beau jour qu'on pouvait faire pousser des récoltes et ainsi de suite dans les marais, à condition de les assécher. C'était une bonne nouvelle, se dit-elle, si on voulait être fermier, sans doute le métier le plus ennuyeux de la planète, mais il y avait malgré tout des gens pour aimer ça. Ensuite, après avoir asséché tout le Lincolnshire, ou presque, quelqu'un d'autre — le National Trust, croyait-elle — se dit que ce serait bien d'avoir au moins un marais comme dans l'ancien temps. Donc, on désasscha celui où se trouvait le bureau de tourisme. On le réinonda, ou quelque chose comme ça. Ses chaussures à la main, Dorcas secoua la tête. Mon Dieu, tout ça pour rien ! Chiottes, quel temps perdu, pire que son année de première ! De toute façon, on ne peut pas faire revenir les choses comme avant.

Pour Dorcas, c'était là une pensée profonde et cela lui plut parce qu'elle n'était pas douée pour la réflexion. Elle songea à la mettre de côté et à la ressortir quand ils se verraient. Il serait agréablement surpris de savoir qu'il allait épouser une femme qui était bonne au lit, bonne cuisinière, et capable de pensées profondes. Dans ce mois de février glacial, elle fredonna machinalement en espérant qu'une autre pensée lui vienne. Elle devrait peut-être lire *David Copperfield.*

Elle frissonna dans son gros lainage. Elle se reprocha de ne pas avoir mis de manteau, mais son chandail était tellement plus joli, alors que son manteau était noir, triste et affreusement vieux. Elle frissonna, mais pas à cause du froid. Non, elle refusa de penser à la morte. Elle ne voulait pas penser à elle, ni la nommer, pas même dans son for intérieur; mieux valait l'oublier. Si elle n'avait pas de nom, elle perdrait le pouvoir de déranger et d'inquiéter. La police s'occuperait de ça... ou pas. Les flics avaient interrogé tout le monde à la maison; elle aussi, ils l'avaient interrogée, ils l'avaient cuisinée jusqu'à plus soif.

Dorcas voûta le dos et se pelotonna, elle regarda vers l'enchevêtrement d'arbres, de hautes herbes et de canaux qui formaient le vieux marais. Merci bien, elle préférait garder ses pourboires pour son trousseau ou un bon livre de cuisine.

Elle perçut un bruit dans son dos, le craquement d'une planche. Des bras lui enlacèrent la taille. Comme c'est romantique, se dit-elle d'abord. *Quelque chose cloche,* se dit-elle ensuite, et elle eut à peine le temps de formuler une troisième pensée avant de sentir qu'on l'étouffait... ce n'étaient pas des mains, mais une douce chose soyeuse qui lui serrait le cou. L'espace d'un instant, elle se débattit, tenta d'arracher le tissu, ouvrit la bouche, voulut hurler, mais aucun son ne sortit.

Dorcas n'est pas consentante. Dorcas ne veut pas.

2

Le commissaire Arthur Bannen, de la police du Lincolnshire, approchait de la soixantaine, mais paraissait dix ans de moins. Son âge était aussi énigmatique que le reste de sa personne. Si l'intervention de Scotland Yard dans le Lincolnshire lui déplaisait, il ne le montrait pas. Il avait une façon de parler si douce qu'on se demandait s'il était capable de colère. Il disait ce qu'il avait à dire avec un sourire, un sourire à peine esquissé, discrètement blessé parfois, comme peiné que son interlocuteur ne soit pas entièrement d'accord avec lui. Pour l'heure, il était occupé à plier une bande de papier en accordéon, comme une carte routière.

— Nous n'avons pas requis votre aide, monsieur, dit finalement Bannen, mais d'un ton parfaitement amical, tout en entaillant le papier plié à petits coups de ciseaux.

Les pieds sur le rebord du bureau, il donnait une impression d'apathie. Jury se dit qu'il était sans doute tout sauf apathique.

— Je sais que vous n'avez pas besoin de mon aide, répondit-il. C'est moi qui vous demande la vôtre.

Ils discutaient du meurtre commis à Fengate, une

petite propriété distante d'une soixantaine de kilomètres.

Bannen découpait soigneusement sa feuille de papier. Il reporta son attention sur Jury, le trouva apparemment inintéressant et revint à son découpage.

— Je vois. Eh bien, en quoi puis-je vous aider ? demanda-t-il sans une once d'enthousiasme.

— D'après ce que j'ai entendu dire, le rôle de Lady Kennington dans cette affaire est seulement... périphérique.

— Si vous voulez dire par là qu'elle est en marge, ou, comme on dit, « hors circuit », je ne suis pas d'accord ; elle est bien dans le circuit.

Bannen se fendit d'une ombre de sourire, comme s'il éprouvait un certain plaisir à énoncer cette affirmation. Il continua de découper des petits triangles.

— Vous n'êtes pas en train de me dire qu'elle figure parmi les suspects, tout de même !

Les yeux de Bannen étaient d'un vague gris peu engageant, de la couleur de l'eau saumâtre des fossés que Jury avait longés en venant de Londres.

— Tous ceux qui étaient présents à l'heure du crime sont suspects.

— Moi, j'aurais parlé de « témoins »...

— Utilisez le mot que vous voulez, dit Bannen d'une voix douce en continuant à entailler la bande de papier. Elle en avait la possibilité ; elle était dehors avec Verna Dunn alors que les autres étaient restés à l'intérieur. Ajoutez à ça le fait que Jennifer Kennington et Verna Dunn se disputaient. Et que votre amie, Lady Kennington, est apparemment la dernière personne à avoir vu la victime en vie. Après avoir quitté Dunn, Jennifer Kennington est restée

19

seule, elle a marché un peu. (Il réfléchit.) Du moins, c'est ce qu'elle affirme. (Quelques coups de ciseaux, façon mâchoires de crocodile, puis il considéra Jury d'un œil froid.) Si vous étiez à ma place, monsieur le commissaire principal, diriez-vous que Jennifer Kennington est hors circuit? Non, je ne crois pas, conclut-il en hochant lentement la tête.

Dans son rêve, Jenny errait dans le marais; d'autres la rejoignaient pour former une procession. Jury entendait les cloches assourdies d'un encensoir, tout près de lui.

Le téléphone se trouvait à côté de son oreille. Il tendit la main pour le saisir et le fit tomber. Dans sa tentative de sortir de son rêve tout en remettant la main sur le téléphone, il se sentit avaler de grandes bouffées d'air. Une douleur aiguë lui vrilla la poitrine. Un infarctus? Dans un bed and breakfast de Lincoln? S'il devait trépasser, il préférait que ce soit dans son lit, à Islington, avec Mrs Wassermann et Carole-Anne en pleurs à son chevet. Finalement, sa main rencontra l'appareil.

— Allô?

— Bannen. J'ai cru que vous ne répondriez jamais. Vous dormiez encore? Je suis debout depuis des heures.

— Tant mieux pour vous, grinça Jury. Qu'est-ce qui travaille la police de Lincoln à six heures du matin?

— Grouillez-vous, je vous emmène quelque part. Vous ne le regretterez pas.

— Où donc?

Jury se frotta les yeux, emplis de poudre de verre, semblait-il.

— Au marais Wyndham.

— Où est-ce ?

— Je passe vous prendre dans vingt minutes. Soyez prêt.

— Je serai prêt, répondit Jury dans le vide, Bannen ayant déjà raccroché.

Têtu, le réveil refusa d'avancer ses aiguilles jusqu'à une heure plus convenable. Il était six heures dix, en plein février, et il faisait aussi noir que dans une tombe.

Jury ne s'était pas attendu à ce qu'ils roulent pendant soixante kilomètres vers Spadling, au sud-est. C'était pourtant ce qu'ils avaient fait. « Propriété du National Trust », lui avait dit Bannen, sans préciser.

À sept heures trente du matin, le marais Wyndham était plongé dans un silence grisâtre, brisé par le ululement occasionnel d'une chouette ou le bruit de sabres entrechoqués des hauts roseaux dans les étroits canaux. Des toiles d'araignée cristallines pendaient entre les poteaux et la rampe de la promenade ; au loin, dans les pâturages, les moutons recouverts de givre avaient l'air de porter des manteaux de verre. Le matin est sans doute le moment où les marais sont le plus pittoresques ; le marais Wyndham l'aurait amplement démontré, s'il n'y avait eu le cadavre.

La femme gisait sur le dos dans un des canaux, autour de son cou un collier de peau bleuie indiquait la manière dont elle était morte — garrottée. Son corps flottait doucement, entouré de joncs et de millefeuilles aquatiques, et Jury pensa à *Ophélie,* le tableau de Burne-Jones. Mais, contrairement à la belle Ophélie, la jeune femme était tout sauf jolie. Le visage congestionné et noirci, les yeux exorbités et la langue pendant sur le côté. Mais cela se voyait, même avant d'être défigurée, elle n'avait probablement pas été jolie. Son visage avait dû être grassouillet, son corps encore plus. Jury paria qu'elle n'avait pas eu beaucoup de chance dans sa courte existence. Elle aurait peut-être fleuri tardivement, mais c'était râpé pour elle.

Bannen traversa l'étroite promenade en planches qui enjambait le canal afin de consulter ses hommes. Une douzaine de voitures et deux camionnettes stationnaient près du petit bâtiment qui servait de bureau de tourisme, un magasin qui distribuait des dépliants et des prospectus sur les marais. Les policiers venus en voiture s'étaient éparpillés sur l'herbe hérissée et glacée, et sur le chemin de terre.

Il faisait froid ; Jury frissonna. Il n'était pas habillé pour un matin de février dans les marais du Lincolnshire. Il ne pouvait détourner les yeux de la fille qui flottait sur l'eau. Bannen revint avec le médecin légiste, qui s'installa et ouvrit sa sacoche. Jury lui trouva l'air d'un simple médecin de campagne plutôt que d'un fonctionnaire nourri aux frais du contribuable.

Bannen se balançait légèrement sur les talons.

— Dorcas Reese, soupira-t-il.

— Vous la connaissiez ?

— Un peu. Elle était femme de chambre et fille de cuisine à Fengate.

Jury le dévisagea, sous le choc.

Bannen fronça les sourcils tandis que le médecin

donnait ses directives pour le repêchage de Dorcas Reese.

— Vous ne pourriez pas l'examiner *in situ* ? demanda-t-il. (Comme le médecin tournait la tête vers lui d'un air mauvais, il ajouta, en soupirant :) Non, bien sûr.

L'apparente bonne humeur de Bannen déconcertait Jury.

— Essayez-vous de me dire que c'est le deuxième cadavre en relation avec cette propriété ?

— Heu, oui, le deuxième, c'est ça, non ?

Bannen regarda l'eau se refermer à l'endroit où le corps de Dorcas Reese avait flotté. Des utriculaires et des millefeuilles balançaient leurs délicates antennes.

— Elle aurait dû faire attention, remarqua Bannen d'un ton désapprobateur, comme s'il était devenu vraiment difficile de trouver une bonne femme de ménage. Bizarre, vous ne trouvez pas ? ajouta-t-il, ambigu.

On hissa le corps sur les planches afin que le médecin l'examine. Bannen fit le tour du cadavre, l'étudia et échangea quelques mots avec le médecin, puis revint vers Jury.

— Il pense à un morceau de tissu, un foulard peut-être. On l'a garrottée. À part la jeter dans le canal... à moins qu'elle n'y soit tombée après sa mort... on n'a pas dû essayer de la cacher.

— C'est ouvert ? demanda Jury en désignant le bureau de tourisme derrière lui. En plein février ? J'imagine que c'est bourré de touristes, en saison...

— Oui, c'est ouvert. (Bannen contempla le lointain.) Le marais est à mi-chemin entre Fengate et... (il se retourna pour regarder Jury)... le pub où elle travaillait certains soirs. Là-bas, un peu à l'écart de la grand-route. Il s'appelle le Bord du Monde... Pas mal vu, non ?

Il passa un pouce sur son front, l'air pensif.

— Vous n'avez pas l'air plus surpris que ça, remarqua Jury en se disant que Bannen ne paraissait sans doute jamais surpris.

Bannen dévisagea Jury de ses yeux gris froids et sourit imperceptiblement.

— Oh, je suis surpris, si. Je suis surpris qu'on l'ait étranglée. Verna Dunn a été tuée par balle.

— Par la même personne, vous voulez dire ?

— On est dans le Lincolnshire, pas à Londres, rétorqua Bannen avec douceur. Deux meurtres en l'espace de quinze jours, sur des femmes de la même propriété... (Il hocha la tête.) Oui, j'ai du mal à croire qu'il y avait deux assassins dans les marais. (Il passa un doigt sous son col, comme s'il était trop serré.) D'habitude, la méthode est la même. Quand quelqu'un est poussé au meurtre, il tue d'une manière et avec des objets qui sont censés le soulager de son angoisse... Vous trouvez ça drôle ?

— Vous parlez comme un psychiatre, commissaire. Je ne crois pas qu'on résolve une affaire criminelle comme une charade. C'est surtout une question de travail...

Mon Dieu, pensa Jury, je me mets à parler comme le divisionnaire Racer. « Enquêter, Jury, c'est mettre un pied devant l'autre. C'est une question de travail, Jury, ça n'a rien à voir avec vos devinettes vaseuses... » Or, voilà qu'il se retrouvait avec ce commissaire qu'il connaissait à peine, et qui avait, sans doute, résolu des affaires avec les méthodes qu'il exposait... sinon, il ne les exposerait pas. Alors, pourquoi adopter ce ton condescendant ?

Cependant, Bannen ne sembla pas se vexer. Il avait sans doute des choses plus importantes en tête.

— Autrefois, tout était comme ça, dit-il en désignant le marais Wyndham d'un geste large.

Il inspecta le sol et les toiles d'araignée argentées qui s'étiraient entre les herbes humides. Du bout du pied, il sépara des grands roseaux. Un mulot fila.

— Je vais jeter un nouveau coup d'œil le long du Wash, déclara-t-il. Ça vous dirait de venir ?

L'invitation surprit Jury.

— Oui, j'aimerais bien.

Bannen était-il en train de demander l'aide de Scotland Yard ? Le Wash était le lieu du premier meurtre.

— Il y a un sentier communal qui borde cette partie du marais, expliqua Bannen. Elle l'a probablement pris parce qu'il passe juste devant Fengate.

En haut des arbres, des étourneaux fusèrent vers le ciel blanchâtre en tissant une nappe noire, puis s'évanouirent.

— Les volées d'oiseaux, confia Bannen, ça me rend triste. De l'autre côté, ajouta-t-il en parlant du sentier, il passe devant le Bord du Monde. Les Owen ont été surpris qu'elle prenne ce travail au noir.

Ils s'éloignèrent du fossé et retournèrent vers le petit parking par la promenade en planches.

— Mon inspecteur est au lit avec une saloperie d'allergie. Il est violemment allergique aux trucs qui tombent des aulnes et des noisetiers.

— Votre inspecteur et le mien s'entendraient comme larrons en foire, fit Jury avec un sourire.

— Ah ? Il est aussi allergique à ces trucs ?

— Il est allergique à tout.

— Vous voyez la difficulté, dit Bannen avec ce tic qui consistait à se frotter le sourcil du bout du pouce.

Jury voyait. Ils étaient au milieu des marais salants et regardaient vers la côte de Lincoln-Norfolk appelée le Wash. Les sentiers communaux s'arrêtaient juste avant la digue. Ils l'avaient escaladée et étaient descendus sur la plage. Bannen avait affirmé qu'il n'y avait pas de sables mouvants, on ne les trouvait que beaucoup plus loin. Telle une mer intérieure, les marais salants, de la boue et de la vase, s'étendaient jusqu'à la plage, qui traçait une barrière protectrice entre la terre et la mer. Bannen avait pointé le pertuis, où la Welland s'étranglait en un simple ruisseau qui se jetait dans la mer du Nord.

Il y avait plusieurs zones dangereuses, héritage de la guerre.

— Des mines, expliqua Bannen. Le Wash en est criblé. (Il remonta le col de son coupe-vent.) On croyait tous que l'invasion aurait lieu là, ajouta-t-il en désignant le large. Il y avait des nids de mitrailleuses, des machins énormes, comme des plates-formes pétrolières, des garnisons de grosses artilleries. Il en reste encore.

— On? s'étonna Jury. Vous n'avez pas fait la guerre, quand même? Vous n'étiez qu'un gosse...

— En effet, sourit Bannen, mais j'étais assez grand pour me rappeler comment les plages avaient été minées, on ne devait pas s'en approcher. (Ils gardèrent le silence.) Difficile, reprit-il. Notre médecin légiste fixe la mort de Verna Dunn entre le 1er février à dix heures du soir et le 2 à une heure du matin, le dimanche. Mais on n'a découvert le corps que l'après-midi. Le cadavre a séjourné dans cette gadoue. Par un froid de canard et un vent terrible. (À l'entendre, on aurait cru que Verna Dunn en avait souffert.) On ne l'aurait peut-être jamais retrouvée si les bancs de sable s'étaient déplacés. Ils avancent, vous savez. On retrouve encore des épaves, des coques de navire. Du côté de Goodwin, on a retrouvé l'hélice d'un Sword Bomber. Le sable l'avait recouverte pendant des années.

— Vous pensez que l'assassin avait l'intention de faire disparaître le cadavre ?

— J'aurais tendance à le croire, mais c'est trop aléatoire. Il comptait peut-être sur une grande marée. Celle du printemps est deux fois plus grande, et si vous regardez derrière vous, c'est pour ça qu'on a construit la digue. La marée de morte-eau — une marée basse — a lieu deux fois par mois et la lune était dans son troisième quartier cette nuit-là. C'est l'attraction de la lune...

Bannen parut réfléchir.

— Je suis largué, déclara Jury.

— Il suffit de consulter la carte des marées. Je l'ai fait. L'assassin comptait peut-être sur la marée haute, et sur les sables. Mais il a mal calculé. La marée n'était pas encore haute quand on a retrouvé le corps. (Il frotta son pouce sur son front.) C'est le problème, vous ne croyez pas ? Compter sur la lune !

Cafardeux comme il l'était, Jury faillit pourtant rire.

— Je n'imagine pas Jenny Kennington compter

sur la lune. Et vous semblez oublier que ça demande de sacrés calculs, on est loin d'un geste impulsif...

— Oh, je ne l'oublie pas, assura Bannen avec un petit sourire.

— Qui a découvert le corps ?

— Le garde-côte. Sinon, Dieu sait quand on l'aurait retrouvé. On n'est pas à Skegness, loin s'en faut. Comme je disais, cette zone a été longuement minée pendant la guerre et pas mal de mines ont été égarées. Des obus aussi. Les zones dangereuses sont bien signalées. Personne ne se balade le long du Wash pour le plaisir. L'endroit a été bien choisi exprès... J'ai légèrement réduit la fourchette de l'heure probable de la mort, je pense en effet que Verna Dunn a été tuée entre le samedi soir à dix heures trente et le dimanche matin à zéro heure trente. Il était presque une heure quand le jardinier a vu sa voiture garée au bout de l'allée, or celui qui l'a ramenée a forcément mis au moins un quart d'heure pour le retour. Personne n'a entendu la voiture, ajouta-t-il avec un soupir.

— Et à Fengate, personne n'a téléphoné en ne voyant pas Verna Dunn rentrer avec Jenny Kennington ? s'étonna Jury.

— Quelqu'un l'aurait peut-être fait, mais voyez-vous, on croyait qu'elle avait simplement décidé de faire un tour, ou même de rentrer à Londres. Comme elle n'était pas avec Kennington, c'est ce que les gens se sont dit — elle était partie faire un tour. Apparemment, Verna Dunn était sujette aux sautes d'humeur, c'était une impulsive. Et voilà où ça l'a menée. Vous imaginez ce que c'est de chercher quelque chose là-dedans, dit Bannen en se penchant pour ramasser une poignée de limon. Mes hommes ont fouillé à quatre pattes, ils ont bien dû couvrir cinq cents mètres. Regardez-moi ça, on ne peut pas couvrir toute la zone. Un terrain pareil, une balle peut facilement se perdre à huit cents mètres.

Jury suivit le regard de Bannen qui parcourait la boue luisante que le pâle soleil parsemait d'étoiles scintillantes.

— Oui, je vois. Et le vent n'arrange rien, n'est-ce pas ?

— Des rafales continues, c'est infernal. (Bannen s'épousseta les mains et les fourra dans les poches de son manteau.) Nous avons trouvé une douille presque enterrée, près du corps de la victime. Cartouche de fusil calibre 22.

— Rien d'autre ?

— La douille, le fusil, la voiture... Ça fait beaucoup, déjà, non ?

— Vous avez retrouvé le fusil qui a tiré la balle ?

Jury devenait de plus en plus nerveux. Cela faisait beaucoup, en effet.

— C'est celui de Max Owen. Le propriétaire de Fengate. Jennifer Kennington était l'hôte d'Owen, comme je l'ai dit.

Jury détourna les yeux vers la mer.

— Il y a un nombre étonnant de fusils dans les environs de Fengate, poursuivit Bannen. Nous en avons compté quatre ; celui d'Owen, celui de Parker, celui d'Emery — Peter Emery, il garde les terres du major Parker, pourrait-on dire. Emery est aveugle, mais ça ne veut pas dire qu'un autre n'a pas pu se servir de son fusil. Nous les avons tous ramassés. Ah, et même Jack Price en a un. C'est un artiste, un sculpteur ou je ne sais quoi. Qu'est-ce qu'il a besoin d'un fusil ? Comment ont-ils fait pour avoir leur permis, ça me dépasse. Vous savez combien c'est difficile à obtenir. Sauf Emery, bien sûr, ce sont tous de bonnes gâchettes, surtout Parker.

— Vous n'avez pas mentionné les femmes. C'est drôle, je n'arrive pas à imaginer Jenny Kennington tirant au fusil. Je ne crois même pas qu'elle en ait jamais tenu un de sa vie.

— J'ai bien peur que vous vous trompiez. Elle allait parfois à la chasse avec son mari, et Price se joignait à eux... (Bannen s'amusa des différentes expressions qui passèrent sur le visage de Jury.) Vous ignoriez qu'elle connaissait ce Price ?

Jury ne parvint qu'à produire un hochement de tête des plus brefs.

Bannen pinça les lèvres, gonfla les joues et émit un sifflement silencieux.

— Vous ne connaissez peut-être pas Jenny aussi bien que vous le croyiez, suggéra-t-il avec une grande douceur.

— On dirait.

La Jenny qu'il croyait connaître n'arrivait pas à tenir sa langue. Alors, pourquoi n'avait-elle rien dit ? Parce qu'il n'était qu'un flic ?

— ... traces de pneus. (Jury s'ébroua. Des pneus ? Quels pneus ?) Ça réduit les possibilités, vous savez. La Porsche de Verna Dunn a laissé des traces distinctives. Avec Dunn au volant, probable, et un passager — que les autres ont bien sûr pris pour Jennifer Kennington, mais elle dit que ce n'était pas elle. De toute façon, la voiture est partie vers dix heures vingt — c'est à ce moment que les Owen et Parker l'ont entendue. Price était rentré chez lui, à son atelier, comme il l'appelle, il n'a rien entendu.

Jury se fit tout petit dans son manteau, ne rêvant

qu'à s'enfuir. L'eau était d'un gris de plomb, et elle avait l'air tout aussi lourde. Ce que Jury ressentit dans sa poitrine lui évoqua les descriptions de crises cardiaques qu'il avait entendues, ou leurs prémices. Le vent intraitable, le sable, l'argile schisteuse et la boue ne servaient qu'à lui rappeler son impuissance. Mais il tenait absolument à convaincre Bannen — ou lui-même ? — que Jenny Kennington ne faisait pas une bonne suspecte.

— Vous supposez que Verna Dunn avait un passager, mais vous n'en savez rien.

— S'il n'y en avait pas, comment la Porsche est-elle retournée à Fengate ?

Bien sûr, il avait raison.

— Mais désormais, il y a cette Reese, fit Jury. Comment reliez-vous Jennifer Kennington à son meurtre ? Elle était là ?

— Elle est rentrée à Stratford-upon-Avon le mardi — c'est-à-dire le 4 —, après l'assassinat de Verna Dunn, Stratford n'est, je vous le rappelle, qu'à deux heures de voiture...

Le sous-entendu ne tomba pas dans l'oreille d'un sourd, mais Jury ne trouva rien à répondre.

— Vous en avez vu assez ?

Pour le restant de mes jours, faillit répondre Jury en contemplant le Wash et la mer du Nord. À l'horizon, un mouton noir était suspendu, immobile.

— Vous voyez la difficulté, répéta Bannen en se passant un pouce sur le front.

3

Les trois kilomètres entre le marais et Fengate étaient aussi désertiques qu'une carte de l'au-delà. Pas de bois, pas de haies, pas de collines ni de bosquets. La seule habitation que Jury aperçut au loin était une ferme dont la façade se découpait entre des arbres chétifs qui ressemblaient surtout à des barreaux, hauts, droits et géométriquement espacés. C'était comme un mirage qui reste dans le lointain quand bien même on s'en approche ou croit s'en approcher. Jury eut l'impression d'être un coureur qui fait du surplace; ils avaient beau rouler, la maison restait obstinément hors d'atteinte.

Jury ne se voyait pas vivre dans un tel pays. La qualité de la lumière renforçait l'impression onirique en rendant le paysage presque translucide... comme éclairé à travers un verre givré.

— C'est partout aussi monotone? s'enquit-il. On dirait que c'est plat à l'infini.

Ils avaient enfin dépassé la ferme et sa rangée d'arbres semblables à des crayons. Finalement, ce n'était pas un mirage.

— Le Lincolnshire? demanda Bannen en se tournant pour le dévisager. Oh, non. Il y a les hautes plaines, un peu plus au nord. En général, les gens n'aiment pas le Lincolnshire, ils le trouvent sinistre...

Pour être sinistre, ça l'était. Désolé, aussi. Nulle part où se cacher.

— Fengate est niché au creux d'un boqueteau. C'était une forêt, dans le temps. Mais bien sûr, soupira Bannen, on a perdu nos forêts. Il faut de la terre pour la culture. On a asséché les marais pour en faire des terres cultivables. Il faut bien que la terre serve à nourrir, j'imagine, mais on s'interroge... est-ce que les marais vont disparaître de nos vies ? Les fermiers forment une nouvelle aristocratie. La terre leur donne du pouvoir. Voyez comme elle est incroyablement riche et noire. À Cambridge, on les appelle les marais noirs, à cause de ça. (Il poussa un soupir.) On ne laboure plus avec des chevaux, maintenant. Il n'y a plus que des tracteurs.

— Des tracteurs ? s'amusa Jury. C'est plutôt sage et même pas très moderne. Vous ne seriez pas un peu romantique ?

— Euh, peut-être.

Mais il paraissait se moquer que Jury le trouve romantique... ou quoi que ce soit d'autre.

Ils passèrent devant quelques cottages disséminés avant de tourner dans une étroite route secondaire.

— Je n'imagine pas Dorcas Reese faisant tout ce chemin pour se rendre au Bord du Monde. Elle ne m'a pas paru si sportive...

— Elle devait prendre le sentier communal. Ça raccourcit de près de deux kilomètres, voyez-vous.

Ils arrivèrent alors devant un boqueteau, comme l'avait dit Bannen, et s'engagèrent sur une route, rocailleuse mais carrossable, qui coupait à travers les arbres.

Fengate était une vaste demeure à l'architecture quelconque, une bâtisse carrée à la façade uniforme, sans style déterminé. Elle se remarquait davantage par sa masse imposante que par ses tourelles délicates ; elle aurait pu embellir les pages d'un ouvrage sur les gentilhommières. Elle ressemblait bien à la résidence d'un des fermiers « aristocrates » dont avait parlé Bannen. Sur le côté, en retrait, se dressait une grande dépendance qui avait dû servir de garage ou de grange. Elle avait été convertie en habitation, à en juger par les jardinières peintes et la porte jaune.

Bannen arrêta la voiture dans une allée circulaire qui encerclait un parterre de crocus précoces qu'un vieil homme, sans doute le jardinier, était en train de soigner. Lorsque Bannen l'appela, il s'approcha de la portière du conducteur, se pencha et tira sur la visière de sa casquette en guise de bienvenue.

— Est-ce que Mr et Mrs Owen sont là, Mr Suggins ?

— Pas lui, non m'sieur. L'a dit qu'il montait à Londres.

Ceci exprimé avec une certaine tristesse, comme s'il fallait s'attendre à ce genre de chose de la part de ces propriétaires terriens. Lorsque Bannen présenta Jury — Scotland Yard, Affaires criminelles —, le dénommé Suggins se recula plutôt vivement. *Scotland Yard !* C'était une autre paire de manches.

— Pouvez-vous lui dire — à Mrs Owen — que j'aimerais lui parler...

Bannen et Jury descendirent de la voiture. Apparemment perturbé par la visite conjuguée de la police de Lincoln et de celle de Londres, Mr Suggins ôta sa casquette et leur désigna l'escalier principal. Il devait y avoir une certaine étiquette car il les précéda et les fit entrer.

Parvenu dans le large vestibule, il prit congé en disant qu'il allait chercher Mrs Owen, et qu'il leur envoyait la « bourgeoise » en attendant. Là encore, il tira sur la visière de sa casquette en guise de salut.

— Qui est la « bourgeoise » ? demanda Jury.

— Sa femme, la cuisinière. C'est le chef du personnel, j'imagine. C'est pas qu'il y ait tant d'employés, vu la taille de l'endroit ; une cuisinière, une femme de chambre, une fille de cuisine — Dorcas remplissait ces deux dernières fonctions —, Suggins, qui s'occupe des terres, et un autre type pour lui donner un coup de main. Je le trouve un peu arthritique. Max Owen est suffisamment riche pour avoir une douzaine de serviteurs s'il le voulait. Regardez-moi ce coffre, là-bas. (Bannen désigna du menton un élégant coffre laqué légèrement ventru.) Ce machin me coûterait plusieurs mois de salaire.

— Vous vous y connaissez en meubles anciens ?

— Non. C'est Max Owen qui m'en a parlé. Il disait qu'il ne connaissait pas sa véritable valeur parce qu'il avait des doutes sur la laque. Il disait qu'il avait besoin de le faire estimer. (Bannen hocha la tête.) Près de 10 000 livres pour un simple meuble, vous vous rendez compte ? En plus, il n'est pas fonctionnel, ajouta Bannen qui, portant sur le coffre un regard lugubre, semblait calculer ce qu'il pourrait acheter avec 10 000 livres. Ça me paierait plusieurs costumes, pas à vous ?

Jury esquissa un sourire. Les demeures des riches, et il en avait vu un certain nombre, ne le frappaient pas en terme de fortune. Oh, certes, il s'accommoderait volontiers d'un peu plus d'argent, mais les biens d'autrui ne l'intéressaient qu'en fonction de ce qu'ils racontaient sur leurs propriétaires. Jusqu'où étaient-ils prêts à aller pour les conserver ? Ou les agrandir...

Au loin, une porte claqua et Jury entendit comme un bruit de vaisselle approcher. Quelqu'un traversait la maison de part en part dans un cliquètement sonore.

C'était (imagina-t-il) Mrs Suggins, qui entra dans la pièce comme un vent frais en faisant crisser son tablier blanc, portant à deux mains un grand plateau d'argent qu'elle déposa sur une table en palissandre avant de leur proposer du café. Tous deux acceptèrent avec joie. Elle les servit. C'était un petit bout de femme aux bras musclés, conséquence de tous les plateaux chargés qu'elle transportait, des coups de fouet, de moulinet et de pressoir dont elle martyrisait depuis des années les gâteaux à la crème, les pommes de terre et les puddings. Ses cheveux gris étaient tirés en arrière et attachés avec des épingles en une sorte de chignon. La rougeur de ses joues était la conséquence probable d'une exposition permanente aux vapeurs de la cuisine. En fait, les vapeurs de la cuisine semblaient émaner de Mrs Suggins elle-même.

Elle salua Bannen avec une autorité empreinte de bon sens et souligna qu'elle avait apporté beaucoup de sucre :

— Mr Bannen ici présent aime son café très sucré.

Elle lui sourit avec un air presque possessif quand elle lui tendit le sucrier et la pince, et le regarda plonger quatre morceaux dans sa tasse. Mrs Suggins faisait partie de cette merveilleuse race de cuisinières qui considèrent que chaque visite, chaque occasion sonne le signal du branle-bas de combat dans les fourneaux. Sachant que Bannen n'était pas uniquement venu pour profiter d'un café bien sucré mais surtout pour voir son maître et sa maîtresse, elle déclara :

— Suggins cherche Mrs Owen partout, mais on ne sait pas où elle est passée.

Elle se redressa avec fierté, fit claquer sa langue et hocha la tête. Mrs Owen aurait aussi bien pu être un chien ou un enfant, et indiscipliné en plus.

— Comme notre maître est à Londres, poursuivit-elle, je suis seule dans la maison, à part Suggins. Mr Price est à Spalding. Ne me dites pas qu'il est encore arrivé quelque chose.

— Hélas, si. Votre fille de cuisine, Dorcas Reese... (Comme si elle avait deviné le but de la visite, Mrs Suggins fit un pas en arrière.) Je suis navré de vous l'apprendre, s'excusa Bannen, mais on a retrouvé Dorcas ce matin, à l'aube, dans un des fossés du marais Wyndham. J'ai bien peur... bafouilla-t-il, euh, j'ai bien peur qu'elle ne soit morte...

Mrs Suggins provoquait ce genre de réactions, songea Jury. Elle était l'image même de la nourrice généreuse mais stricte qui ne tolérait ni les sottises ni les affabulations.

C'était comme si on l'avait giflée. Elle rougit et porta une main à sa joue.

— Morte ? s'exclama-t-elle, les yeux écarquillés, Dorcas ? (Elle dut s'appuyer sur le bras du canapé.) Dorcas ? répéta-t-elle.

Elle regardait Bannen comme pour l'implorer de rectifier.

Bannen but son café en l'observant par-dessus sa

tasse ; on avait l'impression qu'il aurait voulu reprendre ce qu'il avait dit. Mais il n'en fit rien. Il attendit que la cuisinière se ressaisisse un peu, puis demanda :

— Avez-vous vu Dorcas à l'heure du dîner, hier soir ?

— Euh, bien sûr que je l'ai vue. (Ah, on revenait à la bonne gestion d'une maison.) Elle épluchait et coupait les légumes, comme d'habitude. Après, on a pris notre thé, c'est elle qui l'a servi.

— Est-ce qu'elle vous a dit qu'elle se rendait au Bord du Monde ?

— Non, mais c'est souvent là qu'elle va. Trop souvent, à mon goût. (Sa nature de maîtresse sévère reprit le dessus, elle se redressa de nouveau et croisa les mains sur son ventre replet.) La dernière fois que j'ai vu Dorcas, il devait être dans les neuf heures. On venait de se disputer pour la vaisselle, parce que le dîner allait se terminer. Ah, c'était plus près de la demie, alors. En principe, c'est Dorcas qui la fait, mais... (Mrs Suggins s'empourpra et porta de nouveau la main à sa joue.) Morte ? J'arrive pas à réaliser. Bref, Dorcas était pressée de partir et, euh, ça ne me dérangeait pas de la faire. Ils n'étaient que trois...

— Les Owen et Mr Price ?

— Oui, opina Mrs Suggins. Quand j'ai eu terminé, je suis montée me coucher. Je m'étais promis d'aller au lit de bonne heure. (Anticipant sans doute sur la question suivante de Bannen, elle poursuivit :) Inutile de me demander ce qu'ils ont fait, j'en ai aucune idée. (Même chose pour la suivante :) Non, j'ignore totalement qui pouvait ne pas aimer Dorcas, ou l'aimer, c'est pareil. Elle était tellement terne, la pauvre enfant. Pas beaucoup de relief, ni de piment.

C'était une geignarde, vous savez, du genre à s'apitoyer sur son sort.

— Des petits amis ? Elle avait quelqu'un de sérieux ?

— Dorcas ? (Mrs Suggins partit d'un rire sans joie.) Pas grand-chose de ce côté-là. J'ai peine à le dire, mais Dorcas n'était pas le genre qui attire les hommes. Non, elle était trop fade, pas du tout jolie. Oh, elle parlait des hommes, elle pensait qu'à ça, mais j'écoutais pas la moitié de ce qu'elle disait. Sauf...

— Quoi ? s'empressa Bannen.

— C'est juste que, dernièrement, elle était gaie comme un pinson, mais son humeur a changé d'un coup, elle s'est renfrognée. Déprimée, qu'elle était. Bref, ça m'a fait penser qu'il y avait un homme derrière tout ça. Ah, soupira Mrs Suggins en hochant la tête, mais savoir que la pauvre petite a été assassinée... Ça n'a pas de sens.

— Je n'ai pas dit qu'elle avait été assassinée, déclara Bannen avec son sourire ambigu. (Mrs Suggins le dévisagea d'un air ébahi.) Je vous remercie, Mrs Suggins, conclut-il. Maintenant, si vous pouviez regarder de nouveau pour Mrs Owen, je vous en serais très reconnaissant.

La cuisinière soupira et tourna les talons.

— Je vais essayer, mais si Suggins ne l'a pas encore trouvée, allez savoir où elle est passée.

Après son départ, Bannen sortit un petit calepin de sa poche et se mit à le feuilleter.

— J'aimerais appeler le QG, dit-il. Si vous voulez bien m'excuser...

Comprenant que Bannen préférait être seul, Jury sortit dans le vestibule.

Pendant que Bannen était en communication avec le commissariat de Lincoln, Jury examina des bustes en bronze nichés dans les alcôves, une écritoire Sheraton et un vaste buffet semi-circulaire en acajou plaqué.

Juste en face de la porte à double battant qu'il venait de franchir s'en trouvait une autre, sa réplique fidèle, qui ouvrait sur une pièce plongée dans l'obscurité. Jury imagina qu'il s'agissait d'une sorte de galerie, au vu de ce qui semblait être des tableaux ornant le mur de gauche. Mais le plus intéressant était une collection de statues grandeur nature, éparpillées çà et là. C'étaient des statues en marbre, de celles qu'on trouve d'ordinaire dans un jardin, au bout d'une perspective treillissée ou d'une colonnade. Leur garde-robe en marbre allait du simple drapé autour des hanches à la robe longue avec chapeau. Jury en déduisit qu'il s'agissait de la collection d'Owen, à moins qu'il n'ait hérité avec la maison de ces femmes au sourire pudique. Il s'approcha.

Il perçait assez de lumière par l'entrebâillement des rideaux des fenêtres pour que Jury remarque certains détails en allant d'une statue à l'autre : un fin collier d'argent au cou de l'une, un bracelet, toujours en argent, au poignet d'une autre et, entortillé dans les boucles en marbre d'une troisième, un ruban bleu. Une fleur bleue à longue tige, une jacinthe, peut-être, rehaussait le bouquet en marbre d'une statue.

— Magnifique ! Nous ne vous attendions pas avant la semaine prochaine !

Au son de la voix, Jury pivota.

La propriétaire de la voix traversa les rais de lumière provenant des rideaux à peine entrouverts et défit les ornements un par un, sans quitter Jury du coin de l'œil, comme s'il allait lui jouer un mauvais tour si elle le perdait de vue.

— Je sais, dit-elle en ôtant le bracelet en argent du poignet de la statue, ça paraît stupide, mais j'ai parfois le sentiment qu'il faut compenser le fait qu'elles doivent vivre presque tout le temps dans le noir. Max ne veut pas qu'on ouvre les rideaux parce que la fenêtre donne à l'est et que le soleil matinal risque d'endommager les tableaux. À vrai dire, je crois que Max a oublié ce qu'il avait l'intention de faire des tableaux ou de ces femmes. (Ayant enlevé le ruban et les bijoux, elle alla à la dernière statue et récupéra des pièces dans sa main.) Pour la laverie automatique, expliqua-t-elle. Notre machine à laver a rendu l'âme. (Elle s'arrêta soudain pour dévisager Jury.) Vous n'êtes pas Mr Pergilion, n'est-ce pas ?

— Non, je ne suis pas Mr Pergilion.

Alors, comme si elle avait perdu tout intérêt pour l'opération, elle revint déposer les pièces dans la paume ouverte d'une statue, arrangea prestement le ruban dans la coiffure d'une autre, ajusta le bracelet autour d'un poignet et repiqua la jacinthe dans le bouquet. C'était comme si elle annonçait à Jury qu'il fallait la prendre telle qu'elle était ou pas du tout.

— Cependant, je suis quelqu'un, sourit-il.

Cela ne parut pas éveiller sa curiosité, car elle semblait ne s'intéresser qu'à ce qu'il n'était pas :

— Mr Pergilion est l'expert, vous comprenez. Max fait venir expert après expert pour estimer ses tableaux et ses meubles. Il songe à vendre certaines pièces, je me demande bien pourquoi, nous n'avons pas besoin d'argent. C'est une excuse pour faire venir quelqu'un et lui parler de sa collection. C'est sa marotte. Il a depuis longtemps épuisé mes maigres connaissances en la matière. Ceci, dit-elle en désignant un secrétaire d'aspect fragile, c'est l'une des pièces que Max veut faire estimer. Je l'adore. C'est un *bonheur-du-jour*[1].

Le secrétaire en bois de citronnier était perché sur des pieds étroits, ses petites portes peintes de fleurs et d'oiseaux.

— Ça vaut quelques milliers de livres, mais bien plus si le décorateur est un peintre connu. J'imagine que Max espère découvrir le nom du peintre.

Sur le point de remettre le collier en argent, elle s'arrêta et le garda entre ses doigts, perdue dans des pensées douloureuses, à en juger par son expression. Le collier ressemblait à un rosaire, et elle a une bonne sœur en méditation. Une robe gris souris ornée d'un col blanc en dentelle, des cheveux raides et luisants, un visage imperturbable. Elle alla à la fenêtre.

— Quand Max va à Londres, j'ouvre les rideaux, c'est d'ailleurs pour ça que je suis venue... (On aurait dit qu'elle avait besoin de justifier sa présence dans sa propre maison. Joignant le geste à la parole, elle tira le cordon du rideau près duquel elle se trouvait.) Je trouve triste qu'elles soient obligées de rester toujours dans le noir. (Elle traversa la pièce, ouvrant les rideaux l'un après l'autre puis vint se planter devant Jury.) Grace Owen, déclara-t-elle, la main tendue.

---

1. Les mots en italique suivis d'un astérisque sont en français dans le texte original. *(N.d.T.)*

— Richard Jury, dit-il en lui serrant la main, froide comme du marbre. (Il sortit son insigne et l'exhiba.) Scotland Yard, Affaires criminelles.

Le sourire de Grace Owen s'évanouit ; Jury en fut étrangement attristé.

— Cela signifie que Scotland Yard enquête sur la mort de Verna ?

— Non, protesta Jury, cette affaire n'est pas de son ressort, mais le commissaire Bannen a l'amabilité de tolérer ma présence. Il se trouve que je suis très ami avec une de vos invitées — de vos invitées à l'époque des faits, veux-je dire. Lady Kennington.

— Ah, Jennifer Kennington. Mon Dieu, cette triste histoire lui a été... bien pénible, je le crains. (Elle considéra Jury comme pour évaluer de quel côté il se situait.) Mais elle est rentrée à Stratford-upon-Avon. Cela fait deux semaines... (Elle sortit un Kleenex de sa poche et frotta un endroit précis, sur le bras de la statue.) Le commissaire a parlé avec tout le monde. Qu'y a-t-il encore à découvrir ?

— Ce qui s'est passé.

Encore une fois, le regard qu'elle lui jeta parut évaluer la situation.

— Jennifer ne vous l'a pas raconté ?

Jury faillit frotter un point sur l'autre bras de la statue.

— Nous n'avons pas... je ne l'ai pas vue, en fait ; euh... les contraintes professionnelles, vous comprenez.

Non — son expression le disait assez bien —, elle ne comprenait pas. Que ce détective, un ami de Jenny, n'ait pas pris la peine de lui demander ce qui s'était passé... Jury s'en voulut d'éprouver une sorte de culpabilité irrationnelle.

Mais Grace Owen s'abstint de commenter. Elle humecta le mouchoir et recommença à frotter le bras. C'était d'un érotisme incongru.

— Je peux vous dire ce que je sais, si vous voulez, proposa-t-elle. (Elle empocha le mouchoir et alla à la fenêtre.) Elles étaient toutes deux sorties, elles allaient vers ce petit bois... (Elle s'interrompit.) C'est lui, n'est-ce pas ? Le commissaire de Lincoln ?

Jury la rejoignit. À l'entrée du boqueteau, Bannen discutait avec le jardinier.

— Que fait-il donc là ? reprit Grace Owen.

Jury se rappela qu'il ne l'avait pas mise au courant pour Dorcas Reese.

— Il est venu apporter de mauvaises nouvelles, je le crains. (Ayant dit cela, Jury se sentit tenu de l'informer.) Une de vos domestiques, une dénommée Dorcas Reese, a été retrouvée dans un canal du National Trust. Je crois qu'on l'appelle le marais Wyndham. Morte.

— Quoi ? fit Grace Owen, qui enfouit sa tête dans ses mains. Pauvre fille. Comment est-ce arrivé ?

Jury hésita. Ce n'était pas à lui de fournir les détails.

— Nous ne savons pas encore. Le médecin légiste n'a pas terminé son examen. Le commissaire Bannen est venu pour vous en parler.

— Il va encore me poser d'autres questions...

Jury acquiesça, soulagé que ces « autres questions » ne semblent pas inquiéter Mrs Owen outre mesure.

— Bon, fit-elle, il vaudrait mieux que j'aille le retrouver.

Comme ils se dirigeaient vers la porte, Jury jeta

un dernier coup d'œil au *bonheur-du-jour**, et sourit, pensif.

— Les autres pièces sont-elles aussi belles ? demanda-t-il. Celles que votre mari veut faire estimer.

— Pardon ? Ah, oui. Je ne suis pas au courant de tout ce qu'il dit vouloir vendre — il ne vendra rien, bien sûr —, c'est une sorte de manie qu'il a lorsqu'il s'ennuie. (Ils étaient parvenus à la porte ; elle lui désigna une écritoire.) Tenez, en voilà une autre. Vous aimez les vieilleries ? Les tapis, les antiquités ? Dans le salon, il y a un tapis d'Ispahan qui serait d'« origine inconnue », comme dirait mon mari.

— Je n'y connais rien, avoua Jury. Mais j'ai un ami qui est expert dans le Northamptonshire.

— N'en dites rien à mon mari, sinon il le fera venir sur-le-champ.

— Vraiment ?

— Un jour, il a menacé de vendre les Femmes de Glace.

— Qui ?

— Elles, dit-elle en désignant les statues de marbre. C'est comme ça que je les appelle, les « Femmes de Glace ».

4

C'était une journée froide et monochrome, ce qui convenait parfaitement à Melrose Plant car il était d'humeur à broyer du noir. Bien que pressé de retrouver Richard Jury, Melrose ne voyait pas par quel bout prendre l'affaire Jenny Kennington.

Il errait depuis une vingtaine de minutes dans Ardry End en méditant sur le coup de fil de Jury, et il s'aperçut avec surprise qu'il était loin de la maison, dans un bosquet de sycomores qui faisait partie d'un bois qu'Ardry End partageait avec Watermeadows. Difficile de deviner où s'arrêtait l'une des propriétés et où commençait l'autre. Il observa Watermeadows à travers une trouée dans les feuillages et pensa à Miss Fludd. Depuis deux jours, il était pris par l'affaire du Lincolnshire, et il avait remisé Miss Fludd dans un coin de sa tête, derrière une porte qu'elle ouvrait de temps à autre pour savoir s'il était toujours occupé... Ah, il l'était. Et la porte se refermait sans bruit.

Il hocha tristement la tête.

Un coup de feu retentit.

Melrose sursauta : que diable ? Il crut entrapercevoir l'éclat d'une silhouette emmitouflée traverser en bolide les pins sur sa droite. Oh, il savait qui c'était. Mr Momaday, qui se proclamait garde-chasse d'Ardry

End. Il avait en réalité été engagé pour faire un peu de jardinage ; mais Momaday insistait pour se faire appeler « garde-chasse ». Il n'avait pas fait grand-chose, à en juger par les parterres envahis de mauvaises herbes et les bordures mal taillées. En revanche, il patrouillait les terres tel un maudit nazi et tirait sur les écureuils, les lapins, les faisans — tout ce qui passait à portée de son fusil. Melrose lui avait ordonné de cesser. Il désapprouvait la chasse pour le seul plaisir, et Ardry End procurait un garde-manger suffisamment bien garni pour qu'on évite de tuer du gibier sur pied. Mais la propriété était si vaste que Momaday pouvait s'en donner à cœur joie sans se faire prendre, car Melrose parcourait rarement ses terres lointaines et cherchait encore moins souvent un abri dans ses bois lugubres.

Heureusement pour les pauvres bêtes, l'homme visait comme un manche. Melrose en était arrivé à la conclusion que Momaday ne parviendrait à abattre un écureuil ou un lapin que si l'animal était porté sur le suicide et s'avançait au-devant du chasseur en lui criant : « Tire, Momaday, tu me rendras service, mon vieux ! » Alors seulement, le redoutable chasseur (ainsi qu'il semblait aimer se dépeindre) empocherait son gibier.

Melrose soupira et reprit sa promenade. Il doutait que marcher au grand air fût plus propice à la méditation que de réfléchir dans un fauteuil confortable, devant la cheminée, un bon porto en main. Peut-être, pour anéantir les pensées, fallait-il aussi anéantir le corps. Ainsi, une journée glaciale et grise offrait un meilleur cadre pour un esprit troublé qu'une journée ensoleillée. Il fallait aussi s'habiller en conséquence. Les grosses bottes étaient indispensables, sans oublier la veste Barbour verte. Et on marquait un point si on portait un fusil cassé en deux sur son bras. Mais il n'y avait qu'un fusil dans la maison, et Momaday s'en servait.

Melrose s'arrêta pour examiner une petite fleur blanche, et se demanda s'il ne s'agissait pas d'un perce-neige. Le nom lui parut coller avec le climat. Un peu plus loin, il s'arrêta encore pour passer un doigt sur une fine liane qui grimpait le long d'un arbre. Était-ce du lierre ? Les lianes s'appellent souvent du lierre, il la laissa donc en paix et se remit à méditer sur la visite prochaine de Jury.

Peu après, il entendit appeler son nom au loin : « Melrose ! » C'était Agatha, venue prendre le thé, sans doute. Une chose que Melrose avait apprise depuis longtemps : ne jamais sous-estimer le talent de sa tante pour vous tirer les vers du nez. Comme Ruthven, son valet de chambre, était imperméable aux ruses, menaces et mensonges, Melrose était tranquille de ce côté-là. Elle ne saurait jamais où il était. Elle enrôlerait peut-être Momaday... ?

Un second coup de feu.

Il finira par tuer quelqu'un, un de ces jours, ce pauvre Momaday.

Quelle pensée réjouissante !

Ruthven ayant signalé la fin de l'alerte (avec la vieille cloche du dîner), Melrose se retrouva bientôt dans le salon avec le porto et les noix qu'il regrettait d'avoir abandonnés pour sa promenade glaciale. En son absence, bien sûr, Agatha avait laissé moult messages qu'il s'empressa d'ignorer.

Car la visite attendue de Jury l'intéressait bien davantage. Et ce qu'il devrait dire à propos de Jenny

Kennington. Il ressentait une certaine culpabilité à cause de l'histoire de Littlebourne, aussi anodine qu'elle ait pu être. En outre, il avait envoyé promener Polly Praed, qu'il n'avait pas vue depuis des années. Il soupira. Qu'était-il devenu ? Un bonhomme qui louche sur toutes les femmes, vole de l'une à l'autre, tel un papillon ou une abeille ? Morose, il prit la serviette en papier à côté de l'assiette de noix. Finalement, il sortit son stylo, déplia la serviette et écrivit une liste de noms :

VIVIAN RIVINGTON
POLLY PRAED
ELLEN TAYLOR
JENNY KENNINGTON
MISS FLUDD (NANCY)

Il tapota son stylo, réfléchit, puis ajouta :

Bea Slocum

La plume du stylo accrocha le papier quand il voulut tracer les parenthèses autour du nom de Jenny. Elle ne devrait figurer sur aucune de ses listes. Bea Slocum non plus, en allant par là. Il l'avait donc notée en petits caractères. Elle était bien trop jeune pour lui. Après avoir longuement hésité sur le nom de Jenny, il le raya, à contrecœur.

Sur la droite de la serviette, il inscrivit : *Commentaires*. C'est le meilleur moyen, non ? Établir une liste et inscrire les « pour » et les « contre » ? Cela devrait aider à éclaircir les idées et à se faire une juste opinion. Il se prit la tête à deux mains, essayant de penser à ce qu'il pourrait écrire en face de Vivian (les « pour » ou les « contre », mais la seule chose qui lui vint fut le comte Dracula, son fiancé. Sinon, son esprit resta désespérément vide. Il était tellement concentré sur le nom de Vivian Rivington qu'il n'entendit pas les pas approcher et que la voix de Ruthven le fit sursauter.

— Le commissaire Jury, monsieur, annonça Ruthven depuis le seuil.

Melrose se levait déjà quand Jury franchit la porte. Bien qu'il ne sût que lui dire, il était ravi de le voir.

— Richard! s'exclama-t-il. (Ils se serrèrent la main avec effusion.) Que... comment vas-tu?

— Moyen.

— Grands dieux, cela fait si longtemps qu'on ne s'est vus!

Jury dressa un sourcil.

— Deux semaines?

— Peut-être, mais ça m'a paru long. Assieds-toi! Ruthven va te servir à boire.

Jury demanda un whisky et s'assit en face de Melrose. Ce dernier dit à Ruthven d'aller remplir la carafe, puis il s'adossa et se laissa aller à espérer que Jenny ne viendrait pas sur le tapis. C'était idiot. Comment éviter d'en parler? Elle était au cœur d'une enquête criminelle.

Mais Jury parut davantage intéressé par la serviette en papier que Melrose avait laissée sur la table.

— Tiens, fit-il, qu'est-ce donc?

— Une liste.

Melrose voulut reprendre la serviette mais Jury le devança.

— Il me semble que je connais ces personnes, dit celui-ci, impassible. Ah, pas Miss Fludd. Elle, je ne la connais pas.

Dans ce cas, le sujet n'était pas dangereux. Melrose exhala le souffle qu'il avait retenu.

— Une voisine, dit-il. Tu te souviens de Watermeadows...

Il s'arrêta. Watermeadows avait marqué une période particulièrement malheureuse de la vie de Jury. Seigneur, parler de femmes avec lui revenait à traverser un champ de mines. Les pires malheurs s'abattaient sur les femmes de Jury. Toutefois, son expression ne trahit rien.

— Une voisine que tu connais à peine, j'imagine. D'où le « Miss ». Tiens, sourit-il, il y a aussi Bea Slocum. Hum, qu'est-ce que ces femmes peuvent bien avoir en commun ?

Grands dieux, y a-t-il quelque chose de pire que d'écrire des secrets très personnels et de voir quelqu'un débarquer et les lire ? Melrose était bigrement soulagé de n'avoir pas encore rempli la colonne « Commentaires ».

Ruthven revint avec les verres et la carafe. Jury le remercia, puis reprit, implacable :

— Seraient-ce les femmes de ta vie ? demanda-t-il avec un sourire malicieux.

— Pardon ? Bien sûr que non, s'esclaffa Melrose avec une désinvolture affectée.

— Bon, comme je les connais, ce sont peut-être celles de ma vie. Sauf Miss Fludd, évidemment. (Il brandit la serviette.) Nancy. C'est son prénom ?

Melrose adopta un ton condescendant :

— Dis-moi, Richard, tu n'es tout de même pas venu pour ça ? C'est pour ça que tu as fait ce long voyage du Lincolnshire ?

— Non. Regarde, tu n'as rien écrit sous la colonne « Commentaires ». Il n'y a donc rien à dire sur ces femmes ?

Melrose esquissa un sourire forcé. Quand il le voulait, Jury pouvait être un véritable pot de colle. Il était apparemment décidé à mettre Melrose sur le gril jusqu'à ce qu'il lui fournisse une explication acceptable. Il utilisait la même méthode pour cuisiner les suspects qui avaient le tort de s'embrouiller ou de se sentir coupables.

— Oh, ça, fit Melrose, comme pour repousser d'un geste les questions de Jury. Je n'avais pas terminé, ça se voit.

— Eh bien, allons-y.
— Allons-y où ?
— Notons les commentaires.

Jury sortit un stylo-bille de sa poche et l'actionna plusieurs fois, ce qui eut le don d'énerver son ami.

Melrose toussa. Pourquoi était-il si long à trouver une réponse intelligente ?

— Elles ont toutes été des amies, à un moment ou un autre. Je me demandais juste laquelle ferait le meilleur témoin. Tu sais... laquelle serait la plus fiable.

Ah, voilà de la repartie ! Melrose était content de lui.

— Pourquoi avoir rayé le nom de Jenny ?

Melrose s'absorba dans la contemplation des flammes qui dansaient dans la cheminée.

— Euh, je n'étais pas sûre qu'elle ferait un bon témoin...

— Mais si. Sinon, tu n'aurais pas eu besoin d'aller la chercher.

Jury cherchait à le piéger, bien sûr. Jury le flegmatique, Jury l'impassible. Pas étonnant qu'il fasse craquer les suspects. Cependant, il paraissait de bonne humeur et prêt à plaisanter.

— Nous ne nous sommes pas vus depuis... (Il abordait de lui-même ce fatal rendez-vous à Littlebourne. Ah, zut. Trop tard, les mots étaient sortis :) ... depuis ton retour du Nouveau-Mexique. (La tête basse, il dessinait avec son verre des ronds humides sur la table en palissandre, abîmant le vernis.) C'est-à-dire que nous étions en train d'en discuter... ajouta-t-il maladroitement.

Jury parut acquiescer, puis il déclara :

— Je ne t'ai jamais remercié. Macalvie m'a dit que tu avais été d'une grande aide. Et Dieu sait que Wiggins a apprécié.

Melrose s'esclaffa, surpris.

— Wiggins n'avait pas besoin de moi. Il adorait cet hôpital. Et l'infirmière... (Il claqua des doigts.) Comment s'appelait-elle, déjà ?

— Lillywhite.

Jury but une gorgée de whisky. Son regard s'attarda de nouveau sur la serviette. Melrose aurait aimé qu'il cesse de la regarder.

— L'infirmière Lillywhite. C'est ça. Il lui faisait parcourir tout Londres pour trouver des livres.

— Il continue. Apparemment, elle a « fait des merveilles » — ses propres mots — pour sa santé. Et pour son tempérament. Que je qualifierais tous deux d'encourageants.

Ils passèrent quelques moments à discuter de l'affaire qui avait conduit Jury au Nouveau-Mexique. Ils épuisèrent le sujet. Melrose sortit son étui et offrit une cigarette à Jury, qui refusa.

— Merci, mais j'ai arrêté, si tu t'en souviens.

— Ah, c'est juste. Je ne pensais pas que tu tiendrais. Bravo.

— Cela ne fait que dix-huit jours et un tiers, mais à quoi bon compter ?

— Je ne tiendrais pas dix-huit minutes. Je préférerais arrêter ça (il leva son whisky) que le tabac.

Jury éclata de rire.

— Il te faut un complice; quelqu'un qui essaie d'arrêter en même temps que toi. Chaque fois que je suis sur le point de craquer, je téléphone à Des.

— Des?

— Une jeune femme de Heathrow. Elle travaille dans un des bureaux de tabac de l'aéroport. Tu parles d'un environnement pour arrêter de fumer! Nous avons eu une longue conversation sur le sujet, et je lui ai dit que j'arrêterais si elle arrêtait aussi. Appelle ça un pacte, si tu veux. Un peu comme ceux qu'on faisait enfants, tu sais, ne jamais cafter un copain, ce genre de truc...

— Oh, mes petits camarades ne me faisaient pas confiance pour ça.

— Pas étonnant! s'esclaffa Jury.

— J'étais toujours obligé de payer une amende. C'était du racket, si tu veux mon avis. (Ils rirent de bon cœur. Melrose contempla le bout incandescent de sa cigarette.) Un pacte, c'est une bonne idée. Un pacte. Avec qui pourrais-je en lier un? Marshall Trueblood? De toute façon, je n'imagine pas Trueblood arrêter ses sucres d'orge Sobranies.

— Ça fait partie de son style.

— Son style?

— Oui, tu sais, son jeu. Son personnage.

— Pour Trueblood, il n'y a que le style qui importe. Enfin, qu'est-ce que tu attends de moi? Quel plan sinistre, quel complot tordu as-tu en tête?

Jury s'enfonça dans son fauteuil en cuir préféré, posa son verre en équilibre sur son genou et contempla le plafond.

— Tu te souviens de Lake District ? Holdsworths ?
— Ah, non. Je n'y retourne pas !
— Ne me dis pas que tu n'as pas aimé, je ne te croirais pas.

Melrose bafouilla, dépréciant de son mieux le plaisir qu'il avait éprouvé.

— Tu ne vas pas encore me transformer en bibliothécaire, pas question !
— Non, je ne pensais pas à ça.
— Dieu merci !
— Je veux que tu sois un expert.
— Un quoi ? bougonna Melrose en regardant Jury par-dessus le rebord de son verre.
— Tu sais bien. Un type qui dit aux gens ce que valent leurs vieilleries. (Jury finit son verre et le tendit.) C'est toi l'hôte.
— Je ne connais la valeur des vieilleries de personne.

Melrose prit les deux verres, alla à la desserte où Ruthven avait laissé la carafe, versa deux doigts de whisky à Jury et lui rendit son verre.

— ... je ne sais même pas combien valent mes vieilleries à moi. (Il se servit un verre et retourna s'asseoir.) Alors, je...
— Je veux que tu sois un expert en objets d'art. Bon Dieu, tu t'en sortiras très bien. Tu as bien fait le bibliothécaire.
— C'étaient des livres, sacrédieu ! Des livres ! J'en connais un rayon sur les livres. Je ne connais que dalle aux objets d'art. Envoie Trueblood.

Jury ignora la proposition.

— J'ai besoin d'avoir quelqu'un dans la propriété. Dans Fengate. C'est près de Spalding.

— Près de Spalding, hein ? Là, c'est différent ! Où se trouve ce Spalding de merde ?

— Dans le sud du Lincolnshire. Little Holland.

— Little qui ? De toute façon, ces gens qui ne connaissent pas le prix de leurs objets d'art ne voudraient pas voir un étranger habiter chez eux. (Ayant repoussé la proposition de Jury, Melrose se récompensa d'une large rasade de whisky.) Un pensionnaire. Quel rôle à la noix ! Je descendrais prendre mon petit déjeuner avec mon cardigan troué aux coudes et ma veste à longs poils. (Melrose réfléchit.) Tattershall. Tu sais, le château dont comment s'appelle-t-il déjà — Lord Curzon ? — était si fier et qu'il s'est ruiné à restaurer ?

— Ne sois pas stupide.

— Moi ? C'est toi qui es stupide, s'imaginer que je me prêterais à cette mascarade... comme un Truebloodien.

— Il ne s'agit pas de mascarade. Tu iras en bon vieux Melrose Plant. Tu en sauras juste un peu plus que tu ne crois sur les objets d'art et les meubles anciens.

Jury s'éclaira d'un bref sourire.

— Oui, eh bien, le bon vieux Melrose ne sait rien de rien.

— Bon, tu n'es pas un expert, et je t'accorde que tu risques de ne pas en savoir assez pour tromper Max Owen...

Soulagé, Melrose se détendit.

— Content de voir que tu as retrouvé la raison.

— ... tu devras donc prendre des leçons auprès de Trueblood.

— Des leçons auprès de Trueblood ? s'exclama

Melrose qui se redressa d'un coup. Ha, ha, ha! (Il hurla de rire en se tapant sur les cuisses.) Ha, ha, ha!

Jury ignora le rire.

— Ça sera vite fait, parce que je connais déjà les pièces — du moins celles qu'il compte faire estimer. Tu vois, c'est pas comme si tu devais tout savoir.

— C'est le fait de ne rien savoir qui m'ennuie. Envoie Diane Demorney. C'est la candidate idéale; dans son petit esprit maniaque, il n'y a aucun sujet au monde qu'elle ne connaisse, de Stendhal au base-ball. Elle bernera sans problème ton... Comment s'appelle-t-il?

— Max Owen. Il y a déjà eu deux meurtres. Pour l'instant.

Melrose fit tourner le whisky dans son verre.

— Seulement deux? Qui est chargé de l'affaire?

— Bannen. Le commissaire Arthur Bannen, police de Lincoln. C'est pas n'importe quel flic. C'est un malin.

— Il ne tombera jamais dans le panneau.

— Mais si. Il ne connaît rien à la valeur des *bonheurs-du-jour**.

— Je ne sais même pas ce que c'est, ronchonna Melrose. Alors la valeur...! Deux meurtres? (Melrose essaya de réfléchir, mais abandonna.) Revenons à ma première objection: ils ne voudront jamais qu'un étranger s'installe chez eux, pas après ce qui vient d'arriver. Comment sauraient-ils que je ne suis pas le Monstre des Marais, venu les étrangler dans leur sommeil?

— Ils seraient ravis d'avoir un invité. Grace, parce qu'elle est hospitalière, son mari parce qu'il a un faible pour les titres.

— Je te demande pardon, hoqueta Melrose. Je n'ai pas de titre...

— Tu es comte.

— Ex-comte! Ex! (Melrose se leva, titubant légèrement.) E-X, ancien. Je suis le brontosaure de la noblesse.

— Tu as toujours tes cartes de visite ornées d'une couronne, sourit Jury. Je t'ai vu les utiliser, pas vrai? C'est pas comme si tu étais un novice. C'est pas comme si tu ne sortais pas ton titre de comte chaque fois que ça t'arrange. Comte un jour, comte toujours. C'est comme quand on est catholique.

— Parle pour toi. Pas une fois en douze ans je n'ai été comte, sauf quand ça t'arrangeait, mon cochon.

Jury tendit de nouveau son verre.

— Tiens, pendant que tu es debout.

Melrose alla prendre la carafe d'un geste rageur. Il versa du whisky dans les deux verres. Deux bonnes giclées.

— Ces fois-là — ces rares fois, c'était au Dartmoor, non? — t'ont bien aidé. Tiens. (Il rendit son verre à Jury.) Mais vouloir que je sois...

— C'est encore pour m'aider. Et Jenny...

— ... un expert en objets d'art, en plus...

— ... Kennington.

Melrose resta un instant silencieux. Sous le regard amusé de Jury, il se rassit dans sa bergère à oreilles, contempla le feu puis déclara:

— Jenny? Sois sérieux, veux-tu?

— Je suis sérieux. Jenny est un des témoins.

Melrose émit un rire semblable à un grognement.

— Je suis bien placé pour le savoir. J'ai fouillé tout l'enfer de fond en comble pour trouver... (Il aurait mieux fait de tenir sa langue, ramener ce sujet sur le tapis !) De quoi parles-tu ?

— Le suspect numéro un, même.

— Quoi ? fit Melrose, qui se pencha en avant.

— Le commissaire Bannen semble le croire. Du moins, c'est ce qu'il sous-entend. (Jury lui raconta le meurtre de Verna Dunn.) L'ex-épouse, tuée avec un fusil calibre 22, conclut-il.

Melrose eut soudain un peu honte de lui. Il était davantage intrigué qu'ébranlé.

— Quel intérêt a-t-on de tuer une ex-épouse, nom de Dieu ?

— Surtout quand on pense au second meurtre. L'assassinat d'une domestique, une fille de cuisine.

Melrose reposa son verre.

— Un second meurtre ?

Jury lui raconta ce qui s'était passé.

— Est-ce que ça n'effacerait pas le mobile du meurtre de l'ex-épouse ?

— Ça dépend, rétorqua Jury avec une grimace. Nous ne connaissons pas plus le mobile du premier meurtre que celui du second. Il y a aussi l'opportunité. Verna Dunn et Jenny étaient dehors, elles se disputaient. C'est la dernière fois qu'on a vu Verna Dunn en vie.

— Grands dieux !... Eh bien, étant donné que cette domestique a aussi été assassinée... à l'évidence, ton commissaire Bannen s'imagine que c'est le même assassin.

— Probablement.

— Oui, mais... (Melrose se remit à contempler le feu.) Jenny n'était plus là-bas, n'est-ce pas ?

— Non, elle était rentrée à Stratford.

— Alors, si Bannen croit que c'est le même coupable, elle est hors du coup, conclut Melrose, en reprenant son verre.

— À condition de savoir où elle était la nuit du 14. Stratford-upon-Avon n'est qu'à deux heures, trois au plus, de Fengate.

— Bigre, tu parles comme un procureur.

— Sans mobile, c'est absurde. Seulement... Je crois que le commissaire Bannen en sait plus qu'il ne veut bien le dire. Malgré tout, je n'arrive pas à croire...

Jury se laissa glisser au fond de son fauteuil, les yeux au plafond.

Malgré le caractère pénible de la discussion, Melrose se réjouissait d'être de nouveau avec Jury, il avait l'impression que l'horloge du temps était revenue en arrière. Mais c'était une illusion, et il lui fallait se libérer d'un poids.

— Écoute, Richard. L'autre fois, à Stonington...

— Oui, eh bien ?

— Tu es parti si vite... Euh, ça m'a laissé comme un malaise. Tu comprends, j'avais imposé ma présence...

— Mais tu n'étais là que parce que je t'avais demandé de m'aider à la retrouver. C'est tout. Alors, comment peux-tu dire que tu avais imposé ta présence ? C'est une façon de parler plutôt désuète, à vrai dire. (Jury sourit, but une gorgée de whisky, puis brandit la serviette qu'il avait posée sur le bras de son fauteuil.) C'est pas pour ça que tu l'avais barrée, j'espère. Je trouverais cette décision monumentale.

— Quelle décision ?

— Enfin, si c'était une liste de femmes dont tu serais amoureux, par exemple. Ou que tu envisagerais d'épouser.

— Quoi ? Quoi ? explosa Melrose. Épouser ? Moi ?

Qui diable devrais-je épouser, d'ailleurs ? demanda-t-il avec un petit rire forcé.

Jury agita la serviette en papier.

— Une de celles-là, sans doute.

— Ne sois pas stupide ! souffla Melrose. Je ne voudrais pas que tu t'imagines que... (Que quoi ? se dit-il.) Lady Kennington et moi, nous ne sommes pas ce qu'on appelle... compatibles.

— C'est drôle, j'aurais cru le contraire.

— C'est là que tu te trompes. Je la trouve un peu... euh, sèche. Tu vois ce que je veux dire ?

— Non, pas exactement. Sèche comme une brindille ?

— Non ! cracha Melrose, exaspéré. Non, bien sûr que non.

— Comme une feuille, alors ? Comme un martini de Diane Demorney ? Il n'y a pas plus sec pour toi.

— Jenny n'est pas du tout mon type, s'enferra Melrose. Je ne la critique pas, note bien. C'est seulement que certaines personnes ne vont pas ensemble... par exemple, je ne te vois pas avec Ellen Taylor.

— Moi, si. (Jury but une autre goutte de whisky.) En fait, je me vois bien avec n'importe laquelle de ces femmes. Sauf Miss Fludd, bien sûr, que je ne connais pas.

— Je veux dire, relativement parlant. Oh, zut...

Jury rit de bon cœur.

— Tu es un affreux menteur, dit-il. De toute façon, l'épisode de Stonington est oublié.

— C'est vrai ? interrogea Melrose, incrédule.

— Absolument. Comment pourrais-je t'en vouloir alors que tu vas me rendre un service inestimable ? Expert en objets d'art anciens, comte, des leçons auprès du capitaine Trueblood. Bon sang, faut vraiment que tu sois un ami pour faire ça !

— Tu me fais chanter ! s'offusqua Melrose.
— Qui ? Moi ? Tu ne penses pas sincèrement que je m'abaisserais...

Melrose le dévisagea avec malice.

— À n'importe quoi, termina-t-il.
— D'accord, j'admets que j'étais fâché... terriblement, en fait... à Stonington. J'avais roulé jusqu'à Salisbury, traîné autour d'Old Sarum, cette ruine paumée. Enfin, c'était l'affaire sur laquelle on s'échinait à l'époque. J'avais rencontré le type qui travaillait là-bas. Il m'avait rappelé le jugement hâtif d'Othello à propos de Desdémone. Tout ce qu'Othello avait vu, c'était un mouchoir. (Jury sourit à Melrose.) On ne peut rien conclure d'un mouchoir, n'est-ce pas ? Ni d'une serviette en papier ? interrogea-t-il en l'agitant tel le torero sa cape, tout en roulant des yeux vers le plafond. Nous oublions quelque chose, il me semble ?
— Quoi ?
— La décision ne nous appartient pas. C'est la sienne. Elle a le droit de préférer l'un ou l'autre d'entre nous, ou même Max Owen. C'est du machisme de croire que la décision nous appartient.

Melrose se sentit soulagé d'un grand poids. Il respirait mieux. Jury avait raison. Ce n'était pas à eux de décider.

— Toujours amis ? demanda-t-il en levant son verre.
— Notre amitié n'a jamais été en cause, en ce qui me concerne. Mais il y a une chose que je dois dire.

Jury regarda de nouveau le plafond d'un air sombre ; Melrose sentit l'angoisse monter.

— Je t'écoute, dit-il.
— Pour un comte, tu as beaucoup d'araignées au plafond.

5

— Encore une goutte de ce machin et je me porterai comme un charme, déclara Wiggins en tapotant sa cuillère contre sa tasse.

Richard Jury leva les yeux des fiches roses en désordre sur son buvard et se demanda ce qui avait bien pu mettre son inspecteur d'humeur si joyeuse. Il n'était pas connu pour se porter « comme un charme ». En fait, il souffrait de suffisance. Wiggins pouvait se montrer d'une suffisance insupportable. Eh bien, Jury n'était pas prêt à partager son optimisme. Il loucha vers son inspecteur et le vit remuer une chose épaisse dans son verre, une sorte de médicament ambré. Wiggins tournait lentement sa cuillère, d'un air pensif.

Il attend un commentaire de ma part, se dit Jury, qui était tout sauf optimiste. Triturant toujours les messages roses, il sentit que Wiggins l'observait et tentait de percer son silence soigneusement entretenu. Bien entendu, la déclaration de ce dernier — car elle avait la gravité d'un faire-part — était censée provoquer un soupir étonné, ou du moins un froncement de sourcils.

N'obtenant ni l'un ni l'autre, Wiggins cessa de touiller et se remit à tapoter sa cuillère sur le rebord de sa tasse à petits coups réguliers, ce qui eut le don de produire un bruit semblable à celui d'un encensoir, tout en aspergeant des nuages de gouttelettes. Jury n'aurait pas été surpris que l'air se remplisse d'encens. Les plaintes de Wiggins prenaient souvent une tournure rituelle et religieuse. Pour l'instant, il soupirait. Bruyamment.

— Qu'est-ce qui vous met d'humeur aussi favorable ? demanda Jury, comme s'il donnait sa langue au chat.

Wiggins le gratifia d'un sourire aussi faible qu'un croissant de lune évanescent.

— Une humeur favorable ? Oh non, mais Vera m'a fait remarquer que je me persuadais trop souvent d'être mal fichu.

Vera ? Jury dévisagea Wiggins.
— Vera ?
— Vera Lillywhite.

Jury fronça les sourcils. Lillywhite, l'infirmière ?
— Lillywhite, l'infirmière ?
— Elle a un prénom, vous savez, dit Wiggins, vexé.

— Oui, mais vous ne l'appelez jamais par son prénom, d'habitude...

Cela signifiait-il que leur relation avait franchi un palier ?

Wiggins prit une Thermos et versa un épais liquide ambré dans la tasse où il venait de déposer une chose duveteuse, et confirma qu'en effet Vera et lui avaient appris à se connaître plutôt bien.

Jury se souvenait de l'infirmière comme d'une femme potelée, assez jolie, d'une humeur joyeuse inébranlable. Certes, il fallait avoir un tempérament jovial pour supporter les maladies de Wiggins.

Prendre soin de lui n'était pas une mince affaire. Pour commencer, il y avait ses maux complexes ; c'est-à-dire, ce que Wiggins considérait comme ses maux — tous plus ou moins mineurs, mais si nombreux qu'ils se faisaient la guerre entre eux, de sorte qu'un simple rhume exacerbait la moindre poussée de fièvre. Wiggins prétendait souffrir de ces affections médiévales dont Jury croyait qu'elles avaient été éradiquées avec la peste noire.

— Oh, Gertrude, Gertrude, lorsque les maux arrivent, ils n'arrivent pas à la file, mais en bataillons, récita Jury. (Comme Wiggins paraissait perplexe, il expliqua :) C'est Claudius. Vous savez, Claudius, dans *Hamlet*, sauf que Claudius parlait du chagrin...

Shakespeare eut le tort de lui rappeler Stratford-upon-Avon et Jenny Kennington.

— De toute façon, dit Wiggins, Vera m'a aidé à supprimer pas mal de médicaments...

Ah bon ? Qu'y a-t-il donc dans ces deux flacons et quelle est cette boue orange dans votre Thermos ?

— ... et m'a mis au régime santé. Vera croit en une approche holistique, vous savez ; elle pense qu'il faut soigner le malade dans sa totalité.

— Vous ne soigniez que des parcelles, auparavant ?

Wiggins décapuchonna un des flacons et versa dans son verre quelque chose qui fit mousser la chose duveteuse. Du bromure effervescent, probablement, se dit Jury. Wiggins y était accroché, depuis son voyage à Baltimore.

— J'essaie d'être sérieux, chef.

— Désolé, s'excusa Jury, qui regarda Wiggins revisser le capuchon avec une lenteur agaçante.

Un homme qui n'avait pas de problèmes de femmes. Jury s'en trouva encore plus déprimé.

— J'aurais cru que ça vous ferait plaisir, dit Wiggins. Après tout, vous en avez souffert autant que moi.

Personne ne pouvait souffrir autant que Wiggins, mais Jury fut ému qu'il en envisage la possibilité.

— Holistique, hein ? C'est ces médicaments à base de betterave ou de trucs comme ça ?

— Vous confondez avec l'homéopathie.

Plutôt avec la psychopathie, songea Jury en regardant les bulles pétiller comme du champagne dans le verre de Wiggins.

— L'homéopathie, c'est ça, dit Wiggins en exhibant un petit tube. C'est de la médecine naturelle.

— Et ça, c'est quoi ? demanda Jury en désignant la gelée ambrée.

— Du jus d'abricot avec des algues pilées.

Wiggins leva son verre comme pour porter un toast, le vida d'un trait, et le reposa en poussant un Aaah, tel un marin après avoir éclusé une double ration de rhum.

Jury dut admettre qu'écouter Wiggins était en soi une excellente thérapie. Cela lui évitait de penser à autre chose ; il avait envie de l'étrangler, et l'énergie ainsi dépensée ne se consumait pas dans des ruminations stériles à propos de Jenny Kennington.

Le matin, il avait reçu un message de Jenny, mais par l'intermédiaire de Carole-Anne Palutski, ce qui n'était pas la même chose. Entre ce qu'avait dit Jenny et ce que Carole-Anne disait qu'elle avait dit, la différence était la même qu'entre du plâtre et un fromage digne de ce nom.

Ce matin, en ouvrant la porte, Jury avait trouvé le

chien Stone assis sur le palier, avec dans la gueule une fiche rose qui pendait, semblable à une langue.

C'était comme cela que Carole-Anne transmettait à Jury les messages téléphoniques dont elle espérait qu'ils s'effaceraient en route, maculés de bave ou dévorés avant de parvenir à destination. Les messages qui recevaient un tel traitement provenaient de femmes que Carole-Anne ne connaissait pas, dont elle ne pouvait donc avoir une bonne opinion, ou dont elle aurait une mauvaise opinion si elle les connaissait, car, question femmes, le commissaire Jury ne devait pas s'écarter du cercle de son domicile.

Le labrador couleur caramel vivait à l'étage supérieur, entre l'appartement de Jury et celui de Carole-Anne. À l'évidence, le coup de fil avait eu lieu la veille au soir ou le matin de bonne heure, quand Jury était sorti et que Carole-Anne était chez elle, c'est-à-dire chez lui. Plutôt que de noter le message et de laisser le mot près du téléphone comme aurait fait n'importe qui, elle l'avait emporté chez elle — d'une écriture si compliquée qu'il en était indéchiffrable —, puis l'avait donné au chien afin qu'il le rapporte. Jury s'était crevé les yeux en maudissant les pattes de mouche. Peu après l'arrivée du chien, Carole-Anne en personne avait dévalé l'escalier, tache de bleu étincelant et de rouge doré, lançant un « Désolée, commissaire, je file », lorsqu'il avait essayé de l'interroger.

Irrité au-delà de toute description, Jury avait mis la bouilloire sur le réchaud et tentait, à l'aide d'une loupe, de décrypter les gribouillis :

Peur plaise venir de licou maxi rond vinaigre
suivi d'un paquet de lettres impossibles à démêler, et :
Cette Ford pour reposer

Le reste se mélangeait dans un pâté d'encre noire. Ah, quand il tiendrait Carole-Anne en tête à tête !

Il avait parcouru le texte mot à mot. *Peur*, il comprenait. Le mot suivant était-il *plaise* ? Non, *police*, voilà. C'était donc *police de Lincoln* quelque chose. *Maxi rond.* Jury se gratta la tête. Max Owen ! Mais cela ne voulait toujours rien dire. *Vinaigre.* Vin... oh, nom d'une pipe ! *Fengate.* Si Carole-Anne avait été là, il l'aurait sans doute étranglée.

Pourtant, les messages qu'elle avait notés la veille étaient clairs comme du cristal et en majuscules d'imprimerie : INSPECTEUR SAM LASKO A APPELÉ ET TEINTURIER A APPELÉ POUR VOTRE PULL SABOT.

Si Jury n'avait pas été au courant que le teinturier avait renversé de la teinture sur son pull, il aurait séché sur SABOT. Stone observait Jury en train de se crever les yeux sur le message de Jenny. Jury connaissait la raison des pattes de mouche : il s'était plaint récemment d'un message de Jenny que Carole-Anne avait traduit par « ZÉRO ». Désormais elle notait tout ce qu'elle pouvait en lettres minuscules orthographiées n'importe comment. Heureusement, la bouilloire se mit à siffler avant que Jury ne devienne cinglé.

Stone avait suivi Jury dans la cuisine, le regardait verser une pincée de thé dans la théière.

— Cette Ford, marmonnait-il, cette Ford...

Stratford ! Doux Jésus ! Qui d'autre que Carole-Anne aurait trouvé cette interprétation ? « À Stratford pour reposer. » Jury avait saisi la théière et s'était adressé à Stone :

— Irai-je, Mère ?

Le chien avait paru acquiescer.

Jury devrait peut-être lui donner le message à traduire.

Il craignait cependant de deviner ce que « reposer » signifiait.

La voix de Wiggins le tira de sa rêverie.

— Vous devriez essayer les remèdes de Vera, chef. Je vous assure, je n'ai plus aucun symptôme depuis près de deux semaines. C'est comme si j'avais passé des vacances au bord de la mer.

Il respira bruyamment, comme pour inhaler l'air de la plage de galets de Brighton. Jury hocha la tête. Il ne distinguait pas les effets de la poudre de perlimpinpin de Lillywhite, mais le principal, se dit-il, c'était que Wiggins y croie. Le but de tout changement était sans doute la réorganisation. Si on arrête de s'intoxiquer au bromure effervescent ou aux biscuits noirs, on se retrouve accroché au jus d'abricot et aux algues. Wiggins et moi, nous avons des conduites addictives, se dit Jury. Il n'avait pas fumé depuis un mois (enfin, trois semaines, euh, dix-neuf jours, pour être précis — qui cherchait-il à tromper ? Il connaissait le nombre d'heures exact, à la minute près !). Bon, quelle était sa nouvelle drogue ? La léthargie, sans doute. Il éprouvait des difficultés à bouger ne serait-ce que le petit doigt.

La sonnerie du téléphone le fit sursauter.

— Fiona, dit Wiggins en raccrochant. Elle dit que vous devez passer voir le patron. Quand il rentrera de son club.

— C'est-à-dire ?

Wiggins eut un geste d'impuissance.

Fiona était assise derrière son bureau, parfaitement immobile, attendant apparemment de se changer en Madone. Elle avait sur le visage ce qui ressemblait à d'épaisses couches de film alimentaire transparent, ou à une sorte de masque en plastique clair. Un visage sous la glace, impassible et gelé.

— Bonjour, Fiona. Bonjour, Cyril.

Jury fit signe au chat cuivré qui trônait, la queue enroulée autour des pattes, avec une patience égale, comme s'il était lui aussi embaumé dans un bloc de glace. Question allure, Cyril était de loin le plus majestueux des deux.

— Qu'est-ce que c'est ? demanda Jury.

Fiona était en train de peler son masque, en commençant par le front. Elle ne pouvait répondre (hormis des « chai un masshe de boootai », prisonnière qu'elle était ; elle brandit un flacon jaune pâle et blanc dont l'étiquette précisait *Pearlift*). Enfin libérée de son baume de jouvence, Fiona déclara :

— C'est un lifting. Si on suit le traitement — c'est-à-dire pendant deux semaines —, ça enlève plusieurs années. Vous voyez ? dit-elle en tournant la tête de droite à gauche.

Elle n'avait pas changé d'un poil.

— Superbe !

— C'est nouveau. C'est à base de coquilles d'huître, il paraît que ça resserre les pores et raffermit la peau.

— J'ai toujours été étonné de l'absence de rides chez les huîtres, dit Jury.

Fiona renifla ; elle sortit un rouge à lèvres et un tube de Rimmel de son sac en tissu-éponge.

— Oh, vous pouvez rire. Vous êtes un homme. Je trouve injuste que les hommes se bonifient avec l'âge. Prenez Sean Connery, par exemple. Les femmes, c'est tout le contraire. Trouvez-moi une femme — une seule — qui s'améliore avec le temps.

Elle appliqua son Rimmel pendant que Cyril, qui avait sauté du bureau, piétinait le sac en tissu-éponge.

— Mrs Wassermann ?

Fiona reposa son Rimmel.

— La grand-mère qui habite dans votre immeuble ? Quel âge a-t-elle ?

— Soixante-quinze ans, environ.

— Et quel âge avait-elle la première fois que vous l'avez vue ?

— Je ne sais pas. Soixante ? Soixante-cinq ans ?

— Alors, ça ne compte pas, bon sang !

— Pourquoi ? Elle s'est bonifiée. Vous disiez...

— Oh, je vous en prie. Venez, j'ai quelque chose à vous montrer.

Jury suivit Fiona dans le bureau de Racer. Cyril emboîta le pas à Jury.

La première chose qui frappa Jury fut une cage en fil de fer semblable à celles qui servent au transport des animaux dans les avions.

— Que diable est-ce donc ?

— Attendez, dit Fiona en remontant le coyote mécanique que Jury avait rapporté de Santa Fe et qui (pour une raison qu'il ignorait) était juché sur le buvard du commissaire divisionnaire Racer, ou, comme l'appelait Wiggins, du « patron ».

Fiona posa le coyote par terre. Il fila droit vers la cage.

Il ne fallait pas être grand clerc pour deviner que Cyril était censé se lancer à sa poursuite.

Le chat bâilla.

— Forcément, décréta Fiona, il est déjà fatigué de jouer.

Jury alla examiner la cage. Il y avait à l'intérieur un petit plat avec une chose huileuse, peut-être de minuscules harengs en conserve. Jury introduisit sa main dans la cage, dont la porte lui retomba sur le poignet. Encore un des pièges que Racer tendait à Cyril.

— Et après ? fit Jury. Racer appelle la British Airways et envoie le chat en Sibérie ?

— Pensez-vous qu'il croie Cyril assez stupide pour se faire prendre avec un truc pareil ? Je ne sais pas à quoi ça sert.

— Qu'est-ce que c'est ? demanda Jury en examinant le coyote. Un aimant ?

— C'est ça, acquiesça Fiona. Il y en a un autre sur la cage ; comme ça, le coyote...

— Ne touchez pas aux sardines ! lança le divisionnaire Racer, qui venait d'entrer. Si vous voulez déjeuner, il y a un café au coin de la rue.

— Vous désiriez me voir ? demanda Jury en s'asseyant sur une chaise en face du vaste bureau.

— Pas vraiment. (Le sourire de Racer était sculpté dans l'ivoire. Il s'évanouit aussi vite qu'il était apparu.) Qu'est-ce qui se passe avec l'affaire Danny Wu, bon Dieu ? Il y a un trafic de drogue dans ce restaurant et vous le savez. Vous êtes dessus depuis des mois !

— Des années, rectifia Jury.

— Quand aurai-je le plaisir de voir des résultats ?

— Quand vous refilerez l'affaire aux Stups.

— Ce Chinois a trouvé un cadavre devant sa porte. C'est un homicide, mon vieux !

— Mr Wu n'est pas forcément dans le coup, soupira Jury. Nous sommes dans une impasse.

— Le problème avec vous, c'est que vous voudriez la solution sur un plateau. Faites preuve d'un peu de ténacité, que diable !

Sur ce, Racer fit signe à Jury de disparaître de son bureau. Disparaître de sa vie eût été peut-être trop exiger.

Lorsque Jury entra dans son bureau, Wiggins se détournait du téléphone et remuait les lèvres pour lui annoncer un nom qu'il ne comprit pas. Espérant entendre la voix de Jenny, il s'empara du combiné.

— Ça fait un moment que j'essaie de te joindre, dit Sam Lasko, presque offensé, où étais-tu ?

— Dans le Lincolnshire. (Jury tria les messages... oui, il y en avait deux de Lasko.) Je n'ai pas reçu tes messages avant ce matin.

— Je croyais que tu aurais cherché à me joindre, maugréa Lasko.

— Je l'ai appelée, fit Jury, mais je n'arrive pas à l'avoir.

Il ne songea pas à préciser. De qui d'autre auraient-ils pu parler ?

— Le flic de Lincoln...

— Arthur Bannen ?

— C'est ça. Tu sais qu'il y a eu un second meurtre ?

— Oui. C'est pour ça que je voulais savoir si Jenny était à Stratford.

— En ce moment, tu veux dire ?

— Non, au moment du second meurtre.

— Pour autant qu'on le sache, répondit Lasko après un silence. Elle affirme être rentrée mardi.

C'était le « pour autant qu'on le sache » qui rendit Jury nerveux.

— Le 4.

— Oui. Je crains que le commissaire Bannen ne soit sur le point de l'arrêter.

— Elle partage la même crainte, à mon avis.

— Je croyais que tu ne lui avais pas parlé, remarqua Lasko.

— Je ne l'ai pas eue... oh, peu importe.

Ils discutèrent de règles de procédure avant que Lasko ne raccroche.

Jury reposa le combiné avec une violence superflue, ce qui fit sursauter Wiggins. Ce n'était pas le style de Jury.

— C'est Lady Kennington, n'est-ce pas ? Il y a du nouveau ?

— Il va y en avoir, répondit Jury en se passant les mains sur la figure.

— Vous allez à Stratford, j'imagine ?

Jury parut désemparé.

— Ami ou pas, je ne peux pas tout laisser tomber pour foncer à Stratford.

Il contempla de nouveau la pile de messages comme s'il s'agissait de runes, et se demanda pourquoi il venait de dire cela.

Wiggins s'alarma. Était-ce le traitement que les amis de Jury devaient désormais attendre de lui ?

Jury réfléchit quelques instants, malheureux parce que Jenny ne lui avait pas demandé son aide. Mais... n'était-ce pas le message que Carole-Anne avait transformé avec ses pattes de mouche ? Non. « Peur police venir de Lincoln », c'était davantage une information qu'un appel au secours. Jury préférait la version de Carole-Anne, après tout.

Peur. Plaise venir.

6

Debout, ou plutôt penchée, sur le seuil de l'appartement de Jury, Carole-Anne Palutski le regardait plaquer des morceaux de verre bigarrés sur une boîte, de la taille du sac en tissu-éponge dans lequel elle rangeait les produits dont son éclatante beauté n'avait nul besoin. La boîte était partiellement recouverte de carreaux turquoise.

— C'est pour m'enfermer quand on m'aura incinérée ? demanda-t-elle.

— Rien ne pourrait vous enfermer, ma jolie, ni vous ni vos cendres. Aucune prison, aucune urne.

Carole-Anne se courba davantage pour voir son visage, penché au-dessus de la boîte.

— C'est un compliment ? demanda-t-elle.

— Mes compliments sont-ils si différents de ceux des autres ?

Jury souffla sur un carreau de saphir, de la couleur des yeux de Carole-Anne, et l'appliqua sur l'argile humide qui recouvrait la boîte. Carole-Anne garda un instant le silence, puis n'y tint plus :

— Qu'est-ce que vous faites ?

— Je colle ces carreaux sur la boîte, soupira Jury.

— Je vois bien, s'impatienta Carole-Anne.

Elle se drapa dans sa tunique chinoise, une robe

de chambre en soie turquoise ornée d'un dragon dans laquelle elle avait traîné toute la matinée.

— C'est un cadeau, dit Jury.

— Et vous êtes commissaire. On a du mal à le croire !

Elle bâilla. Le bâillement était forcé. Elle voulait montrer qu'elle était indifférente au cadeau et à son ou « sa » destinataire. Jury appliqua un carré d'ambre.

— Un commissaire qui n'a pas connu beaucoup de succès dans ses enquêtes. Oh, bien sûr, nous avons décrypté vos messages...

Carole-Anne changeait sans cesse de position, rattachait sa tunique de soie dès qu'elle menaçait de s'ouvrir sur le devant.

— Vous en êtes resté là ? fit-elle, avant de bâiller à nouveau.

— Eh oui.

La controverse à propos du message était sans doute la raison pour laquelle elle refusait d'entrer. L'affaire avait, sans doute — elle avait insisté là-dessus —, mis Jury en rogne, et Carole-Anne craignait que sa colère ne soit pas entièrement dissipée. Elle avait démêlé le message, qui s'était révélé être autant le sien que celui de Jenny. C'est-à-dire que ses gribouillis avaient surtout été inspirés par ce qu'elle avait dit à Jenny : « Alors, je lui ai dit, il n'a plus le temps de sortir, et il ne bougerait plus de chez lui si je ne le poussais à aller au pub ou des trucs comme ça. » Dieu seul savait quelles aventures recouvraient « des trucs comme ça ». Jury avait dit à Carole-Anne que si elle continuait à noter les messages de ses amies de la même manière, sa vie sociale serait « complètement sabot, Carole-Anne, complètement sabot ».

Donc, Carole-Anne restait appuyée contre le chambranle de la porte, nonchalamment. Il la trouvait souvent chez lui, allongée sur le ventre, en train de lire un magazine. Il ne s'en offusquait pas, bien au contraire. C'était mieux que de rentrer dans une maison froide et de trouver le feu éteint (s'il avait eu une cheminée, ce qui n'était pas le cas).

Revenant sur la mise en cause de sa qualité de commissaire, elle déclara :

— C'est peut-être parce que vous passez votre temps à faire ce genre de truc pour votre ami... quel qu'il soit.

Le « il » amusa beaucoup Jury.

— C'est une amie, rectifia-t-il.

— C'est cette J.K. ?

Malgré son indifférence affectée, elle n'avait pas réussi à masquer son anxiété.

— Non.

Comme aucune précision ne suivait, elle soupira, changea de position, croisa les bras derrière son dos toujours adossée au chambranle de la porte. Son peignoir se fendit à mi-cuisses. Le visage renversé, elle fit semblant d'observer à travers le plafond ce qui se passait dans les cieux.

La pose (car c'en était une) rappela à Jury les starlettes des calendriers des années 50 — la succulente rondeur des cuisses, de la poitrine et des hanches. Carole-Anne, toutefois, était en chair et en os. Et intemporelle.

— Dommage que Stan ne soit pas là, soupira-t-elle, les yeux au plafond.

Stan Keeler était l'antidote aux « amies » de Jury.

Celui qui avait satisfait aux critères de Carole-Anne quand il avait été question de louer l'appartement au-dessus de celui de Jury : bel homme, brun, exalté, talentueux et indépendant ; l'indépendance signifiait qu'il n'avait pas d'« amies », comme celles pour qui Jury confectionnait sa boîte multicolore.

— Tant qu'il ne joue pas de la guitare, dit Jury.

Cela donna à Carole-Anne l'occasion de se révolter et de laisser échapper un peu de la pression qui menaçait de la faire exploser.

— Comment ? Ne me dites pas que vous n'aimez pas la musique de Stan ? Vous devenez vieux jeu, mon cher...

Jury regarda un carreau bleu en souriant.

— Sa musique est presque divine, tant qu'il joue au 909 et pas au-dessus de ma tête. Quand Stan se lance dans un riff, c'est comme si on était réveillé par les rafales d'Uzi de l'IRA.

Comme si Jury avait avoué détester le musicien en même temps que sa musique, Carole-Anne rétorqua, accusatrice :

— Après tout, c'est vous qui me l'avez trouvé.

— Il n'était pas perdu. (Jury avait rencontré Stan Keeler, plusieurs années auparavant, au 909, le club où il jouait. C'était un guitariste merveilleux.) Si je me souviens bien, c'est vous qui lui avez loué l'appartement.

— Je suis sûre que vous n'aimez pas Stone non plus, insista lourdement Carole-Anne.

Stone était le chien de Stan.

— Comment ne pas aimer Stone ? Il a plus de cervelle que nous deux réunis.

Stan, lui, était une idole d'avant-garde. Il n'avait aucune modestie pour son talent ; mais en même temps, il se fichait de la célébrité et ne faisait rien pour la rechercher, ni la refuser. Jury n'avait jamais rencontré quelqu'un d'aussi déterminé. C'était peut-être la raison pour laquelle Carole-Anne et Stan n'avaient pas de liaison. Du moins Jury croyait-il qu'ils n'en avaient pas.

— Qu'est-ce que vous ferez avec cette boîte quand elle sera terminée ?

— Je l'emporterai à Heathrow. C'est là qu'elle travaille. (Carole-Anne s'affaissa notablement. Il devrait arrêter de la taquiner.) Vous pouvez venir, si vous voulez.

— Je crois que je vais me faire une tasse de thé. Vous en voulez ?

Sans attendre sa réponse, elle traversa le salon et disparut dans la cuisine minuscule de Jury. Il entendit des bruits de vaisselle et le robinet couler.

Il avait oublié que Carole-Anne avait une peur bleue des aéroports. Elle ne prenait jamais l'avion ; elle ne s'en approchait même pas. Carole-Anne lui avait raconté une scène qu'elle avait vue dans un aéroport — une mère et son enfant, pleurant tous les deux à chaudes larmes, et Carole-Anne en avait conclu qu'on séparait le petit garçon de sa maman. Une séparation forcée, lui avait-il semblé. Le garçon avait essuyé les larmes sur les joues de sa mère. Carole-Anne en avait été malade pendant plusieurs jours. Elle avait à peine pu se lever de son lit.

Dans l'esprit de Jury, il y avait peu de doute que l'enfant était une fille, et non un garçon ; c'était Carole-Anne elle-même, qui ne parlait jamais de sa famille, sinon pour mentionner vaguement des oncles et des cousins. Jamais de papa ni de maman.

Interrogée sur eux, elle éludait habilement les questions, signe d'une longue habitude.

Carole-Anne avait beau être belle et impertinente, Jury la trouvait surtout poignante. Il avait parfois surpris cette même expression pathétique sur le visage de certains témoins. Au moment où ils baissaient leur garde. Jury attendait de tels moments (difficile de baisser sa garde, bien sûr, quand la police pose des questions), car il savait que c'était là qu'il obtenait les réponses les plus honnêtes. Les gens devenaient authentiques; c'était comme s'ils lâchaient les rênes ou secouaient le joug.

Jury pensait encore à tout cela quand il s'aperçut que Carole-Anne lui tendait sa chope de thé.

— Merci, fit-il. (Il trempa ses lèvres, puis déclara :) On file au pub? Il va bientôt ouvrir. Vous avez juste le temps de vous habiller. Daignerez-vous lever votre adorable coude avec moi?

Elle parut légèrement abasourdie par la manière dont les choses avaient tourné en sa faveur.

— Mais... vous ne deviez pas aller à Heathrow?

Jury chassa Heathrow d'un geste impatient.

— Je peux y aller n'importe quand. Rien ne presse.

Dire que Carole-Anne s'éclaira serait un euphémisme. Elle s'illumina. Elle resplendit dans les rayons de soleil qui perçaient par la fenêtre de l'appartement de Jury. Ah, ces cheveux cuivrés, ah, cette peau rose! Se souvenant de Santa Fe, il sourit.

— Vous êtes une femme du Sud-Ouest, Carole-Anne.

Elle fronça les sourcils, rattacha sa tunique, le thé oublié.

— De Torquay, vous voulez dire?

— Non, s'esclaffa Jury. Du Nouveau-Mexique, du Colorado, ce Sud-Ouest-là. Vous me rappelez le soleil qui se couche derrière les Sandias.

Carole-Anne fronça davantage les sourcils.

— Encore un de vos compliments ?

La conversation, se dit Jury, revenait à son point de départ.

7

Trueblood allait être impossible à vivre maintenant que Richard Jury lui avait confié la tâche d'enseigner à Melrose les rudiments du commerce d'objets d'art. Après avoir frappé à la porte du magasin d'antiquités, Melrose attendit que Trueblood daigne répondre. Une petite pancarte ornée d'un réveil indiquait aux clients l'heure exacte à laquelle le propriétaire reviendrait. Melrose savait néanmoins que le propriétaire n'était allé nulle part ; il se mettait en condition pour les leçons de Melrose.

Trueblood adorait cette mission ; elle lui remettait en mémoire quelques farces, railleries, et autres mystifications, comme la fois où ils avaient envoyé à Vivian les mémoires du comte Franco Giopinno, rédigées de leurs propres mains. Et comme la compétition de l'« Homme de la semaine » était tombée à l'eau avec l'apparition à Watermeadows de Miss Fludd (certainement pas la « Femme de la semaine » !), il se rattrapait avec les leçons de Melrose. Et avec le procès Ardry-Crisp.

Lady Ardry poursuivait Ada Crisp en justice pour les dommages que lui avaient causés un de ses pots de chambre et son terrier Jack Russell. Agatha passait presque tout son temps à Sidbury avec ses avocats — un bataillon entier, à l'entendre. Elle prétendait que les petites affaires que Miss Crisp étalait sur le trottoir étaient une abomination pour la vue et un danger pour les passants. Regardez ce qui lui était arrivé ! Elle s'était pris le pied dans un pot de chambre, et le Jack Russel d'Ada lui avait sauté dessus et mordu la cheville. « Il me l'a presque arrachée ! »

Melrose se retourna pour jeter un œil sur la boutique de meubles d'occasion de Miss Crisp. D'habitude, le trottoir devant la boutique était parsemé d'objets divers — jardinières et pots de chambre en porcelaine, châlits et chaises en bois aux couleurs primesautières, des vieilleries datant de Mathusalem qui trouvaient encore leur place au soleil grâce aux bons soins de Miss Crisp. Mais ce jour-là, le trottoir était désert. Un vide presque abject.

— Votre tante, s'était exclamé Trueblood quelques jours auparavant, est la personne la plus procédurière qu'il m'ait été donné de rencontrer !

Il faisait non seulement allusion au pot de chambre, mais au procès intenté contre Jurvis, le boucher, cinq ans auparavant, quand la Mini Morris d'Agatha était, par on ne savait quel mystère, montée sur le trottoir et avait renversé le cochon en plâtre de Paris du boucher. C'était la faute du cochon, avait-elle proclamé, et elle avait gagné son procès parce que le juge avait dû s'endormir. Toutefois, il n'avait pas été assez bête pour faire suite à sa demande de retirer le cochon du trottoir, ne trouvant pas de jurisprudence en la matière. « Le cochon cochonne toujours le trottoir », aimait rappeler Trueblood.

Dorénavant, elle avait l'occasion de s'en prendre

à Miss Crisp, une petite femme sympathique mais timide que le procès mettait dans tous ses états. Elle ne voulait pas croire (pas plus que Melrose) que le terrier ait réellement attaqué quelqu'un du village. Tous les chats et chiens de Long Piddleton avaient plus ou moins attaqué Agatha, car les animaux ont le don de renifler ceux qui ne les aiment pas. Agatha exigeait que la pauvre bête soit « piquée ». En l'occurrence, elle se montrait d'une intolérance égale à celle dont elle avait accablé Jurvis, le boucher. Le brave homme en avait presque fait une dépression ; l'état d'Ada Crisp était encore plus alarmant.

Sous la marquise de Trueblood, Melrose repensait à tout cela.

La porte s'ouvrit enfin. L'accueil chaleureux de Trueblood fut suivi d'un « Les devoirs sont faits ? » et, Vlan ! une tape dans le dos propulsa Melrose dans le magasin.

— Oh, ça suffit ! regimba Melrose en marchant sans hâte vers le fond du magasin, où Trueblood avait installé un vieux pupitre d'écolier et était allé jusqu'à remplir l'encrier et fournir une plume d'oie.

Le soleil tapait fort pour un mois de février, ses rayons auraient inondé le magasin si la baie vitrée n'avait été bouchée par une bibliothèque massive au contour brisé et par une console anglaise du dix-septième avec à sa base un aigle sculpté, doré et criard. Des lampes en porcelaine, des lustres bas et des appliques murales éclairaient d'une lumière brumeuse un univers mystérieux de crédences, de tables basses, de secrétaires, de bibliothèques, de fauteuils et de canapés, richement sculptés et vernis ; ailleurs, des miroirs biseautés et des cadres dorés. La boutique de meubles d'occasion d'Ada Crisp était exactement en face du magasin d'antiquités de Trueblood, et passer de l'un à l'autre était comme voir une gamine des faubourgs londoniens se transformer en élégant mannequin en changeant de trottoir.

À l'arrière du magasin, une porte ouverte donnait dans une ruelle où Trueblood garait la camionnette qu'il utilisait pour les livraisons et le transport des meubles qu'il achetait dans les ventes aux enchères de province. Par le hayon relevé de la camionnette, Melrose aperçut le bras en volute d'un canapé en palissandre et un pied de table. Trueblood bondit à l'intérieur et dégagea la table.

— Regarde-moi ça. Une merveille, n'est-ce pas ? Une *table à la Bourgogne* *.

Melrose examina la marqueterie sophistiquée, un bois teinté sur fond fruité. C'était une bien belle table.

— Et il y a une surprise à l'intérieur, ajouta Trueblood en soulevant le couvercle de la table. Des tiroirs à ressort, des petits diables !

Se rappelant ce qu'ils avaient un jour trouvé dans un *secrétaire à abattant* *, Melrose déclara :

— Je n'aime pas trop tes meubles à surprises.

Trueblood sauta de la camionnette et ils rentrèrent au magasin. Trueblood s'affala dans son fauteuil de bureau et désigna d'un geste la place où Melrose devait s'asseoir.

— Pas à ce pupitre pour enfant, merci, ronchonna Melrose, qui, déjà épuisé, s'assit dans une bergère à oreilles. Tu as appelé Max Owen ?

— Oui. Je lui ai dit qu'une de ses relations m'avait confié qu'il cherchait une *table à la Bourgogne**. Comme celle que nous venons de voir.

— Qui t'a dit qu'il en voulait une ? demanda Melrose, soupçonneux.

Trueblood s'adossa dans son fauteuil pivotant, l'air peiné.

— Personne, vieille ganache. Il me fallait bien un prétexte pour lui téléphoner, non ? Nous avons discuté quelque temps. Dans le métier, on peut bavarder pendant des heures...

— J'avais remarqué.

— ... et au cours de la conversation, il m'a demandé si je connaissais cette table, sa provenance, et quelques pièces qu'il possédait lui-même. *Un bonheur-du-jour* * pour commencer, et quand je lui ai dit qu'en effet je connaissais, il m'a demandé si j'avais le temps de descendre dans le Lincolnshire jeter un œil sur ses meubles. Je lui ai dit que je devais aller à Barcelone...

— Pour quoi faire ? s'étonna Melrose.

— Rien. Je ne vais pas à Barcelone, c'était une ruse. Mais je lui ai dit que je connaissais la personne qu'il lui fallait pour évaluer sa marchandise...

— Écoute, fit Melrose, affolé, j'espère que tu as fait attention en lui parlant de mes qualifications. Je ne suis pas le comte Dracula, cet Italien à la manque...

Trueblood renifla de mépris.

— Bien sûr que non. Tu ne me fais pas confiance ?

— Non.

— Sois sans crainte. J'ai dit que tu habitais Londres. Tu es un amateur, pas un professionnel ; comme tu gardes un profil bas et que tu ne fais pas ça pour l'argent mais pour le plaisir, tu n'es pas forcément connu chez Sotheby ou chez Christie. Ça, c'est au cas où il mentionnerait ton nom dans les salles de vente qu'il fréquente. Mais il n'a aucune raison de vérifier qui tu es parce qu'il s'est déjà renseigné sur moi. J'ai dit que je n'accepterais de récompense que si tu pouvais prouver, à la satisfaction d'Owen, que les pièces qui l'intéressent sont authentiques ou non. (Trueblood reprit son souffle, et parut réfléchir.) Étant un riche oisif, tu as du temps à consacrer à ce genre de recherche. C'est ton dada, tu ne vas pas dans les salles de vente pour acheter mais pour assister aux enchères. C'est toi qui as découvert que le buffet aux armoiries que Christie a vendu il y a cinq ans devait moins à l'époque élisabéthaine qu'à...

— Une minute ! Je ne sais même pas de quel buffet il s'agit...

— Il n'existe pas, vieille ganache, soupira Trueblood. Mais comment Owen s'en souviendrait-il ? Comment peut-on se rappeler un événement qui n'a pas eu lieu ? Toute l'astuce est là, tu saisis ?

Une telle logique laissa Melrose pantois.

Trueblood pivota pour prendre un gros volume sur une pile de livres entassée sur son bureau, le feuilleta, trouva ce qu'il cherchait et montra une illustration en couleur à Melrose.

— Ce genre de buffet. (Après que Melrose eut examiné l'illustration, Trueblood referma le livre d'un coup sec et le lui tendit.) Tes prochains devoirs.

— Il me faudrait des mois pour digérer ce qu'il y a dans ces livres, maugréa Melrose, des années même. Tu te rends compte comme ils sont lourds ! Tu n'as rien pour les profanes ?

Ignorant ces protestations, Trueblood prit une feuille de papier qu'il avait glissée sous son buvard.

— Ça ne sera pas si difficile que ça, dit-il. Regarde la bibliothèque de Theo Wrenn Browne, ce petit escroc. Notre ami Jury — un sacré flic, celui-là — a laissé une liste des pièces que Max Owen veut faire estimer. Sa femme les a montrées à Jury, il a tout noté. Il n'y a que cinq pièces. Tu n'auras aucun mal à les potasser. Ce qui ne veut pas dire, bien sûr, qu'en arrivant là-bas...

— ... il n'y en aura pas vingt-cinq... Super ! Il y a des photos de tout ça dans le livre ?

Renfrogné, il consulta la liste. En fait, il était quelque peu soulagé qu'il n'y ait que cinq pièces. Mais, évidemment, Owen pouvait toujours lui ressortir un canapé de la reine Anne ou un fauteuil Hepple-machin d'origine douteuse.

— Il n'y a peut-être pas de photos de toutes les cinq. Ah, il y a aussi un tapis. D'Ispahan.

Trueblood prit un autre livre et le feuilleta.

— J'en connais encore moins sur les tapis que sur les meubles, gémit Melrose.

— C'est quelque part là-dedans, dit Trueblood sans l'écouter. Peu importe, je le retrouverai, ajouta-t-il en refermant le livre. Je meurs de soif. Viens, allons boire un verre.

Au Jack and Hammer, Joanna Lewes leva les yeux de sa pile de feuillets manuscrits. Joanna, qui rédigeait ses romans d'une incroyable popularité à la vitesse d'une mitraillette, se forçait à écrire deux cent cinquante mots toutes les quinze minutes. Elle les salua et reprit son manuscrit.

Trueblood alla chercher les verres pendant que Melrose louchait par-dessus l'épaule de Joanna.

— *Amours londoniennes* ? Mais vous l'avez déjà publié il y a plusieurs années !

— En effet, soupira Joanna. C'est un texte révisé. J'ai décidé que Matt et Valérie n'avaient pas eu assez de scènes érotiques la première fois.

Melrose s'assit.

— Joanna, si le livre a déjà été publié, pourquoi votre éditeur voudrait-il recommencer ? J'ai la faiblesse de croire que les éditeurs ne publient pas deux fois le même roman...

— Vous oubliez Robert Graves[1] et John Fowles[2].

— Mais si vous l'avez trouvé nul la première fois, vous ne croyez pas qu'il sera deux fois plus nul ?

— Bien sûr ! s'esclaffa Joanna. Et après ? Tel que je le connais, l'éditeur ne se souvient sans doute pas d'*Amours londoniennes*. (Elle ajouta un autre feuillet à la pile.) On prend un malin plaisir à regarder les imbéciles à l'œuvre. Theo, par exemple, donne un cocktail. Vous n'avez pas trouvé l'invitation ravissante ?

Trueblood revint avec les verres : Old Peculier pour Melrose ; Campari citron pour lui.

— Papier crème, gravé. Doux Jésus ! Alors que la meilleure manière de lancer des invitations est de se tenir à l'entrée du pub et de brailler... (Joanna égalisa la pile et se leva.) Désolée, mais j'ai encore des lignes à écrire. J'ai pas fait grand-chose en une

---

1. Robert Graves (1895-1985), poète et écrivain anglais, auteur d'une remarquable autobiographie, *Goodbye to All That*. *(N.d.T.)*
2. Auteur de *La Maîtresse du lieutenant anglais*. *(N.d.T.)*

heure, il me manque sept cent cinquante mots. À plus tard...

— Merde, soupira Melrose, voilà Diane. J'espère qu'elle ne vient pas par ici. Je ne la supporterai pas aujourd'hui.

— Faudra t'y faire, vieille ganache, elle arrive.

La polaire Miss Demorney était (ils s'accordaient tous deux sur ce point) dépourvue du moindre soupçon de chaleur. Pour faire bonne mesure, elle aimait s'habiller de blanc. Même le décor de son salon — cuirs blancs, murs blancs, chat blanc — renforçait la sensation de froidure qui l'accompagnait en tous lieux.

Avec la confiance de celle qui sait qu'on lui apportera son verre sans délai, Diane Demorney sourit à Dick Scroggs, qui vidait déjà les glaçons de son verre de martini. Elle lui fournissait elle-même sa marque de vodka préférée, à charge pour lui de garder son verre au frais. Elle payait le prix fort. Elle avait sans doute beaucoup de défauts, mais elle n'était pas pingre.

Bon prince, Trueblood s'éclipsa pour aller lui chercher son martini pendant qu'elle s'installait et piquait une cigarette dans son long fume-cigarette blanc.

— J'ai juste le temps de prendre un verre... lança-t-elle.

Vu la forte teneur en alcool du verre en question, songea Melrose, elle sera bien obligée de camper plus longtemps.

— ... car je pars pour Londres. Ah, merci, dit-elle quand Trueblood déposa son martini devant elle.

La circonférence du verre évoquait celle d'une

patinoire. Elle tira sur sa cigarette et prit le temps de laisser tremper l'olive.

— Vous ne voulez pas m'accompagner, par hasard ?

— Pas de chance, dit Trueblood. Nous avons à faire.

Melrose aurait aimé que Trueblood ne réponde pas à sa place, même s'il n'avait nulle envie d'accompagner Diane. D'ailleurs, ce n'était pas tant la compagnie qui l'intéressait qu'un chauffeur. Elle détestait conduire, malgré sa Rolls absolument merveilleuse. Personne ne savait comment Diane avait eu son argent — de ses multiples ex-maris, sans doute —, ce qui ne l'empêchait pas de se plaindre de temps en temps d'être « à court ». C'était le genre de femme prodigue qui pense que si une chose c'est bien, deux c'est encore mieux. Elle avait donc aussi acheté une Bentley.

Pour l'instant, elle sirotait son martini.

— Ah, Melrose, dit-elle au bout d'un moment, le menton calé au creux de la main, votre tante, tout de même !... (Était-il responsable de sa famille ?) Poursuivre Ada Crisp, pour l'amour de Dieu ! Elle n'a donc aucune retenue ?

— Aucune. Mais je suis content que vous soyez du côté d'Ada.

Les jolis sourcils réguliers de Diane se froncèrent.

— Je ne suis d'aucun côté. Mais Ada n'a pas d'argent.

— Une manière bienveillante de voir les choses, glissa Trueblood.

Diane lui lança un regard singulier. Le qualificatif ne lui était pas familier.

— Enfin, elle n'a pas un penny, pas un radis ; j'ai

dit à Agatha que si elle gagnait son procès, elle n'obtiendrait qu'un lot de vieux châlits poussiéreux et de tables sans pieds. Ada Crisp ne possède aucun objet de valeur dans sa boutique. Bien sûr, l'idée ravit Theo parce qu'il pourrait racheter le fonds et s'agrandir. Il incite donc Agatha à poursuivre. C'est lui qui l'a mise en relation avec les avocats de Sidbury. (Diane se cala dans son siège, bâilla et déclara :) Hou là, toute cette activité me fatigue. (Elle renversa la tête et souffla une fine volute de fumée bleue vers le plafond.) Ah, comme j'aimerais que quelque chose d'amusant arrive !

— Nous pourrions aller au Perroquet Bleu, proposa Trueblood.

— Pfft, vous trouvez cela amusant, capitaine ?

Seigneur Dieu, se dit Melrose, si elle ne trouve pas le propriétaire du Perroquet Bleu « amusant », elle doit être sacrément difficile à dérider.

— D'ailleurs, ajouta-t-elle, le Perroquet Bleu est trop médiéval à mon goût. C'est d'un rustique !

— Tout Long Piddleton est rustique, Diane !

— Non, non, protesta Trueblood. « Charme désuet » serait plus exact.

Diane grimaça de dégoût et se tourna pour faire signe à Scroggs. Lorsqu'il leva enfin les yeux de son hebdomadaire à scandales, elle fit un geste circulaire de la main. Elle tenait bien l'alcool. Melrose s'interrogeait parfois sur son cas. La générosité de Diane jurait avec le reste de sa personnalité — calculatrice, égocentrique, un pois chiche dans la tête. Diane paraissait savante uniquement parce qu'elle avait retenu un détail obscur ou ésotérique sur à peu près tous les sujets dans ce bas monde. Un détail et un seul. Lorsque Scroggs apporta la tournée, elle ouvrit la mallette qui lui servait de sac et sortit son chéquier, puis secoua sa chevelure noire laquée, non, non, voyant que Trueblood portait la main à sa poche. Diane n'aimait pas avoir du liquide sur elle. Elle payait ses timbres avec un chèque.

La transaction terminée, elle leva son verre, lança un « Santé », et soupira.

— Ah, si quelque chose d'amusant pouvait arriver !... Et le comte de Vivian... ajouta-t-elle, faisant un effort pour déterrer le nom.

— Dracula, dit Trueblood.

— Il s'appelle Franco Giopinno, rectifia Melrose.

— Il me semble avoir entendu dire qu'il rendait visite à Vivian ?

— Il paraît, confirma Trueblood, mais ça m'étonnerait.

Diane trempa ses lèvres et reposa son verre.

— Vous savez, je me suis souvent posé la question à propos de Dracula...

— C'est drôle, dit Trueblood. Je ne pense jamais à lui.

— Non, mais vous imaginez ? Du sang pour seul repas ? (Elle reprit son verre.) Pas d'apéritif, pas de crevettes en entrée, un bol de sang comme plat de résistance, et pas de dessert. Horrible !

— Il a l'air tout à fait normal, intervint Melrose. En fait, il est plutôt bel homme. Dans le genre ténébreux.

— Je ne savais pas que vous l'aviez vu.

— Oh, ça remonte à loin. Je l'ai rencontré à Stratford-upon-Avon. Il était avec Vivian.

— J'espère que tu portais une croix, dit Trueblood.

— Mais... est-ce qu'elle n'est pas fiancée depuis

des lustres, pour ainsi dire? demanda Diane. Je trouve ça saignant — sans jeu de mots.

— Mmm, fit Trueblood. À vrai dire, je ne serais pas surpris si Vivian le faisait venir pour le sacquer. Plus facile à faire ici que là-bas, où il est entouré d'un tas d'Italiennes pur sang.

Diane le gratifia d'un regard incertain.

— Que voulez-vous dire? Oh, peu importe. (Elle ne s'aventurait jamais dans ses zones d'ignorance.) Est-il riche?

— Sans doute. Il en a l'air.

Le sourcil en porcelaine de Diane se souleva dans une imitation passable de celle qui réfléchit.

— J'imagine qu'après le mariage ils iront vivre à... Où habite-t-il, déjà?

— À Venise, dit Melrose.

— Si on peut appeler cela vivre! dit Trueblood, qui alluma une Sobranie rose vif.

— Il voudra sans doute vivre à Venise et parler italien...

Les sourcils impeccables de Diane se rejoignirent en un froncement imperceptible.

— Oui, les Vénitiens sont friands de ce genre de chose, dit Trueblood.

— Notre Vivian ne supportera jamais ça, décréta Diane, qui but aussitôt une gorgée de martini. Comment le supporterait-on?

On? s'étonna Melrose. Qui peut bien être ce « on »?

Le tintement de la cloche accrochée en haut de la porte de la librairie Wrenn's Nest irrita Melrose quand il entra. La librairie elle-même était d'un vieillot presque irrespirable, avec ses boiseries, ses linteaux trop bas, sa pancarte stupide : *Attention à la tête,* et son escalier délabré qui menait à l'étage. Vu toutes les activités secondaires de Theo Wrenn Browne — la location de livres, les animaux empaillés dans un énorme coffre en bas de l'escalier, et maintenant même des T-shirts —, l'endroit était surchargé. C'était la raison (avait dit Browne) pour laquelle il avait besoin de davantage de place, et le seul lieu auquel il pensait, c'était la boutique d'occasions d'Ada Crisp.

Une de ses activités secondaires occupait justement Theo Wrenn Browne, la location de livres. Il était sur le point de mettre la petite bibliothèque municipale de Long Piddleton (une seule salle) sur la paille ; comme Browne avait accès à toutes les nouveautés et aux best-sellers, sa réussite était acquise, même si la location d'un livre coûtait 10 pence par jour. Les gens réagissent bizarrement avec les livres, songea Melrose. Quand ils veulent un livre neuf, ils le veulent, au diable le prix.

L'emprunteur, dans le cas présent, était une fillette aux cheveux de lin dont la douce voix flûtée aurait fait fondre le cœur du plus cruel des hommes, mais pas celui de Theo Wrenn Browne, qui était en train de réprimander l'enfant à cause de l'état du livre qu'elle rendait. La fillette affirmait que le fautif était son frère Bub (encore plus jeune qu'elle). Quoi qu'il en soit, une page était coupée et, s'il n'obtenait pas réparation, Browne refuserait de louer d'autres livres à la pauvre enfant. Et bien sûr, il le dirait à sa maman.

Melrose avait plusieurs fois été témoin d'une scène analogue, digne de Dickens, entre Browne et un gamin malchanceux. Le libraire n'oserait jamais, Melrose en était convaincu, agir de la sorte si l'enfant était accompagné d'un parent.

Ayant adressé un bref signe de bienvenue à Melrose, Browne recommença à harceler la fillette (qui incidemment se prénommait Sally).

— C'est mon seul exemplaire de *Patrick*! pesta-t-il. Comment allons-nous résoudre ce petit problème, hein, Sally ?

Melrose détestait ce genre de questions auxquelles un enfant ne peut répondre, ce qui ne fait qu'accroître son angoisse.

— C'est la faute à Bub, il est bête, répondit Sally qui se pinçait la main, comme si une automutilation avait le pouvoir d'effacer la gronderie.

Comment ses larmes restaient-elles accrochées aux cils sans tomber, Melrose avait du mal à le comprendre. Peut-être une question de volonté, dans le but évident d'éviter une humiliation plus grande.

— Bien, nous demanderons donc à Bub de venir répondre à la question.

— Il peut pas ; il n'a que deux ans.

— Sally... intervint Melrose.

Bien qu'il ait parlé d'une voix douce, Sally eut un mouvement de recul, comme si elle était désormais en butte à deux adultes, un danger accru.

— Sally, c'est un de tes livres préférés ?

Bien évidemment, Sally était trop déroutée pour répondre à cette question.

Melrose arracha le livre des mains de Theo Wrenn Browne et examina la couverture. *Patrick, le cochon peinturluré.* Patrick dégoulinait de bleu, on aurait dit qu'il s'était renversé un pot de peinture sur la tête. Melrose se mit à feuilleter les pages tout en émettant des grognements d'approbation. Il espérait ainsi capter l'attention de Sally, et lui faire oublier sa peur.

Visiblement agacé, Browne se cala la pipe au coin des lèvres d'un geste nerveux, puis la retira aussitôt.

— Qu'est-ce qui vous amène, Mr Plant ? Certainement pas un livre de cochon, j'imagine ?

— Des livres sur les objets d'art, Mr Browne. Sally, je vais te surprendre, figure-toi que j'ai un ami qui s'est un jour peint en bleu et a sillonné tout le quartier en courant.

La bouche de Sally s'ouvrit en grand. Oubliant le pétrin dans lequel elle était, elle s'approcha de Melrose et s'exclama :

— C'est pas vrai, je vous crois pas.

— Je t'assure. Il s'appelle Ashley Cripps. Tu le connais ?

Sally prit une boucle de cheveux blond pâle entre ses doigts, et la tritura d'un air pensif.

— Non, finit-elle par répondre. Pourquoi il a fait ça ?

— Les livres sur les objets d'art sont dans l'autre salle, déclara Browne d'un ton énergique. Il y a un grand choix.

— Merci. Ashley Cripps voulait juste choquer son monde.

— Quelle partie il a peinte ? demanda Sally, qui s'était encore rapprochée au point de presque toucher Melrose.

— Tout le corps !

Sally avala sa respiration.

— Ça ne lui allait pas aussi bien qu'à Patrick, dit Melrose qui referma le livre. Bon, combien vous dois-je, Mr Browne ?

— Pardon ? Je ne comprends pas. Cette histoire de cochon ?

— Oui, je la prends.

Melrose avait déjà sorti son portefeuille.

— Mais vous... le livre est endommagé.

— Combien ?

Lorsque Browne lui annonça le prix, Melrose puisa des billets dans son portefeuille, paya, prit le livre et le remit à Sally, qui en resta sans voix. Ses lèvres s'arrondirent en un petit O tandis que ses yeux allaient du livre à Melrose. Puis elle pouffa et plaqua sa main sur sa bouche pour réfréner un petit rire qui lui échappa pourtant.

— Je vais peindre Bub en bleu ! hoqueta-t-elle avant de sortir en courant.

Privé de sa dose quotidienne de sadisme, Theo Wrenn Browne pointa un doigt osseux vers la salle suivante, comme pour envoyer Melrose aux galères.

— Par là, Mr Plant. Comme je vous le disais, dans l'autre salle.

Trois rayonnages de livres traitaient de sujets divers — verrerie, argenterie, tapis, porcelaines, meubles d'époque. Melrose soupira, choisit un livre au hasard, l'ouvrit et, découragé par le savoir encyclopédique qu'il exigeait de lui, le rangea aussi sec. Le suivant, sur les tapis d'Orient, il le posa par terre à côté d'un tabouret. Il remisa le troisième, qu'il trouvait trop lourd, et en prit un autre sur l'argenterie, nettement moins volumineux, qu'il déposa aussi par terre. Le quatrième, un livre de poche assez gros intitulé *Les Affaires du siècle*, il l'ajouta à sa pile à cause de son titre. Comme le suivant comprenait beaucoup d'illustrations et de chiffres, il le mit aussi de côté.

Assis sur le tabouret à côté de sa pile de livres, il s'empara des *Affaires du siècle*. Sur la quatrième de couverture, on voyait la photo d'un couple souriant, Bebe et Bob Nutting, les auteurs. Melrose ouvrit le livre au hasard et tomba sur une photographie à gros grain qui montrait Bebe Nutting avec une vache. Ah, se dit Melrose, ça nous change des guides de meubles anciens, et il se promit de le prêter à Trueblood. À côté de la vache se tenait Mr Hiram Stuck, son nouvel acquéreur. Mr Stuck avait acheté la vache parce que « quelqu'un » l'avait convaincu qu'elle descendait de « mam'zelle O'Leary », ajoutant : « J'ai son pedigree. » Melrose présuma que Mr Hiram Stuck parlait de la vache d'O'Leary (plutôt que de Miss O'Leary, elle-même). En fait, Mr Stuck était l'un des nombreux acheteurs que Bebe et Bob avaient interviewés, et qui s'étaient fait rouler dans la farine et dans les grandes largeurs.

La vache était la seule chose animée avec un pedigree — ou prétendu tel — censée avoir une valeur marchande. Melrose se prit à espérer que Max Owen ne lui fasse pas visiter sa ferme pour évaluer son cheptel. Les autres objets du livre étaient plus conventionnels. Argenterie, porcelaine de Limoges, canapés, vases et ainsi de suite.

Melrose se laissa d'abord distraire par les anecdotes du livre, puis il en prit deux autres sur sa pile — celui sur les tapis, et le catalogue de tarifs —, les rangea avec *Les Affaires du siècle* et revint dans la salle du devant.

Theo Wrenn Browne parlait à voix basse au téléphone tout en recollant une reliure avec du scotch.

Voyant Melrose, il se détourna ouvertement, murmura quelques mots, puis raccrocha.

— Ce sera tout, Mr Plant ? demanda-t-il en prenant les trois livres des mains de Melrose.

— Oui, je vous remercie.

Browne émit une sorte d'éternuement de mépris.

— Mr Plant, persifla-t-il en fixant la photo des Nutting, croyez-vous trouver des renseignements utiles là-dedans ?

— Je ne sais pas. Vous l'avez lu ?

— Oui. C'est un livre idiot, mais il y a des gens pour aimer ça.

— Mouais.

Melrose posa plusieurs billets sur le comptoir, regarda Browne taper un message long comme le bras sur son ordinateur, puis entendit le crincrin de la machine.

— J'espère que vous ne m'en voudrez pas de vous le dire...

Melrose s'y attendait.

— ... mais vous ne rendez pas service à Sally Finch en la récompensant pour sa mauvaise conduite.

— Mais ce n'était pas sa faute. C'était Bub. Vous n'avez donc pas écouté ?...

Tout en emballant les livres, Theo Wrenn Browne gratifia Melrose d'un regard cinglant.

8

— Au Lincolnshire, dit Melrose sans lever les yeux de son livre.
— Au Lincolnshire ? fit Agatha, qui reprit un petit pain au lait. Pourquoi, mon Dieu ? Tu ne connais personne au Lincolnshire...

Melrose sourit, mais le sourire n'était pas adressé à Agatha. Agatha, il l'ignorait. Il s'amusait d'une mêlée générale déclenchée par une vente de meubles à Twinjump, en Idaho, racontée dans *Les Affaires du siècle*. Par terre, à côté de son fauteuil, reposaient deux énormes volumes que Trueblood lui avait remis de force, près du catalogue de tarifs qu'il avait étudié toute la nuit et une partie de la matinée, dans l'espoir de se bourrer comme un oignon en prévision de son voyage au Lincolnshire du lendemain.

Dribble's (le catalogue de tarifs), il le trouvait d'une aide considérable. Il s'était exercé en évaluant ses propres affaires. Le *Dribble's* prétendait que le berger et la bergère du Straffordshire qui ornaient le manteau de sa cheminée avaient une grande valeur. Melrose en avait été surpris ; ils étaient ennuyeux au possible. Ah, son vase chinois : d'après *Dribble's*, un vase identique était parti pour 3 000 livres. Melrose s'était senti soudain plus riche. Avec Agatha, il se sentait appauvri.

Tout en raclant le fond du pot de confiture pour tartiner son petit pain, Agatha répéta :

— J'ai dit, tu ne connais personne au Lincolnshire.

Melrose soupira. Agatha avait la manie de répéter ses phrases mot pour mot, comme si chacun d'eux avait une valeur inestimable. Elle était tellement médiocre.

— J'ai envie de voir les marais, les tulipes.

Tournant la page, il tomba sur la photo d'un lustre massif qui aurait pu embellir Versailles.

— Des tulipes ? Au Lincolnshire ?

— Le Lincolnshire, du moins la partie sud, est connu pour ses fleurs en général, et ses tulipes en particulier. Elles poussent sur des kilomètres et des kilomètres.

— Il n'y aura pas de tulipes en février.

— Non, mais les marais seront superbes à cette saison. Mornes, sombres...

— Quelle horreur ! Tu as décidément de drôles de goûts...

La cuillère cliqueta dans le pot de confiture. Ruthven avait pris la précaution d'apporter le pot de Chivers entier parce que Agatha se plaignait toujours de ne pas en avoir assez.

— Pour ma part, reprit-elle, je n'ai aucune envie de voir cet endroit.

Dieu merci, songea Melrose, qui leva les yeux au ciel. Il s'était un peu trop précipité en lui disant où il allait. D'habitude, il évitait de la tenir au courant. Mais il avait voulu changer de sujet, il ne supportait plus de parler d'Ada Crisp et de Jack Russel, son terrier. Il contempla le pied de sa tante — sa cheville, plutôt — qui reposait, bandé, sur un tabouret en tapisserie.

— De toute façon, ajouta-t-elle, je ne peux pas partir pour l'instant. Je suis trop occupée avec mes avocats.

Un bataillon ? Combien d'avocats étaient prêts à intenter un procès à un terrier ?

— Que vont-ils réclamer comme dommages et intérêts ? s'enquit Melrose, qui referma *Les Affaires du siècle* et croisa les jambes.

Après tout, cette histoire de procès promettait peut-être d'être distrayante.

— Oh, tu sais, Melrose, je ne crois pas que nous irons jusqu'au procès. Theo pense comme moi.

Melrose grimaça. Si elle évoquait encore le nom de Theo Wrenn Browne, il allait avoir besoin d'un bon gin.

— Tu détestes Browne. Pourquoi est-il soudain accroché à ton jupon ?

Agatha chassa l'objection d'un geste.

— Nous avons nos différends, peut-être...

— Peut-être ? C'est un « âne bâté » et toi « un moulin à paroles, une fouineuse indiscrète », voilà vos différends.

— Tu inventes, comme toujours. (Agatha épousseta les miettes de pain de ses genoux.) De toute façon, Theo m'a conseillé un arrangement à l'amiable.

Pour la première fois, Melrose ressentit une pointe d'anxiété pour le sort d'Ada Crisp. Si Theo Wrenn Browne, ce ver de terre, était dans le coup, Dieu seul savait où cela les mènerait.

— En quoi consiste cet arrangement ? Ada Crisp

n'a pas d'argent. Elle sera obligée de se déclarer en faillite.

— Il y a sa boutique...

— Ah, nous y voilà ! Mr Browne ferait tout pour la virer de chez elle !

Agatha ouvrit en deux un autre petit pain.

— Ne sois pas ridicule, Melrose. Theo est un observateur désintéressé...

— Le seul endroit où Theo Wrenn Browne serait un observateur désintéressé, ça serait au naufrage du *Lusitania*... Ce qu'il veut, ce qu'il a toujours voulu, c'est la virer pour pouvoir agrandir sa librairie. Ne me dis pas qu'il a autre chose en vue. (Melrose rouvrit son livre et le referma d'un coup sec, réfléchit, puis déclara :) Remarque, ça risque d'aller jusqu'au procès et de faire jurisprudence... Si tu perds, ajouta-t-il avec un sourire, tu devras payer les frais de justice. Vaut mieux t'y préparer, ça sera cher...

— Perdre ? Comment ça, perdre ? (Agatha se redressa, tellement choquée qu'elle en oublia le petit pain qu'elle venait de tartiner.) Je croyais que tu étais de mon côté...

— Je suis du côté de la vérité, dit Melrose, pompeux. Et de la justice, ajouta-t-il, encore plus pompeux.

— Moi aussi ! rétorqua Agatha avant de mordre dans son petit pain.

— Agatha, ton avocat ne t'a pas demandé comment ton pied s'était retrouvé dans le pot de chambre ?

Melrose dut faire des efforts pour ne pas éclater de rire.

— Naturellement.

— Et ?

— Que veux-tu dire ? Tu sais très bien comment ça s'est passé ! Tu étais de l'autre côté de la rue ; tu allais au Jack and Hammer où, je me permets d'ajouter, tu traînes un peu trop souvent...

— Je t'ai surtout vue donner un méchant coup de pied au cul de la pauvre bête, dit Melrose. Voilà ce que j'ai vu.

— Tu m'as vue tomber, dit-elle en pointant un doigt boudiné vers Melrose. Tu prétends que tout est ma faute ?

— Oh, loin de moi cette pensée, protesta Melrose avec un geste apaisant. Mais je ne serais pas surpris qu'Ada Crisp n'ait pas la même interprétation que toi. Tu lui as cassé son pot de chambre, elle risque d'en prendre ombrage...

— Je ne pouvais pas dégager mon pied, gémit Agatha. Que devais-je faire ? Me trimballer le restant de mes jours avec un pied dans un pot de chambre ?

Melrose s'amusa un instant de l'image, puis il reprit son livre sur la table Sheraton, à côté de son siège.

— Pour l'amour du ciel ! s'exclama Agatha, qui racla le fond de confiture. Ce n'était qu'un affreux pot de chambre !

— Ne te fais pas trop d'illusions.

Le livre était resté ouvert sur des planches d'illustrations. On voyait le bol de Meissen dans lequel les sœurs Spiker, de Twinjump, donnaient à manger à leur bâtard, même après avoir appris sa valeur *« Rien n'est trop bon pour not'Alfie »*. Melrose eut envie d'applaudir.

— Tu sais que Trueblood a examiné le pot. Les

morceaux, devrais-je dire. Il prétend que ça lui rappelle le bol de Meissen qu'il a dans son magasin.

— Trueblood... postillonna Agatha. C'est un fat dégénéré !

— Peut-être. Mais un fat qui s'y connaît en antiquités, et tu ferais mieux d'y réfléchir quand le procès aura lieu. Trueblood ferait un excellent témoin.

Le léger sourire que lança Melrose à travers le tapis de prière de Kirman (*Dribble's* : 2 000 livres) n'avait rien de chaleureux. Il méditait sur le procès Ardry contre Crisp, se rappelant le jour où Richard Jury avait fichu une trouille bleue à Theo Wrenn Browne, quand ce dernier avait menacé d'intenter un procès à Ada Crisp, quelques années auparavant. Browne prétendait que les articles qu'elle exposait sur le trottoir représentaient un danger pour les piétons. Une obstruction à la libre circulation des personnes. Grands dieux ! Pendant des années, les passants avaient enjambé sans se plaindre les tabourets en tapisserie, les vieux chevaux de bois — et, bien sûr, les tasses et les soucoupes dépareillées. C'était le trottoir d'Ada. Jury avait terrorisé Browne en lui racontant les déboires de propriétaires qui avaient essayé d'expulser leurs locataires.

— Eh bien ? fit Agatha, un sucre d'orge en l'air.
— Eh bien, quoi ?
— Qu'a dit Trueblood ?

Malgré son mépris pour l'homme, ignorer son avis aurait pu se révéler coûteux. Melrose contempla d'un œil vide la jolie table basse qu'il avait toujours aimée (*Dribble's* : peut-être 500 livres ?) et déclara :

— Désolé, je ne m'en souviens pas.

Il ne voulait pas parler à sa place. Trueblood avait trop souvent ce travers. Il savait en outre que

Trueblood se ferait une joie de marcher avec lui. Il avait trop envie de renverser quelques nouveaux moulins à vent.

Ayant nettoyé le pot de confiture et l'assiette de petits pains au lait, Agatha s'assit confortablement et effectua de petits ajustements sur sa personne. Elle tritura son col de chemisier, rajusta son foulard, frotta le centre d'une bague en pierres semi-précieuses.

Melrose la regarda faire.

Broche, foulard, bague. Boutique de l'Armée et de la Marine : 10 livres et 20 pence. À tout casser.

DEUXIÈME PARTIE

LES FEMMES DE GLACE

9

Il avait quitté la A17 pour emprunter une infâme route secondaire à peine plus large qu'une ride à la surface des marais. Il avait dû prendre la mauvaise direction juste après Market Deeping et avait ensuite tourné en rond autour du village de Cowbit. Il était passé près d'un cottage fraîchement repeint sur le linteau duquel on pouvait lire en lettres noires : *Le Petit Dernier*. Il s'était arrêté un instant, et s'était demandé ce que signifiait ce nom bizarre. Un ancien pub, sans doute.

Finalement, après plusieurs croisements, il s'était retrouvé sur la A17. Autour de lui les marécages s'étendaient vers le Cambridgeshire et les Marais Noirs. De chaque côté de la route, le sol était gelé et la terre zébrée par les canaux et les fossés de drainage. Comme on baptisait parfois les marais du Lincolnshire « la petite Hollande », Melrose se dit que ces hectares de terre brune éclateraient bientôt de couleurs chatoyantes. Avec le printemps, le rouge vif, le violet foncé et le jaune miroiteraient au soleil et changeraient les champs en vitraux.

Ah, enfin un poteau indicateur ! Dieu merci, la direction de Spalding était facile à suivre. Après avoir vu à quelle vitesse montait la camionnette de

Trueblood — cent trente à l'heure, pas mal —, Melrose freina en passant devant la pancarte d'un pub, effectua un demi-tour et revint quatre cents mètres en arrière ; comme il lui faudrait demander son chemin pour trouver Fengate, où être mieux renseigné qu'au pub local ? Il se gara dans le parking et replia la carte routière, qu'il mit dans sa poche. En faisant crisser le gravier de l'allée qui menait au Bord du Monde, il repassa une dernière fois dans sa tête les détails des pièces que Max Owen voulait faire estimer.

L'énormité de la tâche le déprima. Mais la promesse de convivialité — les clients avec leurs pintes, le bourdonnement des conversations, le barman avenant, le long comptoir en acajou — le ragaillardit. À son entrée, cependant, les conversations moururent. Pourquoi la bouclaient-ils ainsi ? Probablement parce que l'arrivée d'un étranger, n'importe lequel, parmi eux était bien plus intéressante que les sempiternelles blagues de comptoir.

La salle était bleue de fumée, effluves de nombreuses heures de tabagie. Melrose prit sa pinte d'Old Peculier et alla traîner près de la cible de fléchettes dont les cercles concentriques criblés témoignaient de sa popularité. Il se demanda s'il avait perdu la main ; il avait été doué pour ce jeu, vers quinze ou seize ans. En fait, c'était un vrai champion. Mais n'était-il pas en train de se monter la tête ? D'enjoliver son passé ? Il baissa la tête et contempla la fine couche de mousse dans sa chope de bière. Le malaise qu'il ressentait chaque fois qu'il repensait au bon vieux temps s'abattit de nouveau sur lui.

Tout en buvant sa bière, il réfléchit à la manière

d'aborder les Owen. Trueblood l'avait persuadé de leur apporter la *table à la Bourgogne** pour affermir sa position. Il contempla sa tenue. Il avait opté pour le style campagnard et enfilé un chandail troué aux coudes sous son manteau Barbour. Il pensait ressembler davantage, ainsi accoutré, à un véritable esthète. Il portait aussi une casquette, semblable à celles du groupe d'habitués qui discutaient amicalement au comptoir. Étaient-ce des hommes des marais ? des descendants de ceux du seizième siècle, qui avaient déclenché des émeutes quand on avait parlé d'assécher les marais ?

Il trouva astucieux de se joindre aux buveurs du comptoir et d'offrir une tournée. C'était le meilleur moyen de briser la glace. Avec le double meurtre, la couche de glace ne devait pas être bien épaisse. Il fit signe au barman de servir à boire au petit groupe, des hommes au visage dur et une femme, et lança :

— Bonjour, messieurs. (Inclinant la tête, il ajouta :) Madame.

On lui retourna son salut.

— Vous êtes londonien ? demanda un des hommes tandis que le barman posait une chope devant lui.

— Grands dieux, non ! (Son mépris de Londres et des Londoniens était-il assez clair ?) Je viens du Northamptonshire.

Une région sérieuse — difficile d'envier un type du Northamptonshire. Melrose nota néanmoins que les regards étaient soupçonneux et un brin sévères. Les visages se détendirent lorsque le barman apporta le reste des pintes.

— Vous devez aller à Spalding, alors ? fit la

femme, qui portait un chapeau orné de cerises en plastique rabattu sur des cheveux lavasses.

— Pas tout à fait. Je vais dans un village appelé Algarkirk. J'ai une livraison à faire à Fengate. Un meuble. Je l'ai dans ma camionnette, précisa-t-il en pointant un doigt vers le parking.

Il tenait à faire comprendre qu'il gagnait sa croûte en trimballant des objets lourds.

— Vous avez mis dans le mille. Algarkirk, c'est ici.

Pourquoi le fait qu'il se rende dans la maison du crime ne les fascinait-il pas ? Pourquoi ne lui parlaient-ils pas de leurs célèbres meurtres ? Melrose leva son verre.

— Santé !

Suivit une discussion décousue sur le temps, la fête des fleurs prochaine et le prix des denrées. Melrose aborda le sujet du cottage qu'il avait croisé près de Cowbit :

— Le Petit Dernier... Pas mal, comme nom, vous ne trouvez pas ? C'était un pub, dans le temps, non ?

— Eh bien, dit l'un des jeunes présents, un certain Malcolm, ça a un rapport avec le fait de lever le coude, ça c'est sûr...

Les autres acquiescèrent.

— Ouais, fit l'un d'eux. C'est quand même un drôle de nom... J'en ai jamais entendu parler... et toi, Ian ? demanda-t-il en se tournant vers l'autre jeune, le camarade de Malcolm, semblait-il.

Ian secoua la tête. Puis, sans doute fatigué que son camarade tire la couverture à lui, il déclara :

— C'est la maison Fengate que vous cherchez ? Ah, c'est là qu'y a eu un meurtre.

Enfin, songea Melrose.

— Un meurtre ? fit-il, tâchant de prendre l'air étonné.

La femme fit mine de se serrer le cou en émettant des gargouillis étouffés.

— On l'a retrouvée en peignoir, là-bas, dans le marais. On dit qu'elle a été abusée, ajouta-t-elle en baissant la voix.

— L'a pas été abusée et elle portait pas de peignoir non plus, rectifia un homme, offusqué par la déformation des faits. Une a été tuée d'une balle et l'autre étranglée, Dorcas.

— Doux Jésus ! s'exclama Melrose. Vous voulez dire qu'il y a eu deux meurtres, ici ?

Ils acquiescèrent, heureux comme des fous d'avoir sous la main un étranger généreux qui allait peut-être leur payer à boire jusqu'à la fermeture de quinze heures.

— Ouais, z'étaient toutes deux de Fengate. Y avait la pauvre Dorcas, qui bossait ici, d'ailleurs. J'ai pas raison, Dave ?

Celui qui avait parlé s'était adressé au barman, qui était sans doute aussi le propriétaire du pub. Ce dernier sourit, acquiesça, et alla à l'autre bout du comptoir servir une commande. Le plus vieux des buveurs reprit le récit :

— La première qu'est morte, c'était une invitée de Fengate... (Ah, avec quelle délectation il avait dit cela !) Une balle dans la peau.

Les autres approuvèrent avec solennité.

— Et Dorcas, la pauvrette, se lamenta la femme, bien que son expression ne trahît pas le moindre chagrin. Seulement vingt ans qu'elle avait, la

Dorcas. Qui aurait voulu tuer la pauvre Dorcas ? L'était pourtant inoffensive.

Il y eut des discussions stériles sur l'âge de Dorcas. Chacun avait son chiffre préféré, de dix-neuf à vingt-huit. Dave revint se joindre au groupe et mit fin à la dispute en affirmant que Dorcas avait vingt-deux ans. Les autres se plièrent aussitôt à son avis ; s'agissant de n'importe quel sujet allant du malt au meurtre, Dave bénéficiait à l'évidence du respect de chacun.

Lorsque Melrose comprit qu'il en savait plus sur les meurtres que les gens du pays, il déclara avec le sourire qu'il devait se mettre en route (non sans avoir remis une tournée pour ses nouveaux amis), puis il demanda à Dave la direction de Fengate, craignant de déclencher une autre discussion s'il posait la question aux habitués.

Dave héla un homme qui tuait le temps en jouant aux fléchettes.

— Hé, Jack ! Y a quelqu'un qui veut savoir comment on va à Fengate !

Melrose regarda le dénommé Jack approcher. En passant devant la table qu'il avait apparemment occupée, il vida le verre qu'il y avait laissé.

— Vous y êtes quasiment, c'est de l'autre côté d'Algarkirk, dit Jack en pointant le menton vers l'ouest. Continuez encore sur un kilomètre et vous y serez.

— Vous êtes sûr ? Je veux dire, c'est aussi simple que ça ? Je n'ai pas le sens de l'orientation, vous savez.

— Je devrais le savoir ! s'esclaffa Jack. J'y habite. De l'autre côté de Windy Fen. Tenez, je vais vous faire un plan.

Il tira un crayon de sa poche, attrapa une serviette en papier et dessina en quinze secondes pile une route avec des arbres, un rond-point et une maisonnette au bout d'une allée, avec piliers et tout. Puis il reprit une chope et, quand elle fut presque vide, la balança au bout de ses doigts.

De longs doigts déliés, remarqua Melrose qui se demanda s'il était peintre ou pianiste.

— Comme ça, vous avez à faire à Fengate ? demanda Jack d'un ton où ne perçait aucune curiosité.

— En effet, acquiesça Melrose. Une livraison pour les Owen. Une *table à la Bourgogne* *, précisa-t-il en se délectant du nom.

— J'y connais rien. Je suis bête à bouffer du foin, question antiquités. À propos, je m'appelle Jack Price.

— Melrose Plant, dit Melrose en serrant la main qu'on lui tendait.

— Vous êtes antiquaire, ou simplement livreur ?

— Ni l'un ni l'autre. On m'appelle pour évaluer les pièces.

Cela ne sonnait pas comme il fallait. Il avait donné l'impression d'être l'ultime recours. Il s'éclaircit la gorge, conscient de son ignorance en termes d'expertise.

— Je veux dire... je ne suis pas un expert, loin s'en faut. Je m'intéresse à ces choses en amateur.

— Qu'est-ce que vous apportez, déjà ?

— Une *table à la Bourgogne* *. C'est un meuble assez rare.

Il se rappela trop tard qu'il ne devrait pas exprimer ses opinions. Néanmoins, si la table *n'était pas* rare, Jack Price, dont la curiosité se bornait à une

117

simple politesse, ne se rendrait pas compte de son erreur.

— Hum, fit Price, ça en jette. Rien qu'au nom, je suis sûr que Max tuerait père et mère pour l'avoir.

La confidence troubla Melrose. C'était bien imprudent de parler de la sorte de quelqu'un chez qui deux meurtres venaient d'être commis.

— Max Owen est mon oncle, déclara Jack Price, la chope toujours en équilibre au bout des doigts.

Lorsque sur un signe de Melrose Dave s'approcha pour prendre la pinte vide, Price remercia Melrose et tendit son verre. Puis il lui offrit un cigare, un fin panatella. Entre les doigts déliés de Price, l'élégant cigare était la touche idéale pour un tableau de Goya, songea Melrose. Et cela allait bien avec le reste : des yeux d'un marron si foncé qu'ils étaient presque noirs, de longs cheveux bruns qui pendirent d'un côté de sa figure quand il se pencha pour allumer son cigare. Dans la lueur de l'allumette, des points rouges étincelèrent dans ses iris. Melrose aurait aimé qu'il continue ses confidences. Mais il se contenta de fumer son cigare, remercia Dave quand ce dernier lui apporta son verre, et remercia Melrose encore une fois.

— La table est un article que les Owen ont acheté sous condition. Comme ils veulent faire authentifier certains de leurs meubles, je me suis proposé pour le transport.

— Max, pas Grace.

— Je vous demande pardon... ?

— Pas Grace Owen. Ces trucs-là, c'est la marotte de Max, pas de Grace. Elle s'en contrefout. (Price fit tomber les cendres de son cigare dans un cendrier métallique.) J'imagine que vous avez entendu parler des meurtres. (On aurait cru qu'il se plaignait d'une période de mauvais temps.) C'était dans tous les journaux, même ceux de Londres. Max est assez connu dans le milieu des antiquaires.

— Non, je ne me souviens pas, dit Melrose. (Il inclina la tête vers les habitués du comptoir.) Mais ils viennent juste de m'en parler.

— Ça s'est passé il y a deux semaines. Pendant un week-end. Une des invitées a été tuée par balle, on l'a retrouvée sur le Wash... vous savez, la côte, tout près d'ici. Les flics du coin nous ont tous passablement interrogés...

— Ils ont découvert le coupable ? demanda Melrose avec ce qu'il espérait être un ton sincère.

— Non, pas encore. La victime était l'ex-épouse de Max.

Price éclusa son verre afin qu'on le remplisse à nouveau. Il brandit deux doigts, puis posa sur le comptoir sa chope dont il restait à peine une gorgée. Il avait les manières d'un buveur invétéré, qui pouvait vider des bières pendant des heures sans jamais montrer le moindre signe d'ébriété.

— Vous en prenez une autre ? proposa-t-il en désignant le verre encore plein de Melrose.

— Vaut mieux pas, sinon faudra me transporter à Fengate sur la maudite table.

Ex-épouse. Melrose était sincèrement surpris qu'un homme ait le goût ou l'énergie de se marier plus d'une fois. Pour lui-même, qui était toujours resté célibataire, s'apercevoir qu'il avait fait une erreur aurait été une amère expérience. Il ne comprenait tout simplement pas comment on pouvait la répéter. Sans doute était-il terriblement vieux jeu.

Sans que Melrose le lui ait demandé, Price lui fournit le nom de la victime :

— Verna Dunn. Franchement, je comprends que Max se soit débarrassé d'elle. Elle était insupportable.

Se débarrasser d'elle n'était pas le terme le plus adéquat, étant donné les circonstances.

— Le nom m'est familier, dit Melrose.

Seul Jury lui en avait parlé.

— Ça se peut, dit Jack Price. C'est une actrice. Ou plutôt, c'était. Un peu fanée, certes, mais encore plus séduisante qu'un tas de femmes plus jeunes. Elle n'a jamais été une bonne actrice ; j'ai vu un ou deux de ses films. (Il examina le bout incandescent de son cigare.) Ça a dû être bougrement pénible pour Grace de recevoir une ex pour le week-end. Surtout celle-là, ajouta-t-il avec un drôle de bruit qui aurait pu être un rire ravalé ou un souffle de mépris.

Melrose prit bonne note. Sans oublier l'expression de Jack Price. Partie du cou, une rougeur avait gagné son visage, ce qui, bien sûr, pouvait être mis sur le compte des multiples bières. Il ne s'était à l'évidence pas contenté des trois bues en compagnie de Melrose.

Jack Price tâta ses poches à la recherche d'allumettes. Son cigare s'était éteint. Melrose lui tendit son briquet.

— Ah, fit Price, tout sourire, un bon vieux Zippo. J'ai toujours aimé les Zippos.

Melrose remarqua de nouveau ses mains.

— Seriez-vous peintre, par hasard ? demanda-t-il.

— Non, sculpteur.

— Vraiment ? Et votre atelier se trouve à Fengate ?

— Ouais. (Il tourna son cigare dans sa bouche.) J'ai retapé la vieille grange. C'est assez sympa. Les Owen sont des gens généreux.

Si Price bénéficiait de leurs largesses, Melrose douta qu'il apprendrait quoi que ce fût de réelle valeur.

— J'ai été enchanté de vous connaître, mais on attend cette table à Fengate et je suis déjà en retard. Voulez-vous que je vous dépose ?

— Non, merci. Je prends toujours le sentier communal pour rentrer.

Tiens donc, songea Melrose.

10

La première personne que Melrose vit en arrivant à Fengate fut un vieil homme en chemise, les manches retroussées, coiffé d'un chapeau au large bord déformé, une carabine cassée en deux au creux de son coude. Un autre Momaday, peut-être ? Derrière lui s'étendait un petit bois, l'un des rares bosquets d'arbres à feuilles caduques que Melrose avait croisés dans sa longue traversée des marais. Voyant la camionnette, sur laquelle s'étalait *Trueblood Antiquaire* en élégants caractères noirs, le chasseur faillit indiquer à Melrose que les livraisons se faisaient à l'arrière. Genre : « Faites le tour par l'arrière, là où se trouve l'office. La cuisinière vous servira quelque chose à manger. » Apercevant le chauffeur, il changea aussitôt d'avis.

Ah, se dit Melrose, *la qualité se remarque. C'est autant dans les os que dans le sang...*

Apparemment, cela ne se remarquait pas assez. Le jardinier fonça sur lui avec la fureur du concierge voyant débouler un représentant de commerce.

— J'ai une livraison pour Mr Owen ! claironna gaiement Melrose.

L'homme marmonna quelque chose d'incompréhensible et se dirigea vers la porte, tout en faisant signe à Melrose de le suivre. Il disparut ensuite dans une autre aile de la maison, laissant Melrose inspecter ses chaussures au cas où de la boue les aurait malencontreusement salies. Melrose attendit un instant dans le vestibule au sol carrelé noir et blanc, où se trouvaient les surplus de la collection de Max Owen. Diverses alcôves abritaient des bustes en marbre ou en bronze, des tableaux tapissaient les murs, en un assemblage que Melrose trouva hautement éclectique. Un Matisse était accroché à côté d'un Landseer[1], un peintre que Melrose n'avait jamais compris. Le Landseer représentait une scène familiale dans laquelle Melrose reconnut la jeune Victoria et un gentleman qui devait être son cher Albert, entourés d'une meute de chiens et d'un tas d'oiseaux morts. Parmi les enfants, l'un semblait sur le point de plumer un faisan. Melrose hocha la tête, catastrophé par le rapprochement des deux tableaux. Sous le Landseer se trouvait une crédence ventrue dont les tablettes superposées abritaient des figurines de Dresde ou de Limoges. Melrose s'y connaissait un peu en porcelaine, il y en avait tant à Ardry End.

Sur la droite, une porte à double battant était entrouverte. Melrose la poussa, entra, et dut s'accoutumer à la relative obscurité de la pièce, largement causée par les rideaux en velours presque entièrement tirés.

C'était une pièce étroite, toute en longueur, meublée par des statues en marbre grandeur nature.

---

1. Edwin Henry Landseer (1802-1873) peintre et sculpteur anglais, célèbre pour son romantisme animalier. *(N.d.T.)*

C'étaient toutes des femmes — ou de très jeunes filles. Celle qui était près de la porte, la seule à être entièrement vêtue à la mode victorienne, était affublée d'une coiffe et d'un corsage ruché. Ses mains tendues semblaient nourrir des oiseaux. Les autres étaient de veine classique, habillées de fins drapés, ornées de guirlandes. Elles étaient disposées sans ordre. Pour traverser cette sorte de galerie (car c'était à cela que la pièce ressemblait), on devait slalomer entre les statues. Melrose crut apercevoir sur l'une d'entre elles, la plus proche d'un rai de lumière passant entre les rideaux, l'éclat d'une chaîne en or ou en argent. Lorsqu'il alla l'examiner de plus près, il vit qu'il ne s'était pas trompé. On avait passé une fine chaîne d'argent autour de son cou. Melrose examina les autres statues; elles avaient toutes des ornements similaires, colliers de fleurs ou d'argent, bracelets sur leurs bras tendus. Celle qui se trouvait à l'extrémité de la pièce portait un délicat ruban de velours autour du cou. Melrose ne put s'empêcher de sourire, il avait envie de rencontrer la jeune visionnaire responsable de ces décorations. Jury ne lui avait pas dit qu'Owen avait des enfants.

Les statues — huit ou neuf — n'étaient pas seules à embellir la galerie. Il y avait encore des tableaux, meilleurs sans doute que les précédents, une profusion de meubles, certains délicats, d'autres de mauvais goût. Des buffets, des armoires, des crédences, une commode Louis XIV, des tables japonaises laquées, luxueusement décorées d'oiseaux et de fleurs. Un adorable canapé de l'époque de la reine Anne côtoyait une autre crédence ventrue, sans doute la jumelle de celle que Melrose avait vue dans le vestibule. Il y avait plusieurs portraits, peut-être les ancêtres d'Owen, plus probablement des tableaux achetés dans des salles de vente. Un rayon de lumière frappa un tableau dans lequel deux fillettes accrochaient des lanternes japonaises dans un jardin. En s'approchant, Melrose distingua le nom du peintre. C'était un John Singer Sargent, une copie, mais très réussie. Melrose avait vu l'original à la Tate Gallery.

La collection dans son ensemble était surprenante. Comme son éclectisme dénotait davantage l'amateur passionné que l'expert, Melrose n'avait peut-être rien à redouter. Une collection de verreries occupait toute une vitrine. Melrose crut reconnaître un gobelet semblable à celui que Trueblood lui avait montré dans son magasin. La vitrine n'étant pas fermée à clef, Melrose l'ouvrit et sortit le gobelet. Une scène sylvestre délicatement gravée représentait une fille, un garçon et quelques animaux se pourchassant les uns les autres (comme ils ont coutume de le faire sur les vases). Melrose entendit alors quelqu'un s'éclaircir la gorge.

Lorsqu'il se retourna, il crut l'espace d'une seconde qu'une statue avait bougé. Mais non, une femme en chair et en os se tenait à l'autre bout de la pièce. C'était comme si la petite toux avait prévenu Melrose que s'il avait l'intention de voler le gobelet, il ferait mieux de se raviser car il était observé.

— Mr Plant ? Je suis affreusement désolée de vous avoir fait attendre. J'étais au téléphone avec un policier. Vous savez comment ils sont. Je suis Grace Owen. Nous avons eu un meurtre ici. Deux, en fait.

Elle parut déconfite, comme si deux meurtres pouvaient passer pour de la vantardise.

Elle s'attendait à le voir tressaillir et parut soulagée qu'il ne bronche pas. Il lui dit qu'il avait déjà appris le drame.

— Les habitués du pub, là-bas, expliqua-t-il avec un mouvement de la tête, m'ont tout raconté. (Sans savoir pourquoi, il ne parla pas de Jack Price.) Vous le connaissez, j'imagine. Il s'appelle le Bord du Monde.

— Oui, bien sûr. (Elle esquissa un sourire qui se figea aussitôt, comme s'il était indécent en de telles circonstances.) Vous avez donc appris que l'une des victimes était l'ex-épouse de mon mari. L'autre, une de nos gens, une jeune femme. Ce deuxième meurtre ne remonte qu'à quelques jours.

Melrose acquiesça. La jeune femme paraissait si sincère, si... candide. Sa voix, son expression. La clarté du cristal, comme le gobelet. Melrose regarda Grace Owen, puis le gobelet, s'excusa et le rangea dans la vitrine.

— C'est l'un des préférés de Max, sourit-elle.

Bonté divine ! pesta Melrose en sourdine. À peine arrivé, il nageait déjà. Jury n'avait noté aucun gobelet sur sa liste. Melrose se reprocha de n'avoir pas prêté attention aux cours de Trueblood sur les verreries. Il se demanda quelles autres surprises l'attendaient.

— Mr Trueblood nous a tressé des louanges sur l'étendue de vos connaissances. N'êtes-vous pas par ailleurs un ami de ce policier de Scotland Yard ?

Melrose déglutit. Bien sûr, Jury avait dit aux Owen qu'il connaissait un excellent expert. Melrose était bien obligé d'opiner. Il craignait néanmoins que cela risque de rendre son rôle intenable. Il plaqua un sourire idiot sur son visage, espérant qu'elle ne reviendrait pas à la question des origines ou de l'authenticité du gobelet.

— Il vous faudra de vastes connaissances, déclara Grace. On dirait que Max aime... tout, dit-elle en englobant la pièce d'un geste.

Melrose se demanda si cela faisait de Max un esprit large ou un collectionneur sans discernement. Peut-être avait-il simplement le goût incertain des riches indécis.

Grace restait à distance respectable, et si dans la pénombre Melrose n'arrivait pas à distinguer nettement ses traits, il voyait bien que c'étaient ceux d'une jolie femme.

— Il appelle cette pièce la « salle des sculptures », ce qui, à mon humble avis, est quelque peu outrancier.

Elle enlaça la taille de la statue au ruban de velours, qui lui ressemblait étrangement. Elle avait peut-être posé pour le sculpteur.

— Je l'appelle le groupe des « Femmes de Glace », poursuivit-elle. Les pauvres. Celle-ci, dit-elle en tapotant l'épaule de la statue, c'est Gwendolyn. Je les ai toutes baptisées. Elles ont des personnalités très différentes, vous savez. Mon mari dit que je suis folle. (Cela ne paraissait pas la froisser le moins du monde.) À propos, il est à Londres. J'aurais dû vous le dire tout de suite. Mais il savait que vous veniez, bien sûr, et il ne tardera pas ; il sera là avant le dîner. Il a hâte de discuter avec vous. Bien, combien de temps comptez-vous rester ? Je vous demande ça parce que ma cuisinière va me tanner jusqu'à ce que je le lui dise. Vous pouvez rester le temps qu'il vous plaira, bien sûr.

Elle dénoua le ruban de Gwendolyn.

— Vous voulez dire... ici ?

— Évidemment, ici. C'est entendu. (Elle laissa tomber le ruban dans la poche de sa robe grise.) C'est si agréable d'avoir de nouvelles têtes. (Elle était allée près de la fenêtre la plus proche et ajustait les rideaux.) Max a peur que la lumière n'abîme ses tableaux et ce vieux papier peint. C'est un William Morris, je crois.

Elle passa à la fenêtre suivante et répéta l'opération, puis à la suivante, et termina par celle à côté de laquelle se tenait Melrose. Lorsqu'elle passa devant la faible lumière crépusculaire, un rayon éclaira ses pommettes, ses cheveux pâles, ses yeux ambrés. Elle semblait dire ce qu'elle pensait sans aucune retenue. Melrose pensa aussitôt à Miss Fludd.

Bien que n'ayant pas encore d'idée précise sur Max Owen, il avait déjà décidé qu'un homme qui utilisait le soleil avec parcimonie quand une si jolie femme se tenait dans ses rayons devait sans doute tricher aux cartes.

— Allons dans l'autre pièce, voulez-vous ? Cette salle est trop froide.

Elle ferma le dernier rideau, ne laissant percer que quelques pauvres centimètres de lumière. Alors, alors seulement, Melrose remarqua que les statues, qu'elles soient proches ou lointaines, regardaient toutes dans la même direction, aveugles, vers le soleil.

Il en ressentit une profonde tristesse.

Grace le fit entrer dans une pièce dont le tapis, du Turkestan, valait sans doute une fortune. Du moins, Melrose crut qu'il provenait du Turkestan. Malgré ses lectures, il s'embrouillait encore dans les tapis. Celui-ci devait faire quatre mètres sur six, un tourbillon de riches couleurs vives. Il réchauffait sans doute autant la pièce que le feu qui crépitait dans la cheminée. Melrose estima être dans la bibliothèque : la pièce était plus petite, plus chaude et plus lumineuse. L'impression de chaleur n'était pas uniquement due au feu et au tapis, mais aussi aux nombreux livres qui habillaient les murs.

Le centre de la pièce était occupé par un grand piano dont le couvercle fermé était garni de photos dans des cadres en argent et en bois. Melrose examina la première photo. Le jeune homme qui tenait par la bride un cheval revêtu d'un plaid ressemblait si fort à Grace Owen qu'il était impossible de se méprendre. Il avait la même expression ouverte et chaleureuse. C'était forcément un parent.

Grace Owen remarqua son intérêt.

— C'est mon fils, Toby, dit-elle. Il est mort.

— Oh... je suis désolé.

Jury ne l'avait pas prévenu ; peut-être l'ignorait-il.

Grace contempla un instant la photo, puis lui proposa du thé, du café... ou peut-être un apéritif ?

— Un café, merci.

Malgré le cordon qui pendait à côté de la glace au-dessus de la cheminée, Grace préféra aller elle-même aux cuisines. Melrose quitta le piano pour s'intéresser à la vue ininterrompue sur les marais que lui offrait la fenêtre. Il n'y avait pas d'arbres de ce côté de la maison. Le paysage était morne et désolé.

— Annie apporte le café, déclara Grace à son retour. C'est notre cuisinière. C'est sinistre, n'est-ce pas ? dit-elle en le rejoignant à la fenêtre. Je n'ai jamais rien vu d'aussi mélancolique. Pire que la lande du Yorkshire. La première fois que j'ai pris en voiture la route qui mène à la rivière, j'ai cru que le monde était sens dessus dessous. Certains endroits sont en fait sous le niveau de la mer. Autrefois, ces marais *étaient* la mer. L'eau, on l'appelait le Bailli. Le Bailli des marais, venu nous expulser sans prévenir.

Elle sourit. Ils contemplèrent en silence l'étendue gorgée d'eau. Des nuages s'amoncelaient, prélude, sans doute, à l'orage.

— Vous habitez toute l'année à Londres ? demanda-t-elle.

Melrose fut tiré de l'atmosphère lacustre ; il s'était soudain senti endormi, une défense, crut-il, contre le poids de son imposture. Mentir à Grace pouvait se révéler funeste.

— Je... euh, j'ai une propriété dans le Northamptonshire. À Long Piddleton. (Il ne précisa pas que cette propriété était une place forte de style anglais du dix-neuvième siècle, plus vaste que Fengate, ni qu'elle était nichée au cœur de cinquante hectares de forêts verdoyantes.) C'est comme ça que j'ai connu Marshall Trueblood. Son magasin se trouve à Long Piddleton. Vous n'avez jamais visité son magasin ? demanda-t-il avec une sorte d'inquiétude.

Il eut la vision stupide de Mrs Witherby prenant Grace à part pour la prévenir sournoisement contre Melrose. « Méfiez-vous de çui-là, c'est un drôle de loustic ; m'étonnerait pas qu'il cherche à vous rouler... » Melrose chassa la vision. Non, lui répondit-elle, elle ne connaissait pas le magasin de Marshall Trueblood.

— Max non plus. En fait, cet antiquaire — c'est

bien Trueblood? — a entendu dire que Max cherchait un expert. Sans doute par notre inspecteur de Scotland Yard.

Melrose trouva amusant qu'elle s'approprie Jury.

— Je passe la plupart de mon temps dans le Northamptonshire, pas à Londres.

Il avait décidé qu'il valait mieux coller à la réalité le plus possible. Cela ferait moins de mensonges à retenir.

— Mais ce n'est pas votre profession?

Melrose réagit de façon étrange. C'était comme si la question englobait tout, les circonstances qui l'avaient amené dans cette maison, la présence de Grace, la maison elle-même, les meurtres commis à proximité, peut-être même la mort de son fils, le paysage, les marais. Comme si, tel un juge démoniaque, il avait le pouvoir de modeler ces événements. Comme s'il avait débarqué, tel un diable. Ou comme le Bailli des marais, sans prévenir. Il se reprit. D'où pouvait bien lui venir cet esprit mélodramatique? Cette culpabilité sournoise. Il s'efforça de se souvenir qu'il était là pour aider Jury. Et Jenny.

— Non, finit-il par répondre. Comme vous dites, ce n'est pas ma profession. Je suis un amateur, j'ai cette passion de traquer le toc et l'escroquerie. Oh, non, je ne suis pas un professionnel, loin s'en faut. Je ne suis même pas collectionneur. (Pour parer le regard dubitatif qu'elle lui lança, il désigna les tableaux accrochés au mur du fond, le seul qui n'était pas tapissé de livres.) Je dois avouer que je préfère ces tableaux à ceux de votre vestibule.

C'était un jugement sans risque, espéra-t-il.

— Nous avons tous nos aveuglements, sourit Grace.

La porte s'ouvrit à ce moment-là et une femme d'une soixantaine d'années entra avec un plateau de café et de gâteaux secs. Sa silhouette massive était enveloppée dans un tablier blanc et elle personnifiait si bien la cuisinière classique que Melrose eut la vision de pains sortis du four. Ses cheveux d'un châtain boueux étaient tirés en un chignon sévère ; ses yeux étaient plus foncés, couleur de tourbe. Elle se tenait avec raideur ; cependant, ses mains agiles papillonnaient autour des soucoupes, des tasses, faisant cliqueter les cuillères, s'attachant au meilleur service possible. C'étaient les mains d'une personne en perpétuelle agitation, qui devaient se tordre sans cesse, se porter à sa figure en signe d'étonnement, ou agiter un éventail. Mais Annie elle-même ne semblait pas du tout quelqu'un d'agité. Lorsque Grace la remercia gentiment, elle fit un bref signe de tête et sortit, raide comme la justice.

— Annie est une merveilleuse cuisinière, déclara Grace en versant le café. Elle assume sans broncher la surcharge de travail qui lui incombe.

— Comme une bonne et loyale servante.

Grace s'esclaffa.

— À vrai dire, j'en doute. Je crois plutôt qu'elle est loyale à un code personnel qui nous échappe. De la crème ?

— Non, merci.

— Nous vivons tous en accord avec quelque étrange notion d'appartenance. D'honneur, même, vous ne croyez pas ? Du sucre ?

— Non, merci.

Elle affichait encore ce regard troublant. Ce sourire. Il la remercia quand elle lui tendit sa tasse.

Elle emporta la sienne près de la fenêtre et but son café tout en contemplant la vue. Pendant ces brefs instants, elle parut dans un autre monde; Melrose aurait voulu que les pensées de Grace épousent le même cheminement que les siennes. Elle sortit de sa rêverie et revint au présent, un endroit bien moins exigeant, songea Melrose, à en juger par l'expression de Grace.

— Excusez-moi, fit-elle, j'étais ailleurs.

Elle se rassit dans le canapé, puis se courba et passa une main sur le tapis.

— Voilà une des pièces, dit-elle en levant les yeux. Ce tapis. Max voudrait un avis. Le type de Christie a dit que ce n'était pas un Turkestan authentique, juste une reproduction. Ou une imitation.

Melrose l'examina, ravi d'avoir au moins identifié le style.

— Oh, ça m'étonnerait, fit-il.

Il chaussa ses lunettes, espérant qu'elles lui donneraient l'air compétent qui lui faisait défaut, craignait-il, se leva et alla retourner un coin du tapis.

— Il y a des milliers de nœuds, le tissage est très serré. Le dos est aussi clair que le devant. Pour moi, il est authentique. Il faut aussi tenir compte de la taille. Le tapis est immense, une reproduction aussi grande ne serait pas rentable.

Vraiment? Une livre de bonbons coûtait peut-être un peu plus qu'une demie; une caisse de vin revenait moins cher que douze bouteilles au détail. Mais les tapis turcs suivaient-ils le même principe? La valeur n'augmentait-elle pas progressivement, centimètre par centimètre ? Trop tard, ce qui était dit était dit. Mieux valait s'en tenir là.

Grace contempla le tapis avec une moue incrédule.

— Pourtant, le type de Christie était censé être un expert...

Elle rougit, craignant peut-être de l'avoir insulté.

— Oh, fit Melrose, jovial, les experts font des erreurs, eux aussi. Moi-même, ça m'est arrivé plus souvent qu'à mon tour ! (Il se demanda soudain pourquoi Max Owen faisait venir tout ce monde pour évaluer ses biens.) Dites-moi, pourquoi votre mari fait-il cela ?

— Max veut se débarrasser de certaines choses. Il préfère les vendre aux enchères, mais le type de Christie...

— Sotheby, peut-être ? proposa Melrose, espérant que « le type de Sotheby » désapprouverait celui de Christie.

Melrose n'était pas chaud pour se frotter à ces types, représentants des plus grandes salles de vente du monde. Oh, au diable ! Tout est affaire de prestance. Dans ce milieu, tout le monde se vante, dissimule, au point qu'on finit par ne plus reconnaître une tapisserie de Bayeux d'une dentelle de grand-mère. Melrose eut soudain peur que Grace ne lui demande la provenance du collier d'ambre russe exposé sous une cloche en verre — descendait-il vraiment des Romanov ? Les seuls bijoux que Melrose avait examinés de près étaient ceux qu'Agatha portait, et uniquement pour voir s'ils n'avaient pas appartenu à sa propre mère. En fait, il s'était familiarisé avec les meubles en essayant de découvrir ce qu'Agatha avait barboté à Ardry End. Même des chaises et des tables de cuisine avaient disparu.

— J'ai rencontré votre neveu, Mr Price. Je m'étais arrêté au pub pour demander mon chemin. Et boire une pinte.

— Jack ? Le Bord du Monde est un de ses repaires préférés. Jack est le neveu de mon mari. Il a un atelier par-derrière ; enfin, c'est davantage une grange aménagée, mais je crois qu'il s'y plaît, ça lui donne un endroit à lui. Il couche aussi chez nous. Il arrive que nous ne le voyions pas pendant des jours. Parfois, je me demande s'il ne dort pas à la belle étoile, là-bas, dans les marais.

— Est-ce que l'enquête progresse ?

Grace l'observa par-dessus le rebord de sa tasse, de ses yeux lumineux, couleur de feuille d'or.

— Si les policiers ont découvert quelque chose, ils ne nous ont rien dit. Pauvre Dorcas. (Grace reposa doucement sa tasse qui tinta sur la soucoupe parce que sa main tremblait.) On a retrouvé son corps dans le marais Wyndham. Entre ici et le pub, tout appartient au National Trust. Je veux dire par là que le pub nous sert de point de repère pour définir la frontière...

Ne voulant pas s'enferrer dans une discussion sur les marais, Melrose la coupa :

— Quand ces drames ont-ils eu lieu ?

Grace parut réfléchir.

— Verna a été — Verna Dunn, la première femme de mon mari —, Verna a été tuée il y a quinze jours. On a retrouvé son corps sur le Wash. Franchement, j'ignore ce que cet inspecteur du Lincolnshire a bien pu découvrir. Dorcas, c'est tout récent... (Le bruit d'une voiture fit se lever Grace.) La nuit du 14. Ah, voilà Max !

11

Melrose n'était pas préparé. Il s'était fait le portrait d'un Max Owen dilettante, arrogant, pointilleux, fier peut-être. Quiconque étalait ses biens avec une telle vanité l'était forcément. Mais pas Max Owen. Melrose était prêt à le détester, sans doute parce que Owen et sa collection représentaient pour lui un obstacle à franchir, un arbre tombé en travers de sa route.

Mais lorsque Max Owen parut sur le seuil, l'image se brisa. Le dégoût irrationnel que Melrose éprouvait pour l'homme avait crû avec chaque heure passée dans le magasin d'antiquités à essayer de reconnaître les subtiles qualités de chaque coffre tortueux, de chaque chaise aux pieds tarabiscotés, de chaque crédence, de chaque desserte que Trueblood exhibait. Un jour, Melrose s'était assoupi en écoutant son ami ratiociner sur un coffre laqué (« Toujours se méfier des meubles laqués... »), pour être réveillé en sursaut et forcé de répéter les points les plus importants, comme au catéchisme. Melrose s'était plaint de ne pouvoir se souvenir de tant de choses, mais Trueblood lui avait rappelé qu'il n'y avait que cinq pièces à étudier, ce n'était pas la mer à boire. Sans compter le tapis. Pour le reste, il pourrait toujours bluffer.

Loin d'être terrifiant, Max Owen était d'une timidité presque juvénile. Ce qui faisait une grande partie de son charme... car il était séduisant, sans être particulièrement beau : un visage trop long, trop mince, des yeux comme des muscats. Là où Melrose avait imaginé du sur mesure, il s'aperçut qu'Owen s'habillait avec banalité : le costume quelconque, en worsted gris foncé ; la cravate, un tartan monotone. Melrose s'était attendu à voir un homme plus tapageur — quelqu'un qui portait des gilets jaunes et à qui on ne pouvait se fier.

Grace déclara que le café avait refroidi, et Max affirma que cela ne le dérangeait pas. Mais elle se serait dérangée, bien sûr, si Annie, la cuisinière, n'était pas entrée sur les talons de Max avec du café frais, avant de repartir aussi vite qu'elle était venue.

Max s'installa dans le massif Chesterfield victorien, prit ses aises, allongea ses jambes, comme s'il avait l'habitude de ce canapé et s'y asseyait souvent. Melrose aurait trouvé un tel siège inconfortable, mais il se dit qu'Owen, comme Trueblood, entretenait avec les meubles — « les objets« — des rapports plus passionnels que lui. Ils voyaient du confort là où il n'en trouvait aucun.

— Désolé de ne pas avoir été là pour vous accueillir. J'ai passé la journée à Carlton House. Ils vendent tout ce qu'ils ont. Il y avait de belles choses, comme vous pouvez l'imaginer.

Il but son café tout en observant Melrose ; le regard était encourageant, comme s'il attendait quelque chose de Melrose.

Étant donné sa prétendue passion, Melrose aurait dû être au courant de la vente.

— Marshall Trueblood m'en a parlé. J'y serais allé si je n'avais pas dû venir ici.

— Je ne connais pas votre ami Trueblood, mais je n'aurais jamais pu le reconnaître, de toute façon. Il y avait un monde fou.

— Trueblood avait en tête deux coffrets sculptés. Du seizième siècle, je crois. Je me demande s'il les a achetés...

Une acquisition aussi mineure était vouée à passer inaperçue. Melrose espéra avoir été assez vague pour ne pas subir les questions de Max Owen.

— Je ne me souviens pas de les avoir vus sur le catalogue, dit Max, pensif. Enfin, j'ai réussi à partir avec le secrétaire de Carlton House.

— Seigneur! fit Grace avec un petit rire triste. Avons-nous assez de place?

Melrose fut soulagé qu'elle intervienne car il était sûr qu'Owen était sur le point de l'interroger sur le secrétaire. Il s'assit sur le canapé au sommier trop dur, espérant ne pas attirer l'attention sur ce meuble joliment sculpté, car il n'avait aucune idée de son origine. Mais il fallait bien s'asseoir quelque part. Il aurait certes pu choisir la bergère à oreilles, un pur Chippendale.

— J'étais en train de dire à Mr Plant... commença Grace en versant le café.

— Appelez-moi Melrose, dit ce dernier, qui accepta volontiers une deuxième tasse. Merci.

— J'ai cru comprendre que vous aviez un titre, dit Max. Puis-je vous demander lequel?

— Caverness, comte de Caverness. Mais je préfère le nom de famille.

— Pourquoi ?

Oh, flûte ! Owen allait-il être un de ces types prosaïques sans goût pour l'intuition ni les nuances ?

— Les titres sont encombrants.

— J'aimerais bien en avoir un, soupira Max.

— Eh bien, ne faites rien pour vous distinguer d'aucune manière et vous en recevrez peut-être un.

Tout le monde rit, et Grace reprit où elle en était :

— J'étais en train de lui parler de ce qui s'était passé. Mr Plant est un ami de Jennifer Kennington...

— Ah ! Elle aussi a un titre qu'elle renie. Mais elle s'est mariée à un noble, ça n'a pas la même valeur.

Melrose corrigea de nouveau Grace :

— Une relation, seulement. Je l'ai rencontrée une fois à Stratford.

— Une coïncidence, remarqua Owen.

Y avait-il quelque chose dans son expression, l'esquisse d'un sourire, qui disait que c'était tout sauf une coïncidence ?

— Et Dorcas, dit Grace. Il y a trois jours seulement, ajouta-t-elle avec tristesse.

Max regarda par la fenêtre le brouillard se lever. Il se faisait tard et la nuit tombait. Des nappes de brouillard recouvraient l'allée, les parterres fleuris, coupaient les racines des arbres et rendaient le bois impénétrable.

— Pauvre fille, fit Max.

Ils restèrent un instant silencieux ; Melrose aurait aimé qu'ils continuent. Il pouvait montrer un intérêt légitime — un double meurtre était un motif de curiosité, quelle que fût la mission qui l'amenait — mais, n'étant arrivé que depuis peu, il ne s'estimait pas en droit de relancer une conversation aussi douloureuse.

Mais Max s'en chargea :

— Cet endroit — le marais Wyndham — où on a retrouvé Dorcas, tout le sud du Lincolnshire était comme ça... C'était une contrée marécageuse, une vraie.

— Max, à t'entendre, on dirait que tu pleures davantage la perte des marais que celle de Dorcas.

— Je ne la connaissais pas assez pour la pleurer, très chère.

Il tendit sa tasse pour qu'elle la lui remplisse.

Melrose trouva son aveu sans fard plutôt rafraîchissant. Pourquoi diable aurait-il « pleuré » une employée avec qui il n'avait sans doute eu que peu de contacts.

— C'est ce qu'ils disaient au pub ; un des habitués prétendait qu'on ne devrait plus les appeler les marais : « Y a plus de marais. »

Max s'esclaffa.

— C'est juste. Parfois, je me dis que nous sommes tous aussi éphémères que le paysage.

— Ce doit être pénible, dit Melrose. La police chez vous, toutes ces questions...

— Ça me dépasse, dit Grace. Qu'est-ce que Verna pouvait bien faire si tard sur le Wash ? On ne va pas sur les marais pour une promenade digestive. Deux meurtres en deux semaines ! ajouta-t-elle, pensive.

Melrose tentait de faire le tri de ses impressions. Grace Owen, pour commencer, ne semblait pas s'indigner de la présence à Fengate de l'ex-épouse, morte ou vive.

— Jenny Kennington a été la dernière personne à

voir Verna en vie, reprit-elle, avant de boire calmement une gorgée de café.

Non, songea Melrose. *La dernière personne à la voir en vie était forcément son assassin.*

— J'ai du mal à croire que Lady Kennington puisse être suspectée. Elle m'avait fait l'effet de quelqu'un de... doux.

Ils étaient à des kilomètres des meubles anciens, *bonheurs-du-jour**, tapis turcs et autres. Mais les Owen ne semblaient pas le remarquer, submergés qu'ils étaient dans l'étrange affaire des meurtres de Fengate.

— Oui, je pense comme vous, approuva Grace. Sauf que je crois qu'on ne peut pas savoir de quoi quiconque est capable dans de telles circonstances. D'un autre côté, quel pourrait bien être son mobile ? Elles ne se connaissaient même pas.

— Tu veux dire, pour autant que nous le sachions.

Melrose en eut froid dans le dos. Ils admettaient sérieusement que Jenny ait pu faire une chose pareille.

— Comme principal suspect, Max serait un meilleur candidat, remarqua Grace en riant. Ou moi, ou même Jack. En fait, n'importe qui ferait un meilleur suspect que Jennifer Kennington.

Melrose aurait aimé lui demander quel mobile elle avait en tête, mais la question attendrait.

— Tu ne sais pas ce que tu racontes, Grace, dit Max, qui reposa sa tasse. (Il avait dit cela d'un ton parfaitement aimable. Il s'adressa alors à Melrose :) Cet inspecteur de Scotland Yard est un ami de Mr Trueblood. (Après avoir fouillé dans ses poches, il sortit une carte de visite.) Commissaire principal

Richard Jury, rien que ça. C'est plutôt haut placé. (Il dévisagea Melrose d'un air perplexe.) Mais vous le connaissez, n'est-ce pas ? N'est-ce pas lui qui vous a recommandé ? Ce n'est pas vrai, Grace ?

Tandis que Grace opinait, Melrose déclara :

— Oh, je le connais à peine.

Il se sentait de plus en plus mal à l'aise, ne voyant pas où Max voulait en venir. Cherchait-il à le tourmenter ou ses questions étaient-elles purement innocentes ? Melrose trouva plus prudent de faire dévier la conversation sur la collection d'Owen :

— Où sont les pièces que vous souhaitez que j'examine ?

— Le tapis, intervint Grace en tapant du pied. Mr Plant affirme que c'est un vrai.

— À mon humble avis, dit vivement Melrose. Oui, je pense que c'est un vrai, comme vous dites.

Il esquissa un sourire d'autodérision à destination de Max Owen, qui était visiblement content de croire son invité.

— Donc, Christie et le vieux Parker se trompent !

— S'ils vous ont dit le contraire.

— Parker, expliqua Grace, est un ami de Max qui adore pinailler à propos de ses acquisitions. Oh, il est bien informé, mais je le soupçonne surtout d'être jaloux.

— Allons là-dedans, Mr Plant, dit Max en désignant l'autre pièce. J'ai un tapis sur lequel j'aimerais avoir votre avis. (En se dirigeant vers la porte, il lança par-dessus son épaule :) Chérie, apporte les alcools, veux-tu ?

Splendide ! songea Melrose qui emboîta le pas à Max Owen tandis que Grace allait prendre dans le buffet une carafe en cristal taillé. Si je dois expertiser des tapis, faites donc, apportez les alcools. Des litres d'alcool.

Dans la pièce voisine, Max et Melrose, debout, examinèrent un tapis fait de délicates arabesques dans les bleus et les rouges pendant que Grace prenait des verres dans une des nombreuses vitrines. Ah, ils ne risquaient pas de manquer de verres, chez les Owen !

— C'est un Nain. Vous savez, ces tapis d'Iran d'excellente qualité. Mais Parker prétend que c'est impossible, pas avec ce motif. Il dit qu'il vient d'Ispahan.

Melrose prit l'air dubitatif. Il aurait préféré que Grace ne soit pas présente, avec son adorable manque de duplicité. Il trouvait extrêmement difficile de jouer la comédie devant tant d'ingénuité.

— Hum, fit-il, tout dépend de ce qu'on entend par Ispahan...

Max Owen parut désorienté.

— Enfin, tout le monde s'accorde là-dessus !

Melrose hocha la tête avec tristesse.

— Hélas, Mr Owen, dans ce domaine il y a peu de choses sur lesquelles les gens s'accordent.

— Puisque vous semblez connaître les tapis, vous pourrez peut-être me dire ce que vous pensez de ceux que j'ai en haut.

Bonté divine ! songea Melrose. Ah, c'était couru ! Max Owen devait à un moment ou un autre chasser au-delà des frontières de la liste de Jury.

— Dans ce cas, dit Grace, je vais voir avec Annie pour le dîner. (Elle rangea les tasses sur le plateau, l'emporta et lança avant de sortir :) Vers huit heures ? Vous aurez le temps ?

— Non, dit Max, mais ça ira. Je meurs de faim... et de soif. Merci.

Grace revint sur ses pas, leur tendit à chacun un verre de whisky, dit qu'elle espérait que la marque convenait à Mr Plant. À ce stade, n'importe quelle marque aurait convenu à Mr Plant, menacé qu'il était par les tapis d'en haut.

Max alla vers un dressoir (du moins Melrose crut-il que c'en était un. (« Pour l'amour de Dieu, n'appelez pas ça un buffet », l'avait prévenu Trueblood.) Il prit un cendrier bleu foncé dans lequel Melrose crut reconnaître un cristal de Murano, et le posa entre eux sur un vieux coffre. Mais Max Owen était tellement plongé dans son océan d'antiquités qu'il oublia d'allumer son cigare, si telle avait été son intention.

— Cette *table à la Bourgogne** que vous avez apportée, j'ai dit à Suggins de la monter dans un petit cabinet que j'utilise. Voici les pièces qui me posent un problème. Ce *secrétaire**, par exemple...

S'il y avait une chose que Melrose connaissait, c'était les *secrétaires à abattant**. Du moins le croyait-il, jusqu'à ce que ses yeux se posent sur celui de Max Owen. Il était entièrement différent de ceux qu'il avait vus chez Trueblood, plusieurs années auparavant. On n'aurait jamais pu faire entrer un cadavre dans celui-ci, c'était sûr. Il était en laque noire, rehaussé de dorures, le devant à quarante-cinq degrés dévoilait en se rabattant un plateau pour écrire. Melrose fronça les sourcils en réponse aux commentaires de Max Owen, il ne comprenait quasiment rien à son jargon d'antiquaire, qui empruntait largement au français. *Demi-lune**, *menuiserie**. Il pouvait monologuer sur les marqueteries, les parquets, les soffites, les laques, c'était fascinant. Pourquoi diable avait-il besoin d'un autre avis ? Melrose étouffa un bâillement ; il sentit qu'il aurait pu converser intimement avec le *secrétaire**. Après que Max eut terminé, il n'y avait pas un centimètre de dorure, pas un coin d'or moulu, pas une nervure de feuille d'acanthe que Melrose ne connût sur le bout des doigts.

— Qu'en pensez-vous ? demanda Max, qui ouvrit et referma l'abattant.

Melrose prit un air pensif, le menton dans le creux de la main, se tapota la joue, puis déclara :

— Oui, je crois que vous avez tout à fait raison.

— Même pour le tiroir secret ? s'étonna Max, béat. Le type de chez Sotheby disait qu'il n'avait jamais vu ça dans un secrétaire authentique.

Avait-il raté le tiroir secret ?

— Vous voulez parler de Tim Strangeways, je suppose ?

Melrose s'était soudain souvenu que Strangeways était un nom que Trueblood lui avait recommandé d'invoquer si Max parlait des gens de chez Sotheby. Le sourire de Melrose fut encore plus béat que celui d'Owen. Il avait fait rentrer Strangeways dans le rang.

— Parfait ! s'exclama Max, qui se tourna vers une autre sorte de commode et se lança dans un discours sur les *bureaux-de-roi**.

L'attention de Melrose s'était réduite à celle d'un enfant de quatre ans. Il ne pouvait tout simplement pas se concentrer sur ces articles plus de cinq minutes d'affilée. Il décida de ne pas ouvrir de stand sur le Campden Passage[1]. *Écoute !* s'adjura-t-il.

---

1. Marché aux puces du nord de Londres. *(N.d.T.)*

— ... *de-roi**. En voilà un excellent spécimen.

Melrose examina soigneusement les pieds, les palpa, se releva, ouvrit un tiroir, passa une main sur la jointure, le referma et soupira.

— J'hésite, déclara-t-il.

Comme il lui fallait pourtant prendre une décision sur l'authenticité de ces *objets d'art**, autant commencer par celui-ci, surtout qu'il ne figurait pas sur la liste de Jury.

Mais Max lui demandait déjà d'examiner un autre article, un petit tapis près de la fenêtre. *Non, pas encore un tapis!* Melrose ne se rappelait même pas quel genre de tapis persan ornait son propre salon, celui pour lequel Trueblood bavait d'admiration et dont il prétendait qu'il valait une fortune... Owen le força alors à inspecter un ancien Fereghan. Il était superbe, ses médaillons entrecroisés sur fond bleu clair.

— Mon ami Parker affirme qu'avec ce style de motif il ne peut pas être authentique...

— Oh, les médaillons sont authentiques, sourit Melrose. Pour votre ami Parker, je serais moins catégorique...

Owen brailla de rire. Il devint évident pour Melrose qu'une compétition acharnée opposait Owen à Parker, et que Max Owen n'avait pas besoin d'un expert, mais plutôt de s'entendre dire qu'il avait raison. Melrose était ravi de pouvoir lui donner satisfaction.

Max s'empara de la carafe de whisky, ôta le bouchon, remplit son verre et brandit la carafe d'un air interrogateur. Melrose refusa d'un signe de tête. Owen remit le bouchon.

— Vous la connaissez bien? demanda-t-il.

La question prit Melrose par surprise. Il feignit de ne pas comprendre.

— Qui donc ?

— Jennifer Kennington.

— Non. Comme je l'ai dit, je ne l'ai vue qu'une fois. À Stratford-upon-Avon. Elle y habite, je crois.

Max opina. Debout, il faisait tourner le whisky dans son verre, les yeux fixés sur le brouillard qu'on apercevait par la fenêtre.

— Elle avait besoin d'argent pour investir dans un pub ou un restaurant. Je suis l'investisseur. (Il but son whisky, le regard toujours perdu dans le brouillard.) Ces quelques jours passés à la campagne ont, je le crains, été très néfastes pour Jennifer.

Il prit un calice en bois, l'examina, puis le remit à sa place.

À voir son expression, Melrose jugea que ces quelques jours avaient aussi été néfastes pour Max Owen.

Le major Linus Parker, l'ami des Owen, s'invita au dîner à la dernière minute. Il préférait qu'on l'appelle simplement « Parker ». Melrose comprenait très bien qu'on se débarrasse ainsi d'un titre ou d'un grade. Parker était un homme corpulent d'une soixantaine d'années dont la maison était située à l'écart du sentier communal, à mi-chemin entre Fengate et le pub.

Ce fut lui qui amena le sujet sur le tapis :

— C'était presque comique, cette enquête. « Et où étiez-vous au moment du meurtre, monsieur ? » (Il dit cela d'une voix profonde, en forçant sur l'accent du Lincolnshire.) Je ne pensais pas que les policiers posaient réellement des questions pareilles. On se serait cru au cinéma.

— Et pourtant! fit Max Owen. Leur as-tu fait un compte rendu de tes allées et venues?

— Je suis resté ici jusqu'à onze heures, rétorqua Parker.

— Oui, mais après?

— Ah, là, tu m'as coincé ; je suis rentré chez moi à pied.

Jack Price, qui n'avait quasiment pas ouvert la bouche de tout le repas, déclara :

— Quant à moi, je suis rentré à l'atelier.

— Grace est montée se coucher et je suis allé dans mon cabinet. Dommage, aucun de nous n'a d'alibi, constata Owen.

— Je me suis endormie aussitôt, assura Grace.

— Ho, ho! Essaie donc de dire ça à notre commissaire!

— Je le lui ai dit. De toute façon, tu as un alibi, Max. Tu as dit que Suggins t'avait apporté à boire entre onze heures trente et minuit...

— C'est juste, fit Max. Il semblerait donc que mon avenir repose entre les mains de notre jardinier, qui ne crache pas lui-même sur une petite goutte de temps à autre.

— Ce qui coule son témoignage, dit Parker.

— Mr Plant est un ami de Lady Kennington, dit Max.

— Une relation, seulement, rectifia Melrose.

— Oui, vous nous l'avez déjà dit, rappela Max. (Tout en faisant tourner le pied de son verre entre ses doigts, il fixait Melrose d'un regard si profond qu'il le mettait mal à l'aise.) Jenny était avec Verna, c'est sans doute la dernière personne à l'avoir vue en vie. C'est du moins ce que la police a dû en déduire...

Il regarda de nouveau Melrose pour voir comment ce dernier réagissait.

Melrose s'abstint de tout commentaire.

— Verna avait fait de bonnes affaires avec sa boutique dans Pond Street, reprit Max. Mais pas suffisamment pour financer la pièce dans laquelle elle espérait jouer. Elle comptait sur mon aide. Je m'étais dit que ce serait un bon investissement. Verna n'était pas une mauvaise actrice.

Il y eut un débat animé sur les qualités d'actrice de Verna Dunn. Melrose était abasourdi. Il était choqué qu'on parle en long et en large de Verna Dunn, l'ex-épouse de Max Owen, et que personne ne dise un mot sur la servante, Dorcas.

— Et le second meurtre ? demanda-t-il. Votre domestique.

Grace et Max prirent un air confus, presque honteux.

— Oui, dit Max, vous avez raison. On devrait aussi penser à elle. Ça ne fait que trois jours.

— C'est parce que Verna était tellement glamour, intervint Price. Une belle femme... c'était du moins ce que pensaient la plupart des gens. Et une sorte de célébrité.

— Oui, renchérit Grace, et Dorcas était tout le contraire... Je veux dire, elle n'avait aucune de ces qualités. (Elle plongea le nez dans son assiette à dessert.) Pauvre Dorcas, dit-elle en reprenant sa fourchette.

Melrose mordit dans son *gâteau**, imbibé de

cognac et recouvert d'une couche de noix et de dattes. Il prit le temps de savourer, puis demanda :

— Cette jeune femme, Dorcas, j'imagine qu'elle avait un ami ?

— Dorcas ? s'exclama Price, surpris. Ça m'étonnerait. Elle n'était pas vraiment jolie.

— Je ne connais personne pour qui c'est un handicap insurmontable, rétorqua Melrose.

Une chose le frappa : Price faisait grand cas de la beauté, mais s'intéressait sans doute moins aux êtres.

— Vous pensez qu'un amant a pu la tuer ? demanda Parker.

— La police soupçonne souvent celui qui est le plus proche et le plus cher, dit Grace avec un haussement d'épaules.

— C'est juste, approuva Max, qui se concentrait sur son dessert.

Parker, qui avait apporté son verre de whisky à table, le vida, puis parcourut les convives du regard.

— Comment peut-on soupçonner Lady Kennington de ce meurtre ? demanda-t-il.

— Je ne sais pas, dit Price, mais je suis surpris que ce Bannen l'ait laissée rentrer à Stratford.

— Il était bien obligé, dit Max. Ils ne pouvaient pas la garder indéfiniment. D'ailleurs, elle n'avait pas de mobile.

— Mais c'est vrai de la plupart d'entre nous, dit Grace. N'est-ce pas ? (Elle repoussa sa chaise.) Aucun de nous n'a de mobile apparent.

Melrose était englouti dans un lit de plumes, les mains sagement croisées sur le duvet, comme lorsqu'il était enfant. Les yeux grands ouverts, il regardait les vagues de lumière et les lacis d'ombres que les ampoules de l'allée faisaient défiler sur le plafond. Tournant la tête, il laissa son regard jouer avec la masse sombre des meubles, soulagé de ne pas avoir à estimer leur provenance ni leur valeur. Près de son lit se trouvait un vieux cheval de bois, acheté, sans nul doute, dans une vente aux enchères. Sa crinière était déchiquetée, la peinture de ses yeux délavée. Melrose avait possédé un tel cheval, si ses souvenirs étaient bons. Ces réflexions brumeuses occupèrent son esprit et l'amenèrent au bord du sommeil. Puis il pensa à Dorcas Reese, à Jenny, à Verna Dunn. Il s'étira et resta un instant allongé, les bras tendus au-dessus de sa tête. Il ne pourrait plus s'endormir, il le savait. Il était réveillé jusqu'à la racine de ses cheveux.

Il attrapa l'oreiller qu'il venait juste de placer comme il voulait sous sa tête, et le lança par terre. Il ne dormirait pas de toute la nuit s'il ne parvenait pas à penser à quelque chose de moins fiévreusement agaçant qu'un meurtre. Compter les moutons, par exemple. En fait, cela lui avait réussi une ou deux fois. L'infinie monotonie de l'exercice vous plongeait dans l'oubli... Aussitôt, il eut une vision d'Agatha en train de ramasser les miettes de gâteau dans son assiette. Un gâteau enchanté, deux gâteaux enchantés...

Il ronflait avant d'arriver à dix.

12

Melrose se réveilla en sursaut à sept heures, le corps tendu, les muscles raides.

Il avait du mal à en comprendre la cause. Un rêve agité ? Un petit pois sous le matelas ? Non, le matelas de plumes était trop moelleux. Les yeux brouillés, il s'était levé, lavé, habillé, et, les yeux toujours brouillés, était descendu dans la salle à manger. Il n'y avait personne, mais il entendit des bruits de vaisselle dans la cuisine et quelqu'un fredonner à mi-voix. Il pointa sa tête par la porte.

Mrs Suggins, source des bruits de vaisselle et de la chansonnette, cessa de fredonner et de battre sa pâte, leva les yeux, surprise, s'essuya prestement les mains sur son tablier et s'exclama :

— Oh, monsieur, j'étais en train de préparer le porridge et je n'ai pas encore commencé les œufs. Qu'est-ce que vous prendrez ?

— Rien, juste une tasse de thé. D'habitude, je ne me lève pas si tôt.

C'était peu dire ! Il ne descendait jamais avant neuf heures trente. Il vénérait le sommeil autant que Trueblood les objets. Il était délicieusement ravi qu'Annie soit aux petits soins pour lui.

Bien sûr, elle avait une théière prête et lui en versa une chope.

— Voilà, dit-elle en plaçant le sucre et le lait à portée de sa main.

C'était un petit bout de femme, l'image même de la cuisinière. Visage rondouillard, corps rondouillard, telles deux boulettes de pâte collées l'une sur l'autre.

— Le petit déjeuner quand vous voudrez, monsieur, annonça-t-elle gaiement.

— Je vous remercie. À quelle heure les Owen le prennent-ils ?

— Entre huit et neuf, d'habitude. Ils mangent des fois ensemble, des fois séparément. Le petit déjeuner est un repas copieux, et ils n'aiment pas les mêmes choses non plus. Dire que j'ai personne pour m'aider !

Il n'y avait pas de rancœur dans sa voix, c'étaient juste les complaintes de rigueur. (Martha, la propre cuisinière de Melrose, se plaignait parfois du manque de personnel.) Melrose trouva là une occasion imprévue qu'il ne laissa pas passer :

— J'ai cru comprendre que la jeune femme qui vous aidait... a eu un accident.

— Un accident ? C'est comme ça qu'ils disent maintenant ? (Annie Suggins dévisagea Melrose comme pour dire : « Ah, ces riches ! » Elle frappa le rebord de la marmite avec sa cuillère en bois et poursuivit :) Un meurtre, voilà comment je l'appelle. C'est pitié, une fille si jeune !

Elle claqua le couvercle sur la marmite et ouvrit la porte du four.

Un fumet s'en échappa qui fit revenir illico Melrose sur sa décision de ne prendre que du thé.

— Oui, c'est pitié, convint-il. Elle travaillait là depuis longtemps ?

— Deux ans, environ. Et elle travaillait dur, la Dorcas, même si elle ne savait pas faire la cuisine. Elle s'occupait des légumes ; vous savez, elle les épluchait, les coupait en morceaux, mais les fois où je l'ai laissée les faire cuire, ils sont ressortis en bouillie. (Elle parut frissonner, non à cause de la vision de Dorcas assassinée, plutôt à la pensée des carottes trop cuites.) Jamais connu pire cuisinière.

Annie Suggins était à l'évidence une femme pleine de bon sens ; la mort de Dorcas ne l'empêchait pas de dire ce qu'elle pensait.

Melrose dégusta son thé ; il aurait aimé qu'elle poursuive. Ce qu'elle fit après avoir transféré le plat à rôtir du four à la table. Lorsqu'elle souleva le couvercle pour examiner le contenu, Melrose reçut une bouffée d'arôme de plein fouet. Cela sentait le poulet ou l'oie. Il interrogea Annie.

— C'est du faisan. Un faisan écossais, pour être exact. (Comme si on pouvait être accusé de mentir à propos d'un faisan.) Avec des abricots et des dattes.

Melrose huma de nouveau la chose.

— Seigneur Jésus, ça suffit à vous faire oublier le meurtre !

— Oh, s'esclaffa Annie, j'espère bien que non, monsieur ! Ça serait une tragédie. Notez, je me dis parfois qu'ils ont oublié que Dorcas était morte, eux aussi.

Melrose convint que la mort de Dorcas était largement éclipsée par celle de Verna Dunn.

— Elle était d'ici ?

— Oui. De Spalding, c'est presque à côté. Elle venait d'une honnête famille, même si son père a un sérieux penchant pour le whisky. (Elle s'arrêta de pétrir la pâte sur laquelle elle s'acharnait à grands coups et se planta les mains sur les hanches.) Je dirais que c'te gosse avait pas une vie bien gaie. Oh, c'est pas qu'elle était maltraitée ni rien, mais la nature l'avait pas gâtée, et c'est jamais bon pour une fille.

Elle garda la pose, la mine affligée, puis se remit à pétrir la pâte avec ardeur. Melrose se resservit une tasse de thé, erra dans la cuisine, la chope à la main, agréablement surpris qu'Annie ne trouve pas sa présence déplacée. Qu'est-ce qu'un expert en meubles anciens faisait dans sa cuisine ? aurait-elle pu se demander. Mais non, elle le prenait tel qu'il était et semblait contente de le faire profiter de sa bataille contre la pâte, à laquelle elle était en train de faire subir quelque chose de singulier — elle en aplatit un morceau, l'étala, le souleva sur son poing telle une pâte à pizza et le fit tournoyer.

— Burt ! lança-t-elle par-dessus son épaule. Sors de là et va t'occuper de la poule !

Burt, c'était Suggins, son mari, le jardinier. Il sortit en traînant les pieds d'une pièce qui aurait pu être l'office du maître d'hôtel s'il y avait eu un maître d'hôtel. Il se dirigea vers la cour d'un pas hésitant, sans doute pour aller au poulailler. Melrose refusa de penser au sort qui attendait la pauvre poule.

— C'est Mr Suggins qui vient juste de sortir, précisa Annie, comme si elle avait assisté avec Melrose à une identification de suspects. Je suis d'avis qu'il en sait plus sur les fleurs que tous les jardiniers qui sont passés par ici.

Elle retourna vers la cuisinière s'occuper de la casserole d'eau dans laquelle baignait un moule à pudding recouvert d'un linge. Une épaisse vapeur s'élevait de la casserole. Annie sortit le moule, le posa sur la table, ôta le linge et le mit de côté. Alors, une main sur la joue, elle contempla le moule en faisant la moue. Melrose la regarda prendre un à un de minuscules porte-bonheur.

— Qu'est-ce que vous faites? s'étonna-t-il, curieux.

— C'est les trucs qu'on met dans les puddings de Noël.

— Noël? En février?

— Peu importe. Mrs Owen adore le pudding. Des fois, je me dis que cette enfant n'a pas grandi comme il faut.

Et elle eut un air condescendant, genre : « Les riches sont souvent comme ça. »

La façon maternelle avec laquelle elle avait dit « cette enfant » plut beaucoup à Melrose. D'ailleurs, c'était vrai : Grace Owen avait la spontanéité d'une enfant.

— Son fils, dit-elle, ça fend le cœur. (Elle cessa de compter les porte-bonheur et jeta un œil vers la porte comme si quelqu'un allait entrer.) Vous vous rendez compte, à peine vingt ans. Et gentil comme pas un.

De nouveau affairée, elle piqua les petits porte-bonheur dans le pudding. Malgré ses talents de cuisinière, Annie Suggins semblait avoir des comptes à régler avec les plats qu'elle préparait. D'abord le martèlement de la pâte, maintenant les minuscules fétiches qu'elle enfonçait avec vigueur comme autant de rivets.

Melrose se dit qu'Annie, avec son franc-parler, était tellement peu compliquée qu'elle ne risquait pas de devenir soupçonneuse s'il revenait à *l'autre* meurtre. Verna Dunn. Étant donné l'activité incessante d'Annie Suggins, de la table au frigo (pour sortir le lait et le beurre), puis à la porte de la cuisine (pour crier à Suggins de se dépêcher), à la cuisinière (où elle ôta la marmite du feu), et retour au pudding, Melrose était surpris qu'elle puisse suivre une conversation.

— Ça a dû être épouvantable de découvrir que leur invitée... Miss Dunn, c'est bien ça ? De découvrir qu'elle avait été assassinée. Merci, ajouta-t-il, car elle venait de lui remplir une troisième fois sa tasse. Deux meurtres. C'est effarant.

Il aurait fallu plus de deux meurtres pour effarer Annie Suggins.

— Qu'est-ce qu'elle faisait la nuit sur le Wash, j'arrive pas à comprendre. Et maintenant, ils disent qu'elles avaient toutes les deux été là-bas en voiture.

— Toutes les deux ?

— Elle et cette Lady Kennington. (Annie se pencha au-dessus de la table pour souffler à voix basse :) La dernière à avoir vu Verna Dunn en vie, pas étonnant que le flic de Lincoln croie qu'elle était dans le coup. Ça vous serait pas venu à l'esprit ? C'est une sale affaire, une bien sale affaire. (Elle grimaça, soupira, et se planta à nouveau les mains sur les hanches.) Faut que je fasse tout moi-même, maintenant, c'est pas facile. Dorcas travaillait aussi au pub, le Bord du Monde. Notre pub local.

— Deux emplois ? Elle devait être ambitieuse.

— Oh, pas elle ! s'esclaffa Annie. C'était pas l'ambition qui la poussait. Elle économisait pour une bonne raison, qu'elle disait. La bonne raison, ça m'étonnerait pas que ç'ait été un homme. (Elle s'arrêta pour contempler le pudding.) Enfin, pendant quelque temps, elle aura été heureuse comme tout, pas cafardeuse comme d'habitude. Oh, ça n'a pas duré, ajouta-t-elle, comme pour elle-même. Elle passait son temps à se morfondre, elle disait qu'elle « aurait pas dû écouter ». Dorcas était une drôle de fouineuse.

Melrose resta la tasse en l'air.

— Fouineuse ? Que voulez-vous dire, Mrs Suggins ?

Avant de répondre, Annie s'affaira, jeta un œil dans ses casseroles, donna quelques coups de louche sur les rebords.

— Je ne voudrais pas dire du mal de cette petite, mais j'étais même obligée de lui rappeler de temps en temps de pas se mêler de ce qui la regardait pas. Je l'ai surprise plusieurs fois à écouter aux portes. Et j'y ai mis le holà, vous pouvez me croire !

— « J'aurais pas dû écouter » ? C'est ça qu'elle disait ?

— Exactement. Et « J'aurais pas dû le faire ». C'est ce qu'elle disait : « J'aurais pas dû le faire. J'aurais pas dû écouter. »

— Qu'est-ce qu'elle voulait dire, à votre avis ?

— Sincèrement, assura Annie, j'en sais rien. Dorcas avait ses petits secrets, c'est sûr. J'avais cru qu'elle s'était entichée de Mr Price, soupira-t-elle. Il va au pub presque tous les soirs, alors qu'il devrait être au lit. Il se lève aux aurores, Mr Price. Il cavale dans tout le marais pour trouver des arbres enterrés comme d'autres des trésors. Pfuit !

Que Dorcas Reese se fût entichée de Price n'était pas surprenant. Melrose se mit à méditer sur l'état de célibataire du sculpteur et sa dépendance à l'égard des Owen. Price avait l'air satisfait de sa condition ; Max Owen avait tout du protecteur des arts du dix-huitième siècle.

— Ça me dépasse, déclara Annie en transférant la pâte restante dans un autre moule. Comment ces pauvres sont mortes, faut vraiment que l'assassin soit un malade. (Elle hocha la tête et plongea le moule dans une casserole d'eau bouillante. Suggins était revenu, avec une demi-douzaine d'œufs.) Comment voulez-vous votre œuf, monsieur ? Dur ? Les Owen les préfèrent brouillés.

— Ça sera parfait.

Melrose réfléchit. Il ne se souvenait pas qu'on eût parlé d'« allées et venues » la veille. Il avait l'impression que les convives, Price excepté, étaient restés dans le salon. Mais même dans le cas contraire, ils n'auraient pas eu le temps d'aller jusqu'au Wash. Pas avant de s'être quittés.

— J'ai cru comprendre que le major Parker était là le fameux soir, dit-il.

Ah, Parker ! Annie n'avait pas de mots assez élogieux. Bizarrement, c'était sa cuisine qui soulevait son enthousiasme.

— Vous n'avez jamais mangé de bœuf Wellington tant que vous n'avez pas goûté celui du major, laissez-moi vous le dire.

Elle trouvait ses propres talents bien mineurs comparés à ceux du major. Melrose s'aperçut que la pendule de la cuisine marquait presque l'heure du petit déjeuner. Du bacon bien gras crépitait dans une poêle, son arôme fit saliver Melrose, affamé. Annie revint à leur affaire :

— Moi, par exemple, je suis restée tard, je préparais la viande hachée pour les tourtes. Je fais toujours cuire les tourtes la veille. Donc, pendant que j'étais occupée à la cuisine, c'est Suggins qu'a monté le whisky à Mr Owen. Mr Owen lui a parlé d'une autre livraison de meubles. Comme ça, Burt a un alibi, pas moi ! (Les histoires d'alibi amusaient visiblement Annie. Elle en rit aux larmes, puis s'essuya les yeux avec le coin de son tablier.) Je m'excuse, monsieur, je devrais pas prendre ça à la légère. C'était très pénible, je vous assure.

— Oh, je n'en doute pas, dit Melrose.

Mais il n'était pas sûr qu'Annie ait trouvé les interrogatoires pénibles. Il avait cru que Jenny était la seule — avec Jack Price, pour une certaine période — à ne pas avoir d'alibi. Il s'était donc trompé. On aurait dit que Max Owen était le seul à n'avoir pu aller au Wash et en revenir. Parker était parti peu après onze heures. Grace était montée se coucher. Price était dans son atelier. Aucun des trois ne pouvait rien prouver.

— C'est drôle, dit-il, je commence à croire que personne n'a d'alibi pour ce soir-là.

— Ce qui est bizarre, dit Annie, c'est que Burt a trouvé la voiture de Miss Dunn garée en bas de l'allée, et ça fait une trotte jusqu'à la maison. Ils ont entendu une voiture démarrer et s'éloigner vers les dix heures, je crois. Après minuit, quand il a vu la voiture, Burt a cru que Miss Dunn était revenue... C'est vraiment bizarre, soupira-t-elle.

Comme pour se décharger de son désarroi, elle enfonça d'un petit coup sec un autre porte-bonheur argenté.

Les œufs et le bacon n'avaient rien perdu en passant de la cuisine au buffet sur lequel Melrose piochait de généreuses portions. Il était monté à toute allure mettre son vieux tweed Harris (qui faisait tellement « campagne »), et à son retour il avait trouvé dans la salle à manger Grace Owen, attablée devant une tasse de thé et une mince tranche de toast, en train de lire le journal local posé à côté d'elle.

Depuis le buffet et son alignement de plats en argent, Melrose lança :

— Dieux du ciel, comment peut-on résister à ces champignons ? Et à ces œufs ?

— Vous y arriveriez si vous étiez une femme mûre nourrie pendant des années avec les petits déjeuners d'Annie. Moi, je tire à pile ou face : petit déjeuner, déjeuner ou dîner ? Je ne peux me permettre les trois.

— Tiens, vous faites toujours la une, nota Melrose en jetant un œil au journal.

Une photo du marais Wyndham et d'un fourgon blanc de la police. Grace, qui mangeait son toast, tapota le fourgon.

— Peter m'a appris qu'ils avaient aménagé un véhicule, la police appelle ça « une salle d'incidents » ou je ne sais quoi.

— Peter ?

— Peter Emery. Ah, bien sûr, vous ne l'avez pas rencontré. Peter est le gardien de Linus Parker. Ou plutôt, était. Il habite dans un cottage, sur la propriété de Linus. Linus possède pas mal de terres par ici. Le cottage est un peu à l'écart du sentier qui mène au Bord du Monde. Vous y avez été ?

— Au pub ? Oui, hier, pour demander mon chemin. J'ai entendu dire que Dorcas y travaillait. Je me suis levé de bonne heure et j'ai pris une tasse de thé avec Annie Suggins.

— Je sais, fit Grace en lui souriant par-dessus sa tasse. Annie vous trouve merveilleux. « Un vrai gentleman, pour sûr ; il ne prend pas les gens de haut. »

Melrose éclata de rire.

— Mrs Suggins n'a pas la langue dans sa poche, remarqua-t-il.

— Que vous a-t-elle encore raconté ?

Le changement de ton surprit Melrose, il y perçut une curiosité inquiète.

— Oh, elle m'a parlé des meurtres, bien sûr, dit-il comme si c'était le seul sujet de conversation raisonnable. Vous ne trouvez pas normal que vos gens profitent d'un tel événement pour épater un étranger ?

Grace en convint avec un soupir, puis se replongea dans son journal.

— Vous disiez que ce Peter Emery était le gardien de Parker ?

— Oui, c'est une triste histoire. Il est aveugle. Il a eu un terrible accident il y a environ six ans. Et il est encore jeune. Quarante-cinq ou quarante-six ans, moi j'appelle ça jeune.

— Aveugle ? Quelle tristesse !

— Oui, c'est triste de voir un homme habitué à la vie au grand air, plus ou moins confiné chez lui. (Elle reversa du café à Melrose et se servit une tasse de thé.) Linus Parker lui a fait don d'un petit cottage, juste à l'écart du sentier. La maison de Linus est un peu plus loin. Bref, Peter m'a dit que le commissaire Bannen était passé. Peter n'a pas pu lui être très utile, bien évidemment.

Melrose digéra cette information avec les champignons et repensa à Dorcas Reese. Rien ne lui semblait évident.

13

— L'école Muckross Abbey, dit Max en désignant le bureau à cylindres dans un coin de la pièce. (Le petit déjeuner terminé, Max et Melrose étaient passés dans la bibliothèque.) Le type de Bonham pense que c'est un assez bon exemple de ce style.

Le type de Bonham ? Seigneur, ceux de Christie et de Sotheby ne suffisaient donc pas ?

Le bureau était artistiquement décoré d'incrustations d'ivoire, de paysages en ruine, et du lierre sculpté grimpait le long de ses pieds. Melrose n'avait jamais vu de meuble semblable, mais, bien sûr, il n'avait pas non plus entendu parler de l'école Muckross Abbey. Il donna la seule réponse possible :

— Hum, fit-il en se caressant lentement le menton d'un air concentré, solennel, l'image même de la compétence (espérait-il). Hum, répéta-t-il en hochant la tête. Oui, l'école Muckross Abbey, assurément.

Cela faisait davantage penser à un roman de Sherlock Holmes — *L'Affaire Muckross Abbey* — qu'à une école d'ébénistes. Et ce n'était pas non plus sur la liste de Trueblood. Malédiction ! C'était ce que Melrose avait redouté. De la bibliothèque, près de la fenêtre qui donnait sur l'ouest, il distinguait une des fenêtres de la galerie, où au moins une douzaine de pièces ne demandaient qu'à être admirées. Mais pas par Melrose, non merci.

Il se gratta le front.

— Un problème ? s'enquit Owen.

— Oh, non. Juste une maudite migraine. Cochonnerie.

— Vous m'en voyez navré. Voulez-vous une aspirine ?

Melrose refusa d'un signe de tête. Non, pas d'aspirine, peut-être un des martinis mortels de Diane Demorney. Il se donna le temps d'étudier un meuble troublant dans lequel il crut reconnaître le bureau-bibliothèque de 250 000 livres dont Trueblood lui avait parlé. Il espéra qu'il ne se trompait pas ; ce serait au moins une pièce sur laquelle il avait quelques renseignements. Avoir de tels objets qui coûtaient des fortunes ! Il faudrait remettre la vie spartiate au goût du jour. *Holà !* s'insurgea son autre moi. *Qui es-tu pour critiquer les Owen ? On ne peut pas dire que tu vives dans une cellule de moine !*

Il alla au bureau-bibliothèque, s'accroupit (comme un homme qui saurait ce qu'il cherche) et fit courir un doigt le long de la ligne où le haut et le bas se rejoignaient.

— Oui, c'est un excellent exemple de ce style.

— N'est-ce pas, fit Max, qui se rapprocha. À votre avis, combien vaut-il ?

Melrose ne répondit pas tout de suite, il fit le tour du bureau, s'arrêtant de temps en temps pour grommeler entre ses dents.

— Le bas semble de la même période que le haut, je dirais que c'est un original, pas vous ? (Max acquiesça.) Eh bien, si je devais l'acheter je le paierais... oh, peut-être 250, 275...

Max s'illumina.

— En plein dedans ! 258 000.

Melrose fit une grimace, comme pour minimiser son triomphe. C'est tellement plus facile quand on connaît déjà la réponse.

— Si vous l'avez depuis quelque temps, vous pouvez sans doute ajouter 50 000.

Il contempla le meuble, comme stupéfait d'admiration, alors qu'il essayait en réalité de réfléchir à un moyen de faire revenir Max au soir du meurtre de Verna Dunn. Il ne trouva pas d'angle d'attaque. Ce n'était pas aussi facile qu'avec la cuisinière. Pour se rafraîchir la mémoire, il sortit son petit carnet en cuir — tout le monde note ses impressions dans un carnet en cuir, forcément — et parcourut la liste des prix. Mais Max était déjà passé à un autre objet.

— Regardez ceci, voulez-vous ?

Melrose s'exécuta. C'était une petite statue en bronze, qui ne lui disait rien. Les bronzes, est-ce que Trueblood avait parlé des bronzes ?

— Insolite, fit-il avec une moue d'étonnement.

— Vous vous souvenez de la vente Adams ? Oui, j'en suis sûr, vous deviez y être. Bonham a fait un travail remarquable, n'est-ce pas ?

— Prodigieux.

— Qu'aviez-vous acheté ? Quelque chose d'intéressant ?

Melrose ouvrit la bouche pour dire : « Pardon ? » Heureusement, Max ne lui en laissa pas le temps.

— Ces plaquettes sont superbes. Et pas trop chères non plus. Ça met un bronze de la Renaissance à la portée de toutes les bourses.

Oui, Mrs Witherby avait mentionné qu'elle en voulait plusieurs.

— C'est agréable de tomber sur quelque chose qui ne soit pas tout à fait hors de prix.

— L'ennui, c'est qu'il est impossible de les dater. Les moulages secondaires ont dû être légion.

— Ah, fit Melrose, les moulages secondaires, c'est toujours un problème...

Il ne s'aperçut que Max était déjà passé à un autre de ses trophées que lorsqu'il entendit sa voix à l'autre bout de la pièce.

— Ça, c'est la préférée de Grace.

Si c'est sa préférée, elle devrait être sur la liste, que diable ! Zut, elle n'y était pas. C'est épineux, « les préférés », leur valeur réelle se perd dans un fatras sentimental, de sorte qu'on ne chérit pas l'objet pour sa valeur propre mais pour quelque raison personnelle. Melrose devina à la mine penaude de Max que cette pièce allait être délicate à estimer. On aurait dit une table de lecture, sauf qu'elle avait deux pupitres amovibles, l'un en face de l'autre.

— Une table de lecture.

— Un double pupitre à musique, d'après moi, déclara Max avec une pointe de délectation.

C'était un meuble tout ce qu'il y avait de plus simple, et Melrose n'avait aucune idée de son prix. Il formula des banalités :

— Belle patine. Forme originale.

Il y avait cinquante chances sur cent pour que cela marche. Max acquiesça. Melrose était donc tombé sur les bons cinquante pour cent.

— Élégant, ajouta-t-il, songeur. Les chandeliers sont plutôt réussis.

Melrose effleura un des deux chandeliers, autrefois utilisés pour la lecture. Une petite boîte carrée était calée au centre d'un trépied.

— Qu'est-ce que ça peut bien être ? demanda-t-il, sachant qu'il est parfois de bon ton de montrer un peu d'ignorance. (Facile, dans le cas présent.) C'est très curieux...

— Si vous regardez bien, il y a un petit tiroir qui renferme la colophane. C'est pour ça que j'en ai déduit que c'était un pupitre à musique.

Max passa ensuite à un bureau plutôt trapu, rien de spécial, à l'évidence. Trop banal pour figurer dans sa collection, songea Melrose. Mais Max Owen ne semblait pas de cet avis, il le traitait comme le vilain petit canard qui avait besoin de toute son affection.

— Du mûrier, dit-il. Ça se voit sur le côté, là où on a ajouté un nouveau bois, une piètre imitation d'ailleurs...

Melrose, qui avait fait semblant de prendre des notes, rempocha son carnet et son stylo.

— Vous avez un amour particulier pour ces pièces, remarqua-t-il en examinant de près les incrustations.

Max parut réfléchir.

— C'est parce qu'elles ont une histoire, finit-il par répondre. Je veux dire, je les suis depuis des années. Je sais d'où elles viennent. (Il s'approcha de la table à écrire peinte.) Prenez ce *bonheur-du-jour**, par exemple. La première fois que je l'ai vu, c'était il y a vingt ans dans la vitrine d'une obscure petite boutique sur Old Kent Road. J'allais à des funérailles, je crois, mais je ne me rappelle plus qui on enterrait, fit-il, perplexe... J'allais peut-être à Brighton. Asseyez-vous, je vous en prie, dit-il en désignant le canapé en tapisserie, avec l'air de celui qui va s'embarquer dans un long récit. Le marchand était un homme plutôt sympathique. Il ne faisait pas ça pour l'argent, ça se voyait, mais quand on réfléchit, c'est valable pour pas mal d'antiquaires que je connais... (Melrose en doutait beaucoup.) Je me demande s'ils n'ont pas pour la plupart un talent pour le passé, si vous voyez ce que je veux dire...

Il palpa la poche de sa veste, en sortit un paquet de Silver Cuts et offrit une cigarette à Melrose.

C'était le moment de faire un écart. Ravi que Max fume, Melrose sortit son vieux Zippo, un accessoire imposé par Trueblood qui prétendait qu'il convenait mieux à un expert en meubles anciens un tantinet excentrique que son briquet en or. Melrose aimait le *clac* quand il l'ouvrait, le raclement de la petite molette sur la pierre, le *clac* quand il refermait le capuchon.

Max apporta le cendrier bleu Murano et le posa entre eux, puis s'assit sur le canapé, croisa les jambes, la cheville sur le genou, et frotta sa chaussette en soie.

— Le bonhomme voyait bien que le bureau m'emballait, et je suis sûr que le prix qu'il me proposa était inférieur à ce qu'il aurait exigé d'un autre. Mais c'était encore trop cher pour moi. Je n'avais pas un penny à l'époque, du moins pas assez pour m'offrir un meuble ancien hors de prix. Cependant, nous passâmes pas mal de temps à parler de ça (il désigna le *bonheur-du-jour**) et il me montra des photos prises dans un palais de Madrid. J'ignore de quand elles dataient, mais le bureau provenait à l'origine du palais de Philippe II d'Espagne. Les documents le prouvaient. Bref, juste après, je réalisai ma première véritable affaire et je retournai à la boutique, mais le meuble était vendu. Je lui demandai le nom de l'acheteur ; il me dit que c'était confidentiel, mais que si je lui offrais une pinte et que j'arrivais à le saouler, il me le dirait peut-être. (Le souvenir arracha un sourire à Max.) Il me donna le nom d'une femme qui habitait à Stow-on-the-Wold, une décoratrice. J'y allais... j'étais en route pour... un baptême, je crois. Celui de Sis ?... Peu importe. J'arrive à la boutique de la décoratrice, et je vois la table, exactement la même, pas une ride. Mais elle ne voulait pas la vendre, elle l'avait achetée pour la chambre à coucher d'un client, disait-elle... Une chambre à coucher ! Mon Dieu !

Melrose écouta le récit du *bonheur-du-jour** avec un certain plaisir, et même un certain effarement. Il trouvait fabuleux que Max se souvienne à peine d'un baptême, d'un mariage, d'un enterrement, alors qu'il connaissait l'histoire du *bonheur-du-jour** dans ses moindres détails, ce qui lui était arrivé dix-sept ou dix-huit ans avant de l'acquérir. C'était comme si cet adorable meuble soulevait en lui des sentiments d'une intensité qu'on éprouve généralement pour un tableau de famille, des photos familiales... et peut-être était-ce le propos... la famille elle-même. Melrose ne doutait pas qu'il y eût des anecdotes similaires pour le canapé en tapisserie, le vieux coffre en mûrier, le papier mâché et les tables métalliques peintes, les bronzes de la Renaissance. Ainsi, en croyant que Max Owen faisait partie de ces riches oisifs qui entassent des objets, Melrose s'était lourdement trompé.

Il se leva et retourna examiner le *bonheur-du-jour**.

— Vous ne pensez pas réellement présenter ces pièces à une vente aux enchères de Sotheby, n'est-ce pas ? demanda-t-il.

Max sourit lentement et le regarda avec une candeur presque enfantine. Il parut étudier le bout de sa cigarette, puis gloussa, comme si tout cela était une vaste plaisanterie.

— Jamais de la vie !

— Alors, pourquoi aviez-vous besoin d'une estimation ? s'étonna Melrose, qui craignit soudain d'être en train de perdre son emploi.

— En fait, ce n'est pas ce que je cherche, j'ai surtout besoin d'un public. Non, pas exactement d'un public, d'un interlocuteur valable.

Devant ce sourire candide, Melrose ressentit une pointe de culpabilité ; il avait l'impression de s'immiscer dans une scène passionnelle, un rendez-vous galant.

— Je n'ai que Parker, reprit Max. Oh, il y a Grace, bien sûr, mais je dois l'ennuyer à mourir avec mes histoires. Remarquez, elle est prête à m'écouter des heures. Elle aime ces statues romantiques. Je les ai achetées dans une vente aux enchères ; pourquoi, je n'en sais trop rien. C'était à mes débuts. Grace les appelle les Femmes de Glace. Vous ne trouvez pas ça excellent ? (Il reprit son souffle, puis rougit.) Vous devez me trouver horriblement superficiel... parler de bureaux et de tables à écrire alors que nous venons d'avoir deux meurtres...

« À propos ! » faillit dire Melrose, mais il préféra rassurer Max Owen :

— Eh bien, vos « objets », comme vous les appelez, sont peut-être votre point d'équilibre. Votre « centre »...

Car il ne faisait aucun doute que Max Owen était captivé par ses collections, ni plus ni moins qu'un enfant qui investirait certains objets de pouvoirs magiques. L'assiette s'enfuit avec la cuillère ; la Reine Rouge part au galop ; les joueurs d'échecs hurlent leur mécontentement à une Alice assiégée.

— La magie, murmura Melrose. (Max lui jeta un regard interrogateur.) Oh... j'étais juste en train de penser à notre relation aux objets dans notre enfance.

— Obsessions, dit Max. C'est possible. Nous croyons peut-être qu'ils partagent nos peines et nos joies. Ou qu'ils sont eux-mêmes nos enfants. (Il alluma une autre cigarette avec le Zippo de Melrose.) Nous n'avons pas d'enfants, dit-il comme pour lui-même. Grace a eu un fils. (Et comme s'il s'agissait d'une histoire dont il ne s'était pas encore remis, il fronça les sourcils et joua avec le Zippo, *clac, clac*.) Elle était jeune... dix-neuf, vingt ans... quand elle s'est mariée la première fois, Toby est né deux ans plus tard. Il est mort, il avait vingt ans. (Max parut frissonner.) Vingt ans seulement, il a eu un accident de cheval... (Il désigna du menton un vague point dans le lointain.) Là-bas. Un autre s'en serait tiré, mais Toby était hémophile ; il a saigné intérieurement... après la chute. Grace n'aimait pas le voir faire du cheval, mais qu'y pouvions-nous ? On ne peut pas élever un garçon dans un cocon et ne jamais rien lui laisser faire. Il aimait le cheval, même s'il n'était pas bon cavalier. Il chassait depuis tout jeune, quand ils vivaient à Leicester. Ce n'est pas très loin d'ici. Grace disait qu'il manquait d'assiette. Pourtant...

Il haussa les épaules, comme impuissant à exprimer sa profonde tristesse, ou celle de Grace, puis il garda le silence.

— Je suis désolé, assura Melrose, impuissant lui aussi.

— Vous savez, déclara Max, je crois que c'est pour ça qu'elle aime tant la galerie. Depuis la fenêtre elle peut voir le taillis. Peut-être voit-elle son fils dans la brume, je ne sais pas.

Il se leva, la cigarette pendante, comme s'il avait oublié sa présence, et se courba pour examiner le *bonheur-du-jour**. Il gratta un endroit du plateau peint, puis se redressa, se souvint de sa cigarette et l'écrasa dans le cendrier.

— C'était mon cheval, vous comprenez. Je lui en avais fait cadeau pour ses dix-neuf ans. Je l'avais acheté à Parker, qui avait quelques chevaux à l'époque.

— Mais si j'ai bien compris, il n'était pas à l'aise à cheval en général, pas uniquement avec celui-là.

— C'est juste, dit Max, les mains enfoncées dans les poches. Malgré tout, je ne peux m'empêcher de me sentir responsable. Je considère que c'est ma faute et non je ne sais quelle fatalité.

— Grace ne m'a pas paru prompte à blâmer autrui.

— Non, vous avez raison, ce n'est pas son genre. (Il sourit en pensant à Grace, mais son sourire s'estompa. La mort était encore trop présente à son esprit.) La pauvre.

C'était aussi ce que Grace avait dit de Dorcas Reese.

Max demanda alors à Melrose de l'accompagner dans la galerie. Ah, non, se dit Melrose, j'espère que je ne vais pas devoir estimer les tableaux.

Mais Max avait autre chose en tête. Il voulait lui parler des tableaux, il voulait qu'un regard neuf les admire. Melrose le suivit, passant d'un petit croquis de Picasso à des paysages magnifiques, puis aux chiens d'un Landseer et à des portraits qu'ils s'arrêtèrent pour étudier de plus près. L'un d'eux, que Melrose avait remarqué la veille, était une charmante étude qui représentait deux fillettes dans un jardin en train d'allumer des lanternes japonaises.

— John Singer Sargent, dit Max. Pas l'original, bien sûr, il est à la Tate Gallery. Mais c'est une excellente copie. Il n'a rien perdu de sa luminosité.

De délicats cônes jaunes s'élevaient des lanternes en papier et éclairaient les visages des fillettes.

— Les portraits plus académiques de Sargent me sont plus familiers que ce genre d'étude, avoua Melrose.

— Il s'appelle *Œillet, lilas, lilas, et rose*, expliqua Max, qui récita :

> *Avez-vous vu où allait Flora,*
> *Œillet, lilas, lilas et rose.*

— Ça me plaît bien. Laquelle est Flora, d'après vous ?

— Ou Lilas ? fit Melrose, qui observait le tableau en souriant. Ou Rose ?

— Grace n'était pas jalouse de ma première femme. J'ai le sentiment que ce commissaire de Lincoln aurait trouvé normal que Grace l'eût détestée. C'est faux ; je crois même qu'elle aimait sa compagnie.

Melrose allait-il se risquer à poser la question ? Il s'efforça de le faire sur un ton désinvolte :

— Et les autres ?

— Parker ? fit Max. Jack ?

— Oui, je pensais juste...

Melrose ne termina pas sa phrase. Mais Max ne sembla pas trouver la question indiscrète.

— Ils connaissaient tous Verna, bien sûr. Elle a vécu ici plusieurs années.

— Oui, mais l'aimaient-ils ?

— Grands dieux, non ! s'esclaffa Max. Personne ne l'aimait. Verna était une femme étrange et pernicieuse. On la détestait facilement, une fois qu'on l'avait percée à jour.

— Eh bien, on dirait que quelqu'un a fait plus que la percer à jour, semble-t-il.

14

Le cottage de Peter Emery semblait sorti d'un conte de fées : murs blanchis à la chaux, allée pavée menant de la barrière blanche à une porte bleue en forme de coquille d'œuf, jardinières d'où quelques tiges vertes jaillissaient déjà, au milieu des oignons de tulipes. Renversée près de la porte, une barque à fond plat attendait d'être retapée, à en juger par le pot de peinture qui traînait à côté. Melrose frappa à la porte, qui fut ouverte par une fillette de dix ou onze ans, des cheveux d'un roux flamboyant, la peau nacrée, les yeux de la même couleur de cidre que le ciel juste avant le lever du soleil. Une enfant de conte de fées.
Pas tout à fait.
— On n'en veut pas !
Et elle claqua la porte au nez de Melrose.
Il resta planté devant la porte bleue. Il regarda autour de lui, curieux de savoir ce qui pouvait attirer ici en si grand nombre les courtiers, les sondeurs, les mendiants ou les adeptes d'Hare Krishna, au point que les occupants se sentent harcelés dès que l'on s'approchait du seuil de leur maison. Il frappa de nouveau à la porte. Il refusait de se laisser rembarrer par ce diablotin à la chevelure de feu. La fillette

colla son visage au carreau de la fenêtre, fixa Melrose par-dessus la jardinière, puis disparut.

Melrose tapa du pied. Après une attente interminable, la porte s'entrouvrit.

— J'ai dit...

— Que vous n'en vouliez pas, je sais. Je ne vends rien, rappelle ton chien.

Celui-ci observait Melrose derrière les jambes de la fillette. C'était un petit chien dont la fourrure grise ressemblait à une armure. Il retroussait les babines dans une sorte de grondement muet ou de sourire glacial à la Humphrey Bogart. Melrose était surtout impressionné par les deux énormes rangées de dents. Après avoir longuement médité, la fillette fut sur le point de refermer la porte. Melrose glissa un pied dans l'entrebâillement. Elle était peut-être plus intrépide, mais il était plus fort.

Le chien se mit à tourner en rond avec frénésie avant de foncer sur Melrose, les crocs en évidence mais sans faire de bruit. Melrose repoussa l'animal du pied tout en s'arc-boutant contre la porte.

— Écoute... je suis un ami des Owen, tu sais, ceux de Fengate. Mrs Owen m'a recommandé de passer vous voir. Je me promenais...

Lorsque la fillette lâcha enfin la porte, Melrose fut aspiré dans la pénombre d'un petit vestibule. Il freina et se redressa. Les yeux couleur de cidre de l'enfant brûlaient de colère.

— Qu'est-ce que j'ai fait pour mériter tant de haine ? Je n'ai rien fait.

— Mais ça va venir. Vous êtes de la police.

— Certainement pas ! Je suis venu bavarder avec ton père.

— Il ne peut pas vous parler. Il est aveugle.

— J'en suis sincèrement désolé, mais depuis quand être aveugle empêche-t-il de parler ?

— Pis, c'est pas mon père, c'est mon oncle.

D'une autre pièce parvint une voix grave :

— Qui est-ce, Zel ?

— Personne ! lança la fillette.

— Je proteste ! s'écria Melrose.

Le propriétaire de la voix grave parut sur le seuil. Il avait dû se courber pour franchir la porte car il était très grand... belle carrure, bel homme... une véritable publicité ambulante pour la vie au grand air. Les cannes à pêche et la barque devaient être à lui.

— Je lui ai dit que t'étais occupé.

— Où sont tes manières, ma fille ?

Melrose était sûr d'être changé en friandise pour asticots avant que Zel ne retrouve ses manières. Quelques mésaventures passées avaient appris une chose à Melrose : il n'était pas à l'aise avec les jeunes (garçons ou filles de moins de dix-huit ans). Il repensa alors à Sally et ressentit une pointe de triomphe en se souvenant de l'avoir sauvée d'une triste punition infligée par Theo Wrenn Browne, en plus de lui avoir acheté le fameux livre. Avec Jury, c'était le contraire : les gosses lui faisaient des cadeaux. Jury savait tourner en festin la moindre friandise que lui donnait un bout de chou haut comme trois pommes ; alors que Melrose devait promettre toute la boutique de bonbons pour arracher un renseignement. La facilité avec laquelle Jury soutirait les aveux agaçait terriblement Melrose. Le plus souvent, c'était lui, Melrose (il se plaisait à le penser), qui faisait le gros du boulot d'approche, mais Jury arrivait toujours à point nommé pour en tirer les bénéfices... Jury, avec son art particulier de trouver le chemin de leur cœur et de leur âme. Melrose ne dépassait jamais le stade du « On n'en veut pas ! ».

Melrose n'aurait jamais deviné qu'Emery était aveugle, car les yeux de l'homme regardèrent tour à tour dans sa direction, puis dans celle du chien, qui venait d'aboyer. Il ordonna à Zel d'aller faire du café.

— Elle fait le meilleur café de tout le Lincolnshire. (Zel s'illumina en entendant le compliment.) Apporte aussi quelques-unes de tes fameuses madeleines. Zel est une cuisinière de première classe, et je suis gourmand. C'est peut-être parce qu'elle traîne toujours chez le major Parker. Si vous préférez du thé, ajouta Peter, je crois que l'eau bout presque.

— Du café, ça ira, assura Melrose au moment où la bouilloire chantait.

C'était comme si Peter Emery avait remplacé sa vue perdue par un sixième sens.

Obéissante, presque joyeuse, Zel alla faire le café. Passé les préambules, après que Melrose eut expliqué que Max Owen l'avait invité pour estimer sa collection, ils entamèrent la conversation, alimentée surtout par Peter. Melrose aurait eu tort de s'en plaindre : il était venu pour écouter.

Peter avait vécu dans le Lincolnshire une grande partie de sa vie, mais il avait passé quelques années en Écosse où son oncle était le régisseur d'un vaste domaine de plusieurs centaines d'hectares dans le Perthshire, au pied de la Glenolyn. Parties de chasse à la grouse et au coq de bruyère et, bien sûr, de pêche dans des eaux claires comme du cristal. C'était son oncle qui lui avait appris à pêcher et à chasser. Avant « la chose », il avait été l'une des meilleures gâchettes du pays.

— Une foutue gêne, dit-il en désignant ses yeux d'un geste impatient. Les gens disent que la terre est triste, par ici, que les marais sont tristes, à cause de toute cette monotonie. Ça m'a toujours surpris que les gens n'aient qu'une seule notion de la beauté. Il faut qu'ils soient dans les Alpes pour apprécier les montagnes. Comment ne perçoivent-ils pas le charme mystérieux, quand le brouillard descend soudain, tellement épais qu'on dirait une muraille ?

Comme Peter Emery n'avait sans doute pas souvent un public devant qui évoquer ses souvenirs, Melrose le laissa parler sans l'interrompre.

— Mon père a connu plus d'une inondation. Je me souviens d'une en particulier, j'avais peut-être cinq ou six ans, la digue du marais Bungy a cédé. On avait beau souquer dur pour la renforcer, elle s'effondrait, la garce, et bientôt toute la terre a été noyée sous plus de trois mètres d'eau. Aussi loin qu'on pouvait voir, il n'y avait que de l'eau, un océan. Notre récolte, la récolte d'orge de mon oncle, a été emportée. Notre vieil épouvantail est parti avec... ah, il fallait voir ça ! Nous avions la barque, mais elle avait été emportée, elle aussi ; alors mon oncle nous a installés dans une grande bassinoire, je trouvais ça grandiose. On a réussi à ravoir la barque, c'est celle-là, là-bas, fit-il en inclinant la tête. Je l'ai gardée. Laissez-moi vous dire une bonne chose (et il se pencha en avant, l'œil brillant, presque féroce), faut pas se laisser arrêter par les éléments. La nature est parfois cruelle, faut être encore plus dur qu'elle.

Melrose était intrigué. Cet homme intrépide, encore jeune et actif, qui qualifiait son infirmité de

« gêne », le fascinait. Emery avait une sorte d'orgueil, la force de défier Dieu et la nature. Melrose l'imaginait bien foncer à travers la lande dans une tragédie shakespearienne.

Il fut tiré de ses fantasmes théâtraux par Zel qui revenait avec le café. Il était en effet excellent, accompagné d'une madeleine qui fondait dans la bouche et transporta Melrose de Shakespeare à Proust.

— Délicieux ! s'exclama-t-il. Je n'en ai jamais mangé d'aussi bonnes.

Et c'était vrai. Zel déclara qu'il n'aurait pas la recette, c'était un secret.

Ayant fait bonne impression avec le café et les madeleines, elle se mit en demeure de faire mieux encore — quartier-maître de ces lieux — en allant chercher un plumeau avec lequel elle s'attela au dépoussiérage de la bibliothèque.

Peter reprit son récit. Il parla de la ferme de son père, avoua qu'il n'avait jamais aimé travailler la terre, préférant de loin la chasse. Melrose ne partageait pas son amour pour les longues heures de guet dans les petits matins blêmes et glacés, et Dieu sait qu'il détestait rester des heures sur le ventre dans une vieille barque à attendre que des oiseaux à la chair coriace s'envolent vers le ciel.

Comme il hésitait à parler des meurtres en présence de la petite Zel, il lui demanda si elle voulait bien lui offrir une autre madeleine. Elle partit aussitôt en chercher.

— Si vous connaissez les Owen...

— Bien sûr que je les connais. Des gens merveilleux.

— Vous connaissiez peut-être cette Dunn ?

— En effet, acquiesça Peter Emery en se levant pour triturer le feu qui tirait déjà si bien que les flammes jaillissaient telles des lances.

D'un geste assuré, il s'empara du tisonnier, piqua une bûche qui s'effrita en crépitant, puis remisa l'outil, retourna s'asseoir et garda le silence.

Il est difficile de bâtir quelque chose sur rien, si on n'est pas de la police, mais Melrose s'y efforça pourtant :

— On dirait que vous ne l'aimiez pas beaucoup, remarqua-t-il avec un rire forcé.

— Je ne vous le fais pas dire.

— Mais vous n'étiez pas le seul.

— Oh, c'est sûr. Tous les ennuis qu'elle...

Ils se turent quand Zel reparut avec les madeleines.

— Si la pâtissière de la reine apprend l'existence de ces madeleines, dit Melrose, tu seras obligée de lui livrer ton secret.

Zel rougit sous le compliment et s'éclipsa vite pour reprendre son travail. Ou plutôt ses travaux, à en juger par la dépense d'énergie à laquelle elle se livrait. C'était comme si elle voulait démontrer qu'elle ne passait pas ses journées à rêvasser au coin du feu. Melrose avait du mal à la suivre : Zel époussetant les livres, Zel repoussant dehors à coups de balai des saletés invisibles — la boue dont Melrose aurait prétendument maculé le sol —, Zel redressant des objets sur les étagères, Zel disant à Bob, le chien, qu'il aurait son dîner dans un instant (tout en lui expliquant quels aliments il convenait qu'il mangeât).

C'était épuisant et délicieux à la fois. Ses diverses tâches terminées, Zel se planta entre les deux fauteuils et s'appuya lourdement sur le bras de Melrose. Elle était prête pour la relaxation, ce qui signifiait pour elle déchiqueter le journal local et en faire des boulettes qu'elle fourrait dans les poches de son pull-over. Cette nouvelle activité dura encore dix minutes, pendant lesquelles Peter et Melrose discutèrent de chasse et de pêche. Quinze minutes auraient sûrement épuisé les connaissances de Melrose sur ces questions.

Comme il ne se sentait pas capable de justifier plus longuement sa présence sans éveiller les soupçons de Peter Emery, il décida de repousser le sujet de Dorcas Reese à une autre fois. Il prétexta avoir à faire à Fengate.

— Les Owen vont se demander où je suis passé.

Emery voulut se lever, mais Zel le fit rasseoir, un acte que Melrose attribua à son désir de le raccompagner plutôt qu'à un souci pour le bien-être de son oncle. Elle courut à la porte, Bob sur ses talons. Ils s'arrêtèrent devant la maison, et Zel observa le ciel.

— Il va pleuvoir, décida-t-elle. Tu vas être trempé.

Elle se balança sur les talons, les bras derrière le dos, une main tapotant la paume de l'autre, comme un vieux sage soupesant des pensées profondes.

— Où tu vas ?

— Nulle part en particulier. (Il avait l'intention de se rendre au marais Wyndham, où on avait retrouvé le corps de Dorcas Reese.) Tu veux venir avec moi ?

— Non. Je ne prends pas ce sentier.

Elle croisa les bras sur sa poitrine d'un air décidé et le dévisagea comme prête à argumenter. Toutefois, elle ne semblait pas avoir tellement envie de se débarrasser de lui. Ils avancèrent lentement sur l'allée pavée d'où on pouvait voir l'orée du boqueteau qui ornait les terres de Fengate.

— Je parie que tu vois pas ce qu'y a là-bas. (Elle se gratta le coude. Son grognement silencieux au coin de la gueule, Bob ne quittait pas Melrose des yeux.) Ça va depuis devant chez les Owen, là-bas, jusqu'au marais Wyndham. (Elle marqua une pause, ajouta d'un air détaché :) C'est là que Dorcas a été tuée.

— Tu la connaissais ?

Zel prit une des petites boulettes de papier dans sa poche et l'inspecta.

— Je la voyais souvent. T'as entendu parler de Black Shuck ? Dis, t'en as entendu parler ?

Elle lança la boulette à Bob qui bâilla et ébroua sa drôle de fourrure grise.

— Black Shuck ? Non, j'avoue ne pas connaître.

— Black Shuck est un chien fantôme. Il guette les gens et les tue. Il les mange même, peut-être.

Nouvelle boulette en direction de Bob. Le chien avait soulevé son arrière-train et menaçait Melrose de son grondement silencieux comme si c'était lui, Melrose, le chien fantôme.

Zel espérait qu'il la libère de l'inquiétant fantôme, mais, comme beaucoup de grandes personnes (excepté peut-être Jury), Melrose manquait de finesse.

— C'est quelqu'un qui marchait sur ce sentier qui l'a fait, assura Zel. (Elle changea subitement de sujet :) Tu peux toucher tes pieds ?

Elle se mit à faire des étirements.

— Bien sûr que je peux, affirma Melrose.

— Oui, mais les mains à plat ?

Elle recommença, bras tendus, mains à plat, ses longs cheveux cascadant en éventail par-dessus sa tête. Ils avaient des reflets dorés et ne ressemblaient plus à des cheveux en feu.

— Oui, sans doute, fit Melrose. Mais pourquoi le ferais-je ? Bon, écoute-moi...

Mais elle n'écoutait pas. Elle était trop occupée à poser ses mains bien à plat par terre. Melrose n'avait jamais vu une telle pile électrique ; on l'aurait crue directement branchée sur le courant. Bob l'observait, sa queue frappant le pavé comme un bâton, au rythme des mouvements de sa maîtresse.

— T'es marié ?
— Non. Je n'ai pas encore eu cette chance.
— Tu veux pas te marier ?
— Si, quand tu voudras.

Elle s'arrêta net et fit la grimace.

— Je ne suis pas assez grande. Je vais sur mes dix ans. Oncle Peter a failli se marier, mais elle est tombée à l'eau.

À sa façon de raconter le drame, Melrose faillit éclater de rire.

— C'est affreux !
— Et elle était belle, en plus. (Elle fit sauter une boulette de papier dans sa main.) Ça s'est passé en Écosse.
— Tu m'en vois navré, soupira Melrose. C'est pas le tout, mais il faut que j'y aille. Il va être deux heures. Bon, salut, j'ai été ravi de te rencontrer. Je dois partir, maintenant, dit-il à Zel qui lui tournait le dos.

Il n'avait pas fait dix pas qu'il entendit sa voix :

— Cette Dorcas allait toujours chez Mr Parker. Il habite là-bas.

Elle savait que Melrose serait intéressé. Elle avait découvert un moyen de le retenir indéfiniment. Il lui suffisait de lâcher des bribes de renseignements pour l'accrocher. Il revint sur ses pas.

— Qu'est-ce qu'elle allait y faire ? demanda-t-il.

Sourde et muette, elle se mit à faire des torsions que Bob ne pouvait imiter car il n'avait pas de taille. Mains sur les hanches, elle pivotait dans un sens, puis dans l'autre. Bob tournait en rond.

Melrose lui fournit une réponse possible :

— Elle travaillait peut-être pour lui ? (Mais avec déjà deux emplois — à Fengate et au pub — Melrose ne voyait pas comment elle aurait fait.) Elle lui faisait la cuisine ?

Zel se retourna brusquement, faisant valser ses longs cheveux enflammés.

— Non, sûrement pas, claqua-t-elle.

— Comment le sais-tu ? Elle pouvait très bien lui faire la cuisine de temps en temps. Elle aidait Mrs Suggins, après tout. Et le major Parker vit seul ; il devait être content d'avoir de la compagnie.

Melrose pensa soudain à Ruthven et à sa femme, Martha, et il essaya d'imaginer Ardry End sans eux. Impossible.

— Il avait peut-être envie de sa compagnie, mais pas de sa cuisine. (Zel s'immobilisa, le temps d'ajouter :) Dorcas savait pas faire la cuisine. Elle s'occupait que des légumes, et elle savait même pas s'y prendre, elle en faisait de la bouillie. Je suis bien meilleure que Dorcas ; Mr Parker le dit. C'est le meilleur cuisinier du pays. Il mange jamais dehors parce qu'il aime pas la cuisine des autres. Sauf celle de Mrs Suggins.

Bob, qui avait écouté avec une intensité troublante, retroussa encore une fois les babines et exhiba ses crocs pour le plus grand plaisir de Melrose.

— Pour qui me prend-il, ton chien, pour un dentiste ? (Bob se lança à la poursuite d'un lièvre.) C'est égal, tu ne peux pas savoir ce qu'elle faisait chez le major Parker.

— Elle y faisait pas la cuisine, je le sais ! Mr Parker aurait jamais payé quelqu'un pour ça. Les Owen, c'est différent. Mr Parker affirme que leur cuisinière est la meilleure, juste après lui.

Melrose fut ravi de découvrir qu'Annie Suggins ne s'était pas trompée sur la personnalité de Parker. Zel reprit ses exercices.

— Je parie que tu sais pas faire la cuisine, à part les œufs.

— Bien sûr que si. J'étais sous-chef dans un grand restaurant. Bon, pourquoi... ?

— C'est pas vrai ! (Son cri résonna dans l'air gelé.) Moi, je vais être chef.

— Chef ? C'est une aspiration bien plus noble que professeur ou docteur. Je viendrai à ton restaurant.

— Si je t'invite. Mr Parker fait des glaces à la prune.

C'était certes suffisant pour faire de Parker l'adulte le plus populaire du Lincolnshire.

— Je sais faire les puddings de Noël, dit Melrose. Avec des porte-bonheur en argent.

Elle interrompit aussitôt ses torsions.

— Toi ?

Melrose lui décrivit la fournée du matin, en se donnant le rôle d'Annie Suggins. Zel en fut impressionnée. Mais pas pour longtemps. Elle se mit à sautiller.

— Mr Parker en fait aussi. Et de la glace à la prune.

— Tu l'as déjà dit. Alors, comme ça... tu espionnais Dorcas.

Zel s'arrêta pour le dévisager.

— J'espionnais pas. Je voyais.

— Ah, tu voyais. Tu voyais quoi ?

— Rien. Elle ressortait pour aller au pub. C'est là qu'on va quand on prend le sentier. Ça mène presque à la porte du pub.

— Tu as vu ça juste une fois ?

— Non, plein de fois. (Cela pouvait aussi bien signifier deux fois que deux cents.) Mr Parker est riche ; on peut faire tout ce qu'on veut quand on est riche.

— Non, on ne peut pas, la contredit Melrose.

— Comment tu le sais ?

— Parce que je suis riche.

Ça l'arrêta net.

— Tu peux acheter des voitures, des cochons et des maisons si tu veux ?

— Oui. Je ne suis pas fana des cochons, même si mon gardien prétend le contraire.

Zel en resta bouche bée.

— Tu as un gardien ? Comme Oncle Peter ?

— Non, il n'a rien de commun avec ton oncle, crois-moi. Mon gardien sillonne les bois en tirant sur tout ce qui bouge.

— Il vise bien ?

— Non, heureusement.

— Oncle Peter était le meilleur fusil du coin. S'il voulait, il pouvait tirer en plein dans l'œil d'un serpent.

— Admirable, fit Melrose, qui se baissa pour déloger un caillou de sa semelle.

— Wyatt Earp aussi. Tu le connais ?

— Comme ça. C'est vraiment pitié que ton oncle ait perdu la vue. C'est peut-être la pire chose qui puisse arriver.

Melrose crut que le silence de Zel valait acquiescement. Erreur.

— Non, y a pire. On pourrait être capturé et torturé jusqu'à ce qu'on avoue.

— Oh ? C'est le sort qui t'attend ?

— No-on !

Encore ce *O* étiré comme un lasso autour de son cou. Il adorait la façon dont elle tirait deux syllabes d'une seule. Mais il trouva sa réponse trop vive pour être sincère.

— Heureusement qu'on n'a pas des informations qu'un autre voudrait connaître, dit-il en lui coulant un regard oblique.

— Je sais rien qu'on pourrait me soutirer par la torture, mais toi c'est moins sûr.

— Pas besoin de t'en réjouir.

— Quelle est la pire torture à laquelle tu penses ?

Ah, que les enfants sont cruels !

— Être obligé de regarder Bob se curer les dents, dit Melrose. Tiens, où est-il ? s'étonna-t-il en scrutant le paysage. Je ne voudrais pas qu'il surgisse sur mon chemin avec son sourire d'ivoire.

Zel s'éloigna en sautillant de chaque côté d'une corde imaginaire sans dévier de sa trajectoire. Ses cheveux étincelants se balançaient au rythme de ses pas. Melrose la regarda, émerveillé par la façon dont les enfants s'abandonnent au mouvement, avec un naturel interdit aux adultes. Depuis le peu de temps qu'il la connaissait, Zel semblait avoir vécu plusieurs vies — cuisinière, infirmière, concierge, adulte grincheuse — avant d'arriver à ce qu'elle était à dix ans.

— Zel, fit-il, pensif. Ce n'est pas un nom courant.

Elle ne répondit pas ; elle continua de sautiller.

— C'est un surnom ?
— Non.
— Un nom de famille ?
— Non !
— C'est un nom de la Bible, alors ?
— Non !

Elle était assez loin, près d'un vieux muret qui avait autrefois délimité des terres. Sa réponse tinta dans l'air gelé.

Le marais s'étendait sous un ciel qui paraissait si proche du sol que Melrose crut distinguer la courbure de la terre. Le sentier se perdait, tout droit, dans le lointain. Melrose devina la ligne brisée des toits et des cheminées au milieu desquels se dressait sans doute le Bord du Monde.

Plus loin passait une route — la A17, se dit Melrose — qu'il avait lui-même empruntée et sur laquelle défilaient des voitures dans le lointain.

Zel revint, haletante.

— Je ne peux pas aller plus loin, dit-elle. Faudra que tu continues sans moi. Je ne veux pas rencontrer le chien fantôme.

— Il est juste deux heures passées, dit Melrose en consultant sa montre. Tu crois qu'il sort avant la nuit ? De toute façon, il est sans doute dans les Highlands, en ce moment... Écoute, tu ne veux pas que je te raccompagne un bout de chemin ?

— Tu te perdrais. Après, faudrait que je te retrouve.

Pour prouver sa désinvolture, elle piqua un sprint, à une telle vitesse que ses cheveux dessinèrent derrière elle comme la queue d'une comète. Elle s'arrêta trois fois, se retournant en faisant de grands signes.

Son corps menu parut se fondre dans le paysage. Melrose se sentit dépossédé. Pour quelque raison inexplicable, il avait le sentiment que la fillette et lui avaient un passé commun, vécu une histoire secrète, c'était comme s'il la connaissait depuis longtemps.

Entretenu par le National Trust, le marais Wyndham s'étendait sur des hectares de terre détrempée. On l'avait autrefois asséché pour cultiver du blé et du maïs, puis on l'avait de nouveau inondé. Le Lincolnshire, le Cambridgeshire, l'Isle of Ely avaient autrefois été un immense lac. Étangs, tourbières, nids de roseaux. Les vastes alluvions de la Nene et de la Welland en témoignaient. Lorsque les Romains envahirent la Grande-Bretagne, ils durent construire des bateaux pour se déplacer dans cette région.

Melrose trouva le trottoir en planches, qu'on avait surélevé afin que les visiteurs puissent se promener au-dessus des marais. Il y avait du vent et les roseaux crépitaient tels des sabres. Dérangés, des oiseaux que Melrose ne reconnut pas s'égaillèrent dans un brouillard bleuté. Les violettes des marais ondulaient dans l'eau où Melrose imaginait que Dorcas avait flotté — petit bout de femme pathétique, tellement insignifiante qu'il fallait y réfléchir à deux fois pour se souvenir de son visage.

Regardant le sentier communal, Melrose évalua la distance. Tout le monde savait que Dorcas travaillait au Bord du Monde. Était-elle venue retrouver quelqu'un ici ? Melrose contempla le petit bâtiment distant d'une centaine de mètres. Le bureau de tourisme. Elle y avait peut-être attendu, à l'abri de la pluie.

Il régnait un tel silence que Melrose entendit quelque chose plonger dans l'eau. Un hibou ulula. De vifs frémissements d'ailes s'agitèrent au-dessus d'un saule rabougri quand une volée de colverts s'élança vers le ciel. Melrose observa leur envol, puis le silence revint rapidement réclamer son dû.

15

L'homme qui regardait par la fenêtre du salon dans une attitude de profonde contemplation se retourna à l'arrivée de Melrose. Son expression méditative s'évanouit, remplacée par une autre, moins compromettante. Il s'éclaircit la gorge, mit un poing fermé devant sa bouche puis déclara :

— Vous devez être l'invité des Owen, l'expert en meubles anciens ?

Melrose aurait aimé qu'on cesse de l'appeler ainsi, il avait un nom, que diable ! Toutefois, il tendit la main en souriant.

— Melrose Plant.
— Commissaire Bannen, police de Lincoln.

Il donnait l'impression d'être la douceur même, une façade qui devait exercer un certain charme sur les témoins. Mais cette douceur ne trompa pas Melrose, pas après sa longue relation avec un commissaire de Scotland Yard : Jury aussi pouvait paraître doucereux, parfois même au point que sa personnalité s'effaçait, offrant au témoin qu'il était en train d'interroger un miroir dans lequel ce dernier ne voyait que son propre reflet. Ce commissaire Bannen, Melrose l'aurait parié, était un flic du même moule. Comme pour contredire l'impression de ruse qu'il laissait, Bannen se frotta la nuque d'un geste maladroit. C'était le geste d'un fermier qui marque une pause pour rajuster sa casquette et s'éponger le front.

Les lèvres minces de Bannen se fendirent d'un demi-sourire.

— J'imagine que vous êtes au courant de cette affaire, Mr Plant. Bien triste, n'est-ce pas ?

Il fourra les mains dans ses poches. Melrose acquiesça. Il trouvait étrange — et quelque peu déconcertant — que Bannen fût seul dans cette pièce. C'était comme si un haut fonctionnaire de la police pouvait se tenir dans le salon d'un autre et prétendre que c'était la chose la plus naturelle du monde.

— Vous allez régler ça en moins de deux, j'en suis sûr, dit Melrose.

Quelle banalité ! À son crédit, il fallait dire qu'il se sentait mal à l'aise.

— Je l'espère...

— Je connais vaguement l'une des personnes impliquées, poursuivit Melrose. Jennifer Kennington. (Il tenait à le préciser afin que le commissaire ne puisse s'imaginer qu'il lui cachait quelque chose.) J'ai du mal à croire qu'elle ait quoi que ce soit à voir là-dedans.

— Ah, fit Bannen.

Il était parfaitement évident que le commissaire savait déjà que Melrose connaissait Jenny Kennington ; qu'il y attachât ou non une grande importance était moins clair.

— Connaissiez-vous l'une ou l'autre des victimes, Mr Plant ?

— Non, du tout. Vous... pensez donc que les deux meurtres sont liés ?

Le prince des banalités, Melrose Plant...

— Oui, soupira Bannen, j'ai tendance à le croire. La mort de Verna Dunn a fait du bruit dans les tabloïds. Elle jouissait d'une certaine célébrité. Sans doute parce qu'elle avait été actrice. C'était quelqu'un à Londres, j'imagine.

Il se passa le pouce sur le front, comme pour se débarrasser de la ride qui le creusait.

Melrose attendit qu'il poursuive, mais il s'en tint là. Autant pour détendre la situation que pour obtenir des renseignements, Melrose enchaîna :

— On a du mal à voir un mobile dans tout ça. Je veux dire, personne ne semble en avoir.

Voyant que Bannen se contentait de le dévisager de ses yeux gris, un regard doux mais déconcertant, Melrose poursuivit, les nerfs en pelote :

— En tout cas, pas dans cette maison. Ils semblaient être en si bons termes...

— Mais vous ne les connaissez pas, n'est-ce pas ? sourit Bannen. Hormis... Jennifer Kennington, bien sûr.

Melrose l'admit. La façon dont Bannen avait marqué une pause avant de prononcer le nom de Jennifer lui déplut. Il y vit comme un sous-entendu, mais ne trouva rien à répliquer.

Les deux pièces — le salon et la galerie — avançaient sur la façade et leurs fenêtres latérales formaient un angle, de sorte qu'en se trouvant dans l'une on pouvait voir ce qui se passait dans l'autre. C'était dans le salon que Bannen avait attendu...

attendu quoi ? Entrant dans la galerie, Melrose eut l'étrange impression que le commissaire et Grace Owen s'étaient peut-être observés de leurs fenêtres respectives. C'était la façon dont Grace tournait légèrement la tête qui lui signala qu'elle ne regardait pas devant elle, mais sur sa droite, dans le salon.

Elle ne l'avait pas entendu entrer, tant elle était absorbée par ce qu'elle regardait. Elle avait ouvert le rideau de la fenêtre latérale, et une tache de lumière oblongue éclairait sa jupe et la statue qui se trouvait derrière elle. La pièce était plongée comme d'habitude dans une quasi-pénombre, que traversait cette bannière de lumière, pâle et fragile. La galerie, toujours plus froide que les autres pièces, paraissait glaciale. Melrose avait les mains gelées.

Il voulut parler, ouvrit la bouche, mais se ravisa et s'enfonça dans le coin le plus sombre où se trouvait, dans un étrange anonymat, le tableau des deux fillettes de Sargent. Melrose repensa à Zel.

Avec le froid, le silence s'épaissit. On n'entendait que le tic-tac de l'horloge à balancier. Dans d'autres circonstances, Melrose aurait trouvé son bruit rassurant, comme un battement de cœur ; au lieu de cela, il paraissait impitoyable, ponctuant inexorablement le passage du temps.

Melrose crut entendre une porte se refermer — celle de l'entrée, sans doute, à en juger par le bruit lourd de son mécanisme féodal. Grace Owen se pencha légèrement et maintint le rideau d'une main, sans doute pour mieux voir qui venait de sortir. De sa cachette, Melrose distingua la silhouette du commissaire qui se déplaçait à l'orée du boqueteau, entrant et quittant son champ de vision. Bannen tourna la tête et parut regarder vers la fenêtre. Grace fit un pas en arrière et Melrose essaya, bêtement, de se fondre dans l'ombre. Mais le commissaire ne pouvait sans doute pas voir Grace, car le rai de lumière s'était évanoui. Bannen avait tourné la tête, sans plus.

Alors, Melrose crut entendre un véhicule approcher, probablement la luxueuse voiture de sport de Max Owen. Grace avait dû la voir aussi, et cependant elle ne fit pas un geste pour aller accueillir son mari.

Melrose quitta sans bruit la pièce et monta dans sa chambre chercher un crayon et du papier afin d'écrire un mot à Jury. Non, il téléphonerait. Il avait honte de son accès de voyeurisme, ses joues étaient en feu. Lui, si respectueux de la vie privée d'autrui, il ne comprenait pas ce qui l'avait poussé à rester tapi dans la pénombre. La table à écrire se trouvait face à la fenêtre, au-dessus et à droite de la fenêtre de la galerie. Il s'aperçut que Max Owen n'était pas entré directement; il s'était arrêté dehors, hélé, sans doute, par Bannen. Les deux hommes discutèrent un instant. Ou plutôt, Bannen parla et Max se contenta d'écouter. La conversation ne dura pas plus de quelques minutes, puis Bannen s'éloigna dans l'allée de gravier en direction de sa voiture.

Max le regarda disparaître.

Que s'était-il passé? Max Owen n'était plus dans l'allée circulaire, et Melrose se retrouva à contempler le vide, incolore... tout le monde était parti.

16

Peter Apted, avocat de la Couronne, lança un trognon de pomme dans sa corbeille et le regarda décrire un arc cintré, ricocher sur le bord métallique et rouler par terre.

— Ne me dites pas que vous avez encore des ennuis, commissaire! s'exclama-t-il.

Il faisait allusion à un triste épisode, plusieurs années auparavant, lorsque Jury avait été soupçonné dans une affaire de meurtre. L'affaire n'avait pas été jusqu'au tribunal. Jury avait découvert presque toute la vérité, Apted le reste. Jury, depuis ce jour, ne pouvait penser à Peter Apted sans frémir.

De nouveau, tous ses espoirs reposaient sur l'avocat de la Couronne. Apted était l'un des avocats les plus respectés de Londres. Il aurait certainement été membre du Parlement s'il l'avait voulu.

— Non, je n'ai pas d'ennuis. C'est une amie à moi...

— Qui s'occupe de cette affaire? D'habitude, je...

— Personne. Je pensais que vous me recommanderiez quelqu'un.

Le fauteuil d'Apted grinça quand il décroisa les mains de derrière sa nuque et ôta les pieds de son bureau. Le bureau n'était pas très grand, ni les autres meubles très luxueux. La pièce avait un agréable aspect défraîchi; les longs rideaux auraient eu besoin d'une lessive et les austères portraits d'un coup de plumeau. Jury se souvenait particulièrement de ces hommes en robe qui le toisaient, comme pressés de plaider contre lui.

— Grands dieux, commissaire, vous connaissez certainement davantage d'avocats que moi!

— Non, mais le fait est que... je voulais m'assurer que vous étiez libre...

— Je ne le suis jamais, dit Apted en faisant courir son pouce sur une pile de dossiers.

— À part ça, veux-je dire, fit Jury avec un sourire contraint.

Apted lui renvoya un sourire plus chaleureux. Il fit pivoter son siège et reprit sa position initiale.

— Entendu, de quoi s'agit-il?

— Vous souvenez-vous de cette dame... c'est réellement une dame... Lady Kennington, qui vous avait engagé pour m'aider?

Apted détourna vivement les yeux, puis regarda de nouveau Jury.

— Kennington. Jane... non, Jennifer. Jane, c'était le nom de l'autre personne... (Il détourna encore les yeux et s'éclaircit la gorge.) Désolé.

Jury était persuadé qu'Apted ne connaissait pas le remords, même s'il n'était pas insensible. Apted n'ignorait pas que l'affaire avait été extrêmement pénible pour Jury.

— Peu importe, dit Jury. Bon, c'est Jenny Kennington qui a des problèmes. Un double meurtre dans le Lincolnshire...

— J'ai lu ça... l'actrice Verna Dunn, n'est-ce

pas ? Je l'ai vue jouer une fois. Est-ce que l'autre meurtre a un rapport ?

— Oui. Enfin, je pense qu'ils sont liés.

Peter plongea une main dans le sac en papier qui trônait sur son bureau et la ressortit avec une autre pomme.

— On ne vous demande pas de penser. (Il mordit dans la pomme et reprit :) Il s'agit du droit, il s'agit des faits. (Il déglutit, tourna la pomme et mordit un autre morceau.) Nous étudions les apparences, toutes sans exception.

— Eh bien, les apparences disent que Jennifer Kennington est coupable.

— Je ne parle pas de ces apparences-là. Je parle de celles vers lesquelles les prétendus faits me conduisent impitoyablement.

Le bruit des mandibules emplit la pièce.

— Je ne comprends pas ce que vous voulez dire. D'ailleurs, il semble que vous ayez changé votre façon de voir les choses. Je me souviens de vous avoir entendu dire : « Si ça ressemble à un canard et que ça marche comme un canard...

— ... ce doit être un canard », termina Apted.

— Eh bien, dans cette affaire, c'est certainement un canard. Jenny... Lady Kennington... a eu l'opportunité. Et peut-être le mobile.

Jury raconta les allées et venues des invités après le dîner, le soir du 1er février. Il dut admettre qu'il n'avait jamais été convaincu que Jenny et Verna Dunn ne se connaissaient pas.

Peter Apted cessa de mastiquer et jeta le trognon de pomme en remarquant :

— Oui, c'est sans doute un canard. Et l'arme ?

— C'est celle de Max Owen. Mais elle se trouvait dans un débarras, à côté de la cuisine, où n'importe qui aurait pu la prendre.

— Laissez-moi deviner : la police de Lincoln a circonscrit le « n'importe qui » à Jennifer Kennington ?

— On dirait, oui.

Apted émit un grognement.

— Savait-elle se servir d'une arme ?

— C'était un fusil. Je ne pense pas, mais Bannen, le flic de Lincoln, pense le contraire.

— Et le second meurtre ? demanda Apted après avoir longuement réfléchi.

— Deux semaines plus tard, le 14. Une domestique, une certaine Dorcas Reese, étranglée. Garrottée.

— Ce ne sont pas des méthodes de femme, fit Apted. Quel est le mobile pour celui-là ?

— Il n'y en a pas.

— L'opportunité ?

— Aucune. Jennifer se trouvait à Stratford-upon-Avon.

Apted repoussa son fauteuil.

— C'est du moins ce qu'elle prétend. D'ailleurs, cela ne fait pas un si long trajet. Deux meurtres ? Officieusement, croyez-vous qu'elle soit coupable ?

— Si elle l'était, répliqua sèchement Jury, pensez-vous que je vous le dirais ? Vous m'avez dit un jour que vous ne défendriez pas un accusé que vous savez coupable. Mais officiellement, non, je suis sûr qu'elle est innocente. Bien sûr.

— Bien sûr ? fit Apted en dressant un sourcil. Où est le « bien sûr » dans cette affaire ? Vous êtes mieux avisé, d'habitude.

— Je connais Jenny Kennington.

— Vous connaissiez aussi Jane Holdsworth.

Jury s'affaissa, ébranlé.

— Merci de me le rappeler, dit-il.

Apted se mordilla le coin de la lèvre.

— Désolé. Mais vous êtes bien placé pour savoir que l'innocence n'est jamais une certitude absolue.

— Je ne suis pas d'accord.

— C'est votre droit.

— Vous acceptez l'affaire, alors ?

— Je n'ai pas dit ça. Mais je veux bien lui parler. (Jury ressentit une bouffée de soulagement, la première en vingt-quatre heures.) Et trouvez-lui un conseiller judiciaire[1], bon Dieu ! Bon, dites-moi ce que vous savez.

— Tout ?

— Non, dit Apted en saisissant un calepin, juste la moitié, laissez-moi deviner le reste.

Jury s'exécuta. Cela prit une bonne trentaine de minutes, y compris le récit du coup de fil de la veille de Plant — un coup de téléphone donné à contrecœur.

— Je crains que mes jours en qualité d'expert ne soient comptés. Je rentre au Northamptonshire.

Depuis que Plant l'avait appelé pour lui dire que Jenny avait peut-être quand même un mobile qui leur avait échappé, Jury craignait que Bannen ne l'inculpe. La voix de Peter Apted le tira du rappel stérile de sa conversation téléphonique avec Melrose Plant. Il manqua les premiers mots et se maudit de

---

1. Les Britanniques distinguent deux sortes d'avocats : le *solicitor,* ou conseiller judiciaire, qui s'occupe des affaires civiles, et le *barrister* — comme Peter Apted —, seul habilité à plaider en assises. *(N.d.T.)*

ne pas lui avoir prêté une attention plus soutenue. Apted n'aimait pas se répéter.

— ... policier du Lincolnshire l'a laissée rentrer à Stratford-upon-Avon quarante-huit heures après le meurtre de cette Dunn. Et elle y était encore quand le second meurtre a eu lieu. Elle affirme qu'elle était à Stratford-upon-Avon ?

— Oui.

— Ce n'est qu'à cent trente kilomètres...

— Cent dix-sept. Pas plus de deux heures, en tout cas.

Apted approuva.

— Pourquoi la police l'a-t-elle laissée repartir à Stratford la première fois ?

— Pas assez de preuves pour la retenir, encore moins pour l'arrêter. Et à l'époque, pas de mobile.

— Il a été découvert ultérieurement ?

— En effet. Je ne sais pas exactement en quoi il consiste, mais elles se connaissaient apparemment depuis des années.

— Elle a donc menti.

La froideur du ton fit grimacer Jury.

— J'imagine qu'elle avait peur. Après tout...

— Avant le meurtre ?

— Pardon ?

— Vous disiez que Jennifer Kennington avait peur *avant* que cette Dunn ne soit assassinée.

— Je ne...

— Si ! assura Apted, qui contempla le plafond comme pour y voir la scène qui s'était déroulée à Fengate. Lady Kennington entre dans le salon où les Owen et leurs invités prennent l'apéritif. « Mon Dieu, Mrs Dunn, cela fait des années qu'on ne s'est vues ! » Ou : « Salut, vieille garce ! » Non, elle prétend ne pas la connaître. Vous supposez donc qu'elle avait peur avant le meurtre.

— Non, sans doute pas.

— « Sans doute pas », je ne vous le fais pas dire. Donc, la « peur » n'explique pas son silence. Son silence s'expliquerait si elle avait eu l'intention de tuer Mrs Dunn. Quant à ça, ajouta Apted en poussant le calepin vers Jury, le commissaire Bannen le sait forcément.

Jury garda le silence.

Apted aussi ; il se passa le crayon entre les mâchoires comme s'il s'agissait d'un épi de maïs, le jeta ensuite sur son bureau et déclara :

— Enfin, une dispute passée, en admettant qu'elle ait eu lieu, même aigre... (Il hocha la tête.) Cela me semble bien aléatoire comme mobile. (Il ramassa le crayon et le fit tournoyer autour de ses doigts.) Qui est ce complice chez les Owen qui vous fournit vos informations ?

— Melrose Plant. Il est bon pour...

Jury s'efforça de décrire ce que Plant avait fait sans le faire passer pour un sournois.

— Ah, il s'introduit, anonymement, dans la vie privée des gens. Cherche-t-il un travail, maintenant que celui-ci est terminé ?

— Plant ? sourit Jury. J'en doute.

— Charles Moss aura bien besoin d'un larron.

— Qui est Charles Moss ?

— Le conseiller de Lady Kennington, ou plutôt il va l'être.

Apted nota le nom sur un carnet, arracha la page et la tendit à Jury.

Pour la première fois depuis qu'il était entré dans le cabinet, Jury se détendit.

— Pour vous documenter sur l'affaire, voulez-vous dire ? Vous l'acceptez ?

— J'ai dit ça ? À propos de quoi Kennington et Dunn se disputaient-elles ?

— Personne ne le sait. Elles étaient dehors quand ça a commencé.

— Tiens ? Pourquoi étaient-elles dehors ? Vous avez dit que c'était après le dîner, vers dix heures. Étaient-elles obligées de s'isoler pour se crêper le chignon ?

— Nous ne le savons pas davantage. D'après Jenny, elles avaient envie de prendre l'air. Une fois dehors, elles se sont chamaillées. Peu après, quinze ou vingt minutes plus tard, les invités ont entendu une voiture démarrer.

— Pourquoi Jenny n'est-elle pas rentrée aussitôt ? s'étonna Apted.

— Je l'ignore. Elle a dit qu'elle voulait marcher un peu. S'éclaircir les idées.

Apted parut surpris.

— A-t-elle emporté une truie pour déterrer des truffes ?

— Bon, concéda Jury, je vous l'accorde, sa conduite paraît bizarre... (Apted le fusilla du regard.) Je me suis posé des questions sur l'épouse... Grace. Après tout, la dispute n'était pas forcément préméditée. On peut l'expliquer par la passion. Dans ces cas-là, on se moque d'être vu ou entendu.

Apted émit un son qui montrait le peu de cas qu'il faisait de cette hypothèse.

— Les événements ultérieurs démontrent que celui ou celle qui a agi n'avait pas du tout envie d'être découvert. Un rendez-vous sur le bon Dieu de

Wash ? Soyons sérieux ! Grace Owen est-elle sujette aux crises passionnelles ?

— Aucune idée. Elle m'a fait l'effet d'une femme plutôt sereine. Infantile, d'une certaine manière.

Apted se leva et enfouit les mains dans ses poches. Il se tourna ensuite vers la fenêtre et contempla la vue en silence.

Le léger crachin du matin avait cessé, emportant avec lui la grisaille ; le soleil, bien que faible, nappait d'argent les carreaux de la fenêtre à meneaux, de sorte qu'une toile d'araignée argentée encadrait Peter Apted. Jury fut de nouveau surpris par son air juvénile. La pièce avait amusé Jury la première fois qu'il était venu ; on aurait dit le cabinet d'un avocat plus âgé, conservateur et grincheux. Les peintures à l'huile montraient des vieillards sévères en robe de soie, avocats ou juges, qui tous auraient considéré Apted comme un renégat, un révisionniste. Jury se souvenait d'avoir abordé un jour le sujet de la justice ; Apted l'avait alors regardé comme si le mot lui était inconnu. Tout dans la pièce — les rideaux, les fauteuils, le canapé en cuir — était de grande qualité, vieillot et poussiéreux, et on aurait dit que Peter Apted avait emprunté le cabinet à un de ses aînés dont les tableaux ornaient les murs.

Jury attendit que Peter Apted prenne la parole, mais comme il gardait le silence, il questionna :

— Et Dorcas Reese ?

Apted s'ébroua comme s'il s'était assoupi.

— Ah, fit-il, la seconde victime ! Je l'avais presque oubliée.

— C'est drôle, tout le monde l'oublie. (Jury raconta ce qu'il savait de Dorcas et ce qu'Annie

Suggins avait confié à Melrose.) Elle n'était pas très intelligente. La cuisinière dit que c'était une affreuse fouineuse, qu'elle fouillait dans les tiroirs, écoutait aux portes. Dorcas lui avait dit — à Annie Suggins —, ou si elle ne lui avait pas dit directement, Annie l'avait entendue le dire : « Je n'aurais pas dû le faire. Je n'aurais pas dû écouter. » Ce ne sont pas les mots exacts, mais...

Apted se rassit et fixa un instant son buvard d'un œil absent.

— Donc, pour le mobile de ce meurtre, vous supposez que Dorcas Reese avait appris quelque chose qui faisait d'elle un danger potentiel. Quelque chose en rapport avec le meurtre de Verna Dunn ?

— Si l'assassin de Verna Dunn est le même que celui de Dorcas Reese, je ne vois pas d'autre mobile. Autrement, Dorcas ne constituait une menace pour personne. Elle était tellement fade qu'on devait l'oublier facilement...

— Oh, je ne sais pas. Ces gens « fades » ont une manière de s'affirmer, si l'occasion le permet. Il y a toujours le chantage. L'a-t-on pris en compte comme mobile ?

— J'imagine que Bannen a dû le faire. Il n'y a aucun indice qui mène au chantage.

— Elle n'avait peut-être pas encore ramassé l'argent. Cependant, je vais vous dire une chose : s'il n'y a pas plus de preuves que vous ne m'en donnez, j'ai l'impression que la police du Lincolnshire n'a pas un dossier bien solide. L'arme, par exemple. C'est du vent. Où Lady Kennington avait-elle caché le fusil ? Dans son étui à cigarette ? (Pensif, Apted appuya son menton sur ses mains jointes.) La voiture s'en va ; la voiture revient ; Lady Kennington revient. Par conséquent, Lady Kennington revient en voiture. Qu'est-ce que c'est que ce raisonnement ? (Il s'adossa dans son fauteuil et roula sa cravate.) Ça commence à ressembler de moins en moins à un canard, commissaire.

17

Dieu sait ce qui l'avait tiré à nouveau du sommeil le lendemain matin, avant six heures, bien trop tôt pour envisager de quitter la tiédeur douillette de son lit. C'était peut-être un réveil virtuel et Melrose n'avait nullement l'intention qu'il devienne réel. Il ferma les yeux.

Ce faisant, il revoyait le commissaire Bannen annoncer aux Owen l'arrestation imminente de Jennifer Kennington. Le mobile semblait désormais évident.

« Vous ne saviez pas, personne ne savait, qu'elles étaient parentes ? Vous ignoriez qu'elles étaient cousines ? » avait demandé Bannen, au grand étonnement de Max Owen. Ce qui avait mis si longtemps à se faire jour, c'était la vieille animosité de Jenny Kennington à l'égard de Verna Dunn. Le mobile.

« Ce qui a joué contre elle, avait dit Max Owen, c'est d'avoir gardé le secret, d'avoir menti. »

Ce n'était pas tout. Les résultats de l'autopsie avaient révélé une découverte étonnante : Dorcas Reese n'était pas enceinte.

« Pas enceinte ? avait dit Max. Qui a prétendu qu'elle l'était ? »

Dorcas l'avait semblait-il confié à une amie et

aussi à sa tante, une femme qui faisait des ménages chez Linus Parker et qui avait répété à la police ce que Dorcas lui avait dit, et aussi qu'elle avait refusé de lui dire qui était le père. D'après la tante, elle paraissait très optimiste, satisfaite, même. Cela ne faisait aucun doute pour elle, elle se marierait avant un mois. C'était ce que Dorcas avait dit. Madeline Reese (la tante de Dorcas) n'en avait pas parlé plus tôt à la police parce qu'elle ne voulait pas charger davantage le fardeau déjà lourd des parents de Dorcas. D'ailleurs, à quoi cela aurait-il servi ?

Le commissaire Bannen était (selon ses propres dires) partagé à propos de cette « découverte ». Dorcas avait peut-être raconté cette histoire pour obliger l'homme à l'épouser. Bannen avait demandé si Dorcas s'était confiée à quelqu'un chez les Owen. Non, à moins que Dorcas n'en ait parlé à Annie Suggins. Questionnée, la cuisinière avait déclaré qu'elle n'imaginait pas Dorcas être optimiste à propos d'une grossesse. Il aurait fallu qu'elle soit plus mature et qu'elle ait davantage de contrôle d'elle-même, ce qui était loin d'être le cas.

En méditant sur ces nouvelles, Melrose comprit qu'il ne retrouverait pas le sommeil. Il avait déjà éprouvé mille difficultés à annoncer à Jury le sort qui attendait Jenny ; cependant, Jury semblait avoir senti les choses venir, bien que ignorant la tournure qu'elles prendraient.

Melrose abandonna l'idée de se rendormir. Il se leva et s'habilla. Mais quand il descendit, il n'entendit pas le fredonnement amical de la veille en provenance de la cuisine. Il faisait froid ; des ombres grisâtres obscurcissaient les recoins, et les fenêtres dévoilaient une aube si neuve que le paysage dans son ensemble aurait aussi bien pu être en train de se créer. Il trouva la théière, se servit une tasse et l'emporta au-dehors.

Il n'était pas le seul à être levé. Il distingua, à une trentaine de mètres à l'écart du sentier, dans une nappe de brouillard qui donnait l'impression qu'elles flottaient, les excroissances spectrales de trois hommes, dont l'un, le plus grand, ressemblait à Jack Price, et de deux énormes chevaux. Melrose n'était pas mécontent d'avoir eu la présence d'esprit de mettre ses Wellington[1], il put ainsi rejoindre le groupe en pataugeant dans le sol tourbeux. Que diable fabriquaient-ils à cette heure indue ? Jack Price parlait en gesticulant à l'un des paysans ; derrière eux, les chevaux paraissaient suffisamment grands et costauds pour labourer jusqu'aux enfers.

— Bonjour ! lança Melrose.

Dieu savait qu'il était de bon matin, le jour n'était pas encore levé à six heures quarante-cinq. Cela équivalait sans doute à midi pour ces fermiers. Melrose frissonna. Quelle vie ! Ils dînaient certainement vers quatre heures de l'après-midi.

Jack Price, dans sa tenue habituelle, casquette, manteau et bottes en caoutchouc, salua Melrose et dit, le cigare vissé au coin des lèvres :

— Il a failli casser sa charrue. (Et il désigna l'un des deux hommes, qui tenait les mors.) Un chêne des marais. Vous en avez déjà vu ?

— Non, je ne sais même pas ce que c'est.

— Un arbre. (Jack jeta le mégot de son cigare.)

---

1. Bottes en caoutchouc. *(N.d.T.)*

Celui-là est particulièrement grand, pas loin de trente mètres, enseveli sous la lourde qui l'a préservé. Il a peut-être quatre mille ans. Ces chênes ont dû être couchés il y a pas mal de temps. Ça fait un excellent bois pour le feu. Ah...

Avec un effort puissant, les chevaux avaient réussi à hisser l'arbre, ou une partie, au-dessus du sol.

— Dieux du ciel! s'exclama Melrose. Il doit avoir la circonférence d'un séquoia.

— J'adore ce genre de bois, dit Price. Il faut qu'il sèche, il est encore tendre. Mais les grosses pièces sont parfaites pour mon travail. Quand on a asséché les marais, ces chênes gisaient partout comme des quilles. Dans les années 1800, on a retrouvé des ramures de cerfs et des squelettes d'orques. Il y avait de l'eau à l'époque, des inondations recouvraient la terre pendant des semaines. Parker raconte que son grand-père avait toujours des bottes à côté de son lit parce qu'il y avait parfois plusieurs centimètres d'eau dans la chambre. Une bonne partie de cette région est encore sous le niveau de la mer. (Jack prit un petit cigare dans sa poche, mordit le bout, et l'alluma avec un briquet lance-flammes.) Dick, là-bas, fit-il pointant un des hommes de la tête, il dit toujours : « Si la nature avait voulu que ces marais soient secs, elle se serait arrangée pour les assécher. » C'est les « foutus Hollandais » les coupables, bien sûr. S'amener ici et construire toutes ces digues pour renvoyer l'eau à la mer! À écouter Dick, on croirait que ça s'est passé la semaine dernière. D'une certaine manière, je l'envie. Ça serait bien si le passé était aussi proche et accessible.

— J'imagine que ça dépend du passé qu'on a eu, remarqua Melrose.

Ils se tenaient devant un petit pont délabré de deux mètres de long qui enjambait un étroit canal. Le pont n'avait pas grande utilité car on pouvait franchir l'eau d'un simple saut. On l'avait peut-être construit pour des raisons esthétiques, sous des saules qui laissaient traîner leur feuillage sur le bois pourri, à côté de joncs, de perce-bosses et d'oseille aquatique que les papillons paraissaient apprécier.

Le pont avait quelque chose de romantique. En fait, un romantisme certain imprégnait toute la scène. C'était peut-être la nature ancestrale de leur tâche qui faisait cet effet. Les chevaux qui ployaient sous le joug et tiraient le chêne de son lit aquatique ; Jack Price avec ses bottes, sa casquette et son cigarillo ; le vieux paysan décharné et son jeune fils athlétique ; l'haleine des chevaux, fumée blanche dans l'air matinal. On aurait dit qu'une toile de Constable avait soudain pris vie. Regardant l'eau crayeuse couler le long de la digue, Melrose demanda à Jack où elle se jetait.

— Dans la Welland, probablement. Ce lit de roseaux vire au marécage par là-bas. C'était navigable, autrefois. Après que les roseaux ont envahi le lit, les arbres poussent. Ou les algues. Il y a assez de flore et de faune pour occuper les chercheurs un bon bout de temps.

— Toutes les rivières se jettent dans le Wash ?

— Oui, j'imagine.

— Vous ne vous demandez pas ce que Verna Dunn faisait sur le Wash ? questionna Melrose.

— J'essaie de ne pas trop penser à cette garce. Mais vous avez raison, je trouve ça bizarre. C'était pas le genre à aller dans un coin pareil communier avec la nature ni méditer sur l'avenir du monde. J'arrive pas à comprendre ce qu'elle y faisait, à moins que...

Il s'arrêta et Melrose faillit l'inciter à continuer, mais Jack s'excusa et alla surveiller la manœuvre. Il dit quelques mots aux deux paysans en montrant les chevaux. Melrose se demanda si c'étaient des carrossiers ou des limoniers. Question cheval, il n'y connaissait pas grand-chose, n'ayant jamais pratiqué malgré son éducation. Cela avait le don d'énerver ceux qui s'acharnaient à l'entraîner dans des chasses à courre. L'idée même de chasser le fit frissonner.

Jack Price revint et ralluma son cigarillo.

— Nous parlions du cadavre sur le Wash, dit Melrose. Vous me disiez que vous ne voyiez pas ce que Verna Dunn y faisait, à moins que...

— Je me disais que Verna adorait jouer ; elle aurait pu accepter d'aller dans un endroit aussi impossible pour rigoler. Elle était comme ça, changeante, imprévisible. La personne qui a réussi à l'entraîner là voulait sans doute la dissocier de Fengate. Parce qu'à l'évidence le coupable est à chercher parmi nous.

— C'est juste, admit Melrose. (Mais pour lui, cela n'expliquait pas le rendez-vous fatal sur le Wash.) Depuis combien de temps vivez-vous chez les Owen ?

Jack vérifia que son cigare était encore allumé.

— Oh, ça fait longtemps. J'ai du mal à appeler Max mon oncle parce qu'il n'y a que quinze ans de différence entre nous. Il m'a recueilli à la mort de ma mère, sa sœur. J'étais adolescent. Mon père ne valait pas grand-chose, il passait son temps à boire.

Il est mort dix ans après, je ne l'ai même pas revu. (Jack sourit et souffla sur le bout de son cigare.) Notre arrangement ferait l'envie de n'importe quel artiste dans la débine. Non seulement j'ai un atelier, mais j'ai aussi ma vie privée. Je peux rester pendant des jours à travailler ou à broyer du noir, personne ne viendra troubler ma solitude. Si je travaille, les Owen se disent que je ne veux pas être dérangé et Suggins dépose un plateau devant ma porte. C'est aussi bien qu'une communauté d'artistes... non, c'est mieux. C'est super, même. Annie me cuisine des petits plats et me les sert dans la salle à manger éclairée aux bougies, arrosés de bonnes bouteilles. En plus, les Owen sont des gens merveilleux. Max a toujours été sympa, mais maintenant il y a Grace. Imaginez, une future épouse qui accepte un neveu adulte dans la corbeille de mariage !

— Ce n'est pas courant, je vous l'accorde. Mais vous étiez aussi dans la corbeille de mariage, comme vous dites, quand Max a épousé Verna Dunn. J'ai comme l'impression qu'elle n'avait rien de Grace.

Jack Price s'esclaffa.

— Votre impression est juste. Verna était une faiseuse d'ennuis. Que Max ait pu la supporter aussi longtemps témoigne de sa grande souplesse... sa bonté, en fait.

Melrose craignait que ses questions ne paraissent déplacées de la part de quelqu'un qui se faisait passer pour un expert en meubles anciens, mais il poursuivit néanmoins son interrogatoire :

— J'ai aussi l'impression que cette Dunn était plutôt, euh, débauchée. A-t-elle essayé avec vous ?

Price éclata de nouveau de rire.

— Bien sûr. Je crois que le vieux Suggins est le seul à être passé au travers.

Melrose aurait voulu demander de but en blanc si Jack Price avait accepté les faveurs de Verna Dunn, mais il n'osa pas, non seulement parce que la question n'était pas correcte venant d'un étranger, mais parce que la réponse ne lui aurait probablement servi à rien. Dans le matin sombre et humide, une tempête d'oiseaux s'envola des saules et des roseaux, et le soleil brillait suffisamment pour se refléter sur l'eau calme de la digue. Hormis les quatre hommes et les chevaux qui s'échinaient sur le lourd fardeau enterré, on ne voyait aucun habitant à l'horizon. C'était comme si la seule activité restante sur terre se déroulait dans cet endroit perdu.

Melrose essaya un nouvel angle d'attaque en mentionnant un fait connu désormais de tous à Fengate :

— Vous ne trouvez pas bizarre cette prétendue grossesse de Dorcas ?

Jack Price parut mal à l'aise.

— Ça m'a surpris, je ne vous le cache pas. Même si tout le monde n'est pas de cet avis. (Il pointa un menton en direction du sentier.) Les habitués du Bord du Monde m'auraient bien vu dans le rôle du père. La petite barmaid aussi.

— Vous verraient-ils aussi dans un autre rôle ? Celui de l'assassin, par exemple ?

— Oh, bien sûr. Ils y ont forcément pensé, de toute façon. Dorcas avait le « béguin » pour moi, paraît-il. Il paraît qu'elle avait un homme dans sa vie, un homme mystérieux. Je pourrais fort bien être celui-là. Excusez-moi, fit Price en allant vers l'attelage, je n'ai pas l'impression que ça avance beaucoup...

C'était un peu comme de déterrer une tombe ancienne au cours de fouilles archéologiques.

— Vous chassez ? demanda Melrose.

Un instant surpris, Price éclata de rire.

— Non, pas vraiment. Ça ne me passionne pas. Remarquez, si vous me demandez si je sais charger un fusil, viser et tirer, ma réponse est oui. Mais ai-je visé et tiré sur Verna ? La réponse est non.

— Oh, mais je ne...

— Si, c'est ce que vous pensiez, avouez-le.

Melrose comprit qu'il avait été trop loin. Il s'efforça alors de démontrer qu'il ne constituait aucunement une menace en précisant :

— Désolé, je ne voulais pas être indiscret. De toute façon, je rentre dans le Northamp... à Londres aujourd'hui. Mon rôle est terminé ici et il y a une vente que je ne veux pas louper chez Christie.

Jack observa en silence les deux hommes et le vieux tronc de chêne.

— Vous disiez que Jenny était une amie à vous ? demanda-t-il ensuite.

Melrose fut surpris du tour que prenait la conversation, d'autant que la voix de Jack avait une intonation intime inattendue.

— Pas tout à fait une amie, une relation, plutôt. Pourquoi ?

— Ça ne s'arrange pas pour elle, n'est-ce pas ?

Melrose fut de nouveau surpris par la tristesse qui sous-tendait la question.

— Non, en effet, admit-il.

Jack arracha le mégot du cigarillo de sa bouche et le jeta à ses pieds dans l'herbe humide.

— Je suis navré que vous deviez partir si vite, dit-il.

Et il se dirigea vers le chêne des marais, laissant Melrose s'interroger sur l'apparente sympathie de Jack Price.

Melrose ne savait pas si Parker lui serait d'une grande utilité ni même s'il accepterait de lui parler, mais comme Zel avait affirmé que Dorcas Reese s'était arrêtée chez lui, et plus d'une fois, il se dit qu'il ferait aussi bien de découvrir tout ce qu'il pouvait avant de rentrer au Northamptonshire.

Après avoir téléphoné à Jury la veille au soir, il avait pris ses dernières notes, ou prétendues telles, à propos des meubles de Max, et avait prévenu les Owen qu'il partirait le jour même, mais qu'avant son départ il souhaitait rendre visite au major Parker, qui l'avait aimablement invité à déjeuner. « Veinard », avait susurré Max Owen. Malgré la gêne consécutive à la visite de Bannen, il avait réussi à sourire et avait assuré à Melrose qu'il allait déjeuner avec le meilleur cuisinier du Lincolnshire. Chez les Owen, on prenait comme un compliment (surtout Mrs Suggins) que Parker accepte de dîner chez eux.

Les manches de chemise relevées, les bras blancs de farine, Parker était prêt à faire son numéro de « cuisinier » de théâtre. Mais il n'y avait rien de théâtral dans son accueil, lequel était sincèrement chaleureux, au point que Melrose Plant eut presque honte d'avoir répondu à son invitation dans un autre but que celui d'un simple déjeuner.

Parker conduisit Melrose à travers un vaste hall glacial, puis une pièce trois fois grande comme la galerie de Grace, mais dont l'ameublement était plutôt différent. Pendant le long chemin parcouru pour aller s'asseoir, Melrose s'aperçut que les meubles des diverses pièces traversées, quoique de prix (il devrait le savoir, c'était lui l'expert), n'avaient aucun rapport entre eux. Ils ne collaient pas ensemble. Dans un des salons (il y en avait plusieurs), un placard espagnol d'un bois si sombre qu'il paraissait brûlé était coincé à côté d'un canapé italien.

— Ça prouve que les meubles peuvent être affreux si on les entrepose n'importe comment, déclara Parker, comme s'il avait lu dans les pensées de Melrose. Max, lui, a du génie pour l'arrangement de ses pièces. Mais je suis sûr que vous l'aviez remarqué.

— Certainement, fit Melrose, qui se dit que si Parker trouvait du génie dans le « bric-à-brac » de Max Owen, il n'y avait rien d'étonnant à ce que ses propres meubles soient disposés n'importe comment.

Son regard fut accroché par ce qui pouvait fort bien être un Botticelli original, mais qui arrivait à paraître suspect parce qu'il jouxtait négligemment un merveilleux tableau hollandais d'une noirceur lumineuse.

Ils étaient finalement parvenus dans une petite pièce bien agencée où un feu d'enfer brûlait dans la cheminée et où des verres et une carafe les attendaient sur une table.

— Du whisky, ça ira ? J'ai du porto, mais je ne partage pas l'avis de ces maîtres décadents du goût qui affirment que le whisky gâche le palais. Le whisky ne gâche jamais rien, pour autant que je sache.

Et il se mit à remplir deux verres courtauds.

— Quelques vies, seulement, dit Melrose en acceptant le verre. Merci.

— Oui, c'est cela. Allez, santé !

Melrose sortit son étui à cigarettes.

— Vous permettez ? demanda-t-il.

— Ha ! s'esclaffa Parker. Je me fais l'effet d'un paria quand je sors mon tabac. Donnez-m'en une, voulez-vous ? Les miennes sont restées dans la cuisine, à côté du *tajine*. Vous vous demandez peut-être ce que c'est, c'est un ragoût... (Il piocha une cigarette et accepta du feu.) Attention, ce n'est pas de la frime. J'adore l'accent étranger de ces plats. Enfin, *tajine* sonne mille fois mieux que « ragoût de bœuf », vous ne trouvez pas ?

Comme il pointait une main en direction de la cuisine, de la farine voleta. Il prit un mouchoir et s'essuya la main.

— Quand je cuisine, je travaille comme un cochon, s'excusa-t-il. J'espère que vous avez faim ; moi, je défaille. Je mange trop et je bois trop de ce machin, fit-il en levant son verre, mais on ne peut plus jouir de grand-chose à mon âge.

Un sourire aux lèvres, Melrose se tassa dans son fauteuil. Parker avait un peu d'embonpoint, la joue et le ventre mou, mais il n'était en aucun cas gros, ni même « corpulent ». Il mesurait plus d'un mètre quatre-vingts, ce qui lui permettait de répartir ses excès et il ne s'en privait pas. Il n'était pas ce qu'on appelle bel homme, mais il avait un charme incontestable — du moins, Melrose imagina que c'était ainsi que les femmes le décriraient. Pourquoi ? Parce qu'il n'avait aucun trait qu'on aurait pu qualifier d'exceptionnel : des yeux trop petits, des cheveux trop clairsemés, presque chauve sur l'arrière du crâne, un nez un peu trop gros, et une moustache banale sur une bouche aux lèvres plutôt minces. Cependant, on ne remarquait rien de tout cela à moins d'essayer, comme le faisait Melrose, de découvrir en quoi résidait son charme.

Pour l'heure, Parker parlait de sa maison, de sa terre :

— Je suis un fermier, vous savez ; ou plutôt, j'étais. J'ai arrêté parce que c'était bougrement trop dur et que je suis confortablement nanti ; de toute façon, je n'étais que ce qu'on appelle communément un « gentleman farmer ». Les champs sont en jachère, désormais. Ce tas de briques appartient à ma famille depuis toujours. La plomberie fait un boucan de tous les diables, le chauffage marche aussi bien que si des scouts s'en occupaient en frottant des bouts de bois l'un contre l'autre. C'est un endroit absurde, construit pour que douze personnes y habitent, alors une seule, vous pensez. Et pourtant, on ne m'en ferait jamais partir.

Parker se gratta le front, puis frictionna ses cheveux dégarnis d'un geste enfantin. Il donnait l'impression d'avoir attendu des années qu'un être comme Melrose Plant se présente afin qu'il puisse enfin commencer à vivre. C'était sans doute la source de son magnétisme — cela suggérait que la compagnie qu'il avait sous la main était la seule qui lui convînt parfaitement. Il ne perdait pas de temps en menus propos, il allait droit à l'essentiel. Contrairement à ceux qui donnent l'impression d'une attention éparpillée — dont on sait ainsi que l'esprit est ailleurs —, Parker se concentrait sur la personne avec qui il se trouvait. Il ne craignait pas de se dévoiler, ce qui invitait son interlocuteur à faire de même. Telle était la source du confort que Parker offrait à son insu. C'était le genre de personne à qui on se confiait sans l'avoir voulu, peut-être même sans le savoir. De fait, Melrose se demanda quel genre de confidences il avait recueillies et combien de secrets il conservait.

— Vous connaissez Max Owen depuis longtemps, n'est-ce pas ?

— Oui. Je connaissais aussi sa première femme.

Le sourire quelque peu indéchiffrable de Parker impliquait qu'il savait de quoi Melrose était réellement venu l'entretenir. Ce dernier s'agita, comme pour chasser la crainte qu'on pût lire en lui.

— Je dois admettre que je me suis interrogé à son sujet, dit Melrose. Je parle de la morte. Étrange, vous ne trouvez pas ?

— À vrai dire, je ne suis pas surpris qu'on s'en soit finalement pris à Verna, une fieffée manipulatrice s'il en est. Les belles femmes sont souvent comme ça, vous n'êtes pas de mon avis ? L'argent et la beauté, c'est doublement mal... ça vous gâte et ça vous donne les moyens d'en abuser.

— J'avais cru comprendre qu'elle était venue demander de l'argent à Max Owen.

— Pour la pièce, vous voulez dire ? Oui, peut-être, mais j'en doute. Verna adorait jouer de mauvais tours.

Parker vida son verre, se resservit un doigt de whisky et en proposa à Melrose qui déclina l'offre.

Est-ce que Parker s'était laissé manipuler, lui aussi ?

— À tout le monde ou seulement à Max ? demanda Melrose.

Songeur, Parker plongea le nez dans son verre, puis répondit de manière oblique :

— C'était une faiseuse d'ennuis. En ce qui me concerne, je dirais que n'importe qui d'entre nous aurait eu des raisons de la tuer. La seule chose qui m'ait surpris, c'est que ce soit tombé sur elle.

— Elle ? Lady Kennington, vous voulez dire ? Mais, tout de même, récusa Melrose avec un peu trop de fièvre pour quelqu'un de neutre, ça n'a pas encore été prouvé...

— Max dit que c'est une amie à vous.

— Pas exactement. Une relation, plutôt. Je ne l'ai rencontrée qu'une fois, à Stratford-upon-Avon.

— Jolie femme, bougonna Parker. D'une beauté inhabituelle, j'ajouterai. Une femme bienveillante. Les Espagnols ont un mot plus précis — *simpatico*. Ça suggère une sorte de « parenté ». (Il marqua une pause, vida son whisky et reprit :) Allons manger notre ragoût. Vous verrez, il est délicieux.

Il l'était, en effet. Melrose avait rarement dégusté mets aussi succulent.

— On m'a beaucoup parlé de votre cuisine, dit-il. Vous avez une grande admiratrice.

— Ah ? Qui ?

— Cette fillette, la nièce du gardien. Zel.

Parker s'esclaffa.

— Ah, un sacré numéro !

— Elle prétend que vous êtes le meilleur cuisinier du Lincolnshire. Votre spécialité serait la glace à la prune...

— Ce qui en dit autant sur son goût que sur ma cuisine. (Parker remplit leurs verres de vin et remit la bouteille au frais dans un cylindre en pierre.) Zel vient assez souvent ici. Elle m'aide à la cuisine et, pour quelqu'un de son âge, elle s'en tire très bien. Elle veut devenir chef.

— Ça en dit long sur votre influence, sourit Melrose.

Parker rougit de plaisir.

— Zel est le genre d'enfant qui vous fait regretter de ne pas en avoir. Ce vin est excellent, ajouta-t-il.

Melrose remarqua l'étiquette.

— Il peut. Vous buvez un grand cru tous les midis ?

— Oh, non. Il m'arrive de me contenter d'un premier cru. Quand le repas n'est pas de grande qualité, par exemple.

— Celui-ci est en vérité de « grande qualité ». (Melrose rompit un petit pain feuilleté et le beurra.) C'est bien triste pour l'oncle de Zel. Que lui est-il arrivé ?

— Un accident de chasse. Avez-vous vu sa vieille barque à fond plat ? Il aimait la sortir à l'aube pour aller chasser la perdrix ou le pluvier. Un sombre crétin qui essayait de viser dans cette purée de pois a atteint accidentellement Peter. Comme l'imbécile ne s'en était même pas rendu compte, Peter est resté une demi-journée blessé avant que des pêcheurs ne le secourent. Ah, ces chasseurs ! Des dangers publics. Je me tue à dire au jardinier de Max d'arrêter de tirer sur tout ce qui bouge. (Il soupira.) C'est une véritable calamité pour un homme habitué à vivre au grand air. Peter a la poisse, à mon avis. Il attire le malheur. Il vous a peut-être raconté qu'il travaillait dans une propriété de chasse, dans le Perthshire, quand il était jeune. Lorsque son oncle a arrêté, Peter s'est occupé de la propriété — un domaine immense. C'était sans doute le plus jeune régisseur qu'on ait connu, une véritable sinécure. Il était sur le point d'épouser une jeune Écossaise, mais elle s'est noyée en glissant d'un pont. On a accusé Peter, bien qu'il ait affirmé être à un kilomètre de l'endroit, pauvre bonhomme.

— C'est affreux !

— Pire, le père de la fille a prétendu que Peter l'avait poussée parce qu'il ne voulait pas l'épouser. Voyez-vous, le coroner a découvert que la fille était enceinte de plusieurs mois. Le vieux Mordecai était un intégriste presbytérien...

— Vous en parlez comme si vous les connaissiez tous.

— Ah, bon ? fit Parker, surpris. Oh, je les connais peut-être à force d'entendre Peter en parler. Le père a déclenché une enquête, mais il n'y avait pas matière à enquêter. Ça n'a pas empêché Peter d'être arrêté et jugé pour homicide. Le pauvre diable ne s'est pas bien défendu... comment aurait-il pu ? Et il n'a pas dénié être le père. Ce qui a joué contre lui, à mon avis, c'est que c'était un homme à femmes... selon ses propres dires... d'ailleurs, il est encore bel homme ; mais après avoir rencontré Maggie, il avait changé. L'accusation a tout de même réussi à insinuer que Peter était un pervers qui séduisait les oiselles et les abandonnait. Il a été condamné, mais à une courte peine, deux ans, et il est sorti au bout d'un an. Quand il est arrivé au Lincolnshire, je l'ai d'abord engagé pour faire des petits travaux, et quand j'ai vu sa valeur je l'ai gardé et je lui ai laissé le cottage.

— Et Zel ? Où sont ses parents ?

— D'après Peter, la mère était une putain, le père — son propre frère — un bon à rien. Ni l'un ni l'autre ne voulait d'enfant. Peter l'a recueillie. Je n'ai aucune idée de l'endroit où sont ses parents à l'heure actuelle.

— Ça doit être pénible pour elle.

— Oui, ça explique peut-être son imagination débordante.

Melrose sourit.

— Zel croit que le sentier communal est maudit. Elle a tendance à en faire porter le chapeau au Black Shuck.

— Ah, oui ! s'esclaffa Parker. J'ai entendu parler de lui.

— Un sacré plaisantin, ce chien. Ça me rappelle, Zel disait que cette fille, euh, cette femme, Reese, empruntait souvent le sentier.

— Disons une fille. Elle n'avait pas beaucoup grandi, la Dorcas. Encore du *soufflé** ?

— Vous me forcez la main, dit Melrose, qui tendit son assiette. Vous la connaissiez, je crois ?

— Bien sûr. Je la voyais au pub chaque fois que j'y allais.

— Est-ce qu'elle travaillait pour vous ? (Melrose ne voyait pas comment l'interroger sur les visites de Dorcas.) Elle vous aidait à la cuisine, peut-être ?

Parker parut aussi surpris que si Melrose lui avait dit que ses meubles avaient de la valeur. Puis il éclata de rire.

— La cuisine ? Dorcas ? Ç'aurait été un comble !

Mais Melrose remarqua une autre note derrière le rire. Ce genre de questions semblait mettre Parker mal à l'aise.

— J'ai l'impression que personne ne connaissait vraiment cette fille, dit Melrose. Sauf peut-être Mrs Suggins.

— Normal.

— Mrs Suggins dit qu'elle était, euh, un peu trop curieuse...

— Une vraie fouine, acquiesça Parker avec un sourire. Quand on n'a pas de vie à soi, on cherche peut-être à s'approprier celle des autres...

— Elle devait bien avoir une vie à elle. Après tout, elle racontait qu'elle était enceinte.

— Ah, oui. J'avais oublié ça. C'est peut-être pour ça qu'on l'a tuée. Le père ne voulait peut-être pas l'épouser... Dorcas était le genre à se marier ou à se damner. (Parker remplit de nouveau les verres.) Il y a aussi la possibilité qu'elle n'ait pas été enceinte. Elle s'en était peut-être vantée pour montrer qu'elle avait bien une vie à elle.

— C'est possible. Seulement, si elle voulait que ça se sache, pourquoi ne pas en avoir parlé à ceux qui auraient répandu la nouvelle ? Sa tante me fait l'effet de quelqu'un qui sait garder un secret.

— Madeline ? Une vraie tombe. Mais Dorcas a été assassinée et les secrets finissent par s'éventer.

— Oui, mais pas suffisamment pour éclaircir les choses. (Le poids du vin et de la chère assoupissait Melrose.) Je pensais à une autre explication : elle avait pu entendre ou voir quelque chose qui faisait d'elle une menace.

Parker parut méditer l'hypothèse.

— Hum ! C'est certainement une idée à creuser.

Vous voulez dire qu'elle savait quelque chose sur la mort de Verna ?

— Ça se peut.

Parker prit son verre et fit tournoyer le vin d'un air pensif.

— Dorcas était le genre de servante qui pouvait être juste à côté de vous, et on ne le savait pas. Elle était quasiment invisible, cette fille. On ne la remarquait pas.

Il finit son vin. Melrose eut de nouveau cette impression étrange que Dorcas, morte ou vivante, était tellement « invisible » qu'elle se fondait dans le paysage marécageux et le ciel nacré opaque. Cette immensité plate et désertique collait bien à son personnage, si difficile à mesurer, et par certains côtés, si désespéré.

En regagnant Algarkirk, Melrose se perdit sans savoir comment sur la route de Northampton. Il mit cela sur son absence totale de sens de l'orientation. À moins qu'il ne fût tombé dans un de ses états fugitifs qui suivaient une interminable conversation avec sa tante. Juste après Loughborough, il fut arrêté par des travaux et patienta derrière une file de voitures qui semblaient bloquées depuis plusieurs jours. Tambourinant sur son volant, il regretta que Marshall Trueblood n'ait pas fait équiper son véhicule d'un lecteur de CD. Un brin de Lou Reed aurait réveillé les ouvriers aux vestes orange fluo qui semblaient absorbés dans une interminable pause-thé. Celui qui se trouvait à côté de la camionnette, un sacré costaud, tenait à la main un gobelet en plastique et regardait Melrose comme s'il se demandait où placer le prochain bâton de dynamite. Du ressentiment à l'égard de la classe dirigeante, voilà ce que c'était.

Le costaud s'approcha et dit à Melrose :

— Belle bagnole. Elle est super, je m'en paierais bien une si c'était pas si cher.

— Vous hériterez bientôt de la mienne quand on sera tous morts d'insolation à vous regarder.

L'homme rit, il trouvait la repartie fameuse.

— Vous plaignez pas, vous z'aurez pas à faire un putain de détour. On a dû détourner le trafic sur une des routes secondaires, et les mecs étaient pas un peu en pétard, je peux vous le dire. On aura fini avant deux jours, ou pas loin.

— Ah bon ? Et ça dure depuis combien de temps ?

— Environ deux semaines. Non, moins que ça, vu qu'on a commencé un mercredi, je me souviens que c'était le 5 parce que c'était l'anniversaire de ma mère et que j'ai loupé le gâteau à cause de ça. Elle était pas un peu en pétard, vu que je suis son fils unique...

Cause toujours, se dit Melrose, qui ferma les yeux pendant que le cantonnier pérorait. *Anniversaire !* Melrose se réveilla en sursaut. Mon Dieu, l'anniversaire d'Agatha tombait aujourd'hui ou hier. Ou demain. Dans ces eaux-là, de toute façon. Quel âge avait-elle ? Cent vingt ans ? Évidemment, il n'avait aucun cadeau pour elle et, après avoir consulté sa montre, il se demanda s'il arriverait à Northampton avant la fermeture des magasins.

— C'est bon, camarade, vous serez en route dans une minute. Enchanté de vous avoir connu.

Le cantonnier donna une tape sur le capot de la

camionnette à l'arrivée d'un petit fourgon qui ouvrait la file dans l'autre sens. Impeccable, se dit Melrose en passant devant la tranchée, j'arriverai à temps à Northampton, après tout.

Un sourire aux lèvres, il pensa au cadeau parfait. Il emballa le moteur et fonça en agitant la main comme un fou en direction de son nouvel ami.

18

Dans le commissariat de Stratford-upon-Avon, Jury attendait le retour de Sam Lasko. À la façon dont sa secrétaire décrivait ses allées et venues, on aurait cru que Lasko était le génie de la lampe. Elle prenait sans doute Jury pour Aladin, un gosse sans un brin d'imagination qui venait parfois rappeler ses souhaits. Comme il en était à sa troisième visite, autant que ce soit la dernière, crut-il presque lui entendre dire.

« J'attendrai, merci », avait-il déclaré un quart d'heure plus tôt.

Elle avait haussé les épaules, lui avait retourné un « À votre aise » et s'était remise à taper fiévreusement sur sa machine.

D'âge moyen — peut-être plus que « moyen » —, grande et mince, elle portait un chandail mastic sur un chemisier d'un rose écœurant couleur de chewing-gum. Tout en elle était pincé — cheveux tirés dans un chignon étriqué, lèvres minces, nez trop petit. Sur son bureau, une petite plaque noire indiquait : *C. Just*. C'était tout à fait ça. Pendant le quart d'heure d'attente, elle avait levé les yeux de sa machine à écrire et assuré qu'elle ignorait à quelle heure l'inspecteur Lasko serait là, et ne préférait-il pas revenir ? Il n'y avait dans cette question pas la moindre trace d'inquiétude quant au confort du visiteur, tout juste la tentative de quelqu'un qui sent son travail menacé par l'ombre inquiétante de Scotland Yard. Dès la première entrevue, Jury avait compris que Miss C. Just tolérait mal les policiers dont le grade devançait celui de son patron.

Sam Lasko parut enfin, sans sa lampe, l'air affligé comme d'habitude. Ce n'était pas tant qu'il fût malheureux dans la vie, il cultivait cet air misérable afin de désarmer les gens en général et les témoins en particulier. Ou pour obtenir une faveur de personnes comme Jury. Pouvait-on refuser quoi que ce fût à un homme aussi misérable que l'inspecteur Lasko ? Jury, lui-même, qui n'avait pas alors été capable de résister à son regard de chien battu, s'était retrouvé, quelques années auparavant, impliqué dans un triple meurtre à Stratford.

— Ce monsieur vous attend, dit Miss Just.

Comme s'il était venu rapporter qu'un chat était coincé dans un arbre ! Pour le plus grand chagrin de Miss Just, Lasko se fendit d'un large sourire et donna plusieurs bourrades à Jury en l'entraînant dans son bureau.

— J'imagine que tu es venu pour ton amie ? demanda Lasko.

Il s'assit lourdement dans un fauteuil pivotant qui manquait d'huile et se mit à le faire grincer en se balançant comme dans un rocking-chair.

— Qu'est-ce que c'est que cette « arrestation imminente », Sammy ?

Le pied sur le rebord du bureau, Lasko frottait le bout de sa chaussure.

— C'est ce que j'ai entendu dire.

— Ne fais pas comme si c'était une rumeur. C'est vrai, oui ou non ? Ou c'est juste un rapport interne de la police du Lincolnshire ? Tu connais ce commissaire ?

— De réputation, seulement, dit Sam qui astiquait déjà son autre chaussure. Il est encore plus impitoyable que moi.

— Eh bé ! s'exclama Jury. Même si Jenny avait un mobile pour tuer Verna Dunn — et je ne suis pas convaincu qu'elle en ait eu —, comment peut-on ignorer l'absence de mobile dans le meurtre de Dorcas Reese ? Mieux, comment peut-on ignorer la possibilité qu'il y ait deux assassins ou que le coupable soit un parfait étranger ?

— Deux assassins, et tous deux liés à Fengate ? s'étonna Lasko. De toute façon, c'est pas à moi qu'il faut dire ça, je suis la cinquième roue du carrosse. Putain de pollution, pesta-t-il en essuyant ses yeux qu'une allergie quelconque rendait humides. Écoute, Bannen ne l'arrêterait pas s'il n'était pas sûr de son coup. Sinon, un salaud de baveux de la haute la fera sortir avant qu'il ait pu dire...

Lasko éternua, et se moucha.

— C'est complètement stupide, rétorqua Jury. Dunn a été tuée avec un fusil ; où était-il caché ?

Lasko haussa les épaules, ouvrit et referma des tiroirs.

— Elle l'avait planqué dans la voiture ? Sur les lieux du crime ? On a relevé ses empreintes digitales dessus.

— Il y avait les empreintes digitales de tout le monde sur ce maudit fusil, même celles de la cuisinière. Et celles de Verna Dunn. C'est complètement stupide.

— Ah bon ? Comment le sais-tu ?

— On finit par connaître les gens, c'est tout.

— Ouais, c'est aussi ce que disait la femme de l'Éventreur du Yorkshire...

— Je t'en prie, Sammy !

— Pendant que tu es là... dit Lasko en fouillant dans une pile de dossiers.

— Pas question ! se récria Jury, qui se leva pour partir.

La porte de la maison de Ryland Street s'ouvrit au moment où Jury allait actionner le heurtoir en cuivre.

— Richard ! s'exclama Jenny en reculant d'un pas.

— Salut, Jenny !

Elle portait le même manteau marron et le foulard Liberty que le jour où il l'avait vue pour la première fois. Dix ans, déjà, et elle n'avait pas changé !

— Tu sortais ? Je t'accompagne.

Comme toujours, Jenny était fuyante.

— Je vais seulement faire un tour jusqu'à la rivière. (Elle referma la porte, mais se ravisa.) Attends, j'ai oublié quelque chose...

Elle entra, monta l'escalier quatre à quatre et redescendit de même.

Comme ils se dirigeaient vers l'église et le jardin public, Jury se demanda si Jenny était au courant de son arrestation imminente, mais opta pour la négative. Lorsqu'il lui dit qu'il avait vu Peter Apted, elle s'inquiéta.

— Si j'ai besoin de Peter Apted, c'est que ça va vraiment mal. Qui le paie, pour l'amour du ciel ?

Jury contempla la façade de l'église.

— *Pro bono,* comme on dit, sourit-il.

— Oh, bien sûr ! s'esclaffa tristement Jenny.

Ils passèrent devant l'église et s'arrêtèrent au bord de la rivière. Jenny sortit un sac en plastique de sa poche et se mit à jeter des miettes de pain aux canards. Attirés par le festin, les plus éloignés nagèrent vers le rivage.

Jury eut conscience que la question de Lasko était aussi légitime que celle de Peter Apted. Comment pouvait-il être sûr de l'innocence de Jenny ? Que savait-il d'elle, sinon qu'elle était généreuse, gentille, loyale et effacée ? Il fut surpris de s'apercevoir qu'il savait si peu de chose de son passé. Elle avait épousé James Kennington, décédé avant que Jury ne la rencontre, et elle avait vendu leur grande maison, Stonington, afin d'arrondir son capital.

C'était tout. Il y avait un pan entier de sa vie qu'il ne connaissait pas, et sans qu'il se l'explique, cela le mettait mal à l'aise. Même en ce moment, elle gardait un calme surnaturel, étant donné ses sérieux ennuis. Elle nourrissait les canards avec un dédain serein pour tout ce qui se passait autour d'elle. Quelle scène paisible et combien les meurtres et le Lincolnshire paraissaient loin... Jenny semblait insensible au danger, peut-être (se dit-il) parce qu'elle se savait innocente. Donc, rien ne pouvait lui arriver.

Un cygne autoritaire se fraya un chemin entre une troupe de canards et engloutit un gros morceau de pain.

— Tu risques des ennuis, tu le sais, déclara Jury.

— Oui, se contenta-t-elle de répondre.

Le cygne gourmand en heurta un autre et tous

deux se mirent à trompeter. Jenny secoua le sac au-dessus de l'eau pour libérer les dernières miettes puis le rangea dans sa poche, s'épousseta les mains et demanda :

— Puis-je avoir une cigarette ?

Jury tâta machinalement sa poche.

— J'ai arrêté, dit-il avec un sourire triste.

— Ah, c'est vrai, j'avais oublié. Ah, j'aimerais arrêter, moi aussi... tu veux savoir ce qui s'est passé, j'imagine, reprit-elle après un silence. Tu veux savoir ce qu'il y avait entre Verna Dunn et moi. Qu'est-ce que le policier du Lincolnshire t'a raconté ?

Les mains enfouies dans les poches de son manteau, elle contemplait la rivière ; le vent faisait voleter son foulard Liberty.

— Je préfère entendre ta version que celle de Bannen. D'après lui, vous vous connaissiez depuis des années.

— Oui, je vais y venir. Ce soir-là, toutefois, nous nous étions disputées après le dîner. Je voulais savoir comment elle avait eu le toupet de débarquer à Fengate. Elle m'a dit que Max finançait une nouvelle pièce dans laquelle elle espérait faire son come-back. Vrai ou faux, je savais que ce n'était pas la raison essentielle de sa présence. Elle cherchait à créer des ennuis. C'est tout. Juste des ennuis. Je lui ai dit de laisser Max tranquille, sinon je lui expliquerais quel genre de femme elle était. Ça ne l'a pas troublée. Après tout, ils avaient été mariés, elle le connaissait mieux que moi. Ça, c'était après le dîner, le samedi soir. Les autres prenaient le café. Je ne pouvais plus la supporter... j'avais envie de la fuir et je ne voulais pas retourner chez les Owen parce qu'elle y aurait été, elle aussi. Je l'ai donc quittée devant la maison et j'ai pris le sentier communal. J'ai marché quelque temps en me disant que j'irais au pub boire un verre. Alors, j'ai entendu une cloche sonner l'heure au loin et j'ai consulté ma montre ; il était onze heures. Comme le pub allait fermer, j'ai rebroussé chemin. (Elle regarda le sol d'un air triste.) C'est tout, conclut-elle.

— Tu n'as pas entendu une voiture démarrer ? Vers les dix heures trente, par là ?

— La voiture de Verna ? Non, je viens de te le dire, j'étais en route pour le pub. J'étais déjà à mi-chemin, trop loin pour entendre la voiture.

— Les Owen pensaient que vous étiez parties avec.

— C'est ridicule. En plein milieu d'un dîner, deux invitées vont faire une balade en voiture ?

— J'imagine que les Owen ont cru que la dispute, quel qu'en ait été l'objet, avait pris le pas sur les bonnes manières. Parle-moi de Verna Dunn.

Jenny scruta le ciel nocturne et dit :

— Nous étions cousines... (Elle détourna les yeux, et poursuivit :) Nous habitions ensemble à une époque, Verna et sa mère, mon père et moi. Sa mère n'était pas malfaisante, juste un peu bornée. Bien sûr, elle n'a jamais cru ce que je lui disais sur Verna. Mon père non plus. C'était trop dingue. Même petite, Verna bouillait de jalousie. Elle me détestait, mais j'avais fini par me dire qu'il n'y avait rien de personnel. Verna crevait d'envie de posséder ce qui appartenait aux autres : les poupées, les animaux, l'argent, les maris. Elle s'acharnait sur tout. Elle donnait l'impression d'être davantage une force maléfique qu'un être humain. Elle haïssait la plupart des gens... peut-être même tout le monde, mais surtout ceux qui se tenaient en travers de sa route quand elle voulait quelque chose, que mon père s'intéresse exclusivement à elle, par exemple. Avec les rivales, elle était implacable... Écoute ça... (Là, Jenny sortit de sa poche un petit cahier en cuir avec une fermeture en métal doré. C'était un de ces journaux intimes avec des pages en papier pelure, que les petites filles conservent précieusement. Elle lut :) « Sarah n'est plus dans l'écurie. Je suis bouleversée, ça ne servirait à rien que je la cherche plus longtemps, mais je continue parce que si j'arrête je sais que je ne la reverrai plus jamais. Je sais que Verna l'a laissée sortir et qu'elle a fait quelque chose... » Sarah était mon poney... (Jenny tourna les pages et reprit, un peu plus loin :) « Je ne trouve plus Tom... » C'était mon chat. Il y a aussi eu ma poupée, ma robe préférée, mon bracelet en or. Je ne les ai jamais retrouvés. Je ne sais pas ce qu'ils sont devenus. Personne, ni mon père et certainement pas sa mère, ne croyait Verna responsable de leur disparition. Chaque fois, une lueur de pur triomphe éclairait le visage de Verna. C'était presque insoutenable. Tu comprends, je n'ai jamais su ce qui leur était arrivé. Avait-elle tué mon chat et mon poney ? Les avait-elle seulement conduits quelque part et abandonnés ? Les avait-elle donnés en prétendant que c'étaient des animaux errants ? Pour le cheval, dit Jenny avec un petit sourire pitoyable, c'était difficile à faire. L'ennui, c'est que Verna était supérieurement habile à dissimuler sa passion destructrice maladive. C'est souvent le cas chez les gens perturbés ; ils sont tellement *plausibles*. Quand elle trichait au jeu et que je le disais, elle pleurait toutes les larmes de son corps, l'image même de la fille injustement accusée.

— C'est certes affreux, Jenny, compatit Jury, mais je vois mal un procureur considérer un journal de petite fille comme une preuve irréfutable.

La voix suraiguë avec laquelle Jenny — si douce d'habitude — répondit surprit Jury.

— Tu ne crois pas qu'elle a changé en grandissant, tout de même! Tu ne crois pas que ses vacheries ont cessé? Quand j'avais vingt-cinq ans, elle a brisé mes fiançailles. Un homme que j'aimais sincèrement, et je ne comprends toujours pas ce qui s'est passé. Tout ce que je sais, c'est qu'un beau jour il a disparu. Des années plus tard, après avoir épousé James, j'ai cru être débarrassée d'elle. Mais elle a commencé à téléphoner, elle appelait James et lui racontait des histoires, comme quoi elle n'avait pas de chance, que la vie était dure pour elle, tout pour se faire consoler. Bien sûr, c'était plus subtil que ça. (Jenny ôta son foulard et le tendit à deux mains. On aurait dit qu'elle voulait en faire un garrot.) J'ai dit à James de ne plus lui parler et de ne jamais la laisser venir à Stonington, qu'elle était folle. Je ne suis pas sûre qu'il m'ait crue... Qui me croirait? Pas toi, apparemment?

— C'est faux, Jenny!

Elle sourit d'un air amer et incrédule, mais poursuivit :

— Quand je suis arrivée à Fengate, ça faisait quinze ans que je ne l'avais pas vue.

— Cependant, tu n'as dit à personne que c'était ta cousine.

Pas étonnant que Bannen pense tenir un dossier solide.

Jenny noua le foulard autour de son cou et repoussa les cheveux qui lui tombaient dans les yeux. Un léger crachin, davantage une brume que de la pluie, était arrivé avec le vent.

— C'est vrai. Je ne sais pas pourquoi... mais elle non plus. Pourquoi n'a-t-elle pas dit : « Jenny, mon Dieu, après toutes ces années ! » Je me doutais qu'elle préparait quelque chose. Avec Max Owen en tête, probablement.

— Mais ils avaient divorcé...

— Pour Verna, rien n'est jamais définitif. (Elle serra le col de son manteau.) Sauf la mort... Max Owen a mis moins d'un an à comprendre, il a alors épousé Grace. Le problème, c'est que Max était heureux. Verna ne pouvait accepter qu'il soit heureux avec Grace alors qu'il avait été malheureux avec elle. Tu sais, je ne crois pas que Max ait jamais démasqué Verna. Elle était douée pour faire croire aux autres que leurs ennuis venaient d'eux, jamais d'elle. Quand on est gentil, comme Max, on a tendance à se sentir responsable de ses propres malheurs. Il a forcément eu du mal à démêler ce qu'ils avaient vécu ensemble. Je suis sûr qu'il se sent coupable de l'échec de son mariage.

— Je ne comprends toujours pas pourquoi Grace l'a invitée.

— Je n'en sais rien. Ça devrait être facile, en cherchant un peu, de découvrir la ruse que Verna a utilisée.

— Est-ce que tu connais bien Grace ?

— Je suis allée à Fengate une ou deux fois après son mariage avec Max, je ne venais jamais quand il était encore avec Verna. Mon mari était un ami de Max, nous les avons vus juste avant sa mort. Max a connu Grace dans le Yorkshire quand Sotheby s'est occupé de la fameuse vente aux enchères à Castle Howard. Max était encore avec Verna, et le mari de Grace était mort quelques années auparavant. Les Owen ont divorcé environ un an après la vente aux enchères. Et moins d'un an après, Max et Grace se mariaient. Tu savais qu'elle avait un fils, j'imagine.

— Oui. Il est mort dans un accident de cheval, non ? Sale affaire.

Jury ne précisa pas qu'il tenait la plupart de ses informations de Melrose Plant.

— Toby était hémophile.

— Ç'a dû être une terrible épreuve pour les Owen. Un gosse qui ne peut pas faire de sport, une mère qui est obligée de le surveiller constamment parce que la mort le guette à chaque coin de rue.

— Ou Verna Dunn.

— Tu veux dire ?

— Elle venait souvent à Fengate. En tout cas, c'est ce qu'elle m'a dit, peut-être pour me provoquer. Je me demande si ce prétendu accident s'est passé pendant une de ses visites. Pour autant que je sache, il n'y avait pas de témoins. Je voulais questionner Grace, mais je n'ai pas pu m'y résoudre. J'avais peur de la réponse.

Jury repensa à Grace Owen. Dans le silence qui suivit, il contempla la rivière à l'endroit où les canards s'étaient réfugiés dans les joncs pour dormir, ballottés par les rides soulevées par le vent. Les cygnes blancs, silhouettes spectrales, nageaient au loin. Restaient-ils toute l'année dans cette partie de l'Avon ? Jury se souvint que Bannen disait que l'exode des hirondelles lui faisait ressentir un étrange désespoir. Ce simple aveu l'avait frappé, car

Bannen lui avait fait l'effet de quelqu'un de très secret, même pour un officier de police. Jury observa les cygnes, baignés dans la lueur de la lune, et éprouva le même désespoir que Bannen.

— Bizarrement, fit-il au bout d'un moment, ce qui pourrait jouer en ta faveur, c'est le meurtre de Dorcas Reese. Non seulement tu n'as pas de mobile, mais tu n'étais même pas présente quand c'est arrivé.

Jenny parut sur le point de dire quelque chose, mais se ravisa.

— Ils diront que Stratford n'est pas très loin d'Algarkirk, finit-elle par dire. Quand même, qui avait intérêt à tuer cette pauvre fille ?

— Elle présentait peut-être une menace. D'après... (Jury ne voulait pas mentionner Melrose Plant ; cela aurait seulement compliqué les choses)... d'après Annie, la cuisinière, Dorcas était du genre fouineuse. Elle avait peut-être appris un secret dangereux ? Difficile à dire.

— Dans ce cas, j'aurais eu autant de raisons que n'importe qui, tu ne crois pas ?

— Tous ceux que Bannen a interrogés...

Jury abandonna. Il n'était pas d'un grand réconfort...

Jenny baissa les yeux et poussa un caillou du pied.

— Ne crois pas que je n'apprécie pas ce que tu fais pour moi, dit-elle.

Et elle lui prit la main sans un mot.

Il remarqua qu'elle n'avait pas parlé de Jack Price, mais il ne voulait pas lui poser la question, pas tout de suite. Il sentit qu'elle le regardait mais eut peur de croiser ses yeux, de crainte de perdre le peu de détermination qui lui restait. Il devait lui rapporter ce que Lasko avait dit. C'était pénible ; c'était lui ôter le bénéfice du doute. Si tant est qu'il lui restât ce luxe.

Elle hocha la tête. Jury vit la panique assombrir son visage.

— Je voulais juste m'assurer qu'Apted était libre, dit-il, au cas où, comme dans mon affaire, les choses iraient jusque-là. Simple précaution.

Comme c'était vraisemblable ! Elle ne crut pas une seconde à une mesure de précaution.

— Tout est contre moi, n'est-ce pas ?

Son visage était aussi blanc que la lune. Jury aurait voulu la détromper, lui assurer que les faits n'étaient pas contre elle, mais il en fut incapable. Parce qu'il craignait justement le contraire. Certes, Verna Dunn faisait l'unanimité contre elle, mais cela annihilait presque les mobiles des autres convives, car rien de précis n'avait émergé.

— Peter Apted ne perd jamais, rappelle-toi.
— Il y a un commencement à tout, fit-elle, au bord des larmes, avec un petit rire étouffé.

Ils restèrent longtemps immobiles, en silence.

Elle n'avait pas protesté de son innocence, pas directement.

Et il n'avait pas posé la question.

19

Chez lui, dans *son* fauteuil, devant *sa* cheminée, Melrose feuilletait en silence un livre de photos sur les marais. Il y avait notamment un remarquable cliché d'un étang dans la brume. L'absurde nostalgie que Melrose ressentait pour les marais, la bonne compagnie et les agréables conversations était en partie due à l'appauvrissement des circonstances présentes. Il poussa un profond soupir, se laissa glisser au fond de sa bergère à oreilles et contempla la photo des Marais Noirs du Cambridgeshire, une étendue apparemment infinie de terre noire. Il sentait presque la terre soyeuse couler entre ses doigts lorsqu'il entendit la voix d'Agatha pénétrer son esprit ; il ne réussit qu'à saisir un mot par-ci, un mot par-là. Il était devenu expert dans l'art de passer ses paroles au tamis.

— ... civique, conclut-elle avant de boire une gorgée de son mélange de thé Fortnum and Mason's.

— Je te demande pardon ? Je n'ai pas bien saisi.

— Je disais que tu devrais avoir davantage l'esprit civique. Tu devrais assumer tes responsabilités envers la société.

Melrose regarda Agatha, bouche bée.

— Il n'y a personne par ici envers qui on pourrait se sentir responsable de quoi que ce soit.

Il mit de côté le livre sur les Marais Noirs et piocha *Les Affaires du siècle*, une pure merveille malgré le fait (ou peut-être grâce à lui) que les Nutting souffraient d'un manque absolu de style dès qu'il s'agissait de prose. Mais cela comptait à peine car les Nutting avaient l'art de décrire avec drôlerie les ventes aux enchères dans les petites villes de l'Amérique profonde. Melrose se délecta ainsi de l'histoire des cousins Pointer, qui avaient découvert dans un grenier des éditions originales valant une fortune. En réalité, c'était le grenier de leur voisine et, afin de prendre possession de la caisse de livres, ils avaient proposé de le nettoyer. Dans tous les sens du terme. Les livres appartenaient à une petite vieille qui n'avait pas un penny et vivait le plus chichement du monde. Les pétulants Nutting (lui commissaire-priseur, elle antiquaire) raffolaient de ce genre d'anecdotes indignes. Melrose aussi. Il aimait particulièrement Peregrine « Piggy » Arbuckle, qui utilisait pour son arnaque un petit garçon et un soi-disant médecin. Melrose était ravi que Piggy soit une Britannique vivant (et pratiquant son art) aux States.

Agatha reprit une discussion à laquelle Melrose ignorait qu'il avait participé.

— Tu sais très bien que cette Ada Crisp ne devrait pas avoir le droit de continuer à exposer son bric-à-brac sur le trottoir, un vrai danger public, sans parler de son petit chien infernal... Qu'est-ce que tu fais ? Tu ne peux pas poser ce livre une minute ?

— Pfuit, soupira Melrose.

Ça marchait vraiment fort pour Piggy Arbuckle.

— Quoi ? fit Agatha dont le front était aussi ridé

que la terre noire des marais du livre. Oh, souffla-t-elle en fermant les yeux comme si elle souffrait de migraine, cesse donc de faire l'idiot, Melrose !

Il récupéra le livre de photos et tomba sur un champ de tulipes puis sur un autre, de jonquilles, digne d'inspirer Wordsworth.

— « J'errai, solitaire tel un dernier nuage, Qui encore flotte au-dessus des champs et des collines... »

— N'essaie pas de changer de sujet.

Il y avait donc un sujet ?

— Nous parlions de ton témoignage.

— Mon témoignage ? (Comme s'il n'était pas au courant !) Tu n'es pas sérieuse, j'espère ?

Bien sûr que si. Elle ne parlait que de ça depuis quelque temps.

Agacée, elle ferma les yeux comme si Melrose l'aveuglait par son éclat.

— N'essaie pas de minimiser l'accident, ou l'agression de cet affreux chien. Tu étais juste de l'autre côté de la rue, tu sortais du pub.

— Saoul comme un Polonais... Euh, je veux dire comme un cochon. Comment peux-tu croire que je me souviens de ce que j'ai vu ?

— Melrose ! Si tu refuses de coopérer, tu recevras une assignation.

— Dans ce cas, je serai un témoin à charge.

— Tu ne seras rien du tout ! (Certaine, comme d'habitude, que Dieu et la loi étaient de son côté, elle ajouta :) Tu témoigneras sous serment. Trueblood aussi. Vous étiez tous deux devant le Jack and Hammer, vous regardiez et vous faisiez, j'en suis sûre, des commentaires stupides...

— Trueblood ? Tu comptes aussi faire appel à lui ?

Melrose était abasourdi. Elle n'aurait jamais appelé Trueblood à l'aide, quand bien même elle serait en train de se noyer dans un étang semblable à ceux de son livre sur les marais.

— Je crains que tu ne sois déçue. Trueblood n'a rien vu. Il te tournait le dos. (Melrose était presque désolé, car l'idée que le procès d'Agatha dépende d'eux le fit éclater de rire. Ah, la *folie à deux** !) John Grisham adorerait ça.

— John qui ? demanda Agatha, tenant en l'air, tel un vaisseau spatial, un rocher au chocolat.

— Tu sais, ce type aux States, un avocat qui écrit des romans policiers.

— Ah, lui ! fit Agatha, chassant l'avocat d'un geste.

— Le « Ah, lui ! » a gagné des millions. (Melrose but une gorgée de thé froid, Agatha ayant bu tout le thé chaud.) Qui Ada a-t-elle choisi pour sa défense ?

Indifférente à la défense d'Ada, Agatha haussa les épaules et prit un toast aux anchois.

— Aucune idée, d'ailleurs je m'en moque. Elle sera sans doute obligée de prendre un avocat commis d'office.

Melrose s'enfonça encore plus profondément dans sa bergère pour méditer sur le pied-dans-le-pot-de-chambre. Il passerait volontiers des heures à se régaler de l'anecdote.

— Qui d'autre ton type va-t-il convoquer ? Comment s'appelle-t-il déjà ?

— Simon Bryce-Rose. Il est très bon, tout le monde le dit...

« Tout le monde » signifiait probablement Theo Wrenn Browne.

— À part moi, qui figure sur sa liste choisie ?

Agatha le regarda avec des petits yeux.

— Je ne sais pas si je dois te le dire. Je ne te fais pas confiance.

— Ah bon ? Pourquoi diable me demander d'être ton témoin vedette, dans ce cas ?

— Je n'ai pas dit « vedette ». C'est à Theo que reviendra cet honneur.

Elle s'était acoquinée avec le fuyant Theo Wrenn Browne, Melrose le savait, et ils avaient ensemble décidé d'exagérer la gravité de la blessure. Ils avaient peut-être trouvé un médecin marron pour l'attester. Et les dommages physiques épuisés, il restait encore les dommages psychologiques. Agatha était arrivée à Ardry End avec un déambulateur qu'elle avait vite abandonné pour venir s'asseoir à la table de thé. L'engin en aluminium était équipé de quatre roues afin que la pauvre invalide se déplace plus rapidement. Un déambulateur muni de roues ! Il ne restait plus qu'à l'accrocher à une voiture !

— Pauvre Ada. Quand exactement aura lieu le procès ?

— Pas avant des semaines. Les juges sont surchargés. Mais pourquoi « pauvre Ada » ? J'aurais cru que tu réserverais ta compassion pour ta propre famille ? Enfin, quand elle perdra, elle devra payer les frais de justice.

— Tu as l'air tellement sûre qu'elle perde !

Agatha le dévisagea comme si elle parlait avec un demeuré.

— Bien sûr. Pourquoi ?

Melrose allait répondre à la question, rhétorique

ou pas, quand Ruthven parut (Dieu merci!) pour l'appeler au téléphone.

— Qui est-ce, Ruthven? demanda Melrose en quittant la pièce.

— Le... euh, le boucher, monsieur, dit le valet de chambre avec un sourire narquois.

— Jurvis? Pourquoi diable m'appelle-t-il?

La réponse de Ruthven se perdit au milieu de l'injonction tonitruante d'Agatha :

— Assure-toi que Jurvis dégraisse l'agneau! Martha ne sait pas le faire!

Après avoir attendu que la voix d'Agatha s'estompe derrière lui, Melrose empoigna l'appareil et lança :

— Bonjour, Mr Jurvis. Que puis-je pour vous?

— En fait, c'est Mr Jury à l'appareil.

— Richard!

— J'aimerais que tu viennes me rejoindre à Londres.

— Euh, c'est faisable, toutefois tu m'arraches à ma tante. Mais en quel honneur?

— Tu m'accompagneras chez le conseil.

— Le conseil?

— L'adjoint de Peter Apted. Il s'appelle... où ai-je fourré ce bout de papier?... (Bruits de papier qu'on chiffonne.) Voilà, Moss. Charly Moss.

— As-tu parlé à... euh, Lady Kennington? demanda Melrose, hésitant.

Il avait encore du mal à mentionner son nom. Elle s'interposait entre eux deux tel un fantôme.

— Pourquoi « Lady »? Oui, j'ai vu Jenny. Heureusement que je lui ai parlé avant l'arrivée de Lasko.

— Tu veux dire qu'elle a réellement été arrêtée ?
— J'en ai bien peur. On s'y attendait, non ?

Melrose se sentit flageoler ; il attira une chaise et s'assit.

— Quelles sont les charges ?
— Meurtre.
— Merde ! souffla Melrose. Pour les deux affaires ? (Et comme Jury le confirmait, il demanda :) Qu'est-ce que la police a trouvé pour l'accuser du meurtre de Dorcas Reese ?

— Je n'en sais fichtre rien. À moins que Dorcas n'ait su quelque chose, et il semblerait que ce soit le cas. Je m'étonne que Bannen ait attendu aussi longtemps pour l'inculper. Du coup, je me demande s'il n'attendait pas du nouveau... une preuve matérielle, un rapport, je ne sais pas, et j'ai peur qu'il n'ait obtenu ce qu'il voulait. J'ai vu Peter Apted, tu te souviens de lui ?

— Hélas, oui.

— Celui qui a brisé mes illusions, dit Jury en s'efforçant de paraître jovial.

— Il n'a pas brisé tes illusions, il a confirmé tes soupçons.

Jury ne répondit pas tout de suite. Puis :

— Oui, tu as peut-être raison. Bref, il accepte l'affaire. C'est pour ça que je... que nous allons voir cet avocat. Si Apted le prend comme adjoint, il doit être bon. J'ai vu Apted hier matin de bonne heure. Il est dans son cabinet dès sept heures et il mange des pommes. Il refuse de se compromettre, comme d'habitude, mais il est toujours aussi fougueux. Bon, on se voit demain au Lincoln Inn, disons à dix heures ? (Jury lui donna l'adresse et sans attendre de réponse, ajouta :) Désolé de t'avoir arraché à Agatha.

— Je ne te le pardonnerai jamais. À demain, dix heures.

20

Jury fixait la route qui s'étirait, droite comme une piste d'envol, parallèle au fossé de drainage. De l'autre côté, au-delà des champs désolés au chaume desséché, devait se trouver une digue ou un barrage recouvert de gibier d'eau. Une volée d'oies s'élança dans le ciel et le bruissement de leurs battements d'ailes résonna dans l'immobilité silencieuse.

Pour prouver à quel point il était détendu, Wiggins bâilla et lâcha le volant d'une main.

— En règle générale, dit-il, je suis plus assagi ; je prends les choses *comme si, comme ça* *, je ne me laisse plus enquiquiner. Sauf par ce genre de paysage, ajouta-t-il en jetant un coup d'œil sombre par la vitre. (La volée d'oies avait disparu.) Le seul signe de vie qu'on a eu depuis des kilomètres, c'étaient ces oies. Ce néant, c'est sinistre. Je ne suis pas surpris qu'on se fasse assassiner par ici.

Il frissonna. Jury, qui n'était pas d'excellente humeur, Wiggins l'avait remarqué, se contenta de grommeler.

— C'est vraiment spécial qu'on ait choisi un tel cadre pour le meurtre, poursuivit Wiggins. On ne s'attend pas à ce que des gens se filent rendez-vous sur le Wash, encore moins une femme comme Verna

Dunn. Pourquoi est-ce que tout le monde pense que c'est Lady Kennington qui l'y a accompagnée en voiture ?

— Pas tout le monde, rectifia Jury.

— Bizarre. À entendre Lady Kennington, après s'être disputée avec Verna Dunn, elle a pris le sentier pour aller au pub, mais à mi-chemin elle s'est rendu compte qu'il allait fermer et elle a fait demi-tour. L'assassin a profité de l'absence de Lady Kennington pour frapper. Qu'il ait été obligé de dépendre d'elle, je trouve ça invraisemblable.

— Je ne crois pas que l'assassin ait dépendu de la présence ou de l'absence de Jenny Kennington, contesta Jury. Qu'elle soit allée faire un tour sur ce sentier est une pure coïncidence. Dommage qu'elle n'ait pas été jusqu'au pub, elle aurait eu des témoins pour corroborer son alibi.

— Mais pourquoi l'assassin a-t-il choisi le Wash ?

— Peut-être pour qu'on ne retrouve pas tout de suite le corps. C'est un endroit désolé. Bannen pense que ça a un rapport avec les marées et le déplacement des bancs de sable. Le cadavre aurait dû au moins être recouvert, ou mieux, emporté vers le large. La seule chose... Attention, la charrette !

— Je sais ! soupira Wiggins. Je vois clair.

Ils roulèrent en silence pendant quelques kilomètres entre des champs parsemés d'éteule. Une grange isolée qui se découpait contre un ciel aussi gris et dur que l'acier parut surgir du néant tel un mirage. Jury avait l'impression que ses paupières étaient en plomb. Certes, il ne dormait pas beaucoup depuis quelques jours ; néanmoins, la grisaille singulière du paysage agissait sur lui tel un hypnotique.

Au loin, dans un champ, un soc de charrue abandonné aurait pu être un accessoire de théâtre, ou quelque ancien outil repêché dans un étang ou un marais. Jury avait tendance à approuver Wiggins ; ce n'était pas un endroit pour vivre. Trop pesant. Il fallait une grande subtilité d'esprit pour apprécier ses nuances d'ombre et de lumière, la diversité des vents et les aléas du climat. Jury appuya sa tête contre le siège en cuir en regrettant ses cigarettes.

— On est passé devant un de ces motels « Fin Gourmet », juste après Spalding, déclara Wiggins pour susciter chez Jury l'envie d'une éventuelle pause-thé. On va bientôt en rencontrer un autre. Il y en a un qui a reçu le prix des « meilleures toilettes »...

— Fabuleux ! s'exclama Jury, qui avait tourné la tête pour contempler le paysage par la vitre.

Il ne fut pas surpris que les prévisions de Wiggins se réalisent. Après moins d'un kilomètre apparut l'enseigne orange vif d'un Fin Gourmet.

— Vous saviez que les Fin Gourmet faisaient de succulents toasts aux haricots ? demanda Wiggins avec enthousiasme. Tenez, nous y sommes...

— C'est un oxymore, Wiggins. On ne peut rien faire de succulent avec des haricots et des toasts.

Mais Wiggins ne se laissa pas démonter.

— Je m'en taperais bien une assiette, déclara-t-il.

Il ralentit un peu, pour inciter Jury à lui dire de s'arrêter.

— Je boirais bien une tasse de thé, pas vous ? réattaqua Wiggins dans un début de panique.

Et comme Jury acquiesçait, il mit le cap sur le restaurant.

Jury dut admettre que le Fin Gourmet était

l'endroit le plus propre qui lui ait été donné de voir, une salle de soins intensifs exceptée. Il aurait certes mérité le prix des « meilleures toilettes ». Entièrement peint en orange vif, jaune jonquille et vert émeraude, c'était un salmigondis de couleurs enfantines. D'ailleurs, le restaurant semblait fait pour les petits car une partie de la salle, protégée par un cordon, était meublée de chaises et de tables pour enfants, et des cubes et des jeux remplissaient plusieurs paniers. Deux gamins étaient en train de jouer ; ils se distribuaient des coups de cubes d'un bleu éclatant, un passe-temps qui allait, nul doute, se terminer par une bagarre sans merci et l'arrivée de la police...

Jury attendit que la jolie serveuse disparaisse après leur avoir servi le thé et les toasts aux haricots, puis déclara :

— Et Jack Price ? Je ne l'ai pas vu quand j'étais à Fengate. D'après Plant, il a affirmé avoir quitté le salon vers dix heures trente. Il ne faut pas plus d'un quart d'heure pour aller en voiture jusqu'au Wash, vingt minutes à la rigueur. Il avait le temps de faire l'aller-retour. En fait, c'est valable pour tous les autres. Price, après dix heures trente ; Parker, après onze heures ; les Owen eux aussi, après onze heures.

— Pas Max Owen, patron. Suggins, le jardinier, a dit qu'il lui avait monté un whisky, si je ne m'abuse.

— Hum, fit Jury.

Il but son thé tiède en silence tout en regardant les enfants jouer avec les cubes.

— Arrêtons-nous d'abord au pub, reprit-il, ensuite j'irai voir le sentier. Plant a parlé de ce type, Emery, qui travaille pour le major Parker. J'ai rendez-vous avec l'avocat demain matin, ajouta-t-il après avoir consulté sa montre, il faudra rentrer à Londres ce soir.

Wiggins le dévisagea sans enthousiasme. « Éblouissement nocturne » (quoi qu'il entendît par là) faisait partie de sa liste de maux. Jury aurait dû avoir le bon sens de ne pas approfondir cette calamité, mais, une fois de plus, il ne put se retenir :

— « L'éblouissement nocturne » ? Qu'est-ce que c'est encore ?

— Je vous en ai déjà parlé, j'en suis sûr. C'est ce qui m'arrive après avoir essuyé les phares des voitures pendant trop longtemps. Ma vue se détériore.

Après cette explication hautaine, il se replongea dans ses haricots. Inutile d'insister, se dit Jury.

— Eh bien, je conduirai, proposa-t-il.

— Vous n'avez pas l'air en grande forme, dit Wiggins. Rouler de nuit est plus fatigant qu'on ne croit.

Jury comprit que Wiggins avait envie de passer la nuit dans un motel. Il adorait les motels.

— Au pire, Wiggins, on s'arrêtera en route.

Rassuré, Wiggins se lança dans une description des matelas de la chaîne Raglan (« défoncés »), de l'atmosphère (« humide et renfermée ») des Trust House Fortes, et de la piètre qualité des petits déjeuners dans la plupart des B&B's (« toasts brûlés, jus de fruits servis dans des dés à coudre »).

— Il s'agit de dormir, Wiggins, pas de se livrer à des expériences comparatives.

La serveuse maussade du Bord du Monde confirma qu'ils ne faisaient ni hôtel ni restaurant, et qu'ils feraient mieux de retourner tenter leur chance à Spalding. Elle avait des cheveux châtains coupés court, des yeux fades couleur de tourbe. Cependant, il y avait une certaine beauté dans son visage en forme de cœur et son nez retroussé.

Jury commanda une bière ; Wiggins, un Pepsi Light.

— Depuis combien de temps travaillez-vous ici ?

— Depuis deux mois, à mi-temps. C'est moi la responsable quand les patrons sont pas là.

Elle se mit à astiquer le comptoir avec ardeur. Puisqu'on lui avait laissé la bride sur le cou, elle en profitait pour exercer son autorité limitée tout en exhibant de son mieux ses appas. Ou le peu qu'elle avait, malgré sa courte jupe rouge et son pull noir moulant. Elle s'arrêta d'astiquer le bar pour passer une main dans l'encolure de son chandail et rajuster une bretelle.

— Vous connaissiez Dorcas Reese ?

Elle regarda Jury de haut. Reprenant son torchon en boule, elle finit par répondre.

— Peut-être, et après ?

— Parce que si vous la connaissiez, mon petit, vous pourriez peut-être nous aider.

Sur ce, Jury lui fourra sa carte sous le nez, un geste qu'elle aurait pu juger hostile s'il n'avait été accompagné d'un sourire désarmant.

— Dorcas travaillait à mi-temps, n'est-ce pas ? Comme vous.

Flotta un instant dans l'air la suggestion que le sort de l'une pourrait devenir celui de l'autre.

La serveuse déglutit péniblement et pâlit.

— Je vous apporte votre commande.

Jury regarda ses cuisses flamboyantes quand elle

alla tirer la bière. Des lianes et des feuilles noires entremêlées remontaient le long de ses jambes et disparaissaient sous sa jupe rouge. Elle revint peu après avec les boissons. On ne pouvait pas lui reprocher de traîner. Elle posa les verres devant Jury et Wiggins, annonça avec une certaine morgue qu'elle avait d'autres clients à servir et s'approcha de deux hommes qui avaient essayé d'attirer son attention en martelant le comptoir avec leur pinte. Elle dit à l'un, un certain Ian, de la fermer.

— Un peu bêcheuse, vous ne trouvez pas, patron ?

— C'est rien, dit Jury. Elle veut sans doute nous prouver qu'elle est chez elle.

Il but sa bière tout en scrutant une vieille coupure de journal épinglée sur le mur. Elle était datée de janvier 1945 et montrait des photos des eaux de l'Ouse et de la Welland en crue qui recouvraient la terre à perte de vue. Il y avait un cliché des rues inondées de la petite ville de Market Deeping. En lisant les légendes, Jury se surprit à sourire et se demanda ce qu'il y avait de drôle car l'inondation avait dû être une terrible épreuve pour les habitants. Peut-être était-ce le soulagement de constater que la nature avait, une fois de plus, refusé de plier devant l'homme.

La serveuse revint. L'air têtu, elle croisa les bras sur sa poitrine et s'examina les ongles de la main.

— Comment vous appelez-vous, mon petit ? demanda Jury, toujours souriant.

— Julie, répondit-elle sèchement. Julie Rough. (Voyant que l'inspecteur Wiggins sortait son carnet, elle précisa :) R-O-U-G-H, mais on prononce ROW.

Mon vrai prénom, c'est Juliette, vous savez, comme dans *Roméo et Juliette*.

Ce n'était pas un prénom pour elle. On aurait eu du mal à trouver une once de tragédie sur le visage de Julie Rough.

— Quel âge ? demanda Wiggins.

On devinait qu'elle méditait une réponse.

— J'en aurai vingt et un à Noël. J'ai vingt ans, si vous voulez savoir.

Jury aurait parié pour dix-huit, au maximum.

— Dites-nous plutôt ce que vous savez de Dorcas Reese, Julie, ordonna-t-il.

— On se voyait de temps en temps... On faisait du shopping ensemble, des trucs comme ça. On allait parfois boire un café au Berry Patch. C'est un salon de thé, à Kirton.

À l'autre bout du comptoir étaient assis des habitués, semblait-il — un vieil homme flanqué de deux jeunes gens, tellement fascinés par les étrangers qu'ils les observaient bouche bée. Jury demanda à Julie qui ils étaient.

— Eux ? Oh, c'est juste le vieux Tomas, Ian et Malcolm. Ils sont toujours là.

Jury demanda à Wiggins d'aller causer avec les clients, en commençant par Ian et Malcolm. Wiggins s'exécuta. Les seuls autres clients étaient une femme aux cheveux gris avec une tête chevaline et un type qui jouait aux fléchettes.

— Est-ce que Dorcas parlait souvent d'elle ?

— Ça lui arrivait. Elle travaillait aussi à Fengate, mais j'imagine que vous le savez déjà.

— Dites-moi ce que vous savez, vous.

— Je sais juste qu'elle aimait pas faire le boulot, mais elle avait un faible pour la femme.

— La cuisinière ?

— Nan, grimaça Julie. Mrs Owen. Elle l'appelait « Grace », mais pas devant elle, j'en suis sûre.

— Et les autres ? Max Owen et Jack Price ?

— Non, elle ne parlait jamais de Mr Owen. Faut dire qu'il était pas souvent là. Quant à Jack Price, c'est un habitué, ici, un type sympa. Il vient tous les jours, il s'installe comme s'il était chez lui. (Elle coula un œil vers le fond de la salle.) Il s'assied là-bas, on l'entend à peine. C'est un brave type. Un gentleman.

— Vous échangiez peut-être des confidences, Dorcas et vous ?

— Des opinions, plutôt.

Jury trouva la distinction élégante.

— Des opinions sur les gens de Fengate ?

— Ouais. Sauf que je ne les connaissais que de vue. Je suis allée là-bas une ou deux fois les soirs où je sortais avec Dorcas, au ciné ou à la discothèque, à Kirton.

Julie et Dorcas étaient à l'évidence plus proches qu'elle ne le laissait entendre, mais Jury ne releva pas.

— Avez-vous déjà rencontré Mrs Dunn, celle qui a été assassinée ?

Le penchant naturel de Julie pour les ragots triompha de ses réticences à s'impliquer.

— Moi, non, mais Dorcas oui, elle trouvait plutôt bizarre que Mr Owen invite sa première femme chez lui. Quand même, en présence de Grace ! Elle s'appelait Verna, celle que vous dites qu'a été assassinée.

Ayant été forcée de coopérer avec la police, elle

semblait désormais anxieuse de capter l'attention de Jury.

— Ça a fait jaser, reprit-elle en baissant la voix. On dit que Dorcas avait... vous savez, un polichinelle dans le tiroir.

— Vous voulez dire qu'elle était enceinte, chuchota Jury pour imiter Julie.

À l'autre bout du comptoir, les habitués étaient fascinés par Wiggins qui avait sorti son carnet mais paraissait parler davantage que ses interlocuteurs. Sans doute délivrait-il des ordonnances.

— C'est Dorcas qui vous l'a dit?

Julie opina tout en essuyant machinalement le comptoir.

— Est-ce qu'elle a dit quelque chose qui impliquerait un homme en particulier? (Comme Julie faisait la moue, Jury insista :) Réfléchissez, Julie, c'est important.

« Réfléchir » était sans doute une nouveauté pour Julie, et un acte d'une grande intensité physique, car elle croisa les bras, se gratta le coude et leva les yeux au plafond ; puis elle retroussa les lèvres, dévoilant des dents, petites comme des dents de lait, fit la moue, et recommença plusieurs fois l'opération. On aurait dit qu'elle se livrait à une gymnastique faciale. Elle parut tendre le cou pour inhaler l'air raréfié des sommets, nécessaire à son activité cérébrale. Jury dut lui reconnaître une chose : contrairement à la majorité des gens, Julie prenait la réflexion drôlement au sérieux. Alors, après avoir mordillé un bon coup sa lèvre inférieure, elle déclara :

— Il y a un gars avec qui elle a dû sortir, mais elle m'a jamais dit son nom. Ah, je peux dire que ça m'a surprise. Toujours est-il qu'elle allait partir à Londres, d'après elle.

— À Londres ? Son petit ami y habitait ?

— Non, je crois qu'il était du coin. Dorcas frimait pas mal à ce sujet.

— Pas de nom ? Pas de description ?

Julie secoua la tête. Ayant terminé avec les trois consommateurs du comptoir, Wiggins revint et demanda un autre Pepsi, prétextant qu'il avait la gorge rêche.

— C'est à force de recevoir la fumée dans la figure... expliqua-t-il, déconfit, en désignant les trois clients.

Julie lui renouvela sa consommation.

— Combien gagnait-elle au pub ? demanda Jury, espérant que Wiggins cesse de lui casser son rythme.

— Comme moi, j'imagine. 4 livres de l'heure. C'est qu'un mi-temps, vous comprenez. Évidemment, Dorcas bossait aussi à Fengate. Ça devait lui faire 40 ou 50 livres en plus. Faut pas oublier qu'elle était nourrie et logée, ça compte, surtout gourmande comme elle était. Ça me va bien de dire ça... (Julie pouffa, tira sur son pull, pour montrer sa silhouette ou pour la cacher, Jury n'aurait su le dire.) On faisait toutes les deux un régime.

Jury eut l'amabilité de sourire.

— Est-ce que Dorcas avait autant de succès que vous avec les hommes ?

— Qu'est-ce qui vous dit que j'en ai ? gloussa Julie. Dorcas ? Rien, pas ça. C'était pas une Vénus, vous savez. Pas du genre qu'on remarque. C'est pour ça que j'ai été surprise d'apprendre qu'elle avait un mec. (Elle pouffa de nouveau, puis se pencha par-dessus le comptoir et fit signe à Jury d'approcher.) Vous gardez ça pour vous, hein ?

— Un vrai tombeau, dit Wiggins.

— Elle allait à Londres pour se faire faire un vous-savez-quoi.

Jury devina qu'elle parlait d'avortement.

Julie se redressa, rajusta son pull et délivra le coup de grâce :

— Elle l'aurait jamais fait ici. Tout le monde l'aurait su.

— Comme Londres, dit Jury, les avortements sont chers. Même si elle avait un double salaire, elle aurait eu besoin d'avoir de l'argent de côté pour se payer une clinique. Elle était du genre économe ?

— Oh, pas elle, jamais de la vie! s'esclaffa Julie. Je l'ai entendue plusieurs fois dire qu'elle avait du mal à boucler ses fins de semaine[1]. Encore heureux que tous les jours ne se ressemblent pas, qu'elle disait, sinon, je serais fauchée cinq jours sur sept. (Les yeux ternes de Julie s'illuminèrent.) Je sais à quoi vous pensez. Vous pensez : Où elle a eu l'argent ? De lui, peut-être ?

— Vous lisez dans mon esprit, Julie, sourit Jury. Bon, vous ne savez pas du tout qui c'est ?

Julie n'hésita pas :

— Je sais une chose ; je crois pas que c'est celui qu'on dit. Mr Price. Qu'est-ce qu'il ficherait avec une fille comme Dorcas ?

— Parce que c'est ce qu'on dit ?

— C'est parce qu'il lui plaisait. Il la raccompagnait des fois à Fengate, et après ? Ils y vivaient,

---

1. En Grande-Bretagne, les salaires sont versés tous les vendredis. *(N.d.T.)*

non ? Ça veut pas dire qu'ils étaient... vous savez. Il était gentil avec elle ; il est gentil avec moi, mais ça veut pas dire qu'il cherche à vous-savez-quoi.

— Non, dites, fit Wiggins. Les policiers n'ont pas d'imagination, Miss.

Julie hocha la tête en roulant des yeux. Ah, question sexualité, ces policiers en étaient restés à l'âge des ténèbres !

— Dorcas avait peut-être ses défauts, mais elle était généreuse. On peut pas mieux dire de quelqu'un qui...

Julie regardait par-dessus l'épaule de Jury vers la porte du pub qui s'était ouverte le temps de laisser entrer un courant d'air glacial et un grand maigrichon accompagné d'une femme tout aussi grande. Ils restèrent un instant sur le pas de la porte à discuter, puis la femme alla s'asseoir au comptoir. Jury ne sut pourquoi, mais elle lui parut vaguement familière. Julie, qui s'était remise à astiquer le comptoir avec une ardeur décuplée, lança un regard à Jury par en dessous et lui fit un signe en direction de l'homme, qui venait de s'asseoir à une table.

— C'est lui, murmura-t-elle entre ses dents. C'est Jack Price. Je vais juste lui servir sa bière. Il prend toujours la même chose, une pinte de Ridleys.

Jury termina son verre, se leva et déclara qu'il allait apporter lui-même la pinte à Jack Price. Il remercia Julie pour son aide précieuse, lui remit une carte et l'adjura de le contacter si jamais elle se rappelait quelque chose. Julie tira la pinte et la tendit à Jury qui s'éloigna avec Wiggins pendant qu'elle allait servir la nouvelle arrivante.

L'homme qui avait été l'objet des spéculations de Julie regarda venir Jury et Wiggins avec un air interrogateur. Du moins fut-ce l'impression de Jury qui ne le vit d'abord qu'à travers un brouillard de fumée.

— Mr Price ? Je suis Richard Jury et voici l'inspecteur Wiggins. Nous sommes de Scotland Yard.

Price garda le silence, un peu surpris quand Jury sortit sa carte, davantage quand il posa son verre sur la table.

— Vous permettez ? demanda Jury qui attira une chaise et s'assit.

Afin de prendre ses notes avec discrétion, Wiggins s'installa légèrement à l'écart, dans l'ombre. Son visage pâle en parut encore plus livide.

— Oui, assura Price avec un sourire ironique qui suggérait que, étant donné qu'ils étaient déjà installés, il aurait du mal à protester. Merci pour la bière. Je vous avoue ma surprise, je ne pensais pas que la police du Lincolnshire demanderait l'aide de Scotland Yard. Le responsable... Bannen ?... ne m'a pas fait l'effet de quelqu'un prêt à demander de l'aide.

— C'est juste, et il n'a rien demandé. Il me laisse simplement fouiner. Vous n'êtes pas obligé de répondre à mes questions.

Price faillit répliquer, mais une toux l'en empêcha.

— C'est pas la fumée, expliqua-t-il, c'est ces maudits arbres, le machin qui tombe des aulnes. (Il glissa un paquet de Players vers Jury.) Une cigarette ?

— Non, merci, j'ai arrêté. Wiggins n'a pas encore commencé.

Avec un geste de gentleman, Price éteignit son propre mégot.

— L'odeur du tabac doit vous être très pénible.

— Non, je vous en prie. Il faut que j'apprenne à vivre avec.

Comme pour éclairer les ténèbres, Wiggins s'approcha. Littéralement aussi bien que métaphoriquement. Il attira sa chaise près de la table et déclara :

— C'est le pollen, Mr Price. Ça s'insinue partout. Ça suinte, c'est dans l'air. Moi, les chatons des aulnes ne me font rien, je ne sais pas pourquoi. Mais je suis allergique à quasiment tout le reste. (Il prit une petite enveloppe dans sa poche et en tira quelques comprimés blancs.) Tenez, voilà ce qu'il vous faut. « Allergone », c'est un nouveau médicament. Deux comprimés, et vous êtes sauvé.

Jury leva les yeux au plafond. Wiggins avait toujours un remède sur lui comme un assassin une arme. Jury attendit que Wiggins en termine avec son ordonnance avant d'entamer le sujet principal :

— Vous saviez que Lady Kennington et Verna Dunn n'étaient pas les étrangères qu'elles prétendaient ?

Jack Price faisait une petite pyramide de ses cendres.

— En effet, oui.

— Et vous ne l'avez pas dit au commissaire Bannen. Pourquoi ?

— Parce que Jenny ne l'avait pas dit non plus, voilà pourquoi, répondit Jack Price tout en poursuivant la construction de sa pyramide. Si elle ne voulait pas que ça se sache...

Il semblait en savoir davantage sur Jenny que Jury lui-même.

— Et vous n'avez pas trouvé ça bizarre ? Non seulement elles se connaissaient, elles étaient, sinon amies, loin s'en faut, mais cousines, et elles n'en disaient rien!

— Oui, j'ai trouvé ça bizarre, je l'avoue. Surtout de la part de Jenny, qui est quelqu'un de très franc. Mais Verna? C'était plus dans son style. Elle adorait les secrets, le mystère...

— Et Max Owen?

— Oui, eh bien?

— Il devait bien savoir qu'elles étaient parentes! s'impatienta Jury.

— Non, je ne crois pas. Jenny se tenait à l'écart de Verna. Je ne pense pas qu'elle l'ait vue une seule fois en dix ou quinze ans. Elle lisait le *Sunday Times,* elle avait appris que Verna s'était mariée avec Max, qu'elle avait ensuite divorcé, mais ça remonte à des années. Elle a été réellement surprise de la voir, ce fameux week-end.

— Comment le savez-vous?

— Je ne... fit Price, interloqué.

— Lady Kennington a dû joliment réussir à dissimuler ses sentiments. Pas un mot, pas la moindre trace de surprise. D'après ce qu'on m'a dit, elle a montré une absence totale de surprise, on aurait cru qu'elle n'avait jamais vu Verna Dunn de sa vie. Alors, comment le savez-vous?

— Parce qu'elle me l'a dit.

Jury éprouvait une rage irrationnelle, il en était conscient.

— Quand vous l'a-t-elle dit?

— Avant le dîner, pendant l'apéritif. Nous avons bavardé, à l'écart des autres.

— Je ne comprends pas qu'on cache des faits pareils à la police. Pas elle, pas vous.

— Je viens de vous dire que puisque Jenny refusait de reconnaître son lien de parenté avec Verna, ce n'était pas à moi de manger le morceau. Je vous le répète, j'ai beaucoup d'affection pour Jenny...

— Non, vous ne me l'avez pas dit. Vous la connaissiez bien ?

— Tout dépend de ce que vous entendez par là. Nous étions amis, oui. Je l'ai peut-être vue une demi-douzaine de fois. Je connaissais James, son mari.

Quelques minutes passèrent avant que Jury ne brise le silence pénible (pénible pour lui seul, il l'aurait parié) en parlant de Dorcas Reese :

— Peut-être qu'elle aussi, vous la connaissiez mieux que vous ne l'avez dit ?

— Commissaire, j'ai l'impression que vous prenez ça comme une affaire personnelle, si vous me permettez...

Jury faillit protester, mais parvint à se retenir.

— Comme une affaire criminelle, simplement, se contenta-t-il de dire. Vous portez atteinte au bon déroulement de l'enquête, vous savez.

Wiggins, qui tournait une page de son carnet, regarda Jury avec étonnement. Il n'était pas habitué à de telles déclarations de la part de son supérieur. Le commissaire était bien trop serein, bien trop avisé pour s'abaisser à des manœuvres procédurières aussi grossières, même s'il avait raison. En général, ça déroutait les témoins.

— Vous me demandez si je ne connaissais pas « mieux » Dorcas ? Vous n'allez tout de même pas ajouter foi à ces ragots ? C'est bon pour les piliers de pub ou les vieilles dames des salons de thé. Je raccompagnais parfois Dorcas à Fengate. Après tout, nous y habitions tous les deux.

— Dorcas avait dit à plusieurs personnes qu'elle était enceinte. À vous aussi ?

— Dorcas ne se confiait pas à moi. De toute façon, à en croire la police du Lincolnshire, elle ne l'était pas.

— Pourquoi le disait-elle, alors ?

— Aucune idée. Je vous assure, je n'étais pas le père putatif.

— Julie affirme que vous lui plaisiez. Mais elle ne croit pas, laissez-moi le préciser, que vous étiez le père.

— Dieu la bénisse ! dit Price en levant son verre en direction de Julie. Écoutez, j'ai horreur de dire du mal d'une morte, mais Dorcas n'était pas exactement un canon.

— Oui, c'est ce qu'on dit. (Jury parut réfléchir.) Vous empruntez d'habitude le sentier communal, n'est-ce pas ?

— Toujours. Ça fait une bonne marche avant et après le dîner. Trois kilomètres, mon seul exercice de la journée, j'en ai peur. L'ennui, c'est que plein de gens prennent ce sentier, même Max et Grace. C'est une agréable promenade. Donc, si vous me demandez si je l'ai pris le soir où Dorcas a été assassinée, ma réponse est oui.

— Vous ne connaissiez Dorcas que parce que vous la voyiez à Fengate et au pub, c'est ça ?

— Oui, et je la voyais rarement à Fengate.

— Vous saviez que Jennifer Kennington avait un mobile ? demanda Jury avec douceur, mais d'une voix de plomb.

— Pour tuer Verna ? ricana Price. N'est-ce pas le cas de tout le monde ? C'était une garce, une perverse, une intrigante, et on n'est pas mécontents d'en être débarrassés, commissaire...

— Mais l'antipathie ne fournit pas un mobile suffisant. Il y a aussi la question de la possibilité. Lady Kennington avait les deux, le mobile et la possibilité, apparemment.

— Possible, admit Price qui n'en continua pas moins à fumer sa cigarette avec calme. Mais dans ce cas... Bon, c'est peut-être elle. Comment dit-on déjà ? (Il secoua sa cendre sur la pyramide qui s'effondra.) « Si ça marche comme un canard... »

— Je connais, dit Jury, qui se leva. Bon, merci et peut-être à plus tard.

Price esquissa un salut moqueur.

— Toujours à votre disposition, Mr Jury.

Jury lui retourna son salut, mais il faisait grise mine. Il se dirigea vers la sortie, accompagné de Wiggins.

— Je veux que vous alliez à Fengate, Wiggins. Voyez ce que vous pouvez trouver, les serviteurs vous fourniront sans doute un bon point de départ. Prenez la voiture, je vous retrouverai là-bas.

— Comme c'est pas notre enquête, patron... commença Wiggins, mal à l'aise dès qu'il ne s'agissait pas de procédure classique.

— Ne vous inquiétez pas. Ce sont des gens très coopératifs. Ils ont été très bien avec moi, en tout cas. Prenez la voiture. Je vous rejoins dans une heure ou deux.

— Et vous, patron ? Où vous allez ?

— Faire un tour, déclara Jury.

21

C'était l'heure ambiguë qui précède la nuit, juste avant le crépuscule, quand la terre semble fumer sous la couche de gaz des marais. À l'ouest, le ciel était transparent comme de la glace, la lune à peine levée, aussi incolore que la brume.

Jury sortit du Bord du Monde, émergea de l'ombre des branchages entremêlés d'un vieux bouleau et d'un jeune chêne, et s'avança sur le sentier communal. Au début, il était boueux, bordé de saules et d'aulnes noirs ; il s'étirait devant Jury, des champs aux sillons rectilignes sur sa droite et des prés gorgés d'eau sur sa gauche. Jury se demanda si la rivière était proche — la Welland ou l'Ouse — et si ses rives étaient encore inondées. Ces prés gorgés d'eau ressemblaient-ils aux anciens marais ? Pas de vent, pas un nuage. Une vaste étendue désolée. À part Jury, il n'y avait aucun signe de vie. Il aurait aussi bien pu se trouver dans un bateau dérivant sans voile ni gouvernail et sans brise. Soudain une tempête d'oiseaux jaillit d'un arbuste ou d'une mare lointaine. Jury eut l'impression d'entamer un voyage dont la destination n'était pas un rivage scintillant de lumières, mais la pointe d'un continent perdu dans le brouillard. Il ne parvenait pas à se défaire de la hantise d'un malheur imminent. En scrutant le ciel blanc et les champs illimités, il ressentit encore plus fortement cette impression.

Le sentier s'enfonçait dans les marais tel un coin et Jury se demanda si c'était un ancien canal d'irrigation utilisé autrefois par les cultivateurs de carex. Il marcha pendant près de cinq cents mètres avant d'apercevoir sur sa gauche ce qui pouvait fort bien être le marais Wyndham. Dans cette étendue plate et monotone, le marais apparut soudain sans prévenir, tel un paysage onirique.

Jury s'interrogeait sur Jack Price. Il se demandait si sa relation avec Jenny était plus intime qu'ils ne l'avaient tous deux — Jenny et Jack — laissé entendre. Elle avait caché à la police du Lincolnshire (et à lui-même !) la nature de sa relation avec Verna Dunn ; elle n'avait pas dit qu'elle connaissait Jack Price. C'était cela qui jouait contre elle. Elle ne cacherait pas de tels secrets à Peter Apted, Jury en était sûr. Seules les circonstances plaidaient en sa défaveur, mais on connaissait des suspects que le hasard des circonstances avait suffi à faire condamner.

Jury quitta le sentier pour emprunter le rond-point qui menait au bureau de tourisme. De là, il prit le trottoir en planches jusqu'à la digue la plus proche, où on avait retrouvé le corps de Dorcas Reese. Jury était déjà venu ; il se recueillit néanmoins un instant, poussé non seulement par la fin de la pauvre fille mais par le lieu lui-même. Quel cadre poignant pour un meurtre, songea-t-il en contemplant les eaux calmes, les millefeuilles et les utriculaires jaunes qui fleurissaient au-dessus des eaux du marais. Il entendit au loin le bruissement aigu des roseaux et vit un héron, qu'il avait peut-être dérangé, s'envoler dans un battement d'ailes. Il rebroussa chemin.

Tel un animal préhistorique ossifié, échoué après le reflux des eaux, la caravane blanche légèrement rouillée — le QG provisoire de la police — se dressait à quelques mètres du bureau de tourisme. Une lueur verdâtre se reflétait dans ses petites vitres carrées. Jury se dirigea vers la caravane, franchit les roseaux et les herbes hautes, passa devant un taillis de saules survolé par une mouette qui s'enfuit à son approche. Au loin, un hibou ulula. L'eau des digues était d'un gris foncé, aussi immobile que du plomb. Le ruban jaune vif qui entourait le lieu du crime jurait avec la monotonie grisâtre du paysage. Bien sûr, il n'y avait pas de touristes ce jour-là. Jury se dit que les visiteurs éventuels étaient détournés en amont de la A17.

La lueur verte provenait de plusieurs écrans d'ordinateur restés allumés, prêts à l'action. L'intérieur de la caravane était bleu de fumée. Bannen aimait les cigares. Seul dans le QG, il introduisait des données dans l'ordinateur.

— Ah, je pensais bien vous revoir bientôt, dit-il avec ce sourire que Jury ne parvenait jamais à déchiffrer.

Bannen aurait fait un redoutable joueur de poker ; il paraissait toujours avoir un as dans son jeu.

Jury se dit qu'il en avait même plusieurs. Mais peut-être bluffait-il ? Jury le salua d'un signe de tête, un léger sourire aux lèvres, et s'assit sur une chaise pliante.

— Sam Lasko m'a dit que vous alliez procéder à une arrestation.

— Ce n'est pas exactement ce que je lui ai dit, cependant...

Bannen ôta le cigare de sa bouche, en examina le bout, le ralluma et dévisagea Jury.

— Pas exactement? s'étonna ce dernier. Je me demande ce que ça signifie.

À l'expression de Bannen, Jury eut l'impression qu'il pourrait s'interroger pendant des heures sans trouver de réponse. Il bascula sa chaise en équilibre sur les pieds arrière et s'efforça de paraître calme.

— Excusez ma curiosité... commença-t-il (il ne devrait pas se livrer à des sarcasmes puérils avec la police du Lincolnshire, il en était conscient) mais il s'agit d'une amie.

— Oui, vous me l'avez déjà dit. On dirait même que c'est une très bonne amie.

— En effet. Mais amie ou pas, vous n'avez rien pour l'inculper.

— Bof, soupira Bannen, laissons cela à l'appréciation du procureur de la Couronne. (Il passa une main sur des dossiers empilés sur son bureau comme si ses doigts de magicien allaient les changer en preuves tangibles contre Jenny Kennington.) Mr Jury, reprit-il en s'éclaircissant la gorge, son mobile est évident; la possibilité — la fourchette de possibilités, comme nous disons — excellente. Elle avait accès à la carabine utilisée. Pour couronner le tout, elle a menti. Sur plusieurs points, comme je suis sûr que vous l'avez découvert. J'espère qu'elle a trouvé un bon avocat.

Jury s'interrogea sur les « plusieurs points ». Il n'en connaissait qu'un.

— Dites-moi : pourquoi Lady Kennington aurait-elle tué Verna Dunn? Quinze ans ou plus après leur dernière rencontre. Quinze ans après la dernière blessure — les dernières blessures, devrais-je dire. Apparemment, Verna Dunn en a infligé plusieurs et pas seulement à Jenny Kennington.

— Qui dit que c'était à cause d'une blessure vieille de quinze ans ? rétorqua Bannen d'une voix douce.

Les pieds de la chaise de Jury heurtèrent violemment le sol.

— De quelle vacherie récente s'était-elle encore rendue coupable ?

Bannen n'était pas décidé à répondre à cette question.

— S'il n'y avait rien, aucun mobile, pourquoi Jennifer Kennington aurait-elle refusé d'admettre qu'elle connaissait Verna Dunn depuis longtemps ? Qu'elles étaient même parentes ?

— Ce n'est pas aussi important...

— Vraiment ?

— Pourquoi Jack Price n'a-t-il pas dit qu'il connaissait Lady Kennington ? Je souligne simplement par là qu'on peut avoir plusieurs raisons de faire semblant de ne pas connaître quelqu'un.

— Hum ! Néanmoins, Jack Price n'a pas tué Verna Dunn. (Bannen esquissa un bref sourire factice.) Il semble qu'il y ait eu beaucoup de monde que Lady Kennington faisait semblant de ne pas connaître.

Jury ignora le raisonnement détourné que Bannen venait d'utiliser à propos de Jack Price. Bannen savait ce qu'il faisait.

— Pas tant que ça, riposta Jury. Deux personnes seulement.

Bannen hocha la tête comme pour dire que le

commissaire Jury avait décidément la comprenette difficile. Il passa une main sur son crâne dégarni.

— Si Jennifer Kennington était rentrée et, disons, était montée directement dans sa chambre parce qu'elle était en colère ou je ne sais quoi, je trouverais son comportement compréhensible. Au lieu de quoi, elle plaque Verna Dunn en plein bois, abandonne ses hôtes et leurs invités, et se rend au pub, fort éloigné, ma foi. Ensuite, après avoir marché pendant dix ou quinze minutes, elle s'aperçoit que le Bord du Monde serait fermé avant qu'elle n'arrive, et retourne sur ses pas. (Bannen s'adossa dans son fauteuil pivotant.) Alors, est-ce que cela paraît vraisemblable... pour une innocente, veux-je dire ?

— Dans ce cas, pourquoi ne pas l'avoir inculpée ?

Bannen se balança un instant, comme indifférent à la question.

— Je fais preuve d'une retenue remarquable, dit-il enfin. Je fais des concessions.

— J'en doute, bougonna Jury, qui inclina la tête vers le trottoir en planches et les canaux. Que faites-vous de Dorcas Reese ? Vous allez me dire que Jenny l'a aussi assassinée !

— Oui, répondit Bannen avec un sourire machiavélique.

Jury en eut froid dans le dos. Il s'était attendu à une certaine hésitation.

— Mais pourquoi ? Quel serait son mobile ?

— Dorcas Reese représentait un danger pour elle, soupira Bannen.

— Écoutez-moi bien, hier, à Stratford, j'ai parlé à Jenny Kennington. Elle m'a dit une chose étrange :

elle se demandait si Verna Dunn était là quand le fils de Grace Owen a eu son accident.

Bannen contempla son écran en fronçant les sourcils, comme si l'ordinateur n'avait pas réussi à fournir une explication à ce soudain changement de sujet.

— Si vous suggérez que Grace Owen tient Verna Dunn pour responsable de la mort de son fils... (Bannen roula le cigare entre ses lèvres.) Pourquoi diable, dans ce cas, attendre pour la tuer que des étrangers soient présents ? C'eût été plus logique d'aller à Londres, chez Verna Dunn, plutôt que d'attendre qu'elle vienne à Fengate. C'est complètement ridicule.

— Bien sûr que non. Vous avez l'air de penser que le meurtre était prémédité. Grace Owen n'avait peut-être découvert la responsabilité de Verna Dunn qu'au cours du week-end. Combien de fois s'est-elle retrouvée en présence de l'ex-Mrs Owen, après tout ?

Il y eut un silence.

— Ce que dit Lady Kennington sur le fils n'est que pure spéculation, déclara enfin Bannen.

— C'est facile à vérifier, dit Jury, qui se leva. J'ai l'impression que vous en savez plus que moi sur la question.

Bannen s'esclaffa.

— Encore heureux, Mr Jury. Parce que vous ne savez que dalle, si je peux me permettre...

22

Jury contempla un instant la maison, bâtie sur un tertre. Comment réagirait Parker à une visite impromptue de Scotland Yard dépourvue de caractère officiel ? Étant donné ce qu'avait dit Melrose Plant, avec élégance, probablement.

Ce ne fut pas un membre du personnel qui ouvrit la porte, c'était évident. Malgré le tablier blanc qui traînait presque par terre (Parker, Jury le savait, adorait faire la cuisine), l'homme de grande taille, moustache, cheveux clairsemés, appartenait sans conteste à la classe supérieure. Quelque chose dans le maintien, dans l'imperceptible assurance de son port de tête.

— Mr Parker ? Major Parker ?

Parker s'inclina avec un léger sourire ironique.

— Croyez-moi, « Mister » suffira, et « Parker tout court » serait encore mieux. C'est ainsi qu'on m'appelle. Vous êtes le type de Scotland Yard ?

Jury, qui s'apprêtait à sortir sa carte, arrêta son geste, surpris.

— Comment... ?

— Comment je le sais ? Ah, les nouvelles vont vite par ici. Entrez donc.

Parker s'effaça pour laisser passer Jury. Puis il ôta

son tablier, le lança sur un buste en bronze, débarrassa Jury de son manteau qu'il disposa avec soin sur le bras d'un fauteuil plutôt ostentatoire, un Louis XV peut-être, le seul roi dont Jury se souvenait.

— Par ici, Mr... Ah, on ne m'a pas dit votre nom.
— Richard Jury, police judiciaire.

Ils débouchèrent dans une pièce, vaste mais confortable, dont la chaleur accueillante devait beaucoup au grand feu qui rugissait dans l'énorme cheminée. Au feu et aussi aux meubles qui s'entassaient dans la pièce. Jury n'avait jamais vu un mélange d'un tel éclectisme — l'art nouveau parmi des meubles chinois laqués ; une chose luxueuse en pin et chêne, d'origine américaine, à côté de tables et de tréteaux ; plusieurs styles de différents Louis — c'était assez écrasant, encore plus qu'à Fengate, débordant d'objets d'art, dont pas mal dignes d'un musée, mais aucun assorti à son voisin. Et cependant, ils étaient tous bien entretenus, pas une table qui ne fût soigneusement polie. Des tableaux, la plupart décrochés, étaient éparpillés, appuyés contre des buffets en acajou et des coffres festonnés ; deux girouettes, un cheval et un cerf, inclinées contre le mur du fond ; des urnes et des animaux en fonte un peu partout ; des commodes incrustées de nacre à côté d'une table en marqueterie ; une tête de jade et un cheval en ivoire ornaient le manteau de la cheminée, avec divers petits objets en bronze.

Jury et Parker s'assirent face à face sur des causeuses en velours défraîchi ; entre eux un banc de cordonnier faisait office de table basse. Un gobelet en cristal taillé dans lequel restait un doigt de whisky était posé sur la table à côté d'un livre ouvert et retourné.

— Je vous ai interrompu, déclara Jury. J'espère que vous ne m'en voulez pas.

— Une interruption bienvenue, s'esclaffa Parker, je vous assure. Je larmoyais, je buvais en lisant Swinburne. Vous aimez Swinburne ? (Sans attendre de réponse, il s'empara du livre et se mit à lire :) « ... Qu'aucune vie éternellement ne dure, / Que les morts jamais ne se relèvent, / Que même épuisée / La rivière serpente jusqu'à la mer, / Saine et sauve. » (Il referma le livre comme s'il venait de soulever un point cosmique.) C'est l'un de mes préférés. J'y puise un certain réconfort. Le réconfort de la poésie et d'un bon whisky bien sec, ajouta-t-il en levant son verre.

— Ça ne me paraît pas très réconfortant, dit Jury. « Même épuisée la rivière... »

— Ah, mais ce qui compte, n'est-ce pas, c'est qu'elle parvient à la mer, elle aboutit quelque part.

Jury se cala dans la causeuse, qui était bien plus confortable qu'elle n'en avait l'air, et eut l'impression d'être en compagnie d'un vieil ami. Comme c'était étrange. Ils restèrent un instant silencieux pendant que Jury laissait ses yeux errer dans la pièce.

— On dirait une boutique de brocanteur, vous ne trouvez pas ? fit Parker. C'est que je vis à la dure, voyez-vous.

— Si être entouré de jade et d'ivoire et de tableaux, c'est « vivre à la dure », d'accord, répondit Jury.

Parker ralluma sa pipe et secoua l'allumette.

— Max Owen ne peut pas respirer dans cette pièce, dit-il. Il prétend qu'il a une crise d'asthme chaque fois qu'il y met les pieds. Mais je suis sûr que c'est de la jalousie. (Parker jeta un coup d'œil autour de lui.) Max est plus doué que moi pour mettre une pièce en valeur.

Cyril, le chat, aussi, faillit dire Jury, mais il se contenta de sourire.

— C'est ma bonne.

— Je vous demande pardon ? fit Jury qui n'avait aucune idée de ce que Parker voulait dire.

— Madeline, la femme qui vient faire le ménage ; elle est entrée au pub quand vous y étiez. C'est comme ça que je sais qui vous êtes. Elle vaut n'importe quel journal. Bien, que puis-je pour vous ? Ou mieux... (Il se leva et alla à un buffet en palissandre.) Que puis-je vous offrir ? (Il ôta le bouchon d'une carafe en cristal taillé d'une valeur de plusieurs centaines de livres.) Whisky ? Cognac ?

— Un whisky, merci.

Jury apprécia le whisky avant même d'avoir le gobelet de cristal en main. C'était comme si le verre retenait captive la lumière ambrée. Un vieux whisky dans un vieux verre. Jury but une gorgée. Le liquide coula dans sa gorge avec la douceur d'une soie brûlante, la chaleur détendit ses muscles et se répandit dans ses veines. Ah ! L'alcoolisme serait-il la prochaine étape ? Il avait arrêté le tabac (et essayait d'empêcher ses yeux de s'égarer vers le coffret japonais de la table basse, la taille parfaite pour une poignée de cigarettes.) Le whisky allait-il remplacer la nicotine dans son petit répertoire des vices ?

— C'est le meilleur whisky qu'il m'ait été donné de boire, déclara-t-il.

— Hum, il est bon, je vous l'accorde. J'ai oublié d'où il vient.

— J'oublierais plus facilement le visage de ma fiancée.

Parker rit, puis vida son verre d'un trait, cul sec. Il rajusta sa pipe entre ses dents et tira une bouffée.

Jury regarda la pipe, les volutes de fumée s'élever vers le plafond.

— Est-ce que vous fumiez des cigarettes auparavant ? demanda-t-il. Vous les avez remplacées par la pipe ?

Parker parut réfléchir. Puis :

— Non, je ne crois pas...

« Je ne crois pas ? » Bon Dieu, pouvait-on avoir fumé dans sa jeunesse et avoir oublié ?

— Si je comprends bien, vous fumiez ? sourit Parker.

— Un paquet par jour.

Presque deux, en réalité. Un paquet et demi, au moins.

— Oh. Et ça vous manque, bien sûr...

Jury resta un instant bouche bée.

— Je peux m'en passer s'il le faut, dit-il enfin.

Le sourire de Parker insinuait qu'il n'en croyait pas un mot.

— Vous connaissez Mr Plant, je crois ? Il a déjeuné avec moi.

— Pensez si je le sais ! s'amusa Jury. Il en parle encore.

Il s'aperçut trop tard qu'il était censé connaître « à peine » Mr Plant. Mais Parker était trop ravi du compliment pour relever.

— Dites-lui qu'il est le bienvenu quand il veut. C'est un garçon charmant... J'imagine que vous êtes venu me questionner au sujet de ces deux femmes ? ajouta-t-il après un court silence.

— Ah, oui, je suis désolé.

Jury se leva à demi pour reposer son verre. Tristement.

Le rusé Parker alla remplir les deux verres. Jury se rassit et but une gorgée.

— Bon, fit-il, vous connaissiez bien Verna Dunn ?

— Oui, et je ne l'aimais pas beaucoup.

— C'est, semble-t-il, une opinion largement partagée. Était-elle mariée à Mr Owen quand vous l'avez connue ?

— Oui. Verna était une comédienne. À plein temps. Elle avait le chic pour dissimuler son véritable moi. Pour autant, bien sûr, qu'elle en ait eu un. J'ai tendance à penser qu'elle avait toute une série de faux moi.

— Avez-vous une idée du sujet de leur dispute ? Avaient-elles montré des signes d'animosité pendant le dîner ?

Jury se demanda, pour la énième fois, si Max Owen était réellement la cause de l'altercation. C'est l'ennui quand on ment une fois ; on est ensuite soupçonné de mentir à tout-va.

Jury avait dû grimacer car Parker s'enquit :

— Ça ne va pas, commissaire ?

— Si, si. Donc, cette dispute... ?

— Elles se sont à peine adressé la parole de tout le repas, répondit Parker. Remarquez, c'est déjà significatif en soi. Évidemment, comme je n'étais pas à l'affût de tels signes, il se peut que j'aie loupé quelque chose.

— Dans ce cas, les autres aussi, apparemment. Quel sujet aurait pu être aussi explosif, pour que Jenny Kennington tue Verna Dunn ?

— Ah bon, c'est donc elle ?

— J'aurais dû préciser « prétendument ». Je suis trop influencé par la version de la police du Lincolnshire.

— Où diable était l'arme ?... Un fusil, par-dessus le marché. Ou était-ce une carabine ? De toute façon, c'est difficile à cacher dans un sac à main, vous ne trouvez pas ?

Parker se releva pour remplir les verres.

— On pourrait soutenir que l'arme — une carabine — avait déjà été cachée dans la voiture, ou sur le Wash. Mais c'est le point faible de leur théorie... de la version de la police, veux-je dire.

Parker se recala dans la causeuse et nettoya sa pipe à coups de cure-pipe.

— Ce n'est pas le seul point faible, loin s'en faut. La théorie, si j'ai bien compris, c'est que Jennifer Kennington et Verna Dunn sont montées dans la voiture de Verna, qu'elles ont roulé jusqu'au Wash, précisément jusqu'à la langue de terre appelée « Fosdyke's Wash » — un lieu qui n'a jamais bénéficié d'une telle notoriété —, et que là, Lady Kennington a tué Verna Dunn, a repris la voiture, est retournée à Fengate et s'est garée assez loin dans l'allée afin que personne n'entende le moteur. *Ensuite,* elle s'est pointée à Fengate peu après onze heures avec une histoire que la police juge à la fois étrange et mensongère, comme quoi elle aurait marché jusqu'au Bord du Monde — ou presque — et serait revenue sur ses pas.

— C'est la version du commissaire Bannen, en effet.

— À mon humble avis, il est bien plus facile de

croire sa version à elle que celle de votre commissaire Bannen.

— Ce n'est pas *mon* commissaire Bannen ! s'esclaffa Jury.

Il fit tourner le whisky dans son verre, qu'il leva légèrement afin que la lueur safran des flammes s'y reflète.

— Cependant, il est bigrement malin. Il est suffisamment modeste pour qu'on oublie les failles de son raisonnement. Rappelez-vous, vous avez quitté Fengate à onze heures, ou onze heures cinq. Comment se fait-il que vous ne l'ayez pas croisée ?

Parker s'arrêta de curer sa pipe.

— Tiens, c'est juste !

— Il n'y a pas d'autre route, n'est-ce pas ? Aucun chemin qu'elle aurait pu emprunter ?

— Oh, il existe peut-être encore une vieille piste en terre. Mais pourquoi l'aurait-elle prise ?

— De toute façon, elle prétend qu'elle était sur le sentier communal.

— L'un de nous doit forcément mentir, déclara Parker. (Voyant que Jury opinait, il demanda :) C'est pour ça que vous êtes là ?

Jury éclata d'un rire soudain.

— Non. Je ne crois pas que vous ayez eu la possibilité. À moins que... vous ne soyez rentré chez vous prendre votre voiture et que vous ayez foncé au Wash...

— Eh oui, c'était faisable. N'y a-t-il pas la question de l'heure de la mort ?

— Si, en effet. Mais il n'y a pas non plus deux différentes traces de pneus. Il faut aussi considérer le mobile. D'accord, Verna Dunn semblait être unanimement détestée, mais les autres ne paraissent pas avoir eu de mobile évident. Max, Grace — ce sont eux qui auraient eu un mobile plausible. Mais, dans leur cas, il faudrait jongler avec les minutes. Surtout pour Max Owen.

— Et Dorcas Reese ? Quel rôle joue-t-elle là-dedans ?

— C'est encore plus mystérieux. Elle n'a pas été tuée par balle, elle a été étranglée. Garrottée, exactement. Lady Kennington affirme qu'elle était à Stratford-upon-Avon, mais la police a eu vite fait de souligner qu'on peut faire l'aller-retour en quelques heures.

— C'est couper les cheveux en quatre pour joindre les deux bouts, vous ne trouvez pas ?

— Certes, mais personne n'a soulevé d'autres hypothèses. (Jury reposa son verre.) J'espérais que vous vous rappelleriez un détail utile, j'imagine... Jenny est une amie chère. Bon, il faut que je me sauve. (Il se leva, imité par Parker.) J'avais pensé aller discuter avec Peter Emery. Votre gardien, je crois ?

Parker acquiesça.

— Vous savez que Peter est aveugle ? demanda-t-il en raccompagnant Jury à la porte. Cela fait plusieurs années. Un accident de chasse. C'est affreux, surtout quand on connaît son amour pour la nature. Il vit avec une jeune nièce... Je me disais, cela vous ennuierait de leur apporter quelque chose ? Si vous y allez maintenant, bien sûr.

— Bien volontiers. Toutefois, il faudra que vous m'indiquiez la route. Le cottage est en dehors du sentier, m'a-t-on dit.

— Je vais faire mieux, je vais vous donner une carte d'état-major. Je reviens tout de suite.

Et il disparut à grands pas.

Jury se demanda avec amusement si la cuisine du major Parker était son véritable domaine. Il jeta un regard autour de lui vers les pièces adjacentes au vestibule surchargé, mais plutôt vaste par ailleurs. Il y avait un escalier majestueux et on imaginait sans peine des femmes en robe de bal le descendre avec grâce.

— Et voilà, annonça Parker, de retour avec une carte dans une main et une boîte en carton blanc dans l'autre. De la glace à la prune. J'ai promis de la leur apporter aujourd'hui, mais je me suis embarqué dans un nouveau plat. Tenez, votre carte. J'ai marqué la route. Vous verrez, c'est très simple.

— De la glace à la prune. Hum, ça doit être délicieux... Mais pas autant que votre whisky.

Plant lui avait parlé de la cécité de Peter Emery. « Il se déplace quand même. Sa mémoire lui sert à trouver son chemin dans les bois ; comme il a travaillé pour Parker pendant une dizaine d'années, il se débrouille. »

Jury quitta le sentier pour traverser le champ spongieux et rejoindre le chemin qui menait au cottage. Comme l'avait dit Parker, c'était assez facile, du moment qu'on avait un plan. C'est pareil pour beaucoup de choses.

Plant avait mis Jury en garde contre la petite Zel. Ainsi, lorsqu'elle ouvrit la porte à la volée, Jury s'attendit à ce qu'elle la lui claque aussi sec au nez. Ce ne fut pas le cas. Plant avait encore exagéré. Zel leva les yeux sur Jury et lança :

— Oh, salut !

Jury lui dit bonjour et pencha la tête vers Bob, qui lui parut ressembler à n'importe quel chien — haletant, langue pendante, et queue fouettant l'air. D'où Plant tirait-il ses histoires à dormir debout ?

Jury tendit la boîte.

— Je suis le livreur, dit-il.

La fillette écarquilla les yeux.

— C'est ma glace ?

— À la prune.

Qu'on lui ait confié un article aussi précieux le fit aussitôt grimper dans l'estime de Zel.

Ce devait être Peter Emery, son oncle, qui venait de paraître sur le seuil du petit salon. Jury se présenta et déclara qu'il venait juste de parler avec le major Parker. Il précisa qu'il n'était pas officiellement chargé de l'enquête et qu'Emery ne devait pas se sentir obligé de répondre à ses questions. Ce fut Zel qui répondit :

— Nous aimons la compagnie.

Elle décrivit prestement un cercle en faisant voler ses cheveux roux doré, et fonça dans la cuisine avec sa glace.

Peter Emery éclata de rire.

— Elle a raison, fit-il. Entrez donc vous asseoir.

Lorsqu'il se fut confortablement installé dans un fauteuil moelleux et que Zel, reparue aussi vite qu'elle était partie, vint se coller contre lui, Jury commença :

— J'ai appris que vous étiez autrefois le régisseur d'un domaine dans le Perthshire. Une région superbe.

Emery n'avait besoin que de ce préambule pour se lancer.

— C'est exact. Je me souviens...

Il parla longuement et sans être interrompu. Jury trouvait naturel pour un homme frappé de cécité de chérir les souvenirs d'endroits et de choses du passé que ses yeux avaient enregistrés. En outre, Peter Emery était un merveilleux conteur. Avec son timbre de voix, il aurait réussi à captiver son auditoire en lisant... un horaire de chemin de fer.

Pendant le récit de son oncle, Zel avait commencé à se déplacer en douce, avec une manœuvre latérale des pieds — orteils, talons, orteils, talons, gymnastique un peu bébête qu'on voit dans les music-halls —, tant et si bien qu'elle s'était approchée du fauteuil de Jury et, s'appuyant à deux mains sur le bras, avait pris son élan pour repartir dans l'autre sens : orteils, talons, orteils, talons, jusqu'à ce que son oncle lui ordonne de cesser immédiatement. Elle avait obtempéré et s'était arrêtée juste à côté de Jury, qui lui avait souri, mais distraitement, absorbé par la narration de l'oncle. Ayant ainsi attiré en partie l'attention de Jury, elle entreprit de la retenir tout entière en faisant courir ses doigts sur le bras du fauteuil, comme pour en évaluer la longueur. La manœuvre lui permit d'approcher ses doigts de plus en plus près de la main de Jury. La tête courbée, elle suivait avec une fascination apparente la progression de ses pieds et de ses doigts.

Jury avait réussi à faire dévier la conversation de l'Écosse aux meurtres, et Emery venait de déclarer que c'était une « terrrrible tragédie, oui une terrrrible tragédie ».

— Que pensez-vous de Verna Dunn ?
— Oh, elle était pas mal, j'imagine.
— C'est pas vrai, Oncle Peter ! Tu m'as dit le contraire !

Emery rougit.

— Ah, les enfants ! D'accord, j'ai menti. Zel a raison, je ne l'aimais pas. Mais on ne voudrait pas dire du mal d'une morte.

— Les gens à qui j'ai parlé ne se faisaient pas prier pour dire du mal de Verna Dunn, remarqua Jury en souriant.

— Moi non plus, intervint Zel.

— C'était Verna Owen, à l'époque, dit Peter. Mr Max n'est pas marié à Grace depuis longtemps, six ou sept ans, peut-être. Grace Owen est une très jolie femme. Mais Verna... je comprends qu'il se soit débarrassé d'elle.

— Est-ce bien lui ? C'est Max Owen qui a demandé le divorce ?

— Elle ne l'aurait jamais demandé, ricana Peter Emery, vous pouvez en être sûr. Pas avec la fortune de Max. Elle manipulait les gens par plaisir. Pour elle, la vie n'était qu'un jeu.

— Vous vivez ici depuis dix ans, avez-vous dit ?

— Onze ans et demi, gazouilla Zel. Onze ans et quatre mois.

Elle semblait penser que l'exactitude plairait certainement à un détective de Scotland Yard.

— Connaissiez-vous bien Verna Dunn ? Je veux dire, avez-vous eu affaire personnellement à elle ?

— Un peu. Assez pour la détester.

— Elle ne semblait pas très populaire...

— À juste titre.

— C'est-à-dire ?

— C'était une destructrice. Vous savez... (Se rappelant apparemment la présence de sa nièce, il demanda :) Zel, tu ne devais pas aller nous chercher du thé ?

— Non, répondit-elle, toujours aussi précise avec les faits.

Elle tournait le dos à Jury, la tête penchée le plus possible afin de le regarder à l'envers. Elle parut soudain se dire que le thé lui ferait marquer des points et s'adressa à Jury (à Jury seulement) :

— Vous voulez du thé ?

— Volontiers, acquiesça-t-il. On n'a pas droit à un peu de glace à la prune ? ajouta-t-il avec un sourire désarmant.

Zel parut hésiter, elle regarda tour à tour son oncle et Jury, qui s'efforçait de ne rien laisser paraître.

— Elle n'est pas encore prête, assura-t-elle. Il faut qu'elle repose... Il faut qu'elle se mélange, ajouta-t-elle après réflexion.

— Vraiment ? Le major Parker avait l'air de penser qu'elle était parfaitement mélangée. Comestible de suite. Dans l'instant. Maintenant.

— Zel ! s'écria son oncle, plus embarrassé qu'en colère. Quelle sorte d'hospitalité est-ce là ?

Zel s'ébroua et fonça dans la cuisine.

Son oncle éleva la voix pour se faire entendre :

— Et ne traîne pas derrière cette porte, ma fille ! Apporte-nous vite le thé et la glace.

Une cacophonie de verres, de couverts, d'assiettes, de soucoupes et de bouilloire retentit comme pour garantir à son oncle que Zel était trop occupée pour avoir le temps de traîner derrière les portes.

Lorsque sa nièce fut hors de portée de voix, Peter Emery déclara :

— Je ne veux pas donner le mauvais exemple,

vous comprenez, ni qu'elle apprenne de moi à détester les gens. Zel est tellement impressionnable.

Jury en doutait fort. Enfin, Peter Emery ne serait pas le premier adulte à méconnaître l'enfant dont il avait la charge.

— Vous disiez qu'elle était destructrice ?

— Oui, et elle l'était, pour sûr. Elle prenait un malin plaisir à bousiller la vie des autres. C'était son vice.

— A-t-elle essayé de bousiller la vôtre ?

Peter tourna sa figure pâle vers le feu mourant.

— Ah, elle a essayé, on peut le dire !

Comme il ne précisait pas, Jury questionna :

— Un rapport avec le sexe ?

Peter répondit de manière oblique :

— Elle est venue ici plusieurs fois. Au début c'était, je l'ai cru, assez innocent ; elle voulait savoir certaines choses sur les terres de Mr Parker, soi-disant qu'elle comptait lui demander de lui vendre quelques hectares. Des foutaises, oui ! Mais quand elle s'est mise à... euh... devenir... amicale...

— Vous voulez dire qu'elle a essayé de vous séduire ?

Jury trouva naturel d'en arriver à cette conclusion, surtout à la lumière de la gêne évidente d'Emery. L'homme devait être prude. Mais c'était sans doute mieux que de se vanter de ses conquêtes. Verna Dunn ne devait pas être la seule à lui avoir fait des avances. Emery n'était pas seulement bel homme, une aura de sexualité flottait autour de lui telle une brume.

— Cette Lady Kennington, c'est une dame, elle. Pourquoi aurait-elle... (Il haussa les épaules, s'éclaircit la gorge comme s'il avait du mal à formuler sa pensée.) Pourquoi l'aurait-elle tuée ? Et pourquoi aller au Wash ? ajouta-t-il, penché vers Jury. Au pub, tout le monde en parle. Pourquoi Lady Kennington l'aurait-elle tuée ? redemanda-t-il.

— Il est fort possible que ce ne soit pas elle.

— Ah, siffla Emery. Tout ça, c'est des médisances. Le policier de Lincoln est venu chez nous. Il cherchait des armes, qu'il disait, des carabines. M'est avis qu'il a dû ramasser tous les 22 longs rifles jusqu'à Spalding. J'étais une bonne gâchette, dans mon temps. (Il soupira et se radossa.) Je ne voudrais pas vous donner l'impression que... euh... les femmes ne peuvent pas me résister, mais Verna Dunn... c'était bougrement gênant. C'était l'épouse d'Owen, tout de même ! Quand une femme se comporte de la sorte, on a du mal à dire du bien d'elle.

— Mr Emery, qui... ?

— Appelez-moi Peter. Dites, ajouta-t-il dans un murmure, vous n'auriez pas une cigarette, par hasard ? La gamine me les cache. J'étais à deux paquets par jour.

Jury secoua la tête, puis, comprenant qu'Emery ne pouvait pas le voir, il dit :

— Non, désolé. Mais Dieu sait que je compatis ; je n'en ai pas touché une depuis un mois. Parfois, je me dis que le manque me tuera plus sûrement que la nicotine.

Ils s'esclaffèrent et, profitant de leur humeur joyeuse, Jury remit le sujet des armes sur le tapis.

— Est-ce que quelqu'un avait accès à vos fusils, Peter ?

— Le flic du Lincolnshire me l'a déjà demandé. Ma réponse est oui, c'est possible. Nous ne fermons pas ce cottage comme un coffre-fort. Le problème, pourtant, c'est qu'il a sans doute trouvé plus que ce qu'il cherchait. Les gars du labo auront du mal à limiter les recherches.

Pas si c'est une carabine, songea Jury.

— Vous voulez dire qu'on aura du mal à savoir si l'arme a été récemment utilisée ?

— Tout juste. Je ne sais pas combien de fusils les flics ont emportés... ils ont dû trouver une douille ou je ne sais quoi près de l'endroit où le meurtre a eu lieu. Mais y a fort à parier que les fusils qu'ils ont emportés ont tous été utilisés récemment. Le vieux Suggins, dès qu'il a un coup dans le nez, il se met à tirer sur les écureuils... Le thé est prêt, Zel ?

Zel était reparue avec le plateau.

— Je ne crois pas non plus que la police pourra limiter ses recherches, s'agissant des suspects.

— Que voulez-vous dire ?

— C'est que tout le monde dans le coin sait se servir d'une carabine ou d'un fusil de chasse. Même les dames. Quand je suis arrivé ici, j'ai donné des leçons de tir à Grace Owen. Le major Parker, c'est sûr, il sait tirer. Max se débrouille, même si c'est pas une fine gâchette. (Emery marqua une pause, accepta la tasse que Zel lui mit entre les mains, et but une gorgée de thé.) Ah, fit-il en hochant la tête, il est bon, ma fille. Tu as apporté des biscuits ?

Zel poussa un profond soupir.

— Je vais les chercher, assura-t-elle.

Après qu'elle fut partie en courant, Peter se pencha vers Jury.

— Je vais vous dire ce que je pense. Je pense que ce commissaire se goure, je pense qu'il a tout compris de travers. Si quelqu'un était capable de monter un tel scénario, c'était bien Verna. C'était son style. Et, attention, elle visait juste. C'était un bien meilleur fusil que Max ou Parker. Je la vois bien cacher la carabine du côté du Wash et y attirer qui elle voulait.

Jury trouva l'idée originale.

— Et ce « qui », d'après vous ?

— Verna...

Zel revint avec une assiette de biscuits qu'elle donna à Jury, et une petite coupelle en verre — toute petite — contenant deux cuillerées de glace.

— C'est pour une souris ? plaisanta Jury.

Zel parut vexée.

— C'est juste pour goûter, dit-elle. Je suis sûre que vous n'aimerez pas. (Elle le regarda avec anxiété tester la glace. Quand Jury déclara qu'elle était bonne mais qu'il préférait le chocolat, Zel eut l'air infiniment soulagée.) Je vous l'avais bien dit.

Elle remit la coupelle sur le plateau et tendit une chope de thé à Jury. Son oncle lui dit d'aller chercher Bob et elle sortit avec des regards noirs.

— J'étais une fine gâchette, de mon temps, déclara Emery. Avant ça, ajouta-t-il en montrant ses yeux. Les gens ne sont pas assez prudents avec les armes ; pas étonnant que ça soit si difficile d'obtenir un permis.

— Tout à fait d'accord. Comment est-ce arrivé ?

— Ça remonte à loin, sept ans, peut-être huit, j'avais sorti la barque et je m'étais installé dans un des étroits canaux, de l'autre côté du marais Windy, peut-être trop près, d'ailleurs... (Il ouvrit un tiroir de la table qui jouxtait le canapé, fouilla du bout des doigts, retira sa main et soupira.) J'y planquais des clopes, mais Zel a dû les trouver. Bref, pour en revenir au matin de l'accident, oh, c'était grandiose, le genre d'aube sous la brume, un ciel d'argent, tous les bruits assourdis, et j'allais à un de mes endroits préférés pour la perdrix. Glisser dans le brouillard sur cette rivière, c'était comme d'avancer dans un monde hanté, tous les sens sont en alerte. Les saules et les haies, on aurait dit des spectres, tout était irréel. Ah, un matin pareil, c'est difficile à décrire. (Il hocha la tête, à court de mots.) Bref, je me suis allongé dans la barque à écouter les oiseaux chanter et le vent siffler et racler dans les roseaux. Il y avait un papillon, un paon de jour vert foncé, et ils sont rares. Il oscillait, posé sur un long brin d'herbe. Alors, j'ai entendu quelqu'un appeler sur ma droite et plus d'une centaine d'oiseaux se sont envolés — colverts, sarcelles, canards siffleurs. Je me suis redressé dans la barque — quel idiot! —, j'ai épaulé, prêt à tirer, et au même moment j'ai entendu au moins deux coups de feu et j'ai senti comme la brûlure d'un rasoir me fendre la tête. C'est tout, ensuite le noir. C'est drôle, ajouta-t-il, la tête tournée vers le feu, mais ce dont je me souviens le mieux, c'est pas les oiseaux, c'est le papillon en train de se balancer sur le brin d'herbe humide. (Il s'adossa et étendit ses longues jambes.) Celui qui a tiré n'a pas pu savoir ce qui s'était passé parce que j'ai pas crié et que ma barque était bien cachée... Je devrais être heureux que la balle ait juste atteint le nerf optique et pas le cerveau.

Il sourit avec une étonnante allégresse, comme s'il était le roi des veinards.

Jury reposa sa chope sur la table.

— Il n'y a pas de quoi être heureux, dit-il. Moi,

je ne prendrais pas les choses avec autant de sérénité. Bon, fit-il en se levant. Merci pour le thé. Peut-être à la prochaine.

— Désolé de ne pas vous être plus utile, déclara Max Owen qui, tout juste rentré de Londres, prenait un verre avec Jury dans le salon. C'est vrai, c'est Grace qui avait invité Verna. Elle l'aime bien — elle l'aimait bien, devrais-je dire. Je sais que Jennifer Kennington est votre amie. C'est une femme extrêmement sympathique ; tout ça me paraît proprement invraisemblable. Sincèrement.

Il examina son verre, fit tournoyer le whisky et hocha la tête d'un air incrédule.

— Pour ma part, déclara Jury, je trouve très aimable de votre part d'accepter de répondre à mes questions. Votre épouse et vous-même devez être fatigués d'avoir des flics qui cavalent comme des fous dans votre propriété.

Max s'esclaffa.

— N'exagérons pas. Vous imaginez le commissaire Bannen cavaler comme un fou ? Pas moi.

— Moi non plus. Vous connaissez Jenny depuis longtemps, n'est-ce pas ?

Max examina une petite boîte laquée noire qu'il avait tirée de sa poche. Une partie de son butin de la vente aux enchères de la journée.

— Je connaissais surtout James, son mari. Jennifer, je ne l'ai croisée que cinq ou six fois. L'occasion la plus importante, c'était il y a des années, quand j'étais allé chasser avec James. Jennifer nous avait accompagnés. Ils habitaient dans le Hertfordshire, une propriété appelée Stonington. Vous connaissez ?

Max examinait une petite sculpture en ivoire qu'il venait de piocher dans une autre poche. Toujours ce butin.

— Oui, je connais, acquiesça Jury. Donc, vous disiez que Jenny vous avait accompagnés à la chasse. Vous voulez dire qu'elle savait se servir d'un fusil ? D'une carabine ?

— Oh, oui, elle était très forte, assura Max, qui grimaça soudain. Désolé. Mr Bannen m'a posé la même question. Je n'ai pas répondu qu'elle était « très forte ». Remarquez, soupira-t-il, pour ce que ça a changé. (Il vida son verre.) Il faut que j'aille nettoyer la crasse de Londres sur cet objet, reprit-il. (Il glissa la pièce d'ivoire dans sa poche, laissant la boîte sur la table. Puis il jeta un coup d'œil autour de lui, comme si sa femme lui manquait soudain.) Est-ce que Grace est allée aux cuisines ? Mais j'y pense, pourquoi ne resteriez-vous pas dîner ?

— C'est très aimable à vous, mais je dois rentrer à Londres. J'ai un rendez-vous demain matin. Je devrais dire, nous devons rentrer. Je parle de mon inspecteur, bien sûr. Vous ne savez pas où il est, par hasard ?

— Je pense que vous le trouverez dans la cuisine.

— J'aurais dû m'en douter, sourit Jury.

Il ne la vit pas avant d'être arrivé au centre de la salle. C'était le passage de l'ombre à la lumière, près de la fenêtre, qui avait accroché son regard, et il scruta la pénombre, croyant qu'une des statues avait bougé.

— Grace ?

Cela lui avait échappé. Trop tard pour rectifier en « Mrs Owen », d'ailleurs « Grace » lui semblait tellement plus naturel. Il dévia légèrement de sa route.

— Grace ?

Elle était debout près de la fenêtre, dont elle venait juste de tirer le rideau, et elle se frottait les bras, comme saisie par le froid. La pièce était glaciale, elle devait l'être souvent, et plus encore à la tombée de la nuit. Jury éprouva une certaine tristesse à constater que Grace Owen préférait cette pièce aux autres, plus particulièrement cette fenêtre.

Elle se retourna, et il eut l'impression fugitive qu'elle s'attendait à ce qu'il lui posât des questions.

— Oh, bonjour, se contenta-t-elle de dire.

Il s'approcha. Le crépuscule bleu foncé imprégnait le bois et, aussi facilement qu'une page qui se tourne, la nuit tomba et Jury vit la lune flotter haut dans le ciel. Sa lueur caressa la naïade de la fontaine de l'allée. Après quelques instants de silence, Jury demanda :

— C'est là-bas que Toby a eu son accident ?

— Oui, dit-elle sans regarder. C'est là-bas.

— Je me demandais. Est-ce que Verna Dunn était en visite quand ça s'est produit ?

Grace parut méditer la question.

— Oui, elle était là... (Il y eut un long silence.) Pourquoi ?

Il y avait un tel poids dans la question que Jury ne trouva pas de réponse.

— On dirait... qu'elle porte... qu'elle portait malheur.

— Ah, fit Grace, comme si une explication lui était enfin fournie. Mais dans son cas, je ne crois pas qu'on puisse parler de chance, bonne ou mauvaise.
— Tiens, vous la connaissiez donc bien ?
Grace réfléchit, se frictionna de nouveau les bras.
— Plus que je ne l'aurais voulu.

Autant pour Max Owen, qui disait que sa femme « aimait bien » Verna Dunn, songea Jury.
Wiggins était assis à la grande table de la cuisine, celle du personnel, flanqué par les Suggins, qui semblaient apprécier sa compagnie. Lorsque Jury entra, ils venaient d'interrompre leur repas pour rire aux éclats d'une plaisanterie de Wiggins.
— ... alors, je lui ai dit : « Infirmière, si vous recommencez, je vais être obligé de vous inculper pour effraction. »
Wiggins agita sa fourchette tandis que ses deux compagnons de table riaient de plus belle. Suggins donna des claques sur la table, faisant tressauter les plats...
Jury hocha la tête en souriant. L'inspecteur Alfred Wiggins, *raconteur**. Jury resta sur le seuil, se reprochant presque d'interrompre la fête. Il se dit que pour Wiggins l'éternité devrait se passer autour d'une table comme celle-ci. Il finit par entrer et salua Suggins et sa femme Annie.
Wiggins se leva prestement et ôta la serviette qu'il avait accrochée sous son menton.
— Patron ! s'exclama-t-il, presque au garde-à-vous.
— C'est bon, fit Jury, c'est bon, inspecteur, repos. Je venais juste vous prévenir que nous partons

pour Londres... dès que vous aurez terminé, ajouta-t-il en pointant la tête vers les casseroles qui fumaient sur la cuisinière.

— Nous soupons en principe après les autres, déclara Annie Suggins, serrant sa serviette contre sa poitrine, mais ce soir, quand on a vu que l'inspecteur Wiggins mourait de faim... il n'avait rien mangé de la journée.

Ah, comme on oublie vite les toasts aux haricots du Fin Gourmet, se dit Jury en dévisageant Wiggins qui restait impassible.

— La vie d'un policier est une suite de tragédies, Mrs Suggins, dit-il.

— Moi et Mr Suggins, on a décidé de manger maintenant, nous aussi.

Wiggins, qui s'était déjà rassis, enfournait dans sa bouche les restes dorés d'un Yorkshire pudding.

— Vous prendrez bien une tasse de thé, Mr Jury ? fit Annie qui le servit sans attendre de réponse.

Pour une fois, Jury était prêt à croire qu'une tasse de thé arrangerait n'importe quoi.

— Oui, je vous remercie. Puis-je vous entretenir un instant, Mrs Suggins ? (Loin d'être affolée à la perspective d'un entretien avec Scotland Yard, Annie parut divinement surprise.) Et vous, inspecteur Wiggins, vous pourrez peut-être en profiter pour discuter avec Mr Suggins ?

— De quoi ?... Ah oui, bien sûr. C'est ce que j'allais faire quand vous êtes entré.

— Mouais.

Sa tasse de thé à la main, Jury suivit Annie près du feu. La cheminée d'une cuisine offre souvent un confort particulier. Jury avait l'impression que c'était l'endroit rêvé pour s'asseoir, ôter ses chaussures et se laisser aller.

— J'ai besoin de votre aide, Annie. Avec le peu de renseignements que j'ai pu réunir jusqu'à présent, je n'arrive à rien.

Les bras fermement croisés sur sa poitrine, Annie se balança dans son fauteuil et se concentra sur les problèmes de Jury.

— On entend des choses, commissaire. C'était le problème de Dorcas, quelle idiote : elle entendait trop de choses, à mon avis.

— Par exemple ?

— Je ne saurais vous dire exactement. C'est juste qu'elle était tellement curieuse que je lui avais dit que ça lui attirerait des ennuis. Combien de fois je l'ai surprise à écouter aux portes !

— Son travail la mettait-il en rapport avec Lady Kennington ou Verna Dunn ?

— Oh, bien sûr. C'était elle qui leur apportait le thé du matin et allait leur chercher ce qu'elles lui demandaient. Comme il n'y a pas de service à l'étage... (l'expression scandalisée d'Annie montrait bien ce qu'elle pensait de cette lacune), Dorcas devait aussi faire la femme de chambre. Oh, c'est pas qu'il y ait eu tant de travail, et je sais que Miss Dunn lui aurait laissé un joli pourboire à son départ. Elle était généreuse, on ne peut pas lui retirer ça.

Jury sirota son thé d'un air souriant.

— Qu'est-ce que vous pourriez lui retirer ? demanda-t-il. Vous la connaissiez à l'époque où elle était encore Mrs Owen, je crois ?

— Pour sûr. Je faisais déjà la cuisine pour Mr Owen quand il était jeune. Pour lui et pour Mr Price.

À la façon dont elle prononça le nom de Price, Jury se sentit incité à demander :

— Parlez-moi de lui.

— Oh, il n'y a rien à en dire. Mr Owen et Mr Price se sont toujours entendus comme des frères. Non, c'était elle.

Annie semblait penser qu'il aurait dû comprendre tout seul, mais Jury était surtout dérouté.

— Elle ? Vous voulez dire que Verna Dunn créait des ennuis ?

Annie soupira, se leva pour tisonner le feu et se rassit avec un gros soupir.

— Oui, c'est ce que je veux dire ; pourtant, je ne suis pas du genre à rapporter les ragots et je ne voudrais pas froisser Mr Owen. À l'époque, il ne venait ici que les week-ends. Il passait le reste du temps à Londres. Mr Jack habitait ici tout le temps. L'endroit lui convient pour son travail.

Elle s'arrêta et lissa son tablier.

— Et Verna Dunn restait aussi à Fengate, si je comprends bien ?

— Je mentirais si je disais le contraire, commissaire.

— Vous pensez qu'ils avaient... une liaison ? (Un bref signe de tête répondit à la question, et Jury parut réfléchir.) Apparemment, Mr Price connaissait aussi Lady Kennington.

— Oh, la dernière fois que je l'ai vue, ça remonte à des années. Et elle n'est venue qu'une seule fois. C'est une dame, dans tous les sens du terme. (Annie hocha la tête en soupirant.) Je peux vous dire que si Miss Dunn l'avait soupçonnée de... avec Mr Jack... Ah, elle n'aurait pas aimé ça.

— Ce n'est pas ce que... commença Jury, qui s'interrompit aussitôt.

Encore une partie de la vie de Jenny qu'il ne connaissait pas. Et il ne voulait pas que Mrs Suggins éclaire ces zones d'ombre.

À la table, il y eut des éclats de rire. Suggins se tapait sur les cuisses.

— Non, je l'ignorais, dit Jury.

Comme si Annie lui avait demandé. Il se sentit vulnérable et se le reprocha.

Annie Suggins était sur le point de lui resservir une tasse de thé. Jury refusa d'un signe.

— Vous avez raconté ça à la police du Lincolnshire ?

— Non, certainement pas ! se récria Annie. On m'a fait comprendre qu'on n'avait que faire de mon opinion, on voulait des faits. (Elle fit un bref signe de tête, comme si elle avait rempli correctement son rôle auprès de la police.) Je n'aime pas les ragots ; c'est pas mon genre. Je vous ai dit ça à vous parce que vous m'avez demandé mon aide.

Elle s'était pourtant cantonnée aux « faits ». Elle avait vu Jenny Kennington plusieurs années auparavant en compagnie de Jack Price. Jury reposa sa tasse sur les pierres de la cheminée sans l'avoir bue.

— Je vous remercie, Annie. Croyez que j'apprécie.

Annie se pencha et lui posa une main amicale sur le bras.

— Je n'ai pas aimé la façon dont la police s'en est pris à Burt, ici présent... dit-elle en pointant le menton vers la table où Wiggins semblait engagé dans une conversation privée, un biscuit à la main. L'histoire de cette carabine avec laquelle Burt chasse les écureuils et les lapins, on aurait dit qu'ils croyaient que c'était lui qui avait tué Miss Dunn. C'est vraiment stupide. Eh bien, je peux vous le dire, ça m'a froissée, ah, ça oui, et j'allais pas les aider plus que c'était nécessaire. (Elle se mit à se balancer avec frénésie dans son fauteuil.) Ils posaient leurs questions, j'y répondais, et ça s'arrêtait là. Questions et réponses, ça n'a pas été plus loin.

Questions et réponses.

— Entre le bœuf et le dessert, vous avez découvert du nouveau, Wiggins ?

Wiggins faisait chauffer le moteur entre deux bâillements.

— Hélas non, patron. Enfin, comme vous aviez dit que c'était une enquête officieuse, je n'ai pas pu être aussi impitoyable que d'habitude.

Pour la première fois depuis une heure, Jury faillit éclater de rire.

— Et la carabine ? Qui d'autre s'en servait ?

— Pratiquement tout le monde, à un moment ou à un autre.

— Et récemment ?

— Suggins a dû admettre qu'il n'en savait trop rien. Je n'ai pas pu dire : « Ça ne m'étonne pas, tu passes ton temps à picoler. » C'est pourtant le cas. En général, la carabine reste dans la remise, où tout le monde a accès. Suggins ne peut pas savoir qui s'y rend. On y entre par l'intérieur ou par l'extérieur. N'importe qui aurait pu la prendre et la remettre en place. Et les empreintes digitales ?

— Difficile sur le fût ou la crosse, même s'il n'y

a pas de règles absolues en la matière. La police a peut-être trouvé quelque chose, mais rien de concluant, j'en suis sûr. À moins que... (Jury se tassa sur son siège. Dieu qu'il était fatigué !) Peut-être Bannen sait-il quelque chose qu'il me cache...

La voiture démarra. Jury ferma les yeux et ne bougea plus pendant plusieurs kilomètres.

Il rouvrit les yeux comme quelqu'un qui se réveille en sursaut. Ils avaient laissé le Bord du Monde derrière eux et approchaient de l'enseigne orange d'un Fin Gourmet.

— Je pense à un truc, dit Jury. Il y a peut-être beaucoup de choses que le commissaire Bannen ne me dit pas parce qu'il attend que je lui dise, moi, quelque chose. Il essaie de me manipuler, je ne sais pas pourquoi je n'y ai pas pensé plus tôt.

— Oh, je ne crois pas qu'il ferait ça, patron.

— C'est justement ce qu'il veut qu'on croie, Wiggins. Non, on ne s'arrête pas.

Tel un deuxième soleil, l'enseigne orange disparut derrière eux.

23

Introduits dans le cabinet de l'avocat par une petite réceptionniste boulotte, Richard Jury et Melrose Plant s'arrêtèrent net sur le seuil.

La surprise devait se lire sur leur visage, car Charly Moss émit un juron qu'ils ne saisirent pas très bien, suivi de :

— Pourquoi diable ne prévient-il pas les clients ?

— Vous êtes une femme, remarqua Jury.

Elle s'était levée de son fauteuil et se tenait les bras tendus, comme si elle se livrait à un essayage chez la couturière.

— On ne peut rien vous cacher. Parfois, je me demande s'il ne le fait pas exprès.

— Vous parlez de Peter Apted ?

Jury et Plant s'assirent sur les deux chaises dures qu'elle leur désigna.

— De Peter Apted, oui.

Elle prit vivement un cendrier en cristal plein à ras bord et le secoua à grand bruit contre la paroi de la corbeille métallique, comme s'il refusait de se laisser vider. Lorsqu'elle le replaça sur son bureau, Jury nota que des cendres noires durcies étaient restées collées en son centre, des cendres de la semaine précédente, du mois dernier, ou de l'année écoulée.

(Il faudrait un grattoir à chaussures pour en venir à bout, songea Jury.) Elle saisit ensuite son paquet de cigarettes, regarda Jury et Melrose par en dessous, davantage par honte que par coquetterie, puis offrit ses cigarettes à la ronde en disant :

— J'imagine que vous ne... ?

L'invitation à partager ses Silk Cuts se perdit dans un bredouillement gêné. Impossible d'espérer que quiconque fume encore de nos jours.

Melrose Plant vola à son secours et prit une cigarette.

— Eh bien, vous vous trompez, dit-il en sortant son briquet. Il n'y a que les chochottes qui ont arrêté.

— Il parle de moi, expliqua Jury. Chochotte Numéro Un.

Plant esquissa un sourire... euh, sémillant. C'était la seule façon de le décrire... il allait avec la cravate en soie et les guêtres. Melrose inhala la fumée avec la même expression que s'il goûtait un grand cru.

— Pas mal de femmes sont avocates de nos jours, remarqua-t-il.

— Certes, mais celles qui se prénomment Charly sont rares, rétorqua Moss. Ce que je veux dire, c'est que lorsqu'on s'attend à rencontrer un homme, on a besoin d'un temps d'adaptation. En outre, je pense sincèrement que certaines personnes ne me feront jamais confiance — je parle des clients — parce que je suis une femme... et à cause de ça, ajouta-t-elle en agitant sa cigarette. C'est devenu un repoussoir aussi efficace qu'une bouteille de whisky et un verre à moitié vide sur le bureau.

— Je fais confiance à ceux que Peter Apted me recommande, assura Jury.

Charly Moss souriait d'un air ingénu. Elle n'avait pas un physique qui frappait du premier coup, une beauté à faire tomber à la renverse. Les cheveux tirés en arrière, avec quelques mèches égarées, retenus par une barrette en écailles de tortue, d'un châtain sans relief, jusqu'à ce que les rayons du soleil matinal les éclairent soudain, comme ce matin-là. De même que ses yeux marron clair virèrent au cuivre, brillant comme un penny, dans un autre éclat de lumière. Elle portait un tailleur vert chasseur. Couleur d'automne. Femme d'automne. Plus Jury la regardait, plus il la trouvait extrêmement séduisante.

— Expliquez-moi donc de quoi il s'agit, proposa-t-elle.

Melrose Plant, qui écoutait d'une oreille distraite le récit de Jury, se demanda s'il n'avait pas été invité dans le seul but d'allumer la cigarette de Charly Moss. Il connaissait déjà l'histoire dans ses moindres détails. Jury lui avait recommandé de garder le silence jusqu'à ce qu'il lui fasse signe d'intervenir.

« Je vois, comme mon chien Mindy ? Et que devrai-je aboyer quand tu me donneras la parole ?

— Oh, tu trouveras tout seul. »

Melrose regardait Charly Moss prendre des notes — elle écrivait d'une main alerte, tournant bruyamment les pages comme pour s'en débarrasser.

Jury se tut.

Charly Moss cessa d'écrire et émit un « hum ! », puis se leva et alla à la fenêtre, derrière son bureau, un peu comme l'avait fait Peter Apted, le dos tourné, les bras croisés sur la poitrine. « Hum ! » répéta-t-elle. Elle se retourna et s'adossa à la fenêtre avec une moue songeuse. Elle resta ainsi, la tête contre le carreau, et Jury nota que ses cheveux châtain prenaient des reflets roux dans la lumière du soleil.

— Est-ce que vous la connaissez bien, Mr Jury ? demanda Charly Moss.

La question ne plut pas à Jury. Un frisson de peur le parcourut de nouveau. Il ne connaissait pas Jenny aussi bien qu'on pouvait le penser, il commençait à s'en rendre compte.

— Oui, plutôt bien, répondit-il malgré tout.

Charly Moss avait réintégré sa place derrière son bureau. Elle se pencha vers Jury.

— Assez pour qu'elle se confie à vous ?
— Oui...

L'expression de Charly Moss indiquait clairement le contraire.

— Cependant, elle ne l'a pas fait, n'est-ce pas ?

Jury rougit.

— Pensez-vous qu'elle me dirait la vérité ? demanda l'avocate.

— Si vous croyez qu'elle ne me l'a pas dite à moi, comment puis-je vous répondre ?

Jury détestait se retrouver sur la défensive.

— Elle vous a peut-être dit la vérité. Mais elle l'a délayée, c'est sûr. Je ne pourrai pas défendre Jennifer Kennington si elle me cache quelque chose, voilà pourquoi j'ai besoin de savoir. (Elle s'adressa ensuite à Melrose :) Vous étiez chez elle à Stratford lorsque la police s'y est rendue, n'est-ce pas ? Avec l'inspecteur principal... (elle consulta ses notes)... Lasko ?

— Moi ? fit Melrose d'un air coupable. Euh, oui, mais il n'y avait qu'un policier.

Comme si cela indiquait le caractère officieux de la visite.

Charly reprit son carnet et nota quelque chose.

— Avec un mandat de perquisition ?

Melrose se tassa sur sa chaise. Pourquoi se sentait-il coupable ? Il ne faisait pourtant pas partie de la police de Stratford-upon-Avon. Néanmoins, pourquoi n'y avait-il pas pensé quand il avait accompagné Lasko à Ryland Street ?

— Eh bien... euh... je n'en sais rien.

Si, il le savait. Il se souvenait des mots de Lasko au chat. Charly le dévisagea d'un air sévère.

— C'est illégal, Mr Plant, vous le savez, j'imagine ?

— Bon Dieu, l'idée ne venait pas de moi, rétorqua-t-il, sur la défensive, avant d'ajouter avec humeur : Je n'étais là que parce qu'on m'avait demandé de retrouver Lady Kennington. C'est le commissaire Jury, ici présent, qui m'avait chargé de cette démarche. Personne ne savait où elle était, pas même la police de Stratford.

Le regard de Charly Moss alla de Jury à Melrose, comme s'ils étaient de mèche.

— A-t-on trouvé quelque chose ? A-t-on saisi quelque chose ?

Elle se mit à écrire à toute vitesse sur son calepin.

— Pas moi, en tout cas ! se récria Melrose.

— Et l'inspecteur principal Lasko ?

Ce jour-là, Melrose était tellement occupé à chercher des indices pour retrouver Jenny qu'il n'avait pas prêté attention à Lasko. Il se rappelait seulement qu'il était monté au premier. Mais, avait-il pris quelque chose ? Melrose esquissa un sourire penaud.

— Parce que ce qui a été saisi ne pourra servir de pièce à conviction.

Grands dieux, et le silence qu'il était supposé respecter ? Il ne devait pas parler avant que Jury ne le lui dise. Et Jury, sourcils froncés, se demandait apparemment pourquoi on ne l'avait pas tenu au courant de sa visite à Ryland Street.

— C'est un interrogatoire, ma parole ! s'exclama Melrose, s'imaginant arracher des excuses à l'avocate.

— Il faudra vous y faire, se contenta-t-elle de répondre. Bien sûr, il faudra que je prenne contact avec l'inspecteur principal Lasko. Bon, et cette autre femme, Dorcas Reese ?

Elle contempla le mur derrière eux pendant si longtemps que Melrose se retourna pour voir si quelqu'un n'était pas entré en catimini, marchant sans bruit sur le tapis. Ce tapis (dont Melrose s'avisa qu'il n'était ni tibétain ni du Karistan, et qu'il évalua machinalement à 200 ou 300 livres, maximum) était la seule chose qu'on aurait pu qualifier d'un tant soit peu luxueuse. Le bureau avait la même couleur grisâtre que ceux des commissariats, les classeurs, idem. Tout semblait usé et défraîchi, jusqu'aux taches sombres qui maculaient le bureau. Des brûlures de cigarette. Melrose ressentit un regain d'estime pour elle. Elle était finalement humaine.

Erreur ! À l'instant même, ses yeux de cuivre se rétrécirent lorsqu'elle les dévisagea avec dureté.

— Cette barmaid, Julie Rough, vous a dit que Reese avait « un polichinelle dans le tiroir »...

— Le médecin légiste affirme qu'elle n'était pas enceinte, rectifia Jury. Mr Plant était présent quand le commissaire Bannen a rapporté le résultat de l'autopsie.

Charly Moss fusilla Melrose de son regard de feu.

— En tout cas, dit-il, je ne suis pas le père présumé. C'est une information que je tiens des Owen. Mr Bannen n'était pas en train de m'interroger.

Pas comme d'autres. Il espéra que le sous-entendu était clair.

Charly Moss croisa les bras et se pencha vers Jury et Melrose.

— Si elle croyait honnêtement être enceinte, les mêmes questions se posent sur son attitude, ses sentiments. Comment était-elle ? Comment a-t-elle réagi ?

Charly se mordilla la lèvre inférieure, effaçant par là même une partie de son rouge.

— Normalement, dit Jury, d'après ce que j'ai entendu, avec plaisir et enthousiasme, du moins pendant un temps. Je crois que cela signifiait qu'elle avait mis le grappin sur un homme. Cependant, on m'a aussi dit que Dorcas envisageait un avortement, de son plein gré, semble-t-il.

Charly Moss examina son calepin et coinça une mèche égarée derrière son oreille.

— On s'est beaucoup intéressé à Verna Dunn, mais infiniment moins à Dorcas Reese. Comme si elle n'était qu'un simple second rôle. Il est fort possible qu'elle ait été assassinée par quelqu'un d'autre, le père du bébé, par exemple, qui n'aurait pas apprécié qu'on lui « mette le grappin dessus ». Supposons qu'il ne l'ait pas voulu, ou qu'il n'ait pas voulu que cela se sache. Mettons un homme marié ou un notable, ou les deux. Ou quelqu'un qui n'aurait pas voulu de ce bébé. Une épouse trahie, peut-être. Je trouve néanmoins curieux que le meurtre de Dorcas Reese passe au second plan. Est-ce une affaire de classe ? Qui se soucie d'une femme de chambre ? Y a-t-il une autre raison ?

Jury faillit répondre, mais les questions étaient de pure forme.

— Grace Owen prétend qu'elle est montée se coucher à onze heures, reprit l'avocate. Impossible à vérifier. Toutefois, elle aurait dû prendre une voiture pour aller au Wash. Son mari, ou quelqu'un d'autre, l'aurait entendue partir. Or il n'y avait que les traces de pneus d'un seul véhicule.

— On aurait pu laisser une voiture, disons, au village de Fosdyke, et faire le reste à pied.

— À moins qu'elle n'ait été tuée ailleurs et qu'on n'ait transporté son cadavre... Non, la police du Lincolnshire ou le médecin légiste l'auraient constaté dans l'autopsie. Où est Jennifer Kennington, à l'heure qu'il est ? À Stratford ? A-t-elle été arrêtée ?

— Je n'en sais rien.

Charly consulta sa montre comme pour vérifier le temps écoulé.

— Si on ne l'a pas arrêtée, elle est à Stratford-upon-Avon ?

— Oui, fit Jury qui s'avança sur le rebord de sa chaise. Bien, compte tenu de ce que nous vous avons dit, qu'en pensez-vous ?

Il apprécia que Charly Moss ne réponde pas tout de suite à sa question ; elle avait besoin de réfléchir.

— Je dirais que l'affaire repose sur des spéculations. Il n'y a aucune preuve tangible. La carabine, par exemple. N'importe qui aurait pu la prendre et la rapporter. Cependant, l'homme qui est chargé de l'enquête, le commissaire du Lincolnshire...

— Bannen.

— Oui, Bannen. Il a peut-être des atouts dans sa manche. Il n'est pas obligé de vous les montrer ; il n'est même pas obligé de vous parler. Mais vous le savez déjà. Donnez-moi son numéro de téléphone, ainsi que celui de Kennington. Sait-elle que vous m'avez choisie pour sa défense ?

— Elle connaît Peter Apted, oui. C'est-à-dire qu'elle sait que je lui ai parlé. Mais pour vous, elle n'est pas au courant.

Charly se tapota les dents avec son crayon.

— N'est-ce pas à elle de décider ? Il se peut qu'elle ne veuille pas de moi.

— Je crois que si.

— Elle a de la chance d'avoir un commissaire dans son camp. (Charly dévisagea Melrose.) Et un expert en meubles anciens, bien sûr.

Elle joua un morceau de batterie avec son crayon et son stylo.

Le sourire qu'afficha Melrose avait un côté artificiel.

— À propos, ajouta Charly Moss, cela va vous coûter un joli paquet. J'espère que vous avez les moyens.

Là-dessus, Jury se tourna vers Melrose et lui fit signe que c'était à lui de jouer.

« Tu trouveras tout seul », avait-il dit.

— J'ai les moyens, assura Melrose.

— C'était donc ça, dit Melrose. Tu voulais que je t'accompagne juste pour servir de caution.

Le vent humide de février qui s'engouffrait dans les Inns of Court[1] leur fouettait le visage de ses pointes glacées.

1. Bâtiments des quatre écoles de droit de Londres. *(N.d.T.)*

— Mais non, sourit Jury, je voulais que tu saches ce que tu achetais.

— Et tu étais sûr que je paierais ?

— Oh, tu ne crois tout de même pas que j'allais douter de ta générosité ?

Le sourire de Jury s'agrandit.

Melrose soupira et remonta le col de velours de sa veste.

— Je rentre au Brown's, dit-il. Et toi ? Tu déjeunes avec moi ? Il n'est que onze heures, dit-il après avoir consulté sa montre.

— Pourquoi pas ? Si tu as assez d'argent.

— Ha, ha !

Melrose héla un taxi.

Le Brown's était un des hôtels les plus chic de Londres, reconnaissable à la discrète plaque de bronze apposée sur sa façade en brique. À l'intérieur, la décoration était tout aussi raffinée, avec peut-être une pointe de gêne. L'hôtel ne proclamait pas : « Quel luxe, regardez ! », mais il le murmurait. Le papier peint velouté, les riches velours, les fenêtres aux lourds rideaux dans la salle où on servait à cinq heures son célèbre thé.

Plant et Jury étaient attablés dans la salle à manger, presque déserte à cette heure matinale, ils mangeaient leurs œufs au bacon dans un silence confortable. Le couteau à beurre de Jury crissait sur le toast. Melrose découpait le sien en languettes rectilignes.

— Qu'est-ce que tu fais ? s'étonna Jury.

— Des mouillettes.

— Seigneur !

Melrose ne se formalisa pas. Il avait décalotté son œuf à la coque et lorsqu'il eut terminé de couper ses mouillettes, il en trempa une.

— Dire que ça se prétend adulte ! railla Jury.

— J'ai toujours mangé mes œufs à la coque comme ça.

— Avec la maturité, on finit par couper ses toasts en deux.

— La maturité se fige en compagnie de ma tante. On a l'impression de prendre le thé avec la nounou dans la nursery.

— Ah, je n'ai pas cette expérience. Je n'ai jamais pris le thé dans la nursery quand j'étais gosse. (Jury, qui avait fini son bacon, lorgnait sur celui de Plant.) Tu vas manger ton bacon ?

— Sers-toi, dit Melrose en poussant son assiette vers son ami.

— La nounou Jury en veut encore, dit Jury en plantant sa fourchette dans la dernière tranche de bacon. Merci.

En regardant autour de lui, Melrose vit que plusieurs candidats au cancer du poumon allumaient leur cigarette.

— Nous sommes dans la partie fumeurs, remarqua-t-il. Ça ne te dérange pas ?

— Non, répondit Jury, qui empilait de la gelée de cassis sur son dernier toast. C'est moi qui l'ai demandé.

Melrose sortit aussitôt ses cigarettes et chercha son briquet dans sa poche.

— Très généreux de ta part de te soucier de mon confort.

— Ce n'est pas de la générosité, rectifia Jury,

dont le sourire était violet de confiture, c'est de la supériorité... Que penses-tu d'elle ?

— Qui ça ? Notre avocate à la tête dure ?

Jury pencha sa tête vers la fumée qui s'élevait doucement de la cigarette de Melrose.

— Phallocrate ! s'exclama-t-il.

— Mille excuses. J'ai l'impression qu'elle sait ce qu'elle fait. Elle a l'air bien.

Jury termina le bacon.

— Bannen sait quelque chose à propos de la mort de Dorcas Reese, dit-il. En relation avec Jenny, veux-je dire. J'ai le sentiment qu'il est persuadé que Jenny a aussi tué Dorcas Reese.

Melrose parut ébranlé.

— Mauvaise nouvelle, fit-il.

— Tu l'as dit.

— Mais il y a une bonne nouvelle : personne n'a d'alibi, sauf peut-être Max. Les autres avaient tout le temps d'aller au Wash et de revenir. (Melrose creva un anneau de fumée du doigt et regarda la fumée, bleu pâle dans la lueur de la lune, se disperser.) La dernière fois qu'on a vu Verna Dunn, c'était juste après dix heures et elle était avec Jenny Kennington. La voiture est partie entre le quart et la demie...

— Oui, mais est-ce que ça aurait pu être celle d'un autre ? Celle de Max Owen, par exemple ? Plus tard, l'assassin aurait conduit celle de Verna à l'endroit du meurtre.

— Mieux vaut s'en tenir à l'explication la plus évidente, réfuta Melrose.

— D'accord, concéda Jury. J'avoue que je patauge.

— Oh, tu as le droit de patauger de temps en temps.

— Trop aimable. (Jury consulta sa montre.) Zut, il faut que je retourne à Victoria Street. Qu'est-ce que tu vas faire ? Tu rentres à Long Piddleton ?

— Oui, j'imagine. Quelle est l'étape suivante ?

— L'étape suivante, j'en ai peur, c'est que le commissaire Bannen va arrêter Jenny.

— Pour en revenir à Price... Tu as dit que c'était un vieil ami de Jenny ?

— Oui, mais ça joue davantage contre elle que contre lui. Encore un mensonge. De toute façon, il n'a pas de mobile.

— Pas à notre connaissance, pour l'instant. Nous venons juste de découvrir que Grace Owen en avait un. Si elle croyait que Verna Dunn était responsable de l'accident de son fils, bien sûr.

— Je ne cesse de repasser le scénario dans ma tête, confia Jury. La dispute, la voiture, le sentier communal, le Wash, le cadavre... Ça ne cadre pas. Il y a un détail qui ne colle pas. Qui n'est pas à sa place.

Il parut perplexe.

La salle à manger s'était vidée ; le dernier couple, hormis Plant et Jury, s'était levé et sortait, la cigarette aux doigts. Jury soupira, il mourait d'envie d'une Silk Cut.

— Si quelqu'un avait vraiment de l'amitié pour toi, dit-il, tu ne crois pas qu'il se confierait à toi ?

Melrose poussa son assiette vers Jury et dit :

— Tiens, prends une mouillette.

24

Jury n'avait réussi à chasser le blues du Lincolnshire que pour tomber, cet après-midi-là, dans celui de Victoria Street. Le petit déjeuner avec Plant lui avait remonté le moral... Cela ne dura pas.

Surtout après le coup de fil de Sam Lasko qui avait eu la bonté, il y avait cinq minutes de cela, de lui faire savoir qu'on avait arrêté Jenny Kennington.

« J'attends le retour de Bannen pour qu'il me dise quand ses hommes la conduiront à Londres, avait dit Lasko.

— De retour d'où ?

— D'Écosse. (Lasko avait essayé de le rassurer en lui disant qu'il doutait que Bannen eût un dossier solide.) Sinon, il ne ferait pas le clown autour du loch Ness, pas vrai ? »

Jury n'avait pu s'empêcher de sourire en imaginant Bannen en clown, mais son sourire s'était vite effacé.

« Solide ou pas, ça suffit à la mettre en garde à vue. (Tout en gribouillant sur son calepin, Jury avait parlé à Lasko de Charly Moss.) La police de Stratford a commis une erreur en perquisitionnant chez Jenny, avait ajouté Jury en esquissant des ronds semblables aux lunettes de Lasko.

— Quelle perquisition ?

— Tu sais bien. Celle que tu as faite sans mandat avec Plant. »

Lasko n'avait pas répondu tout de suite.

« Je ne perquisitionnais pas l'appartement, avait-il fini par rectifier, je la cherchais, elle. Je n'ai touché à rien.

— Vraiment ? Plant affirme que tu as fouillé longuement à l'étage. Tu espérais la trouver sous le lit ?

— Ah, très drôle ! Je cherchais des indices qui m'auraient permis de savoir où elle était...

— Comme tu voudras. Salut ! »

Jury avait raccroché, contemplé en silence ses gribouillis, et décidé de ne pas démissionner de la police pour entrer aux Beaux-Arts.

Il soupira, déchira la feuille et ouvrit un dossier d'une main rageuse.

— Vous avez bien fait de la remettre entre les mains d'un bavard, intervint Wiggins.

— D'un quoi ?

— D'un baveux, comme disent les Américains. Un avocat.

— Ça ne m'étonne pas d'eux. Eh bien, moi, je suis encore embringué dans Soho.

— Il ne vous a pas relancé là-dessus, quand même ? s'exclama Wiggins, furieux. Cette affaire Dan Wu n'est pas pour nous, c'est du ressort des Stups, vous le savez bien.

— Euh, Mr Wu balance des cadavres dans la Tamise. Oh, pardon, *on le soupçonne* de balancer des cadavres dans la Tamise.

Jury referma le dossier d'un coup sec, empila soigneusement les photographies et les rangea dans un autre classeur. Puis il contempla la pluie qui ruisselait sur les carreaux. Où était passé le soleil ? Là où il se cachait d'habitude, sans doute.

— Vous avez fait tout ce que vous avez pu, patron, dit Wiggins.

— Non, j'ai laissé passer un détail important. Un détail qui n'a pas échappé à Bannen.

25

— J'ai dit à Theo Wrenn Browne que s'il persistait dans son projet insensé de faire fermer la boutique d'Ada, déclara Trueblood, il pouvait s'attendre à une suite de persécutions à côté desquelles l'Inquisition espagnole ressemblerait à un week-end d'agrément à Brighton. (Trueblood fit la moue avant de rectifier :) Je lui dirai aussi qu'il finira au bord de la mer, dans une cave, à vendre des vieux *Playboy* et des cartes postales érotiques, et qu'il portera des vestes trouées et des cardigans bruns...

— Oui, je vois ça d'ici, dit Melrose. (Ils étaient assis près de la fenêtre, dans une alcôve du Jack and Hammer.) Mais n'est-ce pas plutôt le projet d'Agatha ? C'est elle qui a porté plainte.

— Browne est derrière tout ça, insista Trueblood, elle n'est qu'un pantin. C'est lui qui veut récupérer la boutique de meubles d'occasion afin d'agrandir sa librairie. On remet ça ? demanda-t-il, emportant les chopes sans attendre de réponse.

Une ombre se découpa sur la table et, levant les yeux, Melrose vit sa tante qui tapotait aux petits carreaux de son doigt bagué. Assourdis par l'étanchéité des joints de plomb (ou par un dieu compatissant), ses propos ne franchirent pas l'obstacle et se perdirent davantage quand le marteau mécanique, au-dessus de sa tête, se mit en demeure de frapper le gong afin de — prétendument — sonner l'heure. Réjoui du discours inaudible de sa tante, Melrose commença à lui répondre de la même manière. Il trouvait reposant de remuer les lèvres sans l'accompagnement des sons issus du larynx. Il pouvait parler sans prendre la responsabilité de ce qu'il disait, ce qui était d'habitude le pain quotidien de sa tante. C'était un peu comme d'éteindre le son de la télé et de regarder les mouvements des lèvres sans avoir à subir la bêtise des dialogues. Lassée, Agatha s'éloigna et traversa la rue.

— Tiens, dit Melrose à Trueblood qui revenait avec une nouvelle tournée, elle n'a plus son bandage. Cela signifie-t-il que sa cheville n'était pas cassée ? Je croyais que les radios prouvaient le contraire. Bon Dieu, a-t-elle déniché un médecin qui sache déchiffrer une radio ? Elle n'a plus matière à poursuivre, désormais. Je ne comprends pas que son Rose-Bonbon ait pu caresser une seule minute l'espoir d'un procès. Ce type doit être cinglé.

Melrose ne décolérait pas qu'une plainte aussi clairement fallacieuse puisse aboutir en justice.

— Rose-Bryce ou Bryce-Rose, dit Trueblood en choisissant une Sobranie vert émeraude dans sa boîte noire qu'il présenta ensuite à Melrose.

Melrose déclina l'offre et sortit son propre étui à cigarettes. Trueblood gratta avec dextérité une allumette de cuisine sur son ongle, un tour d'adresse qu'il venait d'apprendre et répétait avec un plaisir évident. Il inhala à fond et souffla une série de ronds de fumée.

— Ton idéalisme m'inquiète, reprit-il. Tu as l'air

de croire qu'il y a un lien, même ténu, entre la loi et la vérité.

— C'est vrai, je l'avoue, concéda Plant.

Il vit Agatha sur le trottoir opposé discuter avec Theo Wrenn Browne. En train de comploter, à n'en pas douter. D'accorder leurs témoignages mensongers.

— C'est là que tu as tort, vieille ganache. Un procès n'a rien à voir avec la vérité, il s'agit d'arguties. Si Socrate avait été avocat, il aurait gagné tous ses procès : « Ainsi, tu crois, Alcibiade, l'empreinte des pneus de la Jaguar décapotable d'Euthyphro étant en tous points semblable à celle retrouvée sur le dos de la victime, tu crois que la Jaguar l'a renversée ? — C'est en effet ce que je crois, Socrate. — Et que l'accusé — le conducteur de la Jaguar décapotable — est coupable d'avoir volé la victime, violé sa femme, détruit sa réputation et posé une bombe dans son yacht ? — Cela a été prouvé, Socrate. — Et donc, que ces actes constituent un mobile de la part du conducteur de la Jaguar décapotable... ? »

— Je t'en prie, coupa Melrose, tu n'es pas obligé de répéter chaque fois « décapotable »...

— Si. Socrate était d'une précision absolue. « Et tu crois que ces actes... bla-bla-bla, comme j'ai déjà dit... constituent le mobile ? — Il me semble, Socrate. — Tu crois, en outre, que les résultats des tests d'ADN qui affirment que le sang sur le manteau du conducteur de la Jaguar décapotable est le même que celui de la victime — tu crois que cela constitue une preuve irréfutable de la culpabilité du conducteur... »

— De la Jaguar décapotable... En voilà assez ! (Trueblood réclama le silence d'un geste auguste et poursuivit :) « Ainsi, Alcibiade, tu crois que les empreintes de pneus, l'ADN... »

— C'est l'ennui avec Socrate, il faut toujours qu'il récapitule. Une phrase sur deux, il récapitule comme si Alcibiade ne se souvenait plus des arguments présentés.

— Laisse-moi finir, veux-tu ? soupira Trueblood. « ... Les empreintes, l'ADN, le pare-brise... »

Melrose cessa de décrire des cercles avec sa bière.

— Le pare-brise ? D'où sort-il, ce pare-brise ?

— Je ne reprends pas toute l'argumentation de Socrate, fit Trueblood avec impatience, sinon on serait là jusqu'à ce soir.

— J'ai l'impression qu'on est déjà là depuis ce matin.

— « Empreintes, ADN, pare-brise... répéta Trueblood à la vitesse d'une mitraillette, tu sembles croire que ces résultats attestent que le conducteur de la Jaguar décapotable et la victime se trouvaient au coin de Greek Street au même moment ?

— Greek Street ? Que vient faire Greek Street ? Oh, peu importe...

— « Je ne vois pas comment il pourrait en être autrement, Socrate. — Ah, c'est là que tu te trompes, Alcibiade. — Que veux-tu dire, Socrate ? — Alcibiade, tu crois que les preuves matérielles, plus le fait que le plaignant et le conducteur de la Jaguar décapotable se trouvaient au même endroit... pour ces raisons, tu crois que ce dernier est coupable ? — Je le crois, Socrate. — Réfléchis mieux que ça ! »

Melrose releva la tête aussi vite qu'un lévrier.

— Quoi ? « Réfléchis mieux que ça ! » C'est un argument ?

Il regarda Trueblood gratter une autre allumette sur son pouce.

— Eh bien, dit Trueblood au milieu de la fumée de sa Sobranie, tu avais l'air tellement impatient, je me suis dit que ça suffisait. (Il jeta l'allumette dans le cendrier.) De toute façon, je ne suis pas Socrate.

Et il souffla des ronds de fumée. Melrose grinça des dents. Il aurait volontiers frappé son ami. Ou frappé sur n'importe quoi pour se défouler. Il fulmina un instant, puis se souvint que Marshall Trueblood se moquait de ses humeurs.

— Et Ada Crisp ? Quel est son avocat ? demanda-t-il.

— Elle n'en a pas, pour l'instant. Je ne crois pas que la pauvre ait les moyens de s'en offrir un.

— Merde, je lui en trouverai un.

— Sympa de ta part, Melrose. Mais Ada ne te laissera jamais payer un avocat. Elle a beau être timide, elle a du cran. Elle n'abandonnera pas ses principes.

— Ce ne sont pas des principes, c'est un suicide judiciaire ! Agatha et Rose-Bonbon vont la démolir. Tu as vu ce qu'Agatha a fait à Jurvis le boucher, il n'y a pas si longtemps ! L'affaire Crisp est tout aussi stupide.

— Tu as raison, je te l'accorde.

Trueblood se plongea dans l'étude de la boîte noire de Sobranies, qu'il tourna et retourna dans sa main. Après un long examen, il sourit, puis rit franchement.

— Qu'est-ce qu'il y a de drôle ?

— Je viens de me rendre compte que les poursuites sont complètement « stupides », comme tu dis. L'ennui, c'est que nous parlons de vérité et d'arguments, nous croyons aussi que la loi et la raison font nécessairement chambre commune. En fait, c'est un leurre.

— Que veux-tu dire ?
— Je défendrai Ada Crisp moi-même.
— Hein ? Tu es devenu fou ?

Trueblood considéra Melrose en plissant les yeux.

— Tu crois, Melrose, que je n'en serai pas capable ?
— Un peu, que je le crois ! s'exclama Melrose, qui abattit sa chope sur la table.

Trueblood examina un instant le bout incandescent de sa cigarette.

— Tu crois que je ne pourrai pas parce que mes plans antérieurs n'ont pas rencontré le succès escompté ?
— Bravo ! s'écria Melrose, presque gaiement.
— Parce que je n'ai pas encore, disons, démêlé l'affaire entre Vivian et le comte Dracula ? Ou que je n'ai pas encore découvert combien nous avons d'Hommes de la Semaine ? Parce que tu me trouves lent ? Trop lent pour penser correctement ? C'est ce que tu penses, Melrose, n'est-ce pas ?
— C'est exactement ce que je pense !

Le sourire de Trueblood se dessina à travers un rond de fumée.

— Réfléchis mieux que ça !

TROISIÈME PARTIE

LE PETIT DERNIER

26

Les ides de mars n'étaient pas plus douces à Melrose qu'elles ne l'avaient été à César.

La pluie qui tombait sans discontinuer et aurait dû cantonner sa tante près de sa cheminée l'avait au contraire conduite chez Melrose.

L'agression d'Agatha contre le système juridique allait déboucher dans quatre jours sur un procès en bonne et due forme, procès qui empiéterait sur celui de Jenny Kennington au palais de justice de Lincoln. Les avocats d'Agatha avaient fait parvenir une citation à comparaître à Melrose. Aussi absurde qu'était l'affaire, il se dit qu'il devrait se soumettre. Enfin, comme il ne devait pas comparaître avant plusieurs jours, il se rendrait à Lincoln dès le lendemain. Au diable sa tante et son pot de chambre !

Le procès lui procurerait au moins une sorte de divertissement. Marshall Trueblood avait effectivement proposé de défendre Ada Crisp, et Melrose avait été surpris quand elle avait accepté, avec ce commentaire impénétrable selon lequel il valait toujours mieux « laver son linge sale en famille ». Melrose se demanda qui était le plus cinglé dans cette affaire, mais il lui suffisait d'attendre quatre jours pour le découvrir.

Toutefois, le fait que Trueblood assure la défense avait eu au moins un effet salutaire. Theo Wrenn Browne était à l'évidence paniqué. Il se disait sans doute qu'un amateur ne se proposerait pas pour la défense sans un atout maître. Theo Wrenn Browne s'épuisait à essayer de découvrir la carte que Trueblood avait dans sa manche. Pour autant que Melrose le sût, Trueblood n'en avait pas. Cependant, il devait admettre que Marshall Trueblood s'était complètement investi dans sa tâche. Il campait à la bibliothèque de Northampton et avait été deux fois à Londres, au British Museum et à la bibliothèque. Il avait même emprunté l'exemplaire des *Affaires du siècle* qu'il avait omis de restituer.

Bryce-Rose, l'avocat d'Agatha, devait plaider (vu qu'il n'y avait pas de Peter Apted pour plaider dans les affaires civiles) devant le major Eustace-Hobson, le même juge assoupi qui avait présidé (pendant ses brefs moments de veille) au cours du procès de Lady Ardry contre Jurvis le boucher, dans l'affaire du cochon en plâtre.

« Bon, fit Marshall Trueblood, je ne peux pas me servir du cochon comme jurisprudence, étant donné que ta tante a gagné son procès, aussi incroyable que ça puisse paraître. C'est quasiment la même affaire, non ? Le cochon en plâtre l'avait soi-disant attaquée sur le trottoir, or dans l'affaire présente c'est le pot de chambre. On pourrait dire que c'est un remake. »

Melrose n'en revenait pas : Trueblood s'était si totalement immergé dans le droit qu'il pouvait, sans rire, énoncer de telles assertions. D'un autre côté, il fallait bien avouer que les hommes de loi font de même.

« Ce que je n'arrive pas à comprendre, dit Melrose, c'est pourquoi Rose-Bonbon accepte de défendre Agatha. Elle n'est pourtant pas riche.

— Non, mais elle l'a sans doute convaincu qu'elle allait hériter d'une fortune. La tienne.

— Je voudrais bien voir ça! De toute façon, il faudrait que je meure avant.

— Elle a dû lui faire croire que c'était pour bientôt. »

Cette conversation avait eu lieu un peu plus tôt, lorsque Trueblood et Melrose étaient sortis se promener. Flâner, plus exactement. Trueblood prétendait que la flânerie était plus contemplative que la marche. « Tu ne t'arrêtes pas assez longtemps pour contempler quoi que ce soit », avait souligné Melrose. Ils étaient passés devant la poste, la mare avec ses canards, le cimetière, et s'étaient arrêtés devant la vitrine de la boulangerie Betty Ball, où ils avaient contemplé les savoureux gâteaux et petits pains.

— Je t'admire, reprit Melrose. Lire tous ces livres de droit, aller au British Museum...

— De droit? Grands dieux, je n'ai lu aucun livre de droit, vieille ganache. Manquerait plus que ça! Agatha affirme qu'elle allait faire des courses le jour du prétendu accident. Regarde les brioches, ajouta Trueblood en tapotant la vitre.

— Si ce n'était pas du droit, qu'est-ce que tu étudiais?

— Les meubles anciens.

— Quoi? Mais tu sais déjà tout sur les meubles anciens!

— Oh, non, pas tout, vieux. Même si j'en donne parfois l'impression.

— Quand comptes-tu me rendre mon livre, alors ? J'aimerais bien le récupérer. À quoi peut-il bien te servir ? Les Nutting ne parlent que d'escroqueries.

— C'est juste. Et ça va tellement bien avec la loi. Tu sais, c'est un plaisir de plaider pour la défense, ça oblige Rose-Bonbon à tout me dire alors que je n'ai pas besoin de dévoiler un seul mot de mes arguments. C'est l'obligation de la communication des pièces. Je prendrais bien une brioche, et toi ?

— Ça vaut mieux, étant donné que tu n'as rien à dévoiler.

— N'en sois pas si sûr. Allons prendre un café.

27

— Attendez-vous à être appelé à témoigner pour l'accusation, dit Peter Apted, qui piocha une pomme dans un sac en papier.

— Pour l'accusation ? Mais je suis votre témoin, un témoin de la défense...

Apted mordit dans la pomme avec un craquement sonore.

— Apparemment, l'accusation pense que vous êtes le leur. À votre corps défendant, bien sûr. Vous allez être interrogé sur l'histoire que vous a racontée Jennifer Kennington. À propos de sa relation avec Verna Dunn.

— Bannen est déjà au courant.

— Oui, mais il ne connaît pas les détails. De toute façon, c'est davantage la manière de le dire que le récit lui-même. Le côté émotionnel, si vous voulez. D'après ce qu'elle vous a dit, on peut en déduire qu'elle haïssait à mort la victime.

— Comment mon témoignage pourrait-il être recevable ? Ça m'obligerait à tirer des conclusions sur son état d'esprit...

— Hum... peut-être.

— C'est pour ça que nous voulions vous voir, dit une voix derrière Jury.

La voix appartenait à Charly Moss, qui s'était reléguée dans un fauteuil, à l'écart, presque hors de vue. Elle n'avait rien dit auparavant, sinon un « bonjour » chaleureux. C'était peut-être à cela qu'elle servait, à apporter un peu de chaleur. Jury se demanda si elle était capable de jouer les seconds rôles. Apted était à l'évidence l'avocat vedette. Mais Charly Moss ne semblait pas en prendre ombrage.

En manches de chemise et bretelles, Apted polit la pomme sur sa manche. Il s'était adossé contre le lourd rideau en velours, duquel un nuage de poussière venait de s'envoler.

— Je vais vous poser des questions plus intimes, prévint-il.

— Je vous en prie.

— Sur Jennifer Kennington et vous.

— Nous n'étions pas amants. Si c'est ce que vous voulez dire.

— Vous avez deviné.

— Nous étions amis. De très bons amis.

Apted étudia Jury.

— Pas tout à fait de l'amour, mais davantage que du désir ? C'est ça ?

— Ça m'étonnerait ! rétorqua Jury.

Un sourire se dessina lentement sur les lèvres d'Apted, un sourire troublant.

— Charly ? fit-il.

— L'inspecteur principal Lasko affirme que vous étiez désespéré, que vous étiez prêt à tout pour la retrouver quand elle a « disparu pendant plusieurs jours ».

Jury se retourna pour dévisager Charly Moss.

— Il a raison, dit-il, mais « désespéré » est un peu fort. Je dirais plutôt...

Charly l'arrêta d'un geste.

— Voici la déclaration de Lasko : « Il a dû me téléphoner une demi-douzaine de fois pour savoir si je l'avais retrouvée. Il était affolé, on peut le dire. »

— Quand bien même, dit Jury. Quels que soient mes sentiments à l'égard de Jenny, je ne vois pas le rapport. Et même si j'étais son amant, est-ce que ça implique que je mentirais forcément ?

— Et vous êtes commissaire principal ! s'exclama Apted, faussement incrédule. Vous pouvez être sûr que l'accusation répondra oui à votre question !

Jury se sentit sur la défensive.

— Ce que je veux savoir, c'est pourquoi vous ne pouvez pas annuler l'affaire pour vice de forme ? La police n'avait pas de mandat de perquisition.

Il eut conscience de la faiblesse de son argument, étant donné que « la police », en l'occurrence, se bornait au seul Lasko.

— Toute preuve provenant d'une fouille illégale est non recevable, comme vous le savez. Vous savez aussi, mais vous préférez l'oublier, que ça ne suffit pas pour réclamer un non-lieu. Ce n'est pas un argument utilisable, sauf pour pointer un autre exemple d'enquête mal ficelée.

— Ah ? fit Jury. Il y en a donc d'autres ?

— Non. Mais on peut toujours espérer. Laissez-moi continuer à faire l'avocat du diable. Examinons les faits : Après le dîner, le soir du 1er février, Jennifer Kennington et Verna Dunn laissent les autres dans le salon et sortent fumer une cigarette. Quelques minutes plus tard, les convives entendent des éclats de voix. Dix minutes passent, et ils entendent une voiture démarrer et s'éloigner, ils supposent que les deux femmes sont parties faire un tour. Environ une heure plus tard, vers onze heures quinze, Jennifer Kennington revient de sa promenade ; elle avait décidé de marcher un peu parce que, d'après elle, elle était tellement en colère qu'elle avait besoin de se calmer. Et de boire un verre. Elle avait donc quitté Verna Dunn dans l'allée, près du boqueteau. Avant d'arriver au Bord du Monde, elle s'aperçoit qu'il est presque onze heures et que le pub va fermer. Le pub et la maison des Owen sont distants d'un peu moins de deux kilomètres. Le sentier communal est un bon moyen d'aller au pub, si on accepte de faire un détour...

« Les Owen ont supposé que Verna Dunn et Jennifer Kennington avaient été quelque part, et Jennifer Kennington avait eu l'air aussi surprise qu'eux d'apprendre que Verna Dunn n'était pas rentrée. Ensuite, les Owen se sont dit que Verna Dunn était partie seule en voiture, à Londres, peut-être. Elle était capricieuse, elle prenait des décisions sur un coup de tête...

— Je sais tout ça, interrompit Jury.

— Bien sûr. Je voulais juste m'assurer que je le savais aussi. Laissez-moi poursuivre : deuxième meurtre. Cette fois, la victime, qui s'appelle Dorcas Reese, a été vue quittant seule le Bord du Monde le soir du 14 février, juste après la fermeture, et empruntant le sentier communal, son chemin habituel pour regagner Fengate. Entre onze heures et minuit trente, d'après le médecin légiste, elle a été étranglée. Comme nous savons qu'elle avait dû mettre, disons, un quart d'heure pour atteindre le bureau de tourisme, nous pouvons réduire la fourchette d'autant, soit entre onze heures quinze et minuit trente...

« Hypothèse numéro un : les deux femmes ont pris la voiture de Verna jusqu'au Wash, ou du moins jusqu'à l'endroit où le corps a été retrouvé. Jennifer Kennington a tué Verna, puis est rentrée à Fengate, où elle a raconté son histoire à dormir debout...

« Hypothèse numéro deux : Dorcas Reese, curieuse comme elle l'était, apprend quelque chose, entend quelque chose, ou découvre quelque chose qui la rend potentiellement dangereuse pour le meurtrier de Verna Dunn. Si vous acceptez l'hypothèse numéro un, ce meurtrier est Jennifer Kennington. Elle rentre au Lincolnshire, contacte Dorcas, lui donne rendez-vous au marais Wyndham et la tue. C'est sans doute ce que dira l'accusation. Pour le transport de la carabine au Wash, je suis sûr que l'accusation aura une réponse ; la question de l'assassin qui utilise une carabine dans un cas et un garrot dans l'autre, elle aura aussi une réponse...

Il y eut un silence durant lequel Jury put entendre derrière lui le murmure de la soie. Charly Moss avait bougé dans son fauteuil. Jury l'avait presque oubliée.

— J'attends l'hypothèse numéro trois, celle dans laquelle Jenny Kennington n'est pas l'assassin.

Peter Apted lâcha le cordon du rideau qu'il tripotait et retourna à son bureau, mais ne s'assit pas ; il se contenta de contempler une pile de papiers d'un œil vide.

— Les hypothèses que je viens d'énoncer sont celles qui ont la préférence de la police du Lincolnshire. J'imagine que Mr Bannen les a plus ou moins dépoussiérées, avec certaines variantes. (Apted se gratta derrière l'oreille et hocha la tête.) On ne peut pas lui en vouloir. L'erreur de Jennifer

Kennington la plus préjudiciable est d'avoir caché son lien de parenté avec Verna Dunn. Elle a ensuite eu une altercation avec elle et a quitté la scène en même temps que Verna Dunn disparaissait. Et elle s'est absentée pendant près d'une heure.

— C'est en effet comme ça que les choses se sont passées, dit Jury.

Peter Apted, qui feuilletait un dossier sur son bureau, répondit d'un air presque absent :

— Non, ce n'est pas comme ça.

Jury se redressa, abasourdi.

— Quoi ? fit-il, avant de se retourner comme pour quêter le soutien de Charly Moss.

Mais elle ne dit rien. Comme s'il n'avait pas entendu Jury, Apted continua :

— Ce que je ne comprends pas, c'est pourquoi, comme il était évident qu'elle devrait rendre compte de son emploi du temps, elle n'a pas dit tout simplement : « J'étais fatiguée, je suis montée dans ma chambre sans prévenir les autres — certes, c'était malpoli, mais je ne me sentais pas bien », quelque chose dans ce genre. Ça me dépasse ! (Il hocha la tête et feuilleta une autre liasse.) Je ne vois pas... Charly, relisez-nous votre entretien.

Charly Moss tourna les premières pages du calepin qu'elle avait posé sur ses genoux et lut :

— « Son attitude m'avait mise dans une telle rage, je... je suis partie et je l'ai laissée en train de fumer une cigarette. » Je lui ai alors demandé : « En rage à cause de quoi ? C'est un point qui n'a jamais été éclairci. » Je vais vous lire le reste, questions et réponses... « JK : L'investissement. Max voulait mettre de l'argent dans le pub que je comptais acheter. Elle m'a dit qu'elle l'avait convaincu que l'entreprise serait déficitaire. Moi : Pourquoi aurait-elle fait ça ? JK : Pour créer des difficultés, pour me contrarier. Verna Dunn a toujours été comme ça. Elle n'avait pas besoin d'autres motifs. Moi : Continuez. Vous êtes partie à pied... JK : Je, euh... je me suis retrouvée sur le sentier et j'ai décidé d'aller jusqu'au Bord du Monde. C'est un pub, près de Fengate. J'ai... Moi : Le Bord du Monde est à près de deux kilomètres. Ça ne vous a pas semblé un peu loin pour prendre un verre ? Pourquoi ne pas être rentrée, tout simplement ? JK : Oh, non ! Je ne voulais rencontrer personne, surtout pas Max Owen. J'avais peur de ce que j'aurais pu dire. Moi : Entendu, mais si vous vouliez prendre un verre, il y avait une carafe de whisky sur votre table de chevet... »

— Comment le saviez-vous, Charly ? intervint Apted.

— Parce que j'ai le don de double vue. Et aussi parce que j'ai vu sa chambre quand je suis allée chez les Owen. À propos, elle se trouve dans une partie de la maison où on accède sans avoir besoin de passer par le salon. Puisqu'elle ne voulait voir personne, elle aurait pu monter tranquillement dans sa chambre. (Charly Moss reprit ses notes :) « ... de whisky sur votre table de chevet. C'était plus facile que de marcher jusqu'au pub, non ? D'autant qu'il allait fermer... »

Apted arrêta la lecture d'un geste et dit à Jury :

— Est-ce que ça vous semble raisonnable ? Vous venez d'apprendre de mauvaises nouvelles ; vous préférez rester seul pour pleurer un bon coup ; vous avez aussi besoin d'un remontant. Que faites-vous ? Vous allez dans votre chambre, vous vous saoulez et vous versez vos larmes sur l'oreiller. Vous ne croyez pas ?

— Alors que Jenny a préféré monter dans la Porsche de Verna, dit Jury, presque incapable de maîtriser sa colère, rouler jusqu'au Wash, où elle l'a tuée, avant de regagner Fengate. Ça peut vous paraître plausible, moi je trouve ça ridicule. C'est insensé. Ce maudit Wash... (Jury se souvint que Bannen lui avait parlé des marées.) Il faudrait être du coin pour connaître les marées, vous ne croyez pas ? Avec les marées d'équinoxe, la mer aurait emporté le cadavre. Comment Jenny aurait-elle pu le savoir ?

— Pourquoi ne l'aurait-elle pas su ? rétorqua Apted. Les grandes marées, tout le monde connaît. Vous pouvez compter sur l'accusation pour le rappeler. Les grandes marées, les marées d'équinoxe, ou même les marées de morte-eau : l'accusation aura beau jeu de dire que l'assassin comptait sur n'importe quelle marée haute — pas seulement celle d'équinoxe — pour que la mer emporte le corps. Ainsi, la marée ou le déplacement des bancs de sable en aurait retardé la découverte.

— Si vous êtes convaincu de sa culpabilité, pourquoi accepter l'affaire ?

— Ai-je dit qu'elle était coupable ? Je ne me souviens pas de l'avoir dit. Je n'ai fait que résumer les hypothèses que caresse la police du Lincolnshire, et je n'ai jamais dit que Jennifer Kennington avait été au pub.

Jury s'était calmé. Il avait tout de même l'impression qu'on se jouait de lui, comme s'il témoignait à la barre.

— Très bien. Où est-elle allée, alors ?

Apted était toujours debout devant son bureau, il dénoua sa cravate, branla sa tête comme si son cou lui faisait mal et se massa les muscles.

— On dirait que vous refusez de voir l'évidence, dit-il.

Jury sentit une coulée de glace dans ses veines. Il avait l'impression que la température venait soudain de descendre en dessous de zéro.

— L'atelier de Price ? fit-il.

— Ah, quand même ! Jack Price rentre à son atelier un peu après dix heures. Au moment où Jennifer Kennington s'élance dans sa prétendue balade...

Apted se secoua, s'étira, bras tendus, paumes renversées, dans une pose exagérée.

— Mais... fulmina Jury, elle n'avait aucune raison d'y aller. Elle connaissait Jack Price, ou plutôt elle l'avait déjà rencontré. (Jury repensa à ce qu'Annie Suggins lui avait dit.) Elle connaissait Max Owen, il est donc logique de penser qu'elle connaissait aussi Price.

— Tout à fait. Mais pourquoi le cacher ? Surtout dans de telles circonstances ? (Apted finit par s'asseoir dans son fauteuil pivotant.) Pourquoi tous ces mystères ? Son lien de parenté avec Verna Dunn, le fait qu'elle connaisse Price ?

Jury ne broncha pas.

— Je regrette que vous deviez apprendre le passé de votre maîtresse de cette manière, reprit Apted, mais...

Se maîtrisant à peine, Jury explosa :

— Ce n'est pas ma maîtresse, Mr Apted !

— Comme vous voudrez. Mais ne recommencez plus.

Apted s'éclaira d'un franc sourire, mais se reprit en voyant l'expression de Jury.

— Qu'est-ce que j'ai dit de mal ? interrogea-t-il.

— A-t-il dit quelque chose de mal ?

Charly Moss et Jury sortaient du bureau de Peter Apted. La phrase de l'avocat tintait encore aux oreilles de Jury.

— Oui, répondit Jury. Il me croit stupide, il s'imagine que je tombe à genoux devant n'importe quelle femme fatale que j'ai le malheur de croiser. Une sorte de Moose Malloy, ajouta-t-il avec un sourire triste.

— Le gros ver de terre du roman de Raymond Chandler ?

— C'est ça. Vous aimez les romans policiers ?

Ils venaient de descendre l'escalier et marchaient sur le trottoir.

— Les bons seulement. Et ils sont rares. P.D. James, elle, c'est un écrivain. J'aime aussi ceux dont l'héroïne est une avocate.

— Je n'aurais jamais dû procurer un bavard à Jenny, grommela Jury.

— Merci pour moi ! s'exclama Charly, rieuse.

— Oh, ne le prenez pas pour vous.

C'était l'un de ces rares jours précédant le printemps qui lavaient la ville et adoucissaient les angles des immeubles. On aurait dit que la Tamise lointaine se cachait derrière un canevas léger qui lui donnait une couleur nacrée. Jury contempla le ciel, d'un bleu laiteux, et dit :

— Il parlait d'une affaire sur laquelle j'ai travaillé il y a trois ans. Comme j'étais proche de la femme en question et que j'étais le dernier à l'avoir vue en vie, on m'a brièvement soupçonné.

Ils étaient passés devant Bell Yard et débouchaient dans Fleet Street.

— Vous voulez dire qu'elle avait été assassinée ? demanda Charly, qui s'arrêta net.

— Elle...

Jury fut surpris de la violence de sentiments qu'il avait crus apaisés. Le souvenir de Jane Holdsworth le prit au dépourvu, même s'il avait failli démolir Peter Apted pour avoir ramené ce sujet sur le tapis. Cependant, il était conscient qu'une sorte d'alchimie, qu'un changement avaient eu lieu pendant les années écoulées depuis sa mort. Le chagrin s'était mué en ressentiment. Il se sentait floué. Mais il avait sans doute ressenti cela depuis le début : floué, trahi ? Peut-être en prenait-il seulement conscience à cause des sentiments contraires qu'il éprouvait : perte et remords... Oublie tout ça, veux-tu ?

— Entendu, acquiesça Charly, qui le regardait, la main en visière pour se protéger du soleil.

Jury sortit de sa rêverie et s'aperçut qu'il avait parlé tout haut.

— Non, pas vous ! s'esclaffa Jury. Je me parlais à moi-même. Je pensais tout haut. Peter Apted me rend comme une pile électrique. Je ferai certainement un témoin atroce. Il est bien trop fort pour moi.

— On n'est jamais trop fort dans ce métier, s'amusa Charly. S'est-il montré trop fort, il y a trois ans ?

C'était le genre de questions obliques, celles dont la réponse n'engageait à rien.

Ils poursuivirent leur marche en silence, puis

Charly proposa de traverser pour voir la maison du docteur Johnson. Arrivée devant la porte, elle regarda autour d'elle.

— Imaginez comment c'était au dix-huitième siècle. Imaginez que vous prenez le café, ou un whisky, peu importe, avec Johnson, Boswell et Oliver Goldsmith[1]. Imaginez... (Elle hocha la tête d'un air émerveillé, puis ils revinrent lentement vers Fleet Street.) Il n'y a pas si longtemps, les journaux avaient leur siège ici. Maintenant, tout est informatisé. Les vieux bâtiments ne servent plus à rien.

Ils s'arrêtèrent à un coin de rue, attendant que le feu passe au vert.

— Vous n'avez rien dit de Jennifer Kennington, remarqua Jury. Vous pensez qu'elle a menti, vous aussi ?

Ah, s'il avait pu éviter cette note d'anxiété qui perçait dans sa voix !

— Je préfère le terme « dissimuler ». Oui, je crois qu'elle dissimule quelque chose.

— C'est la même chose, non ? fit Jury avec un faible sourire.

— Non, pas tout à fait.

Jury regarda une vague d'employés de bureau envahir un arrêt d'autobus sur le Strand. Il leur trouva l'air triste, presque exaspéré.

— Qu'on l'appelle comme on veut, dit-il, Jenny ne dit pas tout.

— Vous ne vous en étiez pas rendu compte ?

---

1. Samuel Johnson (1709-1784), le « docteur Johnson », est l'auteur d'un dictionnaire, publié en 1755, qui a fait autorité pendant plus d'un siècle. Il a fondé le « Literary Club », dont firent partie Oliver Goldsmith (1728-1774) et James Boswell (1740-1795), son biographe. *(N.d.T.)*

Le feu passa au vert et ils traversèrent le Strand, évitant les voitures qui grillaient le feu rouge. De l'autre côté de la rue, Charly reprit :

— Peter et moi, nous l'avions senti.

— Je ne pensais pas que Peter Apted tenait compte de l'intuition.

— Oh, il n'appelle pas ça comme ça. Il doit dire « rationalité des tripes », ou quelque chose d'aussi inventif. Mais ça reste de l'intuition. Peter est très intuitif, vous savez.

Elle se retourna et se mit à marcher à reculons, mais sans quitter le visage de Jury des yeux ; ses pieds effectuaient de drôles de mouvements croisés — en crabe —, son sac à main agrippé derrière son dos.

Jury sourit en comprenant à qui Charly lui faisait penser : Zel. Une Zel qui aurait grandi lui ressemblerait.

— Ça vous plaît de penser que vous n'aimez pas Peter, je me trompe ? demanda Charly.

Jury s'arrêta pile et leva les yeux au ciel.

— Comme c'est bizarre que vous puissiez dire ça. En réalité, je le déteste.

— C'est faux, dit-elle, rieuse. Vous lui ressemblez beaucoup, vous savez. Même s'il n'a pas votre charme superficiel.

Elle avait l'air de parler sérieusement.

— Merci du compliment. (Voyant qu'ils étaient parvenus près de Leicester Square, il s'écria :) Grands dieux ! Nous avons parcouru tout ce chemin ?

— Une bonne trotte, oui.

Jury avait le vague souvenir d'être passé devant la statue de Nelson, la National Galery, St Martin-inthe-Fields. Cependant, il n'avait pas vu le temps filer. Il avait traversé un paysage familier sans presque le voir, ce qui lui avait permis d'oublier son angoisse, même brièvement. Il en éprouva un étonnant soulagement.

— Écoutez, vous n'avez pas envie de dîner, par hasard ? Je sais qu'il est encore tôt, mais...

— J'ai une faim de loup, coupa Charly. J'ai sauté le déjeuner. Nous sommes presque à Soho, et j'adore la cuisine chinoise.

— Je connais le restaurant qu'il vous faut. J'y suis allé des tas de fois.

Comme il lui prenait le bras pour la guider au milieu de la foule, Charly déclara :

— D'accord, mais c'est moi qui paie. Vous êtes sur le point d'être mon client.

— Vous n'y songez pas !

— Oh, ne vous inquiétez pas. Vous paierez au bout du compte. Ou votre ami, Mr Plant.

— Marché conclu. Il peut se le permettre.

28

S'il y avait un endroit où on ne pouvait oublier ses soucis, c'était bien le Perroquet Bleu.

Assis au comptoir, Melrose attendait que Trevor Sly revienne afin de commander une autre bière ; il se demandait pourquoi le pub paraissait si insulaire, si imperméable au temps et aux changements de saison. En revanche, au Jack and Hammer on remarquait tout : froide humidité de l'hiver, douceur du printemps, brume d'automne.

Par ailleurs, le Perroquet Bleu était toujours désertique. Le seul indice d'un changement de saison arrivait quand Trevor Sly accrochait des cloches sur le papier mâché fauve et suspendait quelques rares ampoules aux branches du palmier.

En jetant un œil vers la grande cage qui se dressait près de la porte, Melrose se demanda pourquoi Trevor Sly avait tant tardé à acheter un perroquet. Un faux, bien entendu, avec des plumes multicolores — Melrose ne comprenait pas qu'il ne fût pas bleu, mais il s'en serait voulu de poser la question —, et juché sur un perchoir peint. Melrose s'efforçait de l'éviter. Un mécanisme se déclenchait dès qu'un client franchissait la porte et le perroquet lançait un « Salut ! » tonitruant, suivi de commentaires scabreux que Melrose ne parvenait jamais à saisir. Il se demandait si Sly en personne avait appris ses répliques au perroquet.

À propos de clients...

Où étaient-ils ? L'endroit était aussi désert qu'une dune, malgré la pancarte en travers du miroir qui proclamait *Happy Hours : 16 h-18 h, amuse-gueules gratuits.* Melrose était le seul et unique client ; Trevor Sly franchit le rideau de perles avec une assiette d'amuse-gueules gratuits.

Trevor Sly était plus grand que la moyenne, maigre, avec des bras longs comme de la guimauve étirée et des jambes d'échassier. Quand il se mettait à fredonner avec des mines de flagorneur, Melrose se demandait s'il n'allait pas se lover tel un serpent.

C'est d'ailleurs ce qu'il fit lorsqu'il s'assit sur son haut tabouret préféré et y entortilla ses jambes. Mais auparavant, il déposa les amuse-gueules suspects sur le comptoir. Melrose les examina. Fromage ? Pommes de terre ? Poisson ? Au moins, Trevor s'efforçait de plaire à ses clients, ce qui n'était pas le cas de Dick Scroggs, loin de là.

Sly prétendait que ses clients n'arrivaient pas avant le dîner, mais plus tard.

— Surtout le soir, vous savez. Nous attirons une foule de branchés genre bistro, des jeunes, vous savez.

Non, Melrose ne savait pas. Les seuls « jeunes » qu'il avait vus auraient tenu dans une poubelle. Ils n'avaient aucune raison de rappliquer dans un pub perdu en plein milieu du désert de Mohave, où ils se faisaient insulter par un perroquet.

Melrose poussa son verre devant Trevor Sly pour qu'il lui tire une autre Cairo Flame (avait-il perdu la tête?), et il lui offrit une tournée ; le barman dégringola en cascadant de son perchoir et remercia Melrose avec force frottements de main. Puis il se servit une rasade de pur malt, cinq ans d'âge, et encaissa les 10 livres de Melrose.

Après que Sly se fut rassis, Melrose jeta un coup d'œil dans le bar et déclara d'un air sincèrement surpris :

— Y a pas grand monde.

— Jamais le mardi, dit Trevor. (Il y avait toujours une raison, obscure, pour expliquer le manque de clients.) Faut quand même que je fasse les amuse-gueules, à cause de la pancarte. On ne sait jamais, y en a peut-être un qui va arriver. Je viens juste de commencer mes Happy Hours et les nouvelles vont lentement dans le quartier, comme vous le savez.

Lentement ? Il ne devait pas connaître Agatha.

— Vous avez quand même des habitués du coin. Les gens de Watermeadows, par exemple ?

Les gens en question se bornaient à Miss Fludd, l'unique raison de la présence de Melrose.

— Ah, oui, fit Trevor Sly, sans s'étendre davantage sur le sujet.

Melrose soupira et but son Cairo Flame. Devait-il insister pour obtenir des informations ?

— Ah, vous avez fini votre verre, Mr Sly ? Une autre tournée ! commanda-t-il, espérant que sa proposition avait été suffisamment chaleureuse.

Sly se déplia et alla servir les verres. Pourquoi devait-il se fermer comme une huître quand Melrose cherchait à savoir quelque chose ? Sur le sujet des Fludd de Watermeadows, Sly avait la perversité de rester bouche cousue. Dieu savait que ce n'était pas par discrétion, qualité dont Trevor Sly était singulièrement dépourvu.

— Je me souviens que Miss Fludd était là le jour où je suis passé avec Marshall Trueblood. Watermeadows étant si près (inexact, la propriété était seulement plus près du Perroquet Bleu que de n'importe où), j'imagine qu'elle doit faire partie de vos habitués...

Trevor Sly posa la bière devant Melrose et se versa une autre giclée de son whisky de luxe. Il encaissa un second billet de 10 livres, s'entortilla de nouveau autour de son tabouret et leva les yeux au plafond afin de réfléchir à ce que Melrose venait de dire.

— Oui, j'imagine qu'on peut dire ça, hum.

Melrose s'esclaffa d'un rire factice.

— En fait, Watermeadows est la propriété voisine de la mienne. C'est juste à côté d'Ardry End, vous savez. (Si « à côté » pouvait décrire deux propriétés séparées par un terrain si vaste qu'elles étaient distantes de près d'un kilomètre.) Miss Fludd — les Fludd —, ce sont mes nouveaux voisins. Je ne les ai pas encore tous rencontrés, remarquez. Juste elle. Elle m'a fait l'effet de quelqu'un de sympathique. Vous ne trouvez pas?

— Oh, certes, Mr Plant, certes. Quelqu'un de très sympathique.

S'ensuivit un silence de plomb.

Melrose se creusa la cervelle pour trouver un moyen de faire parler Sly. Il n'aurait pas dû lui offrir son deuxième whisky si vite. Toutefois, il doutait que Sly se tût délibérément. La meilleure explication était qu'il ne savait rien. Melrose aurait dû venir avec Trueblood, il aurait su lui tirer les vers du nez.

L'ennui, c'est que Trueblood était tellement pris par le droit — ou, plus précisément, par l'interprétation du droit — que Melrose avait du mal à attirer son attention sur autre chose.

Il se trouvait que les Fludd (combien étaient-ils au juste ?) étaient des cousins de Lady Summerston, qui possédait Watermeadows mais n'y mettait plus les pieds depuis plusieurs années. Miss Fludd était la seule de la famille que Melrose eût rencontrée. Et il avait été tellement séduit qu'il avait oublié de lui demander son prénom.

— Quel dommage que Miss Fludd ait ce problème à sa jambe, fit Melrose.

— Oui, c'est triste. Elle porte un appareil orthopédique.

Comme si Melrose était aveugle !

— Oui, j'ai vu. Je me demande ce qui lui est arrivé.

— Moi aussi.

— Ça ne peut pas être la polio. La polio est éradiquée depuis des années. Ah, si on vivait quarante ans en arrière, la polio serait la première chose à laquelle j'aurais pensé.

Sly fit une sorte de moue.

— Vous auriez raison, d'après moi. Oui, je crois que vous auriez raison.

Lassé de cette conversation en miroir, Melrose cessa ses spéculations et contempla les sédiments qui s'étaient déposés au fond de son verre. Des copeaux d'acier, sans doute. Dire qu'il avait déjà bu deux pintes ! Voilà ce que c'était, d'être mordu. D'accord, elle était jolie, mais pas plus que Polly Praed, par exemple. Pas aussi jolie qu'Ellen Taylor. Loin de valoir Vivian... Ou Jenny Kennington...

Seigneur ! Il aurait dû chasser ces pensées frivoles et se concentrer sur Jenny. Pauvre Jenny ! Il sortit de sa poche le petit carnet à spirales qu'il avait pris l'habitude de porter sur lui (et qui ressemblait à celui de Jury) et l'ouvrit.

— La migraine, Mr Plant ?

— Comment ? Oh, non. Si vous n'y voyez pas d'inconvénient, je vais emporter mon verre à une de ces tables ; il faut que je travaille sur quelque chose qui m'est venu à l'esprit. Je ne voudrais pas vous paraître malpoli...

Trevor Sly pointa un long doigt sur Melrose et dit :

— Pas du tout, pas du tout. Faites, je vous en prie. (Il ramassa l'assiette d'amuse-gueules.) Je vais juste faire réchauffer ça au micro-ondes.

Melrose alla s'installer à une table, dans l'ombre — le Perroquet Bleu baignait dans la pénombre —, et feuilleta son petit carnet. *Table à la Bourgogne**. *Ispahan*. *Verna Dunn*. Une liste d'objets. *J. Price*. Des notes sur Price. Il constata avec surprise que le carnet était presque entièrement noirci. *Le Petit Dernier*. Cette maison de Cowbit avec ce drôle de nom...

— Bonjour !

Il dressa vivement la tête, et resta bouche bée. Puis, se levant de sa chaise, il répondit au salut d'une voix éraillée.

— Oh, ne vous dérangez pas pour moi, dit Miss Fludd. Le barman m'a conseillé de ne pas vous importuner, il paraît que vous travaillez sur une affaire... (Melrose sourit, mais n'en jeta pas moins un regard meurtrier vers Sly)... mais je tenais à vous saluer. J'espère que nous aurons une autre conversation quand vous serez disponible...

— Je le suis. Je veux dire, là, tout de suite. Asseyez-vous, je vous en prie.

Comment, au nom du ciel, avait-il fait pour ne pas la voir, ni même l'entendre entrer ? Le bruit de son appareil orthopédique sur le plancher était suffisamment audible. Il l'aida à s'asseoir, prit son verre et le posa avec délicatesse sur la table, comme s'il risquait, tout comme elle, de se casser s'il n'y faisait pas attention. Elle portait le même manteau sombre, dont les manches un peu trop courtes recouvraient à peine les poignets. Cette fois, ses cheveux étaient tirés en arrière et maintenus avec un ruban noir dans lequel elle avait planté quelques fleurs. Des bleuets et des marguerites.

— J'aime bien votre coiffure, dit-il en s'asseyant.

Elle porta la main à son ruban.

— Je me suis dit, comme on est presque en avril, qu'il fallait que je fasse quelque chose.

Elle tira un bleuet du ruban et le passa dans la boutonnière de Melrose avec un geste naturel.

— C'est une très belle veste, remarqua-t-elle. Laine et soie, je crois ?

Melrose retourna son revers comme s'il espérait y trouver une marque avec le nom du tissu.

— Ah, je ne sais pas, fit-il.

— Si, si. Je m'y connais. C'est un tissu de grande qualité.

— Vraiment ?

Elle opina et but une gorgée de bière. Pourvu que ce ne soit pas du Cairo Flame, se dit Melrose.

— J'espérais que vous reviendriez, dit-elle. J'ai

beaucoup aimé notre conversation. Je n'ai pas souvent l'occasion de discuter avec des gens...

— Je vous demande pardon à tous les deux... commença Trevor Sly en se frottant les mains, un sourire en demi-lune au coin des lèvres. Mais je vois que votre verre est vide, Mr Plant, et vous, Miss, vous avez presque fini le vôtre...

— La même chose ! aboya Melrose. (Maudit soit ce barman !) Vous venez de Londres ?

— Oui. J'habitais à Londres, à Limehouse[1]. Quand Tante Nora nous a proposé Watermeadows pour un an, j'ai trouvé l'idée excellente. Le plein air, la campagne, tout ça.

— Tante Nora ?

— Lady Summerston. Eleanor. C'est ma grand-tante. Enfin, par alliance.

Soudain, Melrose s'adossa, ébranlé, comme si Trevor Sly lui avait lancé à la figure les bières qu'il était en train de leur servir avant de disparaître sans bruit, tel un espion.

— Mais... vous êtes donc parente avec...

Melrose ne voulait pas prononcer le nom. *Hannah Lean.* C'était une histoire trop triste. Pour Jury, pas pour lui. Il fit tournoyer la bière dans son verre et contempla l'écume qui se déposait en cercles concentriques.

— Parente avec qui... ? demanda-t-elle en se penchant vers lui. (Elle comprit tout à coup la signification qu'avait Watermeadows pour les gens qui vivaient dans son voisinage.) Ah, Hannah. C'est ce que vous alliez dire, n'est-ce pas ? Hannah Lean ? La petite-fille de Tante Nora...

---

1. Quartier mal famé, près des docks. *(N.d.T.)*

Elle hocha la tête avec tristesse. Melrose vit qu'elle contemplait son verre, elle aussi, le regard perdu dans les profondeurs de la bière.

— J'ai entendu parler de... d'une histoire... à propos de son mari. Je ne l'ai pas connu.

Et elle dévisagea Melrose comme s'il pouvait la lui raconter. Ce qu'il fit. Il lui apprit la partie de l'histoire qu'elle ne connaissait pas encore.

— C'est atroce ! s'exclama-t-elle.

Ils burent leurs verres et détournèrent les yeux. Elle regarda vers la terre dépourvue de végétation qu'on apercevait par la fenêtre. Lui s'absorba dans la contemplation de l'affiche du film *Lawrence d'Arabie* qui jouxtait celle de *La Route des Indes*. Cela faisait quatre ans, mais il ressentait encore un choc en pensant à Hannah Lean. Et à Jury.

— Vous aimez ? Je parle de Watermeadows, bien sûr.

Il se demandait ce qu'elle éprouvait à vivre dans un endroit qui avait connu une telle tragédie. Il s'attendait à ce que sa question appelle une réponse immédiate. Mais Miss Fludd resta un long moment silencieuse, le nez dans son verre d'ale. Suffisamment longtemps pour que le silence mette Melrose mal à l'aise. Redoutant de devenir la proie de l'angoisse provoquée par le silence, il faillit remplir le vide par des propos anodins. Miss Fludd ne paraissait pas remarquer sa gêne.

— Je ne sais pas, dit-elle enfin. Oh, c'est splendide, c'est l'endroit le plus merveilleux que je connaisse. Les jardins, le lac... les saules, les statues... C'est très italien, je trouve. Je ne suis pas très douée pour le jardinage... (Elle tâta son appareil, juste en dessous du genou.) Toutes ces génuflexions, la terre est basse, mais je sais tailler et élaguer. Je m'occupe des treilles et des rosiers... J'ai toujours vécu à Londres, avec mon oncle. Nous avons une petite maison à Limehouse. Une « vilaine » petite maison, diraient certains. Mais Limehouse s'est embourgeoisée et « vilaine » est devenue « chic ». Les vieux entrepôts moisis ont été transformés en appartements de luxe. Mon oncle aurait pu vendre sa maison une fortune. Ça le faisait rire. Il s'amusait à compter les voitures étrangères. Les nouveaux riches « Gin et Jag », comme il disait. (Elle s'esclaffa.) De toute façon, il ne voulait pas vendre, et quand Tante Nora nous a proposé Watermeadows, Oncle Ned a sauté sur l'occasion. Mais c'était pour moi, pas pour lui. Il voulait que je quitte Londres. Il pensait que j'avais besoin d'air pur... et de fleurs. (Elle se pencha, le menton calé sur ses mains en coupe.) Heureusement qu'il s'est contenté de louer sa maison de Londres. Je l'adore. Rien ne la différencie d'un million d'autres pavillons, mais je l'adore. Elle possède un grenier et il faut avoir des dons d'alpiniste pour y grimper. On y accède par un misérable petit escalier. Mais il y a une fenêtre là-haut qui domine la Tamise. Le grenier est très sombre, la fenêtre est ronde, ça fait penser à la chambre noire d'un appareil photo car c'est davantage un écran qu'une fenêtre et le panorama ressemble à ce qu'on verrait d'un périscope ou d'un viseur. Je pouvais voir l'île des Chiens. Les gens se plaignent que le quartier ait été saccagé par les nouvelles constructions, mais les contours sont restés, les empreintes. (Elle s'arrêta soudain, puis reprit :) Je me demande ce que ça veut dire...

Mais la question s'adressait autant à elle-même qu'à Melrose.

— Ce que je voyais de cette fenêtre ressemblait davantage à une représentation de la Tamise, reprit-elle, un film, une série de photos... qu'à la Tamise elle-même. C'était comme si je pouvais rester à l'écart de la réalité. Je ne sais pas, fit-elle avec une grimace. Oui, j'aime bien Watermeadows, mais on regrette toujours la maison qu'on a laissée derrière soi, j'imagine. Vous ne ressentez pas la même chose, à propos d'Ardry End ?

Sans savoir pourquoi, Melrose fut surpris qu'elle connaisse le nom.

— Si, certainement. Saviez-vous que nous étions voisins ?

— Oui. Quel magnifique domaine ! J'ai dû me promener sur vos terres sans le savoir, j'en suis sûre. On a du mal à dire où s'arrête l'un et où...

— Soyez prudente ! s'exclama Melrose, faussement horrifié. Portez des bandes phosphorescentes comme les joggers et faites bien attention. J'ai un garde-chasse. Du moins c'est comme ça que Momaday aime se faire appeler. Il se prend pour un as de la gâchette. Il se trimballe avec son fusil — cassé en deux sur le bras, j'espère. J'entends parfois des coups de feu au loin. Ça m'inquiète.

— Je ferai attention à lui, pouffa Miss Fludd. Vous aimez marcher, vous aussi ?

— Oh, certainement, mentit Melrose. (Mais il atténua son mensonge par une parcelle de vérité :) Jusqu'au Jack and Hammer, ça fait une jolie promenade. (Il n'en pensait pas un mot, il la trouvait ennuyeuse au possible.) Pour mes saturnales quotidiennes, ajouta-t-il. En réalité, je mène une vie plutôt tranquille, et inutile par bien des aspects.

— Comme vous avez de la chance ! Mais cette enquête sur laquelle Trevor Sly prétend que vous travaillez ? Vous n'êtes pas détective, tout de même ?

— N'ajoutez pas foi à ce que vous raconte Mr Sly. Non, je ne suis pas détective. C'est un ami à moi qui est détective. Il est commissaire principal à Scotland Yard. Il s'appelle Jury.

— C'est vrai ? Et il vient parfois à Northampton ?

— Watermeadows est situé à Long Piddleton, en réalité. Oui, il vient de temps en temps. Il était là pour l'affaire Simon Lean. Et il y a plusieurs années, quand nous avons connu une série de meurtres. Tout avait commencé dans ce pub, le Sac à Malice...

— Oui, je l'ai vu. Il se trouve sur cette colline qui surplombe le village. Mais il est fermé.

Melrose lui raconta l'histoire. Elle l'écouta sans un mot, respirant à peine, rivée à ses lèvres.

— Il a l'air génial ! s'exclama-t-elle lorsqu'il eut terminé.

Elle parlait de Jury, bien sûr.

— Oh, oui... commença Melrose, enthousiaste. (Mais il se dit : Halte là. Ne braquons pas les projecteurs sur lui...) C'est-à-dire qu'il l'était... C'est une vie épuisante, vous savez. Ça vous vieillit avant l'âge. (Il sortit ses cigarettes.) On ne peut pas impunément faire travailler sa matière grise à s'en rendre malade. Et au rythme où va Jury, on finit par avoir l'air hagard.

— J'ai vu sa photo.

La chaise sur laquelle Melrose se balançait en équilibre sur deux pieds heurta violemment le sol.

— Où ? Quand ?

— Dans le *Telegraph*. Je viens de m'en souvenir à l'instant. Il n'avait pas du tout l'air hagard. Il avait l'air plutôt bel homme.

— Jury est très photogénique. Mais de quoi s'agissait-il ?

Jury n'était pas chargé de l'enquête de l'affaire du Lincolnshire. Il y travaillait de manière très officieuse. Miss Fludd réfléchit, le front plissé.

— C'était... à propos d'un restaurateur de Soho. Mais vous devez être au courant.

Non, Melrose ignorait tout de l'affaire. Pourquoi diable Jury menait-il une double vie, quand lui, Melrose, traînait dans les pubs à essayer, en vain, d'impressionner son monde ?

— Oui, un peu, fit-il. Je ne connais pas tout, mais je peux vous dire ceci... (Il se pencha par-dessus la table, poussa la boîte d'allumettes sur le côté.) Avez-vous lu quelque chose sur le double meurtre du Lincolnshire ? Près de Spalding ?

— Oh, oui. Une des victimes était une actrice, je crois. Et l'autre, une servante, non ? Vous avez été mêlé à ça ?

C'était dans tous les journaux ; il ne divulguait pas d'informations confidentielles, sinon son rôle d'« expert en meubles anciens ». Tout en lui racontant l'histoire, il dessina un petit croquis du pub et de la maison sur une page de son carnet. Il dessina le Wash sur une autre page en lui décrivant les événements du fameux soir.

Miss Fludd garda le silence et examina les dessins, la tête appuyée sur sa main.

— Ça ne va pas ? s'inquiéta Melrose, quand le silence commença à lui peser.

— Si, si. Je réfléchissais.

Elle se cala sur son siège et renversa la tête en arrière. Elle regarda fixement le plafond.

L'attirance magnétique exercée par quelqu'un qui regarde fixement quelque chose est irrésistible. Melrose regarda lui aussi, même s'il savait qu'il n'y avait rien à voir, sinon un ventilateur.

— Vous avez découvert quelque chose ?

Le gros ventilateur tournait lentement en grinçant. Au centre, le globe blanc était tacheté de cadavres de papillons de nuit.

— Elle a pris sa voiture et elle est allée sur le Wash, dit Miss Fludd, songeuse. Un drôle d'endroit pour une balade, vous ne trouvez pas ?

— Si, en effet.

— La police a-t-elle une explication pour ce choix ?

— Elle pense que c'était pour retarder la découverte du corps. Personne ne va là-bas, ce n'est pas un endroit touristique ni rien. D'abord, c'est dangereux, il y reste des mines de la Seconde Guerre mondiale. Mais c'est aussi un bon endroit à cause des marées et du déplacement des bancs de sable. Le corps aurait pu être recouvert.

Miss Fludd examina de nouveau le dessin.

— Qu'en pensez-vous ? Vous croyez que c'est Miss Kennington ?

Ce fut au tour de Melrose de garder le silence. Il aurait dû repousser l'idée, la trouver trop ridicule. Mais il ne pouvait pas. Le commissaire Bannen ne la trouvait pas si ridicule que cela, lui.

— Pour être honnête... je n'en sais rien.

Regardant vers le bar, il vit la grosse pendule avec

ses trois aiguilles palmées. Il fut surpris de s'apercevoir qu'il était près de dix-neuf heures.

— Que diriez-vous de dîner avec moi ? proposa-t-il.

Miss Fludd s'éclaira d'un sourire.

— Oh, c'est très aimable à vous, mais j'ai déjà préparé un repas d'anniversaire.

Elle rassembla son manteau et son écharpe.

— Laissez-moi au moins vous reconduire, dit Melrose.

Pourquoi était-il vexé de ne pas être invité à cet anniversaire ? Et pourquoi n'avait-elle pas précisé si c'était l'anniversaire d'un ou d'une amie ? Melrose se leva, fit le tour de la table, mais se retint d'offrir son bras à Miss Fludd. Au lieu de cela, il lui prit son manteau et l'aida à l'enfiler.

— Je dois aussi refuser, dit-elle. Il faut que je marche, vous comprenez. C'est un peu pour ça que je viens ici, pour marcher.

Il n'y avait pas de quoi, mais il se sentit offensé.

— Puis-je garder cette page ? demanda-t-elle en désignant le carnet. J'aimerais réfléchir à ce puzzle...

— Bien sûr, dit Melrose en arrachant la page. Tenez.

— Il y a des notes au dos, remarqua-t-elle. Vous en avez besoin ?

— Non, plus maintenant.

— *Le Petit Dernier,* lut-elle. Qu'est-ce donc ?

— Un pub, dans le Lincolnshire. Ou plutôt c'était un pub... je crois. Aujourd'hui, ça ressemble à une maison particulière. C'est un de ces noms d'auberge qui ont toujours autant de succès. Genre « Un p'tit dernier pour la route »...

Miss Fludd parut réfléchir. Puis :

— Ça peut aussi vouloir dire le « dernier-né »...
— Pardon ?
— Vous savez. Comme dans « Mon petit dernier pleure beaucoup la nuit »... Dans ce cas, c'était un magasin de layette...
— Seigneur ! s'exclama Melrose, interloqué. Bien sûr. Pourquoi n'y avais-je pas pensé ?
— On se polarise sur une solution et c'est presque impossible de voir autre chose. C'est comme si on vous demandait le contraire de gauche et que vous disiez droite. Mais la réponse aurait pu être adroit. Gauche, adroit.
— Pour une surprise ! fit Melrose.

Cela lui rappelait quelque chose, mais il n'arrivait pas à mettre un nom dessus. Ils sortirent et Melrose fit ses adieux. Adossé à la porte, il la regarda marcher avec difficulté sur la route mal carrossable. Soudain, il s'aperçut qu'il ne connaissait pas son prénom.

— Ça vous ennuie si je vous appelle Nancy ? lança-t-il.

Elle parut méditer.

— Non, si vous y tenez. Mais je m'appelle Flora.

29

— Commissaire Bannen, auriez-vous l'amabilité de dire à la Cour ce que vous avez découvert en arrivant sur les lieux... dit Oliver Stant, qui se tourna vers un gros plan du Wash et un autre de l'endroit où on avait retrouvé le corps de Verna Dunn.

Dehors, devant le Lincoln Castle où se tenait le procès, l'air avait presque une douceur printanière, ce qui contrastait avec le bâtiment lugubre et le froid qui régnait à l'intérieur. L'atmosphère qui enveloppait le château découlait des tensions, des frustrations et des peines des assiégés que certaines affaires avaient conduits en ces lieux. Dès qu'il avait franchi le seuil, Melrose avait commencé à ressentir la tristesse qui émanait des couloirs.

— Nous avons découvert le corps d'une femme dans les marais salants de la partie du golfe du Wash qu'on appelle « Fosdyke Wash ». Cela se trouve près du village de Fosdyke. Le « Wash » — comme on l'appelle généralement — est une baie peu profonde sur la côte du Lincolnshire et de Norfolk. En réalité, c'est une zone entre la mer et la côte qui laisse entrer la marée et empêche les inondations, ou essaie de les empêcher. Nous avons trouvé le corps sur le sable, étendu sur le ventre, dans une petite flaque d'eau. La victime avait reçu une balle dans la poitrine.

— L'arme était...?

— Une carabine de calibre 22.

— Et vous en avez déduit que la victime, Verna Dunn, était venue là...?

— En voiture, sa propre voiture, une Porsche. Nous avons trouvé des empreintes de pneus de l'autre côté de la digue. L'assassin a abandonné le cadavre et, d'après nous, est retourné à Fengate avec la Porsche. Du moins, se hâta d'ajouter Bannen avant que Peter Apted n'intervienne, la même voiture a été aperçue au bout de l'allée vers minuit trente. D'après le jardinier, elle n'était pas à sa place. Quelqu'un l'avait déplacée.

— Et vous pensez qu'il est possible d'aller au Wash, de tuer quelqu'un et de rentrer à Fengate en, disons, cinquante minutes?

— Oui.

— Étrange endroit pour un meurtre, vous ne trouvez pas?

— Oui, c'est ce qui m'a incité à réfléchir...

Oliver Stant le coupa rapidement.

— L'explication ne serait-elle pas que...?

Peter Apted se leva d'un bond.

— Votre Honneur, nous préférons entendre l'explication du témoin plutôt que celle de l'accusation!

Le président acquiesça.

— Pourquoi avoir choisi cet endroit? demanda Stant, transformant son explication en question.

— D'après moi, c'est à cause des marées et du déplacement des bancs de sable, répondit Bannen. La marée aurait pu emporter le corps, ou le sable aurait pu le recouvrir, empêchant ainsi ou retardant sa découverte. Mais ce n'est pas ce qui s'est passé.

— L'accusée prétend qu'après avoir laissé Verna Dunn dans l'allée, elle a pris le sentier communal qui passe devant Fengate et conduit jusqu'au pub appelé le Bord du Monde...

Bannen acquiesça. Anticipant sur la question à venir, il déclara :

— Le pub se trouve à moins de deux kilomètres de Fengate, seize cents mètres exactement.

— L'accusée affirme avoir voulu marcher pour se calmer, avec l'intention d'aller jusqu'au pub. Cela vous semble-t-il plausible ?

Bannen s'autorisa l'esquisse d'un sourire.

— C'est une possibilité qu'on ne peut écarter. Toutefois, il était tard, le pub aurait été fermé avant qu'elle y arrive.

— Vous dites que le Bord du Monde est approximativement à moins de deux kilomètres...

— Seize cents mètres, exactement, répéta Bannen, agacé.

— Bien. Pouvez-vous nous dire à quelle distance se trouve le Wash de Fengate ?

— Peut-être cinq kilomètres.

— Mr Bannen, poursuivit le procureur, est-ce que Jennifer Kennington avait déjà emprunté ce sentier communal ?

— Oh, oui. Deux fois, d'après elle. Avec les Owen. La seconde fois, l'après-midi même. Après le déjeuner, m'a-t-elle dit. Les Owen ont confirmé.

— Donc, l'accusée connaissait la distance et savait le temps qu'il lui faudrait pour arriver au pub ?

— Sans doute. Pour le temps, en tout cas. En

marchant d'un pas normal, une vingtaine de minutes.

Melrose écouta Bannen relater les événements de la soirée et faire un récit circonstancié des actions entreprises par la police. C'était le témoin idéal. Calme, méthodique, qui ne se laissait pas impressionner par la situation. Melrose eut l'impression que le seul moment où Bannen parut impressionné fut lorsqu'il en vint à la conclusion de l'enquête. Quelque chose disait à Melrose que le commissaire Bannen n'était pas certain d'avoir percé le mystère. Melrose reporta son attention sur Jenny, assise dans le box. Elle semblait absente. Elle était là sans y être. C'était comme si elle était juste passée dire bonjour avant de repartir.

— ... de sorte que pour marcher jusqu'au pub et revenir, cela aurait pris un peu moins longtemps que d'aller en voiture au Wash et de rentrer à Fengate. Et de tuer la victime entre-temps.

— Oui.

— Mr Bannen, quelles circonstances particulières vous ont amené à inculper Jennifer Kennington de ce crime ? (Et, dans un élan théâtral, Oliver Stant se tourna vers Jenny.) Euh, bien sûr, les preuves ne sont pas concluantes...

Apted se leva prestement.

— Vous voulez dire que ce ne sont pas des preuves matérielles ?

Cette fois, le juge se fâcha et l'interruption d'Apted tourna en faveur d'Oliver Stant. Cependant, Bannen répondit avec le sourire.

— Des preuves non concluantes ne peuvent être des preuves matérielles. Ce sont des preuves conjoncturelles. Je n'ai pas besoin de préciser que les preuves conjoncturelles ne sont pas concluantes...

Melrose s'affaissa. Bannen était un sacré client. Aussi fort qu'Apted.

— Continuez, je vous prie, incita Stant.

— Jennifer Kennington a eu l'opportunité, le mobile — c'est la seule à avoir un mobile, dans l'état actuel des choses —, et c'est la dernière personne à avoir vu Verna Dunn en vie ; les témoins — les Owen — nous diront que les deux femmes s'étaient disputées violemment. C'était à mon avis suffisant pour inculper l'accusée du meurtre de Verna Dunn.

— Maintenant, commissaire, puisque Mr Apted a soulevé ce point, peut-être pouvez-vous nous éclairer : je veux parler des preuves conjoncturelles et de leur fiabilité. Qu'est-ce qu'une preuve conjoncturelle ne fournit pas ? Que lui manque-t-elle pour être tangible ?

— Elle ne fournit pas de témoin oculaire.

— Quel est le pourcentage d'enquêtes criminelles pour lesquelles vous n'avez pas pu trouver de témoin oculaire ?

Bannen réfléchit avant de répondre.

— Environ soixante-dix pour cent.

Ce n'était pas la réponse que Stant attendait. C'est parfois ce qui arrive quand on ne connaît pas la réponse à la question que l'on pose.

— Cependant, ces affaires ne sont pas comparables à celle qui nous intéresse, n'est-ce pas ?

— En effet, car la plupart des meurtres ne sont pas prémédités. Il y a les vols à main armée qui tournent mal ; les coupables préparent le vol mais pas le meurtre accidentel d'un passant ; il y a les crimes passionnels ; il y a les violences conjugales. Cela représente le plus gros des affaires auxquelles nous sommes confrontés. Dans ces cas, il y a des témoins, ou sinon, l'assassin est encore sur les lieux du crime — le mari, par exemple, qui vient de conclure une scène de ménage par un coup de feu ou un coup de couteau. Il reste sur place jusqu'à l'arrivée de la police et pleure toutes les larmes de son corps. Mais les meurtres prémédités sont, par comparaison, relativement rares. J'omets volontairement les meurtres liés au terrorisme et les assassinats politiques.

— Si cela ne vous ennuie pas, je vais formuler ma question différemment, pour être sûr que tout le monde comprenne : ce meurtre n'entre pas dans la catégorie des crimes — les soixante-dix pour cent — auxquels vous êtes confronté ?

— C'est exact.

Stant posa ensuite des questions de moindre importance afin de préparer le terrain pour le fait que Jenny avait caché sa relation avec Verna Dunn. C'était sans doute aussi compromettant que l'opportunité et le mobile (qui n'était pas totalement prouvé). Pendant l'interrogatoire du commissaire, on apprit ainsi que Jenny avait parlé à Jury de sa parenté avec Verna Dunn.

— N'avez-vous pas eu l'impression que le commissaire principal Jury cachait des preuves ?

— Non. Mr Jury n'était pas officiellement sur l'enquête. Il n'avait pas l'obligation de...

Stant interrompit vivement Bannen, de peur que son manque de rivalité professionnelle (sur laquelle Stant avait compté) ne convainque les jurés.

— Oui, bien sûr. Cependant, vous avez fini par

découvrir le degré de parenté entre l'accusée et la victime, Verna Dunn ?

— Oh, ce n'était pas compliqué. Une simple enquête dans le passé de Lady Kennington nous a permis de constater qu'elles étaient cousines.

Des murmures parcoururent la salle. Le juge réclama le silence.

— Cette découverte vous a-t-elle surpris, commissaire ?

— Oui, bien sûr. Lady Kennington n'en avait pas parlé... à personne, apparemment, sauf à Mr Jury, mais plus tard.

— C'est-à-dire que Max Owen, lorsqu'il était marié à Verna Dunn, ne savait pas qu'elle était la cousine de Jennifer Kennington...

Apted bondit de nouveau.

— Objection, Votre Honneur ! Ce n'est pas au témoin de répondre à la place de Max Owen...

— Objection retenue.

— J'essaie de démontrer que l'accusée n'avait pas mentionné son lien de parenté, ni même qu'elle connaissait Verna Dunn, alors que c'était la première fois qu'elles se revoyaient depuis une douzaine d'années.

Bien qu'Apted parût se lever avec nonchalance, il fut debout dans la seconde.

— L'accusation est supposée interroger le témoin, dit-il, et garder sa plaidoirie pour plus tard.

Le juge demanda au procureur d'en venir au fait.

— N'y avait-il pas un long passé d'inimitié... ? commença Stant.

Là encore, il fut interrompu par Apted qui lança :
— Des rumeurs !

Toutefois, le procureur était parvenu à ses fins :

Jenny avait caché sa relation, pour le moins inamicale.

— Vous avez considéré que cette inimitié constituait pour une large part le mobile ? Qu'elle avait été éveillée par la violente dispute de cette soirée...

— Votre Honneur ! lança Apted de son siège. Je préférerais que l'accusation s'en tienne aux questions et laisse le commissaire conclure de lui-même.

— Mr Stant, déclara le juge, si vous souhaitez poser une question, posez-la. Si vous souhaitez entendre les conclusions du témoin, ne les donnez pas vous-même. C'est la moindre des choses.

Le juge hocha la tête d'un air de dire : « Ah, ces gamins. Il faut tout leur expliquer ! », puis il replongea le nez dans ses notes.

— Pourriez-vous dire à la Cour ce que vous avez conclu de l'attitude de l'accusée ? demanda Stant.

— J'en ai conclu que l'accusée avait un mobile.

— Un mobile pour tuer ?

Bannen ne répondit pas tout de suite. Et lorsqu'il le fit, on ne peut pas dire que Stant fut satisfait de sa réponse.

— Un mobile pour quelque chose, certainement.

Pour masquer sa déception de voir son argumentation affaiblie, Stant déclara :

— Vous avez tout à fait le droit de parvenir à une conclusion personnelle, commissaire.

Et il se fendit d'un large sourire pour souligner que c'était la seule explication à la réponse timide de Bannen.

— Mais je... commença Bannen.

— Nous vous remercions de votre témoignage honnête et équitable, commissaire. Ce sera tout, merci encore.

Content d'avoir retourné le jury en sa faveur sur le sujet du mobile, Stant s'assit et croisa les mains derrière sa tête.

— Commissaire, commença Apted, pendant les deux semaines qui ont suivi le premier meurtre, Jennifer Kennington est restée à Stratford. Est-ce exact ?
— Oui, c'est exact.
— Dès lors, comment se fait-il que vous ne l'ayez pas arrêtée aussitôt après l'assassinat de Verna Dunn ? Pourquoi l'avez-vous autorisée à rentrer chez elle ?
— Nous ne pouvions pas la garder plus de vingt-quatre heures.
— Cependant, elle est restée en garde à vue quarante-huit heures, n'est-ce pas ?
— Oui, nous avons obtenu une autorisation du juge.
— Mais pourquoi quarante-huit heures seulement ? Pourquoi pas une autre prolongation de vingt-quatre heures ?
— Nous n'avons pas obtenu l'autorisation du juge.
— Pourquoi ?
Bannen hésita, mais il n'avait pas le choix.
— Par manque de preuves.
— Vous n'aviez rien pour l'inculper ? C'est cela ?
— Par la suite, nous...
— Je vous remercie, commissaire.

Grace Owen fut brièvement interrogée par Oliver

Stant, qui n'attendait d'elle que la confirmation du « secret » de Jennifer Kennington. Grace affirma qu'elle ignorait totalement le lien de parenté entre Jenny et Verna Dunn.

Vint le contre-interrogatoire de Peter Apted. Il se leva, tout sourire.

— Mrs Owen, vous étiez dans le salon avec les autres convives le soir du 1er février ?

— Oui, en effet.

— Vous avez déclaré que vos invités étaient sortis de table vers vingt-deux heures et s'étaient rendus au salon. Dans quel ordre les invités sont-ils partis ensuite ?

— Euh, les premières à partir furent bien sûr Jennifer Kennington et Verna Dunn. Ensuite, vers dix heures quinze ou vingt, Jack... Jack Price est rentré à son atelier. Après lui, ce fut le tour du major Parker, à onze heures.

— Mr Price est rentré à son atelier, dites-vous ?

— Oui. En réalité, c'est une ancienne grange aménagée. C'est là qu'il habite, il a besoin d'espace pour...

Apted ne la bâillonna pas exactement d'une main ferme, mais le geste qu'il fit l'empêcha d'apporter des précisions qu'il préférait ne pas entendre.

— Je vous remercie. Et le major Parker partit à onze heures. Y a-t-il eu d'autres sorties ?

— Non.

— Vous avez déclaré que l'accusée et Verna Dunn n'avaient pas, ni en mots ni en gestes, laissé entendre qu'une dispute couvait. Avaient-elles dit quelque chose qui vous aurait permis d'être au courant de leur relation ?

— Non, rien, absolument rien.

— Vous avez donc été extrêmement surprise lorsque vous l'avez apprise ?

— Très surprise, en effet.

— Mrs Owen, la présence de la première femme de votre mari ne vous a pas posé de problèmes ?

— Non. En fait, c'est moi qui lui avais suggéré d'inviter Verna.

— Vous lui avez suggéré ? répéta Apted, comme s'il n'avait pas bien entendu. Mais... pourquoi ? demanda-t-il en se tournant vers l'audience d'un air déconcerté.

— Parce que je pensais que ça serait pratique pour Max — pour mon mari —, étant donné qu'il avait des affaires à traiter avec elle et qu'il avait besoin de lui parler. Verna habite, euh, habitait à Londres, et Max s'y rendait souvent pour affaires...

Sa voix traîna comme si elle avait commencé une déclaration qu'elle ne savait comment terminer.

— Quel genre d'affaires devait-il traiter avec Verna Dunn ?

Grace hésita. Puis :

— Verna s'intéressait à une nouvelle pièce dans laquelle elle devait jouer. Les producteurs avaient besoin de commanditaires. Max désirait mettre de l'argent dans la pièce. C'était un investissement. (Le débit de Grace s'accéléra, elle agrippa la barre à deux mains.) Il faut savoir que mon mari et Verna Dunn ont divorcé à l'amiable.

Après cette dernière affirmation, Melrose eut l'impression qu'elle avait du mal à avaler. Le sourire de Peter Apted montrait qu'il partageait cette impression.

— Un divorce à l'amiable ? Cela existe donc ?

Stant s'était levé avant la fin de la question.

— La défense pose-t-elle cette question au témoin, ou au monde en général, Votre Honneur ?

Le juge dévisagea Apted par-dessus ses étroites lunettes.

— Franchement, je ne vois pas où vous voulez en venir, Mr Apted.

— Si vous voulez bien m'accorder encore un instant, dit Apted. Mr Price fut donc le suivant à partir, n'est-ce pas ?

— Oui, acquiesça Grace. Il a dit qu'il allait se coucher.

— Vous avez déclaré, je crois, que vous l'aviez vu prendre le sentier à l'arrière qui mène à son atelier. (Comme Grace opinait, Apted demanda :) Mais il n'y a pas, dans le salon, de fenêtres qui ouvrent sur le jardin arrière. Comment l'avez-vous vu prendre ce sentier ?

Grace hésita, surprise.

— J'ai dû le voir depuis la fenêtre de ma chambre, alors.

— Vous étiez donc sortie, vous aussi ?

— Mais... euh, oui. Mais pour un court instant. Et je ne suis pas sortie, pas dans le sens...

— Dans quel sens êtes-vous sortie, alors ? demanda Apted avec entrain.

— Je voulais dire... je ne suis pas sortie de la maison. Je suis montée au premier chercher un châle. Il faisait froid dans le salon.

— Je vois. Dites-moi, Mrs Owen, quand ont-ils discuté de la pièce ?

— Pardon ?

— Votre mari et Verna Dunn, quand ont-ils discuté de la pièce ? (Grace parut interloquée.) Quand ont-ils eu l'occasion d'en parler ?

— Je vous demande pardon ?

— Vous avez déclaré que vous aviez invité la défunte pour que votre mari puisse discuter avec elle, afin qu'il ne soit pas obligé d'aller à Londres — où il faisait toutefois de fréquents voyages. Je me demandais quand ces discussions avaient eu lieu.

— Je...

Melrose se demanda pourquoi Grace bégayait.

— Oui, Mrs Owen ? l'encouragea Apted, souriant.

— Je ne sais pas.

— Ils n'ont pas eu l'occasion de discuter, étant donné qu'ils n'étaient jamais seuls. Puisque c'était la seule raison pour laquelle vous aviez invité la première épouse de votre mari, comment se fait-il qu'ils n'aient pas trouvé une minute pour se parler seul à seul ?

Grace resta silencieuse.

— N'y a-t-il pas d'autre explication à votre invitation ? demanda Apted.

Grace semblait perdue. Elle nia, mais en pure perte. La question elle-même suffit à semer le doute parmi les jurés quant à la qualité de l'enquête.

— Mrs Owen, j'aimerais revenir de quelques années en arrière, sur un autre incident, et je m'excuse par avance de soulever un sujet aussi pénible... (Grace cilla. Elle savait déjà de quoi il allait parler)... que la mort de votre fils. Auriez-vous l'amabilité de dire à la Cour ce qui s'est passé ce jour-là à Fengate ?

Oliver Stant bondit.

— Objection : je ne vois pas le rapport...

— Votre Honneur, la question se justifie dans la mesure où elle concerne le mobile.

Le juge autorisa Apted à poursuivre.

Grace n'avait à l'évidence pas envie de parler de Toby. Melrose éprouva un vif élan de sympathie pour elle lorsqu'elle décrivit l'accident d'une voix haletante.

— Toby... c'est mon fils... aimait faire du cheval, il en faisait sur la piste cavalière qui passe près de chez nous. Il m'avait promis de ne pas faire de bêtise — de prendre de risque, je veux dire — comme de se lancer au galop sur un terrain accidenté... Toby était hémophile, vous comprenez, il lui fallait donc être très prudent. Euh... ce jour-là, il n'a pas été assez prudent. Le cheval a trébuché et l'a désarçonné. Pour un autre, l'accident n'aurait pas été grave, mais Toby...

Elle baissa les yeux sur ses mains qui agrippaient la barre des témoins. Elle ne finit pas sa phrase.

— Quel âge avait-il à l'époque de l'accident ?

— Vingt ans, dit Grace d'une voix à peine audible.

— Je suis navré, assura Apted avec une apparente sincérité. Pouvez-vous nous dire qui était présent chez vous lorsque ce drame est arrivé ?

— Mon mari et Jack Price, et... c'est-à-dire, ils n'ont pas vu ce qui s'est passé... et Mr Parker et...

— Oui ? Nous vous écoutons.

— Verna Dunn.

Elle souffla le nom avec un imperceptible clignement de paupières, un tremblement des lèvres — minuscules signes de détresse. Tel était le pouvoir du chagrin que les années n'avaient pas suffi à effacer.

— Je vous remercie, Mrs Owen.

Peter Apted regagna sa place, laissant Grace

Owen en plan dans le box des témoins. Comme si elle revivait le drame affreux, elle resta figée sur place. Des larmes ruisselaient le long de ses joues. Voyant qu'elle ne bougeait pas, le juge dut demander à un huissier de l'aider à quitter la salle.

La première journée du procès s'acheva sur cette note bouleversante.

30

Le lendemain matin, Jury passa à peine un quart d'heure à la barre, répétant ce que Jenny Kennington lui avait dit à Stratford-upon-Avon. Pour lui, ce fut un quart d'heure de trop.

— L'accusée a menti sur sa relation avec Verna Dunn, conclut Oliver Stant.

— Oh, je ne dirai pas tout à fait ça, rétorqua Jury. J'appelle ça une omission.

Jury semblait mal assuré.

Le sourire qui éclaira le visage de Stant montra qu'il acquiesçait. Il ne prit même pas la peine de relever.

— Cependant, la haine de l'accusée pour sa cousine était évidente ?

— Euh, oui, répondit Jury après un silence. Mais...

Oliver Stant ne voulait pas entendre d'explications.

— Je vous remercie, commissaire Jury. Pas d'autres questions.

Jury et Charly étaient assis dans un box sombre, à l'arrière du pub où se pressait la même foule qui avait envahi le tribunal. On aurait dit que les gens s'étaient tous retrouvés au pub par consentement mutuel, en bandes, comme les loups. L'air était chargé de fumée de cigarettes, de pipes, de cigares — la zone non-fumeurs était une vaste plaisanterie —, et Jury se demanda combien de temps il lui faudrait pour cesser d'avoir envie d'arracher les Marlboro et les Silk Cut de la bouche des clients.

— J'ignorais que Jennifer Kennington avait engagé Peter Apted pour vous défendre, déclara Charly, qui fumait au lieu de manger la salade paysanne qu'elle avait commandée.

C'était une anecdote qu'Oliver Stant avait déterrée pour démontrer que si Jury prenait la défense de Jennifer Kennington, c'était surtout par amour ou pour s'acquitter d'une dette.

— Il n'y avait rien contre moi dans cette affaire, assura Jury. Jenny ne faisait que s'acquitter d'un service que je lui avais rendu autrefois. Il y a des années, je lui avais retrouvé un objet volé. Aujourd'hui, je m'acquitte à mon tour de ma dette. Sommes-nous voués à nous acquitter indéfiniment d'une dette? demanda-t-il avec un petit sourire.

Charly le dévisagea longuement.

— C'est possible. Mais ça serait un gâchis pour votre relation. (Elle consulta sa montre.) Il est bientôt deux heures. On ferait bien d'y retourner.

— Vous n'avez pas touché à votre salade.

— Les procès me coupent l'appétit.

Peter Apted entra dans le pub; Charly lui fit de grands signes.

— Bon Dieu, Peter... le témoignage de l'expert en balistique a pris presque toute la matinée et il était en notre défaveur...

— Hatter ? fit Peter. Non, pas vraiment. On peut manger quelque chose de correct, ici ? demanda-t-il en regardant leurs assiettes.

— Peter ! Non seulement les preuves sont contre nous, mais Hatter lui-même était... je ne sais pas comment dire... « irrécusable ». Je regardais les jurés ; ils étaient fascinés.

— Forcément ! C'est toujours comme ça quand un expert est capable de certifier que telle balle provient de telle arme. Même moi, ça me fascine.

— Alors, je te pose la question : où est ton expert pour la défense ? Tu n'en as pas convoqué un seul pour réfuter son témoignage.

Peter Apted haussa les épaules et sortit une pomme de sa poche.

— Hatter fera l'affaire.

Charly le dévisagea, bouche bée.

— C'est le témoin de l'accusation ! Tu as oublié ?

— Si je n'obtiens pas ce que je veux au cours du contre-interrogatoire, je ferai venir un autre expert. Tu ne manges pas ta salade ?

Matthew Hatter assura comprendre qu'il témoignait toujours sous serment ; il représentait l'image même de la probité. Son témoignage du matin s'était révélé désastreux pour la défense parce qu'il ne doutait pas un instant de savoir quelle carabine avait été utilisée pour le meurtre. Selon lui, la balle avait répondu à la question : l'arme du crime était la carabine retrouvée dans la remise de Fengate, celle dont Suggins se servait parfois et qui était accessible à tout le monde.

— Mais, bien sûr, vous ne pouvez nous dire qui a tiré le coup mortel.

De la façon dont Apted la formula, ce n'était même pas une question.

— Non, admit Hatter, qui ne semblait pas se soucier des dégâts que ses conclusions provoquaient.

C'était un témoin à charge, mais cela ne signifiait pas qu'il s'intéressait à l'accusation en elle-même. Toutefois, il était soucieux de sa réputation et n'accepterait pas sans broncher que ses conclusions soient contestées.

— Ce qui vous a conduit à conclure que c'est bien l'arme du crime, c'est la balle qui a traversé la poitrine de Verna Dunn, n'est-ce pas ? La balle dont vous prétendez qu'elle a été tirée par la carabine en question...

Hatter s'autorisa un semblant de sourire.

— Je ne prétends rien, Mr Apted. J'affirme. La balle provenait en effet de cette carabine.

— J'ai choisi mes mots volontairement, Mr Hatter. Bien, vous avez déclaré à la Cour avoir procédé à des tests afin de déterminer si la balle retrouvée sur le lieu du crime avait bien été tirée avec cette carabine...

— C'est exact. J'ai montré à la Cour les photos agrandies, la comparaison des balles. Les armes laissent des traces distinctives. Ainsi, en comparant la balle retrouvée sur le lieu du crime avec une balle que nous avons tirée avec la même carabine dans notre laboratoire... cela a démontré sans doute possible que les deux balles provenaient de la même arme.

— Dans votre témoignage, vous avez dit qu'une balle commence à changer dès qu'elle est tirée...

— En effet, acquiesça Hatter, sûr de sa connaissance des armes. Des parcelles microscopiques se déposent dans le canon.

— ... et continue de changer, poursuivit Apted. Ne rencontre-t-on pas certaines difficultés si la balle testée a été déformée à l'impact ?

— Si, mais je parlais du processus visible que connaît tout objet traversé par une balle, à cause de la déformation de l'ogive. Nous sommes capables de repérer le passage à travers les fibres, la chair, les os, les organes, ou le contact avec le sol, la pierre, etc. Par exemple, nous avons découvert des fibres...

Apted le coupa. Il ne pouvait laisser Hatter témoigner deux fois pour l'accusation.

— Oui, je comprends parfaitement. Mais ce qui m'intéresse, ce sont les changements qui s'opèrent dans la balle elle-même. Certains projectiles sont réduits en miettes, cela s'est vu...

— Certes, mais on peut toujours déterminer un certain nombre de choses à partir des fragments. De toute façon, la balle en question était en assez bon état.

— Assez bon ? En d'autres termes, elle n'était pas dans un état idéal.

— Idéal, non, admit Hatter avec un sourire pincé. C'est rarement le cas dans notre profession.

— Un zeste d'aléatoire ?...

— Je ne qualifierais pas le travail de notre laboratoire d'aléatoire, non, maître.

— Excusez-moi. Je ne voulais pas mettre votre travail en doute. Je suis simplement dérouté par la certitude absolue avec laquelle vous affirmez que la balle provenait de cette arme. Je ne partage pas votre conviction qu'une balle est l'équivalent d'une empreinte digitale, qu'elle possède son propre ADN...

— C'est pourtant une évidence, maître, affirma Hatter avec le sourire méprisant de l'expert pour l'amateur. Il n'existe pas deux fûts avec les mêmes striures, pour commencer.

— Entendu, mais dans votre témoignage, vous avez établi qu'il était impossible de dire qu'une balle particulière est tirée d'une carabine particulière.

— Euh, oui, mais ce n'est que le commence...

Apted le coupa de nouveau pour dire (du ton de celui qui n'en croit pas ses oreilles) :

— Ainsi, voilà sur quoi nous devons juger, Mr Hatter : un, une balle change lorsqu'elle laisse des parcelles microscopiques dans le fût de l'arme avec laquelle elle est tirée. Deux, les obstacles qu'elle traverse — fussent-ils aussi peu résistants qu'un tissu — altèrent la balle. Trois, d'autres changements interviennent lorsqu'elle traverse les muscles, les organes, la chair de la victime. Et cependant, vous pouvez comparer une balle qui a subi tous ces changements avec une balle neuve de la carabine incriminée et affirmer à cent pour cent qu'elles proviennent toutes deux de la même arme, que la balle retrouvée provient de cette carabine — la seule arme à laquelle l'accusée avait accès — et que la carabine est bien l'arme du crime... ?

Hatter étreignit la barre des témoins à s'en faire blanchir les jointures.

— S'il y a le moindre doute, c'est à peine l'ombre...

On crut que Hatter était prêt à se couper la langue.

— Oui ? fit Apted, souriant. Vous allez dire l'ombre d'un doute, je crois ?

Hatter parut se figer, froid comme un glaçon. Puis :

— Je vais vous dire les choses autrement : je suis sûr à quatre-vingt-quinze pour cent que la balle retrouvée sur le lieu du crime provient de la carabine présentée comme pièce à conviction.

Apted hocha la tête avec commisération.

— Il reste toujours ces maudits cinq pour cent, n'est-ce pas ? Pas d'autres questions, Votre Honneur.

— Mr Flemming, commença le procureur, vous avez soumis la Porsche de Verna Dunn ainsi que les vêtements portés par la victime et l'accusée à différents tests, afin de déterminer où avait été la voiture et si Jennifer Kennington était montée dedans. Est-ce exact, Mr Flemming ?

— C'est exact.

Art Flemming était le deuxième expert à témoigner. Il dirigeait le laboratoire médico-légal du Lincolnshire.

— Les fibres retrouvées dans le véhicule de Verna Dunn provenaient de la robe de l'accusée. C'était une robe verte en laine qu'elle portait le soir du 1er février.

— Exact.

— Quelle est la marge d'erreur ?

— Oh, il y a une chance sur un million qu'on se trompe.

Flemming faisait preuve d'assurance, mais il n'était pas arrogant. Il se contentait de citer les faits.

— Bigre, c'est une quasi-certitude. Comment êtes-vous parvenu à vos conclusions ? Ne se peut-il pas qu'une autre personne ait aussi porté une robe verte en laine ?

Flemming secoua la tête d'un air décidé.

— Non. Non seulement les fibres sont aisément identifiables, mais les couleurs aussi. Chaque fabricant possède ses propres teintures et garde jalousement le secret de la composition de ses couleurs. C'est une obligation, voyez-vous. Deux fabricants ne peuvent produire le même vêtement qui soit exactement de la même couleur. À l'œil nu, un examen rapide fait croire que deux tissus sont identiques, mais c'est faux. Je vous le garantis. (Flemming sourit.) J'en mettrais ma tête à couper, comme on dit.

— Mr Flemming, commença Peter Apted, vous affirmez qu'il n'y a aucun doute que la voiture, la Porsche de la victime, soit allée sur le lieu du crime, près de la digue. Des échantillons de boue, de terre et de sable prélevés sous le pare-chocs avant le démontrent.

— En effet.

— Et des traces de la même boue, de la même terre et du même sable ont été retrouvées sur le tapis de sol, sous le volant...

— Oui.

— Cependant, vous n'avez pas trouvé de tels échantillons sur les chaussures de l'accusée ?

— Non.

— Ensuite, vous avez soumis la Porsche, les

vêtements de l'accusée et ceux de la victime à différents examens afin de vérifier si la voiture et si l'une des deux femmes, ou les deux, avaient été sur le Wash ?

— Oui.

— Existe-t-il des particularités qui différencient la boue, le sable et la terre du Wash des mêmes éléments d'un autre golfe — le golfe de Cowbit, par exemple ?

— Bien sûr, nous n'avons pas prélevé des échantillons de tous les endroits, mais à première vue, je dirais non — avec une réserve : des travaux ont eu lieu près du golfe de Cowbit, je crois. Cela peut modifier la constitution du sol ; d'autres matériaux ont pu le contaminer. Mais s'agissant du Wash lui-même, non.

— Bien. Venons-en au sentier : avez-vous relevé des échantillons du sol à différents endroits du sentier communal ?

— Oh, bien sûr. À cinq endroits. Nous avons récolté une centaine d'échantillons différents.

— Et vous avez trouvé des traces de terre semblables à un ou plusieurs échantillons prélevés sur les chaussures de l'accusée ?

— Oui, absolument. Plusieurs traces du terreau qu'on trouve à mi-chemin du sentier et un peu de terre, sur le même sentier, à une quinzaine de mètres de la maison.

— Diriez-vous, sans équivoque possible, premièrement qu'il n'y a aucune preuve que l'accusée ait été dans la voiture pendant ou après le trajet jusqu'au Wash et, deuxièmement, qu'il est prouvé qu'elle a emprunté le sentier communal ?

Flemming parut essayer de démêler l'écheveau du raisonnement d'Apted, mais il dut en convenir.

— Oui, je répondrais par l'affirmative aux deux questions.

— Juste une ou deux questions, Mr Flemming, dit Oliver Stant qui s'était de nouveau levé et paraissait sûr de son fait. Tout d'abord, voyons si l'accusée a été ou non dans la Porsche : l'absence de résidu ne prouve rien, n'est-ce pas ? Cela peut s'expliquer de différentes manières ; l'accusée a, par exemple, ôté ses chaussures, ou les a recouvertes d'une protection, ou les a ensuite nettoyées... ou s'est arrangée pour ne pas transporter de boue, de sable ou de terre dans la voiture. L'absence de résidu ne suffit pas à elle seule à disculper l'accusée, n'est-ce pas ?

— Non, certainement pas.

— Bien, deuxième question : y a-t-il un moyen de définir à quel moment exactement la personne qui portait ces chaussures a récolté les particules de terreau sur le sentier ?

— Non, à moins qu'un autre élément ne précise la date.

— Par exemple ?

— J'ai déjà parlé des travaux. Eh bien, de la sciure de bois ou d'autres matériaux de construction, portés par le vent, auraient pu se mélanger à la terre du sentier.

— Mais rien de tel n'a pu se produire, n'est-ce pas ?

— Non, pas à ma connaissance.

— Ainsi, l'accusée a pu accumuler ces particules

de terreau sur ses chaussures à n'importe quel moment ? La veille du crime ? L'avant-veille ?

— En effet.

— Par conséquent, il n'y a aucun moyen de savoir, à partir des traces de terre sur ses chaussures, si elle se trouvait sur le sentier communal entre dix heures trente et onze heures trente le soir du 1er février ?

— Non.

— Je vous remercie.

Peter Apted reprit l'interrogatoire du témoin.

— Mr Flemming, ne pourrait-on dire la même chose quant à la date à laquelle Jennifer Kennington est montée dans la Porsche de Verna Dunn ? En effet, la présence de fibres et de cheveux ne précise pas quand l'accusée s'est trouvée dans la voiture, même si cela prouve qu'elle y est montée. Vous avez déclaré avoir trouvé des fibres vertes provenant de la robe de Jennifer Kennington, celle qu'elle portait le soir du meurtre, le 1er février. Bien, s'agissant des fibres ou des cheveux, ils ont pu se déposer de plusieurs manières, si je ne me trompe ?

— C'est exact.

— Vous avez semblé supposer que, à cause de fibres retrouvées sur le siège avant, l'accusée s'y est forcément assise ?

— Je ne suppose rien du tout, je vous explique ce que j'ai trouvé.

— Parfait. Ainsi, si les deux femmes se sont trouvées physiquement en contact — par exemple, si elles se tenaient proches l'une de l'autre, ou si elles se sont effleurées — les fibres ont pu se transférer de l'accusée à la victime par ce moyen, et la victime a très bien pu les déposer sur le siège avant de sa voiture ?

— Oui, c'est fort possible.

— De sorte que si nous ne pouvons pas certifier que l'accusée soit montée dans la Porsche, la question de la date exacte perd de son intérêt, n'est-ce pas ?

Flemming esquissa un sourire.

— Oui, si vous voulez.

— C'est le cas, sourit Peter Apted. J'en mettrais ma tête à couper.

Melrose venait juste de poser leurs verres — le sien, celui de Charly et celui de Jury — sur le plateau circulaire d'un pilier. Le pub était tellement bondé qu'ils n'avaient pas trouvé de table.

Melrose déclara avec un brin d'impatience :

— Pour que Jenny ait été avec Jack Price dans son atelier, il faut jongler avec son emploi du temps. Si elle n'a pas été sur le Wash avec Verna Dunn, comment diable a-t-elle pu aller chez Price ?

— Avec sa propre voiture, rétorqua Jury. Elle était garée au bout de l'allée.

— Oui, mais on n'a relevé qu'une seule trace de pneus.

— Applique le même raisonnement qu'on a utilisé pour Grace Owen : elle l'avait peut-être laissée près de Fosdyke, et fait le reste du trajet à pied. Ce n'est pas loin. De toute façon, Price n'aurait pu lui procurer un alibi que jusqu'à onze heures, heure à laquelle elle est revenue à Fengate.

— Oui, mais pourquoi ne l'a-t-il pas fait ?

— À mon avis, c'est parce qu'elle ne voulait pas qu'on sache qu'elle était avec lui. Pourtant, dit Jury en s'adressant à Charly, je m'étonne que Peter Apted n'ait pas appelé Jack Price à la barre.

L'avocate, qui était restée silencieuse depuis leur arrivée, ne répondit pas tout de suite.

— Charly ? insista Jury.

— Oliver Stant s'en serait donné à cœur joie, soupira Charly. Vous n'avez pas pensé...

Elle s'arrêta.

— Pensé à quoi ?

— Ce n'est pas ce que nous croyons, rappelez-vous.

— Très bien, fit Jury. Dites-nous donc à quoi nous ne croyons pas.

— L'accusation pourrait facilement soulever la question... Étaient-ils de mèche ? (Comme Melrose et Jury ouvraient la bouche pour protester, elle les arrêta d'un geste.) Ils sont deux. Ils ont chacun une voiture. Ils auraient pu retourner à Fengate avec.

— Le mobile de Jack Price ?

— Je n'en sais rien, admit Charly. Mais je suis sûre que Verna Dunn avait pas mal fréquenté Jack Price dans le passé. Elle continuait même peut-être. (Après que Melrose lui eut allumé sa cigarette, elle ajouta :) Peter ne laissera pas Jenny témoigner parce qu'elle serait épouvantable. On l'a prise plusieurs fois à mentir ; elle ne semble pas éprouver d'émotion ; elle cache des choses. Oliver Stant la hacherait menu. Est-elle allée à l'atelier de Jack Price le fameux soir ? Nous n'en sommes pas sûrs.

— Depuis quand le sexe est-il un mobile de meurtre ? demanda Melrose.
— Vous plaisantez ? fit Charly, qui pencha la tête pour observer le visage de Melrose.

31

Attablés dans un restaurant de Lincoln, Plant et Jury mangeaient du rôti avec des pommes de terre caramélisées, le tout arrosé d'un vin brésilien suffisamment corsé pour aller avec le bœuf et le Yorkshire pudding. Melrose avait l'intention de commander une tourte au *mincemeat*[1] pour le dessert.

Jury posa son couteau et sa fourchette, où un morceau de bœuf était resté, piqué sur les dents. Il avait cru qu'il ne pourrait rien avaler, mais la faim avait eu raison de lui.

— Même si ça nous déplaît, mon vieux, il faut regarder les choses en face : les preuves la désignent comme coupable et ses explications sont d'une insigne faiblesse.

— Mais la thèse de l'accusation n'est pas plus solide, s'agissant du meurtre de Dorcas Reese. Certes, on peut concevoir qu'elle soit retournée au Lincolnshire, mais c'est tiré par les cheveux. (Melrose, qui était en train de remplir leurs verres, s'arrêta tout net.) Toutefois, ç'aurait été plus convaincant si elle avait été chez Price, peu importe

---

1. Hachis de fruits secs, de pommes et de graisse, imbibé de cognac. *(N.d.T.)*

pour quoi faire. On va finir par découvrir qu'elle le connaissait. D'ailleurs, pourquoi ne l'aurait-elle pas déjà rencontré ? Pourquoi en faire un secret ? Qu'est-ce qu'ils ont tous, à avoir des secrets ? Jenny, Verna, Price ?

— Oui, admit Jury, il y a trop de secrets, ou un de trop, c'est ça le problème. (Il repoussa son assiette ; ah, comme il aimerait fumer une cigarette !) Ce qui m'inquiète, ajouta-t-il en hochant la tête d'un air las, c'est que Jenny cache des choses à Peter Apted. Par exemple, le sujet de la dispute.

— Tu ne crois donc pas que c'était à cause de Max Owen ?

— Non.

— Pourquoi ?

— Parce que Max Owen n'est pas un imbécile. Il savait déjà à quoi s'en tenir avec Verna Dunn. Elle avait dû le manipuler assez souvent.

Le vieux serveur vint leur demander s'ils avaient terminé. Devant leur réponse affirmative, il débarrassa les assiettes et s'éloigna d'un pas traînant. Melrose réfléchit longuement.

— Et Parker ? questionna-t-il.

— Quoi, Parker ?

— Il est parti à onze heures, pas ? Je me demande encore comment il se fait qu'il ne l'ait pas croisée. Je suis surpris qu'Oliver Stant ne l'ait pas appelé à la barre. (Melrose fut distrait par une jeune femme brune qui lui rappelait Miss Fludd.) À moins qu'ils ne se soient donné rendez-vous... non, ça ne rime à rien. Elle venait juste de faire sa connaissance.

— Dit-elle ! soupira Jury. On a du mal à savoir qui elle connaît et qui elle ne connaît pas. (Juste à côté se trouvait une table de fumeurs. Jury recevait la fumée avec stoïcisme.) L'ennui, c'est qu'elle a tellement menti.

— À propos du Wash, fit Melrose, c'est possible, tu sais. Plus j'y pense... Verna Dunn sort du boqueteau juste après Jenny, monte dans sa voiture, roule pendant cinq ou six kilomètres, arrive au Wash. Mais il aurait fallu qu'elle ait rendez-vous avec quelqu'un...

— En tout cas, ça ne pouvait pas être avec Jenny, dit Jury qui regardait une belle femme approcher sa cigarette de la flamme d'un briquet. Tout le monde peut être dans le coup, à mon avis... Je m'interroge sur Grace Owen, reprit-il après un long silence. Si ce que Jenny suggère est vrai, si Verna Dunn a quelque chose à voir dans la mort de son fils... en voilà, un mobile !

— Oui, mais Grace Owen est restée avec Max et Parker.

— Pas tout le temps. Pas après onze heures. Je m'interroge sur sa « migraine », à cause de laquelle elle dormait quand Jenny est rentrée.

— Oui, mais comment serait-elle allée au Wash ? Il aurait fallu une seconde voiture.

— Burt Suggins a vu la Porsche au bout de l'allée peu après minuit, poursuivit Jury. Donc, si Grace ne s'est pas couchée, elle a eu tout le temps nécessaire. Elle a peut-être pris sa propre voiture et l'a laissée à Fosdyke.

— Et les marées. Je comprends qu'on puisse assassiner quelqu'un sur le Wash en espérant que la marée emporte le cadavre. Ce que je ne comprends pas, c'est qu'on fasse tout un plat des marées. Il y a des tables pour ça, après tout. Et le déplacement des bancs de sable. D'accord, ils se déplacent, mais c'est vraiment aléatoire.

— Je suis d'accord, dit Jury après réflexion. Le témoignage de Suggins innocentera sans doute Max Owen, sinon Grace.

Jury soupira. Il avait envie d'un café. À force de penser à l'affaire, il avait le cerveau en compote.

— Parle-moi d'elle, demanda-t-il, changeant de sujet.

— Elle ? fit Melrose, dont la mimique effarée lui donna l'air d'un personnage de dessins animés.

— Oui, tu sais, Miss Fludd.

— Je te l'ai dit, elle est apparentée à Lady Summerston. Une lointaine cousine, au centième degré... par alliance.

Jury le dévisagea si longuement que Melrose, mal à l'aise, détourna les yeux.

— Lady Summerston lui a laissé... l'endroit pour une période indéfinie.

Il n'avait pas voulu nommer la propriété.

Watermeadows. Jury n'avait pas besoin d'entendre le nom. Les événements vieux de sept ans étaient encore frais dans son esprit. Il fallait peu de chose pour que les souvenirs resurgissent. *Watermeadows*. L'endroit lui-même l'impressionnait par sa tristesse, sa superbe végétation surabondante, comme si la propriété était si belle qu'on pouvait se permettre de l'ensevelir sous les ronces ou la jeter aux vents. La grande salle aux miroirs dans laquelle on lui avait demandé de patienter, sans doute un salon autrefois, quand c'était la mode. Meublée seulement d'un long canapé en soie et dorures, d'une petite table ornée d'un vase de fleurs. Watermeadows était le genre de propriété qu'on voit en rêve.

Inhabitée, un endroit dont tout le monde aurait fui. Une telle maison de rêve était sans doute une déformation du moi. Jury pouvait presque entendre le vent souffler à travers la vaste pièce déserte. Et le transpercer, lui.

Il soupira, prit son verre de vin blanc — Melrose venait de commander une autre bouteille. Le vin avait un goût d'hiver. Jury pensa à Neil Healy. À Hannah Lean, Nell Heady, Jane Holdsworth, Jenny Kennington.

— Suis-je maudit ? demanda-t-il. Est-ce que toutes mes liaisons sont maudites ?

— Toi, non. Les femmes, peut-être, dit Melrose avec tristesse.

Jury éclata de rire.

— Tu ne vaux pas mieux, c'est sûr, dit-il. Tu ne vois même pas quand elles tombent à tes pieds.

— Quoi ? Moi ? À mes pieds ? T'es malade ? La seule qui se soit jamais intéressée à moi, c'était Penny Farraday, et elle avait quatorze ans... Et j'ai cessé de l'intéresser quand elle a su que je n'étais plus comte...

— Mouais, pouffa Jury.

— Qu'est-ce que tu veux dire ? Nomme-m'en une seule. Vas-y, nomme-moi une femme que tu as vue tomber à mes pieds...

— Tu plaisantes ?

— Non, fit farouchement Melrose. Pas du tout. Tu ne peux pas me citer...

— Polly Praed, Vivian Rivington, Ellen Taylor. Même Lucy St John, tu te souviens d'elle ?

Melrose ricana, incrédule.

— Holà, minute ! fit-il. Tu as bien dit Vivian ?

Vivian Rivington. Tu n'as jamais vu Vivian tomber à mes pieds.

— Je ne veux pas dire littéralement. Cependant, tu n'as pas remarqué qu'elles se comportent toutes de la même manière avec toi ? Ça saute aux yeux comme le nez au milieu de la figure.

— Hein ? Elles se comportent comment ?

— Comme si elles ne pouvaient pas te piffer.

Melrose dévisagea d'un air bête le serveur qui lui apportait sa tourte avec une coupelle de sauce au cognac.

— Et c'est bon pour moi ? Je devrais me réjouir ?

Le vieux serveur se recula d'un pas, vexé.

— Je suis terriblement désolé, monsieur, mais personne ne s'est jamais plaint de nos tourtes au *mincemeat*.

Melrose devint écarlate et se confondit en excuses. Lorsque le vieil homme se fut éloigné, Melrose pesta à voix basse :

— C'est ça, ta preuve ?

— Comme tu voudras, répondit Jury qui entama son dessert.

— Comme je voudrai ? Qu'est-ce que tu veux dire ?

Jury haussa les épaules et s'attaqua à sa tourte.

— Hum, de la sauce au cognac, fameux !

Comprenant que Jury n'en dirait pas davantage, Melrose abandonna.

— Demain, je dois partir, tu sais, dit-il.

— Tu veux quitter Lincoln ? Pourquoi ?

— J'ai reçu une citation à comparaître, voilà pourquoi.

— Oh, je t'en prie !

— Si, je t'assure. Je dois témoigner dans l'affaire

du chien et du pot de chambre. J'ai vu de mes propres yeux ma tante bien-aimée se faire sauvagement agresser par un chien écumant de rage.

— Seigneur, il ne fait que cinquante centimètres. Quels dégâts a-t-il pu causer ?

— Aucun, bien sûr. Ne me demande pas pourquoi Agatha s'imagine qu'elle a une chance de gagner. Toujours est-il que Trueblood a l'air vraiment content de lui.

— Trueblood est toujours content de lui. Mais pour quelle raison, cette fois-ci ?

— Je te l'ai dit, il me semble : il assure la défense d'Ada Crisp.

Jury se concentra de nouveau sur son dessert. Il faillit s'étrangler de rire.

— C'est encore mieux que Jurvis et le cochon. Je n'arrive toujours pas à croire qu'Agatha ait pu gagner. Quelle arnaque !

— Tu l'as dit. Passe-moi la sauce au cognac.

32

Oliver Stant n'avait l'air ni adroit, ni rusé, ni sournois. Cependant, lorsqu'il interrogea le témoin suivant, Annie Suggins, Melrose se rendit compte qu'il possédait bien ces trois qualités. Il commença par définir le rôle de Mrs Suggins à Fengate, où son mari et elle servaient depuis vingt-deux ans. Au cours de l'interrogatoire, Mrs Suggins déclara à la Cour que, n'ayant eu que rarement affaire à l'accusée, elle ne pouvait témoigner de ses allées et venues. Oui, les Owen allaient parfois au Bord du Monde. « Un bon pub, si vous me demandez mon avis. On s'y sent comme chez soi et c'est fréquenté par des gens bien, pas comme ces machins disco qu'on voit partout de nos jours. » Pour ce qui s'était passé le soir du 1er février, elle ne saurait dire, vu qu'elle avait travaillé tard dans la cuisine, à l'arrière de la maison. Elle ne pouvait pas entendre ce qui se passait dehors.

— Tout ce que je sais, ça s'est passé après que Burt a entré dans la cuisine pour me demander si j'avais vu Miss Dunn. Il était onze heures passées, le major était parti, et Mr et Mrs Owen étaient montés se coucher. Oh, peut-être bien onze et demie, dans ces eaux-là. J'ai dit à Burt que je l'avais pas vue depuis le dîner. Y a eu du barouf, bien sûr, quand Lady Kennington est rentrée sans Miss Dunn.

— Quelle a été la réaction des Owen ? questionna Stant.

— Ben, Mr Owen est resté pantois, forcément. Mais il a pas ennuyé Mrs Owen avec ça, à cause qu'elle était au lit avec la migraine. Mr Owen s'est dit que Miss Verna était p't-être rentrée à Londres dans sa voiture de sport. Mais plus d'une heure plus tard, Burt a vu...

— Ne vous souciez pas de cela, Mrs Suggins. Nous interrogerons votre mari plus tard. Pourquoi n'a-t-on pas prévenu la police ?

— Pourquoi qu'on l'aurait fait ? renifla Mrs Suggins. Miss Verna avait l'habitude de faire des entourloupes.

Stant opina avec le sourire.

— Les Owen se sont retirés vers onze heures ?

— Oui, p't-être bien. Enfin, y sont montés au premier. Mr Owen, y reste des fois debout à n'importe quelle heure, y traîne au milieu de ses objets d'art ou il lit dans son bureau. (Mrs Suggins émit un bref rire indulgent, comme si Max Owen était un enfant qui passait des heures à jouer avec son train électrique.) Mrs Owen, je l'ai déjà dit, elle avait la migraine et elle a été se coucher directement ; elle a rien su avant le lendemain.

— Justement, comment ça s'est passé, le lendemain matin, au sujet de Verna Dunn ?

— Elle était pas là pour le petit déjeuner. Mr Owen a téléphoné chez elle à Londres et personne l'avait vue. Elle a un concierge, y me semble. Après que Burt leur a parlé de la voiture, les Owen étaient dans tous leurs états, vous pouvez imaginer.

C'est là que Mr Owen a prévenu la police. Moi, je pensais qu'elle jouait encore un tour à sa façon. J'étais déjà la cuisinière de Mr Owen quand il était marié avec elle, et j'ai pas peur de dire qu'elle était capable de tout.

Mrs Suggins redressa les épaules pour bien faire comprendre ce qu'elle pensait de Verna Dunn.

— Je crois comprendre que vous ne l'aimiez pas beaucoup, dit Oliver Stant, toujours avec le sourire.

— Oh, ça non! Pourquoi qu'elle était revenue à Fengate, ça me dépasse. Mais Mrs Owen, patiente comme une sainte, ça la dérangeait pas. Alors...

Mrs Suggins eut un hochement de tête qui fit trembler le petit bouquet de fleurs sur son chapeau de paille. Elle portait un tailleur bleu vif très ajusté qui lui comprimait la poitrine. Elle se faisait une joie de témoigner devant la Cour, cela se voyait.

— Vous connaissiez l'accusée, Jennifer Kennington? demanda Stant en se tournant vers le box.

— Seulement en tant qu'invitée, m'sieur le procureur.

— L'avez-vous vue le soir du 1er février?

— À peine, m'sieur le procureur. Seulement quand je jetais un coup d'œil dans la salle à manger, quand Dorcas y allait.

— Dorcas? Vous voulez dire la servante des Owen qui faisait aussi office de fille de cuisine?

— Oui.

Stant passa ensuite au meurtre de Dorcas Reese. Annie Suggins donna un portrait plus imagé de la défunte :

— Elle passait son temps à gémir comme un veau malade.

— Ah, sourit Oliver Stant, j'aime bien votre description, Mrs Suggins.

Il l'avait déjà complimentée pour son chapeau, ce qui l'avait presque fait rougir de plaisir. C'était un chapeau neuf, acheté pour l'occasion.

— Vous disait-elle les raisons de ses gémissements ?

— Ben, fit Annie Suggins avec l'expression de celle qui trouve la question simplette. Elle se croyait amoureuse, j'imagine. C'est toujours la même chose avec les jeunes, non ?

— Oui, je vois ce que vous voulez dire. Mais, vous savez, les hommes n'ont pas la même intuition pour ces choses...

Peter Apted, qui connaissait Oliver Stant par cœur, se leva d'un bond.

— Votre Honneur, j'ai beau faire, je n'arrive pas à saisir la question.

Le juge acquiesça et réprimanda de nouveau gentiment Stant qui, de nouveau, s'excusa et poursuivit son manège.

— Ce que j'essayais de vous faire dire, Mrs Suggins, c'est si Dorcas se confiait à vous.

La cuisinière contempla le plafond voûté de la salle d'audience comme pour y puiser son inspiration.

— Confier serait un peu fort, m'sieur le procureur. Oh, elle me disait des choses, c'est vrai, par exemple qu'elle venait juste de rencontrer un bonhomme ou un autre, et c'est-y pas le plus beau gars qui soit ? Elle pensait qu'à ça, la pauvre... aux hommes.

— Oui, je vois, fit Stant. J'ai moi-même une fille.

Son aveu lui valut un sourire indulgent d'Annie Suggins et un regard sévère du juge.

— Ma fille parle plus volontiers à notre cuisinière qu'à nous.

Nouveau regard sévère de la part du juge, mais Stant fit semblant de ne pas le remarquer.

— Si vous pouviez vous cantonner à l'affaire qui nous occupe, maître ?

Stant s'inclina légèrement et bredouilla des excuses.

— Elle me disait parfois des choses, déclara Mrs Suggins. Des inventions, à mon avis, mais si vous voulez parler du fait qu'elle était grosse, non, elle m'a rien dit.

— Nous y reviendrons. Elle ne vous a pas parlé de quelqu'un en particulier ?

— Non, m'sieur le procureur. Un jour, c'était un gars de Spalding, le lendemain... un autre. Elle était volage, la Dorcas. Elle s'était mise dans cette situation, et d'après ce que j'ai pu comprendre, elle s'attendait à ce qu'il l'épouse. Elle était pas jolie, ni de visage ni de silhouette. La nature ne l'avait pas gâtée, ni pour ses yeux, ni sa peau, ni ses dents, ni ses cheveux.

Ayant établi que Dorcas était d'humeur changeante, peut-être un brin écervelée, Stant demanda au témoin si elle avait trouvé son comportement un tant soit peu changé, juste avant sa mort.

— Oh, oui, certainement. P't-être deux mois avant, elle était gaie comme un pinson. C'était forcément à cause d'un homme. Et puis, une semaine ou deux avant... qu'elle s'est fait assassiner, elle, euh, elle avait changé du tout au tout. Elle est devenue morose et de mauvais poil. Ça devait être parce qu'il l'avait plaquée. Toujours la même chanson, on connaît ça par cœur...

— Je ne vous le fais pas dire ! Mrs Suggins, Dorcas avait dit à une amie et à sa tante qu'elle était enceinte de près de trois mois. Savez-vous pourquoi elle est allée inventer une histoire pareille ?

Annie gigota, l'air sombre.

— Qui a dit qu'elle l'avait inventée ? Elle avait pas grand-chose pour qu'on la respecte, mais je l'ai pas entendue raconter une histoire pareille. Je me dis que si elle le disait c'est qu'elle croyait l'être.

Annie se redressa, rejeta la tête en arrière et parut sur le point de s'envoler vers le plafond voûté, fière de son savoir.

— Je vous avoue que j'ai été choquée de l'apprendre. Mais faut dire qu'elle passait tout ce temps au pub, et Dieu sait quelle bêtise elle pouvait faire. J'en étais venue à me demander si elle avait pas trouvé un travail de nuit. Allumer les étoiles, peut-être.

Même le juge ne put s'empêcher de sourire. Melrose nota l'expression pour s'en resservir plus tard.

— Vous avez découvert qu'elle travaillait effectivement le soir, n'est-ce pas ?

— Oui, mais quelques heures par semaine, seulement. Mais ça expliquait pas tout le temps qu'elle passait là-bas. Moi, je dirais que c'était pour traîner avec les hommes. Mais c'était pas leur faute si Dorcas se faisait des idées. Il devait y avoir un gars sur qui elle avait des vues.

Oliver Stant parut hésiter à poser la question suivante. Puis :

— Est-ce que Dorcas parlait d'avoir des sentiments particuliers pour quelqu'un de Fengate ? demanda-t-il enfin.

Annie Suggins se cabra.

— Pour Mr Owen ? fit-elle. Grands dieux !

Elle ne put s'empêcher de rire, elle dut même écraser une larme.

— Je pensais plutôt à Mr Price.

Annie fronça les sourcils et hocha lentement la tête.

— Ça m'ennuie de le dire, mais c'est vrai, je crois qu'elle en pinçait pour lui. Un matin qu'elle rêvassait, qu'elle disait qu'il était gentil avec elle et tout ça, je lui ai dit tout net : « Tu penses peut-être à lui, ma fille, mais je te garantis que Mr Price ne pense pas à toi ! »

Des rires parcoururent l'audience. Le juge les fit taire d'un regard sévère.

— Comment le saviez-vous, Mrs Suggins ? Est-ce que Mr Price vous avait parlé de Dorcas ?

— Non, bien sûr que non. Si elle était partie du jour au lendemain, je crois pas qu'y s'en serait aperçu. Attention, j'veux pas dire qu'il a pas été attristé par la mort de la pauvre enfant, mais c'était pas personnel, si vous voyez ce que je veux dire.

Oliver Stant la rassura d'un sourire.

— Rentrait-elle tard ? demanda-t-il ensuite. Après onze heures trente, par exemple ?

— Non. Le plus souvent elle était de retour vers les dix heures. Hé, c'est qu'elle devait se lever tôt, pas vrai ? C'est égal, il fallait bien souvent que je la tire du lit. J'en ai parlé une ou deux fois à la patronne, mais Mrs Owen, elle se serait jamais débarrassée de quelqu'un juste parce qu'il traînait au lit ou...

Melrose remarqua le temps d'arrêt. Annie Suggins devait certainement penser à son mari, que Mrs Owen n'avait jamais songé à renvoyer, lui non plus.

— ... pour des vices personnels. Tant que ça empiétait pas sur le travail.

— Avez-vous été surprise quand on a retrouvé le corps de Dorcas dans le marais Wyndham ?

Suggins sursauta.

— Quelle question ! Bien sûr que je l'ai été ! Je sais pas ce qu'elle avait fait, mais c'était pas une raison pour aller se faire assassiner, elle méritait pas ça, la pauvre ! Vous croyez peut-être qu'on retrouve des cadavres dans le marais Wyndham tous les matins ?

Annie Suggins parlait davantage comme si elle recevait dans sa cuisine que si elle témoignait à la barre. Mais c'était surtout à mettre au crédit d'Oliver Stant, qui avait eu l'habileté de créer une atmosphère capable de faire paraître le box des témoins aussi confortable qu'une chaise de cuisine.

— J'espère bien que non ! répondit-il à l'exclamation de la cuisinière. Mais juste avant sa mort, était-elle comme d'habitude ?

— Non. Je vous l'ai déjà dit. Elle gémissait encore plus qu'à l'ordinaire. Elle disait sans arrêt : « C'est ma faute. J'aurais pas dû écouter. »

Il y eut des murmures dans la salle, vite réprimés lorsque le juge leva la tête.

Sans quitter sa place, Oliver Stant parut se rapprocher d'Annie Suggins.

— « J'aurais pas dû écouter », et « C'est ma faute ». Sont-ce là ses mots exacts ?

— Euh, laissez-moi réfléchir... (La main sur la bouche, Annie parut faire un effort pour se rappeler les mots exacts.) Non, ce qu'elle disait, c'était « J'aurais jamais dû le faire. Fallait pas que j'écoute », ou « J'aurais jamais dû écouter ». Voilà, c'est ça.

Satisfaite, Mrs Suggins redressa de nouveau les épaules.

Stant répéta les paroles de Dorcas, puis demanda :

— Vous en avez déduit quelque chose ?

— Je pense bien, m'sieur le procureur, mais ça serait dire du mal d'une morte. (Ayant posé ce préambule, Mrs Suggins accepta d'en dire du mal :) Dorcas traînait toujours derrière les portes, ça la travaillait d'écouter ce qui se disait. Combien de fois je l'ai surprise l'oreille collée à la porte ! (Elle se pencha pour murmurer à Stant :) C'était une fouineuse, c'était ça son défaut.

Le juge intervint.

— Mrs Suggins, vous avez peut-être l'impression de discuter en tête à tête avec le procureur... (sourire pincé)... mais nous aimerions entendre ce que vous avez à dire, si ça ne vous ennuie pas...

Annie s'empourpra.

— Oh, je m'excuse, monsieur le président, j'avais oublié où j'étais. (Elle tira sur sa veste bleu vif, parut rajuster le corset qu'elle portait sans doute en dessous, et prit un air sérieux de femme d'affaires.) Je suis vraiment désolée.

— C'est tout à fait compréhensible, madame. Je ne m'étonne pas que vous vous soyez crue en train de bavarder dans votre cuisine avec le procureur...

Le juge foudroya Stant du regard ; le procureur baissa la tête pour dissimuler un sourire.

— Sa conduite vous a-t-elle incitée à croire qu'elle avait entendu quelque chose qu'elle n'aurait pas dû entendre ? Ou même quelque chose de dangereux ?

Peter Apted objecta pour la forme : le témoin ne pouvait lire dans les pensées.

— Mrs Suggins, reprit Stant, cela se passait combien de temps avant le meurtre de la pauvre fille ?

La cuisinière réfléchit.

— Juste avant, je crois. C'est-à-dire quelques jours avant, peut-être une semaine. Elle faisait des trucs bizarres — même pour Dorcas —, elle errait dans la cuisine en marmonnant. Elle répétait qu'elle aurait « pas dû écouter », comme je vous l'ai dit, et quand je lui ai demandé des explications, elle s'est mise en pétard — « Qu'est-ce que ça peut te faire ? », comme si c'était moi qui l'avais obligée à marmonner. Alors je lui ai dit : « On fait tous des bêtises un jour ou l'autre, oublie tout ça et reprends ton travail. »

— « J'aurais pas dû le faire. J'aurais pas dû écouter », répéta Stant pour la troisième fois. En avez-vous conclu qu'il y avait un rapport avec le meurtre ?

Apted se leva d'un air las.

— Votre Honneur...

Mais Stant répondit lui-même à l'objection :

— Votre Honneur, est-ce que ce genre de conclusion peut soulever une objection ? Si mon clerc gratte une tache de confiture sur sa chemise en disant : « Maudite confiture ! », est-il risqué de conclure que la tache et le juron ont un rapport entre eux ?

Le juge grimaça, mais maintint tout de même l'objection.

Néanmoins, Melrose comprit que cela ne changeait rien. Les jurés avaient certainement enregistré : Dorcas Reese avait découvert, ou entendu, quelque chose qui avait mis sa vie en péril.

— Revenons au soir du meurtre, Mrs Suggins, dit Oliver Stant. À votre connaissance, est-ce que l'accusée a jamais utilisé la remise qui donne dans la cuisine ?

— Si, m'sieur le procureur, elle y a été une ou deux fois. Je me rappelle qu'elle avait dit un jour que ses chaussures étaient crottées et qu'elle ne voulait pas laisser de boue dans le salon.

— Toujours à votre connaissance, a-t-elle vu où était rangée la carabine 22 de Max Owen ?

— Oh, je ne saurais pas dire, répondit Annie, le front plissé. Mais je me rappelle qu'elle était dans la cuisine le samedi quand Mr Owen avait réprimandé Burt — c'est Mr Suggins, mon mari — parce qu'il ne rangeait pas le fusil dans le placard qui ferme à clé.

— Où votre mari laissait-il la carabine quand il ne s'en servait pas ?

— Euh, vous allez dire que Burt était pas prudent de laisser le fusil dans un coin de la remise, et vous auriez pas tort. Mais c'est qu'il s'en servait souvent. Il adore son jardin, les fleurs comme les légumes, et il y a sans arrêt des lapins ou des écureuils qui mangent tout ce qui pousse.

— Je vois. Donc, n'importe qui aurait pu entrer dans la remise, soit par la cuisine, soit par l'extérieur ?

— Oui, j'en ai peur.

— Dites-moi, est-ce que Mr Owen possédait un revolver ?

Annie Suggins se recula comme si une arme était pointée sur elle.

— Grands dieux, je crois pas, m'sieur le procureur ! J'en ai jamais vu, et j'ai jamais entendu dire qu'il en avait un. C'est déjà difficile d'avoir un permis pour un fusil, encore plus pour ces machins-là.

— Il n'y avait donc que deux fusils dans la maison, un 22 et une carabine...

Apted se leva d'un air exaspéré.

— Votre Honneur, nous avons un expert pour les armes à feu. Mrs Suggins ne peut témoigner si telle ou telle arme se trouvait dans la maison, hormis celles qu'elle a vues ou que son mari utilisait.

— Ce que je veux souligner, dit Oliver Stant, c'est que l'accusée avait accès à la carabine 22.

— Nul ne le conteste, déclara Apted.

Lorsqu'on remit le témoin entre les mains de la défense, Peter Apted déclara qu'il n'avait pas de question à lui poser pour l'instant.

Melrose se souvint alors de la phrase de Jury : « Pourquoi est-ce que j'oublie toujours Dorcas Reese... ? » Le plus important, ce n'était pas tant la réponse que la question.

Melrose quitta la salle d'audience avec une vague d'avocats et de témoins. Le tribunal était bondé de gens qui avaient trouvé plutôt plaisant l'épisode Suggins, qui rompait avec le quotidien ennuyeux d'un procès d'assises. Jetant un œil autour de lui, Melrose remarqua trois hommes assis sur un banc devant la porte ; ils ne devaient pas se connaître car ils se tenaient immobiles et silencieux. Des témoins, peut-être ? Le regard de Melrose fut accroché par la casquette que triturait un des trois hommes, un grand gaillard vigoureux.

Une casquette de cantonnier. Melrose le dévisagea un court instant, mais l'homme, trop préoccupé par ses propres pensées, ne leva pas les yeux. Près de la porte, l'huissier remarqua le manège et hocha la tête quand Melrose s'approcha du banc.

Il n'avait jamais vu l'homme, bien sûr, mais il se souvenait du détour qu'il avait été obligé de faire après Loughborough pour rejoindre la M6. Les travaux avaient lieu à une quarantaine de kilomètres de Northampton. Ensuite, Melrose avait pris la 46. En continuant après Northampton, on tombait sur la bretelle de sortie pour Stratford-upon-Avon...

Oh, zut, se dit Melrose. « Mercredi, je m'en souviens parce que c'était l'anniversaire de ma mère... »

Apted était-il au courant ? Forcément. La loi exigeait que la défense soit prévenue d'un témoignage de dernière minute.

L'homme s'appelait Ted Hoskins ; il prit place à la barre, nerveux, apparemment, car il jetait des regards inquiets alentour, comme si c'était lui l'accusé. Néanmoins, il prêta serment et déclina son identité, son adresse et sa profession.

— Ah, j'étais le chef d'équipe pour ce boulot.

Il parut content de ce titre.

— Vous étiez donc le responsable des travaux ? demanda Oliver Stant.

— Ah, non, ça c'est le contremaître. Moi, j'étais juste responsable des gars, vous savez, les mecs de l'équipe.

— Mr Hoskins, pouvez-vous nous parler des travaux qui commencèrent le mercredi 5 février de cette année ? demanda Stant, qui avait l'air réjoui.

— Pour sûr. C'était sur la A6, près de Loughborough, du côté qui va vers Leicester. On creusait une aire de stationnement. Ça veut dire que les voitures devaient faire un détour par une départementale pendant deux kilomètres, presque jusqu'à Leicester, et revenir un peu en arrière. Ah, ça râlait...

Stant coupa Ted Hoskins au moment où il se lançait dans une anecdote sans doute croustillante.

— Très bien. Quand exactement ont commencé ces travaux ?

— Vous l'avez dit, le 5 février.

— C'était un mercredi.

— Ma foi, oui, je crois.

— Ce n'était pas le mardi 4 ?

— Non, le mercredi, le 5.

— Donc, si on avait emprunté cette route le mardi, on n'aurait pas eu besoin de faire le détour ?

— Non, m'sieur le procureur. C'était comme d'habitude.

— Mr Hoskins, c'est la route pour aller à Northampton, n'est-ce pas ?

— Oui. C'est à moins de quarante kilomètres de l'embranchement de la M69.

— Pour aller à Stratford-upon-Avon, on prend aussi la même route ?

— Y a des chances. Remarquez, y a toujours d'autres...

— L'accusée prétend avoir pris cette route pour aller à Stratford-upon-Avon le 4 février et avoir été obligée de faire le détour que vous nous avez décrit.

Ted Hoskins émit un bref ricanement.

— Faut croire qu'elle s'est perdue, alors, parce qu'y avait pas de déviation le mardi.

— Si elle a emprunté ce détour, c'était donc le lendemain, ou après, n'est-ce pas ? C'était le mercredi ?

— Oui, m'sieur le procureur.

Et il jeta un regard triste vers Jenny.

— Au moment où le procureur vous a coupé, commença Peter Apted avec chaleur, j'ai l'impression que vous étiez en train de dire qu'il y a d'autres itinéraires pour rejoindre Stratford-upon-Avon, je me trompe ?

— Bien sûr qu'y en a d'autres, acquiesça Hoskins.

— Pouvez-vous dire à la Cour quels autres itinéraires l'accusée aurait pu suivre ?

— Facile. (Ted Hoskins parut pousser un soupir de soulagement ; comme s'il n'avait pas aimé traiter Jenny de menteuse.) Le plus court, c'est d'aller à Market Harborough, de continuer en direction de Leamington jusqu'à Warwick...

Avant que Stant ait eu le temps de se lever, Apted intervint :

— Restons sur la route Leicester-Northampton, si vous voulez bien. L'accusée a parlé de Leicester.

Hoskins se passa un doigt sur le front.

— Ah. Dans ce cas, elle aurait pu quitter la nationale vers Syston ou Rearsby. Elle aurait pu se tromper au carrefour, ça arrive à tout le monde.

— Il y avait peut-être des travaux quelque part sur cette route, comme ça arrive souvent ?

Oliver Stant se leva d'un bond pour objecter. La défense et le témoin se livraient à des spéculations.

Apted sauta sur l'occasion.

— Je suis d'accord, Votre Honneur. Mais étant donné que je n'ai pas été informé de ce témoignage avant hier soir, je n'ai pas eu le temps de consulter une carte.

Le juge fit preuve de sévérité.

— Estimez-vous heureux, Mr Stant, que je ne vous accuse pas d'outrage à la Cour... Vous connaissez la règle, en cas de fait nouveau, vous devez en aviser immédiatement la défense.

— Je le sais, Votre Honneur, mais je n'ai pas eu connaissance de l'existence du témoin avant hier après-midi. J'en ai avisé la défense dès que j'ai pu, je vous assure.

Le juge grommela dans sa barbe et fit signe de poursuivre.

— Ce n'est pas comme sur une autoroute, Mr Hoskins, n'est-ce pas ? Il y a plusieurs carrefours et, par conséquent, plusieurs routes à choisir ?

— C'est juste. Et tout le monde peut se tromper.

— Je ne vous le fais pas dire, sourit Peter Apted. Ce sera tout, je vous remercie.

Le président venait de suspendre l'audience jusqu'à quatorze heures ; Apted, Charly Moss et Melrose discutaient dans le couloir, devant la salle.

— Je vais aller réfléchir tranquillement avec ma cliente, déclara Apted.

Les mots résonnèrent, acides, et il s'éloigna dans une envolée de robe noire.

— J'aimerais pas être à la place de Jenny, dit Charly Moss en regardant Apted partir.

— Non, fit Melrose en hochant la tête, moi non plus. Je me demande comment le procureur a pigé le coup. Je parle de la déviation.

— Oh, Jenny l'a sans doute laissé échapper. À moins que ce ne soit un hasard. On apprend souvent des tas de choses par les biais les plus étranges. (Charly cessa de contempler le couloir pour dévisager Melrose.) Qu'est-ce qu'elle faisait ? Pourquoi être restée le mardi soir ?

Charly croisa les bras et frissonna. Il faisait froid dans le couloir. Le marbre, sans doute. Melrose pensa aux « Femmes de Glace », un sobriquet qui ne s'appliquerait jamais à Charly Moss ni à Flora Fludd. Il fronça les sourcils. Il essayait de se souvenir de ce que Flora lui avait dit au Perroquet Bleu.

— Où est Richard ? demanda Charly.

— Il a dit qu'il allait à Algarkirk. À Fengate. Franchement, je suis content qu'il ne soit pas là...

Charly chassa une mèche qui lui retombait sur le visage, regarda Melrose et s'inquiéta :

— Ça ne va pas ?

— Je pensais à un pub, le Petit Dernier...

— Je ne vous suis pas... C'est pourtant pas mal, comme nom, pour un pub...

— Justement, ce n'était peut-être pas un pub, plutôt un...

Ça y était ! L'Idée, avec un grand *i* !

— Mon Dieu ! Vous avez l'air... illuminé.

— Allons boire un verre quelque part... dans un

coin tranquille. Je crois avoir une idée qui intéressera Peter Apted...

Melrose prit Charly par le bras et l'entraîna vers la sortie.

33

C'est officiellement le printemps, songea Jury, mais le jour avait retrouvé la lumière d'hiver du mois précédent, et le boqueteau dans lequel il avançait était encore trempé de la pluie qui venait à peine de cesser. Jury avait passé une heure sur le Wash, sous la pluie. Une pluie impitoyable, drue, qui fouettait comme des balles — peut-être la métaphore lui était-elle suggérée par l'espoir qu'il avait d'en trouver une, balle perdue, douille, n'importe quoi, juste pour trouver quelque chose. Mais, il savait qu'il ne trouverait rien, à moins que le sable ne rejette l'objet, comme la coque d'un vaisseau longtemps enfoui.

Cependant, il n'avait pas résisté à l'envie de retourner le sable du bout de sa chaussure, en vain. Un coup d'épée dans l'eau. Il était abasourdi qu'on puisse imaginer Jenny en train d'épauler une carabine. Excès de romantisme ? Sans doute. Jenny avait caché tant de choses. Néanmoins, sa personnalité...

Toujours cet excès de romantisme. Il était dans la police depuis assez longtemps pour savoir qu'en fin de compte, dans cette affaire, personne ne pouvait être écarté de la liste des suspects. Pas plus Jenny que Grace, même s'il était tout aussi impossible d'imaginer cette dernière en assassin.

Fengate. Lorsque Jury se gara, Burt Suggins était en train de soigner un parterre ovale, devant la maison. Le jardinier leva la tête, plissa les yeux, aveuglé par le soleil hivernal, et parut déconcerté de voir une voiture. Qui c'était donc ? Et le maître qu'était pas là, ni la maîtresse. On devinait facilement ce que Burt pensait. Jury le rassura en lui disant qu'il n'était pas obligé de le recevoir.

Avoir la faculté d'accepter ou de refuser une requête plut au vieil homme, peu habitué à exercer un pouvoir. Il hésita, réfléchit en s'essuyant la nuque avec son mouchoir.

— Sont tous à Lincoln, même la maîtresse.
— Je sais. Annie a été un témoin épatant.

Burt parut surpris, sachant que les témoins devaient jurer sur la Bible de dire toute la vérité, rien que la vérité. Annie Suggins n'était pas une menteuse, mais elle avait tendance à exagérer un brin.

— Ah, Annie a jamais eu de problème à dire ce qu'elle avait sur le cœur.
— Écoutez, Mr Suggins...
— Appelez-moi Burt, comme tout le monde.
— Bien, Burt, sourit Jury. Je ne veux pas perquisitionner. Je cherche surtout l'inspiration...

Burt Suggins s'inquiéta. Il était davantage habitué à voir les policiers chercher des indices, des empreintes sur ses parterres de fleurs, par exemple.

— ... parce que rien ne colle dans cette affaire, si vous voyez ce que je veux dire. J'aimerais visiter la pièce où vous rangez la carabine...
— C'est juste un cagibi dans la cuisine, vous

savez. Vu que vous êtes inspecteur à Scotland Yard, j'y vois pas d'inconvénient.

Jury avait l'habitude que les témoins le rétrogradent. Une rétrogradation que le commissaire divisionnaire Racer lui prédisait souvent. Jury ne prit pas la peine de corriger le vieil homme, et ils se dirigèrent ensemble vers la maison.

La pièce était telle que Burt l'avait décrite, sorte de recoin dans la cuisine où s'entassaient des bottes, des imperméables, des outils de jardinage, des insecticides, de la chaux. Burt désigna le placard métallique soudé au mur. La carabine qui aurait dû s'y trouver était désormais à Lincoln.

— Ça ferme à clé, n'est-ce pas, Burt ?

— Oui, m'sieur l'inspecteur, mais comme j'ai dit aux autres policiers, je la sortais chaque fois que je voyais ces sales bestioles. (Burt s'empourpra.) Euh, ce soir-là... je crois que je l'avais laissé ouvert... c'est contraire à la loi, je sais bien, mais...

— Je me fiche de ça, Burt. Ce qui m'intéresse, c'est que n'importe qui pouvait entrer par l'extérieur et prendre la carabine. C'était pas forcément quelqu'un qui avait la clé.

— Hélas, non.

— Pas forcément quelqu'un de Fengate, d'ailleurs. D'habitude, la porte n'est pas fermée à clé, j'imagine ?

Jury ignorait pourquoi il se donnait tant de mal. Oliver Stant avait déjà tout retourné.

— Elle l'est jamais, m'sieur l'inspecteur.

Ils sortirent de la remise et retournèrent dans l'allée en gravier. Jury regarda au loin.

— Vous avez vu la Porsche après minuit, si je ne m'abuse ?

— Oui, vers la demie, que c'était. Je me suis demandé pourquoi elle était garée au bout de l'allée. D'habitude, Miss Dunn se mettait juste derrière celle de Mr Owen, là. Je vais souvent me coucher assez tard.

Le temps de boire quelques coups, songea Jury. Difficile de blâmer l'homme, dans cette contrée désertique.

— Ils pensaient qu'elle avait été à Londres.

Burt ne dit rien, il contemplait l'allée en silence. Mais Jury ne parlait pas de Verna Dunn. Il pensait à Dorcas Reese. Pourquoi tout le monde oublie Dorcas ? Ou la traite par-dessus la jambe ?

— Vous avez découvert qui était l'homme que Dorcas croyait qu'il allait l'épouser ?

Burt parut avoir du mal à comprendre la question.

— Ah, je peux pas dire que je sais qui c'est. J'ai jamais cru qu'il existait, à dire vrai. Dorcas n'avait rien d'une beauté, vous savez. On se retournait pas sur son passage.

C'était ce que tout le monde disait.

— Vous croyez qu'elle inventait ?

Burt ôta sa casquette, se gratta la tête et recoiffa sa casquette. Ça méritait réflexion.

— Euh... elle inventait pas vraiment... elle brodait.

— Vous rappelez-vous une période pendant laquelle Dorcas était plus heureuse que d'habitude ?

Burt souleva sa casquette, s'épongea le front, et rajusta la casquette.

— Difficile à dire si elle était heureuse ou juste de bonne humeur ; elle gloussait sans arrêt, comme si elle avait un secret. Elle était contente d'elle, voilà.

— Et ça se passait quand ?

Burt rétrécit les yeux dans un effort de concentration.

— Oh, y a pas longtemps... Juste avant que Miss Dunn se fasse tuer.

C'était aussi ce qu'avait déclaré Annie.

— Votre femme a aussi dit que l'humeur de Dorcas avait changé juste avant qu'on l'assassine. Elle a dit qu'elle était bizarre. Morose, déprimée.... vous voyez ?

— Oui, et c'est vrai. Elle était pas heureuse, ah, ça non !

Burt hocha la tête, pensif.

— L'homme qu'elle croyait bientôt épouser... Il l'aurait pas envoyée promener ?

— Oui, ça se peut. Comme je disais, c'était pas une beauté. Elle intéressait pas les hommes.

— Il y en a pourtant un qui s'est intéressé à elle, dit Jury, soucieux.

N'avaient-ils pas tous, dans un aveuglement collectif, pris cette affaire par le mauvais bout ?

— Je viens sans avoir été invité, j'espère que ça ne vous dérange pas ?

— Si tout le monde pouvait faire comme vous ! répondit en souriant Peter Emery. On se sent un peu seul, par ici... Vous avez assisté au procès ? questionna-t-il après un silence. (Comme Jury acquiesçait, il poursuivit :) Une honte. C'est fou, grimaça-t-il. Vous croyez qu'elle est coupable ?

Jury mit davantage de temps à répondre qu'il n'aurait voulu.

— Non, je ne crois pas... Vous étiez là quand Toby, le fils de Grace, est mort ?

— Oui. Un brave gars, ce Toby. Il paraît qu'il est tombé de cheval. Mais c'est pas la chute qui l'a tué. C'est cette maladie, sa condition physique.

— Oui, il était hémophile. Il a saigné intérieurement. Verna Dunn était à Fengate quand c'est arrivé.

— C'est bizarre qu'elle ait continué à venir après qu'il a épousé Grace. Mr Parker dit que son divorce avec Max Owen n'a jamais empêché Verna de venir à Fengate. Mrs Owen est bien bonne de ne pas faire d'histoires...

— Parker vous tient au courant, on dirait, s'amusa Jury.

Peter dévisagea Jury de ses yeux aveugles et s'esclaffa.

— Ah, c'est bien vrai ! Si vous deviez passer un hiver dans cette région, vous aimeriez bavarder au coin du feu, vous aussi, peu importe l'interlocuteur et les sujets de discussion. Des fois, j'en arrive au point où je finis par parler à Bob.

Jury jeta un coup d'œil autour de lui.

— Tiens, où est-il ? Et Zel, d'ailleurs ?

— Elle est dehors, avec Bob. Quand on en voit un, l'autre n'est jamais bien loin.

— C'est par le major Parker que vous avez connu Verna Dunn ?

— Oui, mais comme Fengate est juste à côté, j'aurais fini par la rencontrer quand même.

— Fengate est juste à côté ou bien Verna Dunn aime se promener. Ça remonte à loin, à l'époque où elle était mariée à Max Owen ?

Peter s'assombrit.

— Oui, c'est ça.

— Savez-vous si Verna Dunn s'intéressait à Toby ?

Peter se renfrogna.

— C'est drôle que vous me demandiez ça. Je vais vous dire, Verna se fichait qu'il ait quinze ou vingt ans de moins qu'elle. C'était un beau garçon. Il ressemblait à sa mère... Pourquoi vous me posez ces questions ? fit Peter en se penchant vers Jury. Vous essayez de me dire que Verna a fait quelque chose pour provoquer cet accident ?

— Je m'interrogeais, c'est tout.

Peter regarda dans la direction de la fenêtre et du jour déclinant qu'il ne pouvait voir. Une noire colère se lut sur son visage.

— J'y ai pensé, souffla-t-il.

— Vraiment ? Dans ce cas, pourquoi n'avoir rien dit ?

Peter ricana, sur la défensive.

— Qui m'aurait cru ? Et à qui je l'aurais dit ? À Grace Owen ? Vous croyez que ça l'aurait consolée ?

— Non, mais maintenant, à la police...

— Lui dire quoi, à la police ? C'est juste un soupçon. J'ai aucune preuve. Ça aurait pu laisser croire que c'était Grace Owen qu'avait tué Verna, pour se venger, et je vais pas mettre ces idées-là dans la tête de la police.

— C'est sûr que ça aurait fait un sacré mobile. Mais il y avait plus de chances que ça arrive au moment de la mort de Toby que des années plus tard... Vous avez une carabine 22, je crois ? fit Jury après un silence.

— Dans le débarras, acquiesça Peter, qui se leva. Si vous voulez la voir...

— Je veux bien, dit Jury, qui se retint d'aider

Peter. (Ils se rendirent dans la cuisine.) La police a confisqué cinq fusils.

Peter éclata de rire.

— Oh, j'appelle pas ça confisqué. C'étaient des armes autorisées.

— Autorisées, certes. Les permis de port d'armes pullulent par ici. Max Owen avait une carabine et un fusil. J'arrive pas à comprendre comment il s'est débrouillé.

— Suggins chasse beaucoup.

Le débarras, où on remisait les impers et les bottes, se trouvait à l'arrière de la maison et ressemblait beaucoup à celui de Fengate. Sauf que, dans celui-ci, la carabine était enfermée dans un coffret métallique. Peter glissa sans difficulté la clé dans la serrure et ouvrit le coffret. Il caressa la crosse et sortit la carabine.

— J'imagine que dans votre métier, vous voyez davantage de revolvers.

Peter cassa la carabine en deux et la tendit à Jury qui l'examina, la referma et ouvrit la porte du débarras. Il épaula et visa. La nuit tombait, il faisait déjà presque noir à cinq heures de l'après-midi. À travers le viseur, Jury distingua un bout du sentier et, au loin dans l'horizon bleuté, ce qu'il crut être le portail en pierre de la maison de Parker. Il abaissa la carabine, la cassa et dit :

— Il devait faire noir comme dans un four sur le Wash... Vous disiez que Verna Dunn savait tirer.

— Oui, c'était même une excellente gâchette.

— Faut au moins ça pour atteindre une cible en pleine nuit.

— Ça ou une veine de cocu, sourit Peter. Ou l'aide de Dieu.

L'air était clair et coupant comme du verre. Zel était assise sur un tronc d'arbre — ou plutôt allongée en travers d'un chêne des marais que les fermiers avaient déterré et pas encore découpé en bûches. Ses pieds pendaient d'un côté, sa tête de l'autre, et elle croisait les mains sur son ventre. À côté, Bob, son chien, l'observait. Jury vint s'adosser contre le muret à moitié éboulé.

Couchée dans cette position, le sang devait lui monter à la tête.

— Zel ! lança Jury.

Elle se redressa à demi, assez pour voir qui l'appelait. Voyant que c'était Jury, elle lui dit bonjour et se laissa retomber.

— Qu'est-ce que tu fais ?

— J'attends les étoiles.

Le ciel, d'un gris fondu quand il était arrivé, virait rapidement au noir.

— Ça t'ennuie si je te tiens compagnie ? demanda Jury.

Zel fit rouler sa tête de droite à gauche.

— Ça veut dire : « Non, ça m'est égal » ?

— Han-han.

Jury se doutait que les événements étaient pénibles pour la fillette. Deux meurtres, quasiment dans son jardin. La police qui vient interroger son oncle. Même Scotland Yard. Comment les enfants réagissent-ils ? Jury soupira. Comme ils réagissent toujours. Par le déni ou l'évasion dans l'imaginaire.

Cependant, Zel parut vouloir affronter la réalité bille en tête :

— Ça m'est égal qu'elle soit morte, dit-elle soudain dans un débit précipité, comme pour que les mots sortent avant qu'elle ne se rende compte du risque qu'il y avait à les dire.

À cause de la position renversée de Zel, Jury ne put voir ses yeux.

— Qui ça ? Miss Dunn ?

— Non, répondit Zel, avec une note d'exaspération dans la voix, Dorcas.

— Tu la connaissais bien ?

Zel ne répondit pas tout de suite.

— Un peu, finit-elle par dire en dressant de nouveau la tête. Elle travaillait ici, mais elle a arrêté.

Jury en fut surpris. Il ne se souvenait pas que Plant lui en ait parlé. Mais Plant l'ignorait peut-être.

— Elle faisait quoi ?

— Le ménage et la cuisine. Elle cuisinait comme un cochon. Elle savait même pas faire les œufs à la coque. Et Oncle Peter aime ses œufs juste à point. Il aime les bons plats.

— Toi, tu es une excellente cuisinière.

— Meilleure que Dorcas, en tout cas.

— Mais tu ne l'aimais pas.

Zel ne répondit qu'en branlant la tête.

— Pourquoi ? Qu'est-ce que tu n'aimais pas chez elle ?

— C'était une fouineuse. Elle... (Zel réfléchit aux termes exacts susceptibles de qualifier le comportement de Dorcas.) Elle voulait tout savoir. (Comme Jury restait silencieux, elle ajouta :) Elle posait toujours des questions.

« Fouineuse. » Annie Suggins avait utilisé le même qualificatif. Jury se souvint que Plant lui avait dit que Zel prétendait avoir vu Dorcas se diriger vers chez Linus Parker.

— Elle te posait des questions sur Mr Parker ? s'enquit-il.

— Des fois. Elle me posait aussi des questions sur moi.

— Quoi, par exemple ?

— Où étaient mon papa et ma maman.

— Qu'est-ce que tu lui répondais ?

— Qu'est-ce que j'aurais pu répondre, je le savais pas.

La mimique, le haussement d'épaules, impliquant qu'elle ne pouvait pas savoir, forcément, attristèrent Jury.

— Elle me disait que j'étais orpheline. Je lui disais que c'était pas vrai parce que j'ai Oncle Peter. Elle disait que les oncles ne comptaient pas. Elle se moquait de moi parce que je croyais le contraire. Elle me disait que si mon oncle mourait, on m'enverrait dans un orphelinat. (Zel avait parlé d'une traite, avec une vigueur rageuse. Elle ajouta, d'une voix moins assurée :) Le service social peut pas m'obliger à faire n'importe quoi, hein ?

— Non. De toute façon, il n'arrivera rien à ton oncle.

Un lourd silence s'ensuivit.

— J'étais orphelin dans ma jeunesse, moi aussi.

Zel parut enchantée de l'apprendre, car elle se redressa et s'assit. Si ça pouvait lui arriver à *lui,* un flic de Scotland Yard, ça pouvait arriver à n'importe qui. Et regardez-le ! Il avait l'air de s'en être bien tiré. Même Bob l'aimait bien ; il était couché aux pieds de Jury. Néanmoins, Jury comprit qu'elle n'était pas entièrement convaincue.

— Le service social peut m'obliger à vivre avec des gens que je connais même pas.

— Ça n'arrivera jamais, Zel.

— Qu'est-ce que t'en sais ? Oncle Peter va peut-être devoir témoigner.

— Non, je ne crois pas. Le tribunal ne veut entendre que ceux qui étaient à Fengate le soir du meurtre.

Jury sentit qu'il ne parvenait pas à calmer la peur de Zel.

— De toute façon, dit-elle, toujours obnubilée par les gens du service social, y peuvent pas me prendre parce que Mr Parker me laissera habiter ici. Je le sais.

Mais son assurance ne paraissait pas aussi solide qu'elle l'aurait aimé.

— Quand Mr Plant est venu, tu lui as dit que tu avais vu plusieurs fois Dorcas entrer chez le major Parker...

— Ça se peut.

Elle roula un morceau de papier en boule et le lança en l'air. Bob se réveilla aussitôt et courut l'attraper.

— Qu'est-ce que tu crois qu'elle allait y faire ? La même chose que chez toi ?

— Chez Mr Parker ? Oh, sois pas stupide !

— Ah, parce que tu trouves ça stupide ?

— Je t'ai dit qu'elle cuisinait comme un cochon ! Tu crois que Mr Parker lui aurait laissé préparer ses plats ?

— Et le ménage ?

— Mr Parker a déjà quelqu'un, c'est la tante de Dorcas. Alors, qu'est-ce qu'il aurait fait d'elle ?

En effet. Jury était dérouté.

Ils gardèrent le silence, surveillant l'apparition des étoiles.

— Ça t'arrive de tirer sur des gens ? demanda soudain Zel.

— Quoi ? Non, je ne porte même pas de revolver, désolé.

Zel eut du mal à le croire.

— T'es policier, quand même !

— Désolé de te décevoir, mais nous ne portons des armes que si une situation dangereuse l'exige. Et même là, on doit signer une décharge pour avoir un revolver. En plus, seuls certains policiers suivent un entraînement au tir. Moi, je travaille aux enquêtes criminelles où il y a une brigade armée dont les membres sont les seuls autorisés à porter un revolver. Et même eux doivent obtenir une autorisation de leur supérieur pour l'utiliser. (Jury se demanda tristement combien de temps s'écoulerait avant que tous les policiers, simples agents compris, soient obligés de porter une arme. Il observa Zel. Elle avait l'air terriblement déçue d'apprendre ces détails.) L'ennui, c'est que tu as vu trop de séries américaines à la télé.

Zel se recoucha en travers du tronc d'arbre, et Bob, surpris que la partie de chasse soit terminée, vint s'asseoir aux pieds de Jury.

— C'est quoi, celles-là ? demanda Zel en pointant le ciel.

— Les Pléiades, je crois.

— Qui c'est ?

Jury fouilla dans ses souvenirs et son maigre savoir.

— Les filles d'un dieu quelconque qui ont été changées en étoiles.

Zel médita sur leur sort, le visage dressé vers le ciel.

— Où est ton ami ? finit-elle par demander, comme si Melrose Plant était lui-même une constellation.

— Il a dû rester à Lincoln.

Elle parut soudain inconsolable. Le sort des Pléiades ou celui de Melrose ? Lequel la mettait dans une telle tristesse ? se demanda Richard. Et pourquoi pas le sien propre ?

34

— Mr Bannen, j'aimerais que nous parlions de Dorcas Reese. Quel mobile avait l'accusée pour se débarrasser d'elle ?

— C'est encore plus difficile. Pour autant que nous le sachions, l'accusée et Dorcas Reese ne se connaissaient pas, et leur relation à Fengate se cantonnait à celle d'une servante et d'une invitée.

— Voulez-vous suggérer qu'il n'y avait aucun mobile ?

— Je n'ai pas dit cela. Aucun que nous ayons découvert. Ce qui est différent.

— Croyez-vous que la même personne a assassiné les deux femmes ?

— Oh, oui, bien sûr, sinon...

Apted arrêta Bannen d'un geste.

— Il faut donc que nous parlions de Dorcas Reese car si nous pouvons prouver que Jennifer Kennington n'avait aucune raison de l'assassiner, elle deviendrait — d'après ce que vous venez de dire — innocente du meurtre de Verna Dunn. C'est bien votre avis ?

— Je...

— Est-ce bien ce que vous avez dit, Mr Bannen ?

Les deux crimes ont été commis par la même personne ?

Pour la première fois Bannen prit un air pincé.

— Oui, je le crois.

— Parlons d'abord de cette prétendue grossesse. Dorcas Reese avait dit à sa tante et à une amie qu'elle était enceinte de trois mois. Qu'elle l'ait ou non été, si le père putatif de cet enfant le croyait et ne voulait pas l'épouser... il aurait eu un sérieux mobile, vous ne trouvez pas ? Surtout s'il était lui-même déjà marié.

— Oui, sans doute. Toutefois, nous n'avons pas réussi à découvrir qui était cet homme.

— Je vois. Et la jalousie ? Supposons qu'un autre homme ait découvert que Dorcas Reese l'avait trompé ?

À l'évidence, Bannen ne croyait pas à cette hypothèse et ne se priva pas de le dire :

— Reese n'était pas le genre de fille à avoir de nombreux admirateurs ni à inspirer la jalousie.

— De nombreux admirateurs, peut-être pas, mais un seul ?

Cela arracha un sourire à Melrose. Il regarda Jenny, puis Jury, qui était rentré d'Algarkirk tard dans la nuit et était assis à côté de lui, le visage fermé.

— Oui, fit Bannen, bien sûr... Mais les témoins que nous avons interrogés, la famille, les amis, étaient déjà surpris d'apprendre que Dorcas était enceinte. La seule qui soupçonnait qu'elle avait peut-être « un polichinelle dans le tiroir », selon ses propres termes, était une jeune femme qui travaillait dans le même pub qu'elle. Reese en avait parlé à sa tante, Madeline Reese, et à son amie, Ivy...

— Ivy Enoch, la jeune femme qui a assuré hier à la barre qu'elle ne savait absolument pas qui était « ce gars » ?

— Ça ne veut pas dire...

Apted coupa Bannen. Il ne voulait surtout pas que son témoin ait le temps de développer ses idées, surtout s'agissant d'un témoin aussi intelligent que le commissaire Bannen.

— Ainsi, vous n'êtes pas enclin à considérer une déception amoureuse ou une demande en mariage comme mobile ?

— Non, mais je ne peux pas être affirmatif, bien sûr.

— Très honnête de votre part, Mr Bannen. Ainsi, nous avons une jeune femme qui travaillait à Fengate et que nous retrouvons étranglée dans un canal du National Trust deux semaines après le meurtre d'une femme célèbre, divorcée, ancienne actrice, et dont le nom apparaissait parfois dans les torchons à scandales. Dorcas Reese, la seconde victime, avait durant trois jours eu la charge de porter le thé ou le café du matin aux invités des Owen — Lady Kennington, Verna Dunn. Si on ajoute à cela les étranges propos de Dorcas que nous a rapportés la cuisinière Annie Suggins : « Je n'aurais pas dû le faire ; je n'aurais pas dû écouter », et le qualificatif de « fouineuse » employé par la même cuisinière, quelle conclusion en tirez-vous ?

— J'en conclus que, pendant son service auprès de Verna Dunn, Dorcas Reese a entendu quelque chose d'extrêmement dangereux. Et qu'une tierce personne a pris Dorcas sur le fait, ou a découvert d'une manière ou d'une autre ce qu'elle avait entendu. Comprenez toutefois que ce n'est là qu'un des scénarios possibles. Il y en a d'autres, le chantage, par exemple.

— Certes, sauf qu'un maître chanteur ne se reproche pas d'avoir obtenu les renseignements qui vont faire sa fortune. On imagine mal un maître chanteur dire : « J'aurais pas dû le faire. » Laissons cela de côté pour l'instant. Deux choses font partie de tous les scénarios, je suis sûr que vous serez d'accord : un, Dorcas a entendu quelque chose, et deux, c'est pour cette raison qu'elle a été assassinée.

— C'est une hypothèse vraisemblable.

— Prenons le premier point, Mr Bannen. Selon votre interprétation, « Je n'aurais pas dû écouter » suppose que Dorcas a entendu, d'une manière ou d'une autre, peut-être pendant qu'elle attendait à la porte de Verna Dunn, son plateau de thé à la main... elle aurait entendu une conversation.

Bannen acquiesça, l'air déconcerté.

— Pourquoi ? demanda Apted.

— Pourquoi ? Je crains de ne pas...

— Oui, pourquoi n'avez-vous pas imaginé que la phrase signifiait que Dorcas n'aurait pas dû écouter ce que quelqu'un lui avait dit, un conseil, peut-être, car en suivant ce conseil elle s'était retrouvée dans le pétrin...

Bannen s'éclaircit la gorge.

— Oui, je vois où vous voulez en venir. Évidemment, c'est une hypothèse possible.

— Dans ce cas, Dorcas n'a peut-être pas écouté quelque chose en rapport avec Verna Dunn ?

— En effet.

— Le second point — qui, je l'admets, ne dépend pas du fait que Dorcas ait entendu ce que disait Verna Dunn ou quelqu'un d'autre —, le second point est que Dorcas a été assassinée parce qu'elle savait quelque chose. Elle représentait un obstacle qui devait être éliminé.

— Je crois en effet que c'est le mobile le plus plausible, oui.

— Là encore, pourquoi ?

Cette fois, Bannen ne répondit pas tout de suite.

— À vous de me le dire, maître Apted, finit-il par dire avec un sourire froid.

— Connaissez-vous le hameau de Cowbit ? demanda Apted, qui semblait s'amuser.

Bannen plissa le front, quêta l'approbation du juge, puis de Stant, qui paraissait circonspect et qui, Melrose l'aurait juré, était prêt à bondir.

— Oui, mais je ne vois pas...

— Il y a là un cottage dénommé « Le Petit Dernier ». C'était autrefois un pub, c'est désormais une maison particulière. Que signifie, d'après vous, « Le Petit Dernier » ?

Oliver Stant jaillit de son siège.

— Votre Honneur, je ne vois pas où cela nous mène !

Le juge acquiesça.

— Maître Apted, votre intérêt pour les noms des pubs, vieille tradition britannique, a-t-il un rapport avec l'enquête ?

— Oui, Votre Honneur. J'y viens. Si Votre Honneur veut bien m'accorder un instant. (Sans attendre de réponse, Apted se tourna vers Bannen.) Quel est le sens de ce nom, commissaire ?

Bannen se gratta le front, un léger sourire aux lèvres.

— Oh, ça n'est pas très compliqué... « Un p'tit

dernier pour la soif », ou « Le p'tit dernier pour la route »...

— Sortie de son contexte, la proposition peut s'interpréter comme vous le dites. C'est aussi ce que j'ai pensé, au début. Mais supposons qu'il se soit agi non pas d'un pub, comme je l'avais cru, mais d'un magasin pour jeunes mamans ? « Le Petit Dernier » signifierait alors « le dernier-né »...

— Maître Apted, quand vous aurez terminé...

— Je m'excuse, Votre Honneur, mais l'interprétation joue un rôle clé dans cette affaire. Je voulais simplement démontrer comment les choses peuvent avoir une explication différente de celle qu'on imagine communément. Je reprends l'interrogatoire du témoin...

— Nous vous en serons très reconnaissants, marmonna le juge.

— Commissaire, je vous pose la question : pourquoi être parti du présupposé que l'objet du double meurtre était Verna Dunn ? Ne pouvait-on imaginer le contraire ? Que Verna Dunn ait été assassinée parce qu'elle savait quelque chose sur Dorcas Reese, ou sur Dorcas et une tierce personne ? Et qu'en l'occurrence l'obstacle à éliminer, c'était Verna Dunn ?

— C'est vrai, consentit Bannen en écarquillant les yeux, ça aurait pu se passer comme ça...

Sa réticence se sentait à sa voix et à son attitude. On aurait dit qu'il avait du mal à trouver une place confortable dans le box des témoins.

— Vous semblez pourtant en douter, commissaire. Serait-il juste de dire que cette hypothèse est aussi plausible que l'autre ? Celle que vous avez si diligemment construite ?

Bannen fronça les sourcils. Il ne pouvait accepter que son enquête soit basée sur une hypothèse erronée et rejetée dans sa totalité.

— Oui, les deux hypothèses sont également crédibles.

Campé sur ses deux jambes, poings sur les hanches, Peter Apted souriait. On ne pouvait le taxer d'agressif, pas avec ce sourire.

— Cela change beaucoup de choses, fit-il, vous ne trouvez pas ?

Bannen se crispa, on aurait dit qu'il s'était retiré dans sa coquille. Pour la première fois, Melrose crut le voir tenter de réprimer une colère bouillonnante. Savoir maîtriser ses nerfs devait à n'en pas douter l'aider dans son métier, mais sa tension artérielle devait s'en ressentir.

— Si vous suggérez que j'ai ignoré des faits dans l'enquête sur la mort de Dorcas Reese, je vous assure que vous faites erreur...

— Loin de moi cette pensée, commissaire. Je suis persuadé que votre enquête relative à la mort de ces deux femmes n'a rien laissé au hasard ; vous n'avez pas ignoré de faits qui auraient pu vous conduire vers une autre conclusion...

Bannen se détendit et adressa à la Cour un sourire serein.

— Dans ce cas, je ne comprends pas. Je ne vois pas en quoi le fait que Dorcas Reese ait été la cible principale change quoi que ce soit.

Si, tu le vois, songea Melrose.

— Vraiment ? fit Apted, feignant la surprise. Ce que ça change, et d'une manière significative dans le cas présent, c'est l'angle sous lequel vous avez abordé ces meurtres. Ce que ça change, c'est la conclusion à laquelle vous êtes parvenu. La conclusion est modifiée parce que désormais l'accusée, Jennifer Kennington... (il marqua une pause et dirigea son regard vers Jenny d'un air théâtral)... n'a plus de mobile, en tout cas pas celui que la Cour a examiné. Jennifer Kennington n'avait aucune raison de tuer Verna Dunn. Si Verna Dunn avait simplement représenté « un obstacle » pour l'assassin, elle n'a donc pas été tuée à cause de prétendues rancœurs accumulées depuis longtemps ni d'une dispute récente qu'elle aurait eue avec l'accusée le soir de sa mort. Verna Dunn a peut-être été assassinée à cause de ce qu'elle avait appris sur Dorcas Reese...

« En outre, si l'accusée n'a plus de mobile, mon estimé collègue n'a plus matière à procès. Votre Honneur (Apted reporta vivement son attention sur le juge et sur les jurés), cela soulève un point de droit que je préfère traiter en l'absence du jury.

Le juge se rembrunit, mais donna l'ordre à l'huissier de congédier les membres du jury.

— Bien, déclara-t-il d'un ton acerbe lorsque les jurés se furent retirés, la défense aurait-elle l'amabilité d'expliquer à la Cour ce qu'elle a en tête ?

— Votre Honneur, ma cliente n'ayant plus à répondre d'aucune accusation, je propose qu'elle soit relaxée.

Un silence de cathédrale s'abattit dans le prétoire. Oliver Stant dévisageait Apted sans comprendre. Même Charly Moss en restait bouche bée. *Relaxée !*

Impossible de dire exactement comment Apted s'y était pris, il avait descendu l'accusation en flammes, poussé ses pions un à un, pris une tour, un cavalier et mis le roi en échec. Oliver Stant semblait interdit.

Mais ce n'était pas tout ; Apted avait superbement calculé son coup car il était seize heures trente, grand temps de plier bagages. Le juge invita la défense et l'accusation dans son bureau, congédia les jurés, recommanda aux spectateurs de rentrer chez eux et se leva.

La salle se leva avec lui.

Mais pas Peter Apted. Il était déjà debout.

Jennifer Kennington fut relaxée.

Lorsque le juge s'était retiré dans son cabinet, Jury et Plant avaient battu en retraite jusqu'au pub. Ils se tenaient près de la tablette circulaire d'un pilier du pub où Charly Moss leur racontait ce qu'Apted lui avait dit.

La relaxe ne signifiait pas que le commissaire Bannen avait tort ; cela voulait simplement dire que le dossier de l'accusation était trop mince pour poursuivre. Oliver Stant fit valoir que si on oubliait un instant le mobile, Jennifer Kennington avait eu pour les deux meurtres une solide occasion d'agir, et que la violente dispute entre les deux femmes fournissait malgré tout un mobile valable. Peter Apted avait rétorqué que rien ne permettait de qualifier la dispute de violente. Oliver Stant avait essayé de réfuter son affirmation.

Le juge les avait interrompus : « Je vous suggère, maître Stant, de découvrir la nature de cette dispute. Nous ne la connaissons même pas. Si nous ajoutons à cette ignorance le défaut de procédure dans la perquisition chez l'accusée... je pense que l'affaire doit être ajournée. »

Charly Moss jubilait.

Le juge avait néanmoins assuré que l'affaire n'était pas close, et qu'elle serait rouverte si le procureur apportait de nouvelles preuves justifiant une mise en accusation.

— Ce qui veut dire que ce n'est pas terminé, dit Jury. Jenny n'est pas acquittée.

Charly prit une cigarette que lui offrait Melrose et déclara :

— À mon avis, Jenny n'a plus rien à craindre, Richard. On ne juge pas quelqu'un deux fois pour le même crime. Il faut un fait nouveau, un fait capital. Certes, en théorie l'affaire peut être rouverte, mais ça n'arrive presque jamais dans la pratique.

Elle se pencha pour allumer sa cigarette à la flamme du briquet de Melrose dont la lueur éclaira les cheveux qu'elle retenait en arrière.

— Une chose est sûre, dit Melrose, elle ne passera pas le restant de ses jours en prison. Allez, Richard, ça devrait te faire plaisir...

Jury rougit.

— Évidemment que ça me fait plaisir, fit-il.

Le pub, qui paraissait déjà bondé, reçut une nouvelle fournée de clients. Plant avait déniché un tabouret pour Charly, mais elle avait à peine assez de place pour s'asseoir.

— Ça ne peut pas être elle, dit Melrose. Même si elle a menti en disant qu'elle n'était pas retournée à Algarkirk...

Il s'arrêta net.

— Retournée ? fit Jury en regardant tour à tour Melrose et Charly. J'ai raté quelque chose, hier ?

— Raté ? s'étonna Charly avec une ignorance feinte.

— Un témoignage. J'ai l'impression qu'il s'est passé quelque chose pendant que j'étais à Fengate.

Il y eut un silence.

— Racontez ! exigea Jury.

Charly se mit à faire tourner son verre en rond.

— Euh...

Melrose parut recouvrer soudain la mémoire. Il claqua des doigts et dit :

— Ah, tu veux parler du cantonnier ?

Et il balaya le cantonnier d'un geste.

— Quel cantonnier ? fit Jury.

Melrose alluma sa cigarette et dévisagea Jury.

— C'était à propos de la déviation que Jenny avait affirmé avoir prise... un témoignage d'un ennui...

— Vous aussi, Charly, vous l'avez trouvé ennuyeux ? questionna Jury.

Indécise, Charly finit par lui résumer le témoignage. Jury parut songeur.

— Peter Apted devait être furieux, dit-il enfin.

— Oui.

Pourquoi ne suis-je pas réellement surpris ? se demanda Jury. Parce qu'il avait soupçonné cet incident après son entretien avec Jack Price. Charly et Melrose semblaient attendre qu'il explose, qu'il réagisse, mais il se contenta de demander :

— Quand sera-t-elle libérée ?

— C'est déjà fait, dit Charly, surprise qu'il ne soit pas au courant. Elle a dit qu'elle rentrait à Stratford-upon-Avon. Je croyais que...

Jury s'assombrit et ce fut d'une voix plus dure qu'il ne l'aurait voulu qu'il répondit :

— Non. Nous ne l'avons pas vue.

— Je croyais... répéta Charly, qui baissa les yeux.

Elle les releva pour regarder Melrose, qui réglait l'addition.

— Comment compte-t-elle regagner Stratford? demanda Melrose. Je pensais qu'elle voyagerait avec moi. Comme le témoignage du type le disait clairement, nous prenons la même route.

— Je crois qu'elle a parlé de prendre le train.

— À quelle heure? Il ne doit pas y avoir plus d'un ou deux trains qui permettent de prendre une correspondance pour Stratford-upon-Avon.

— Je ne sais pas. Elle ne l'a pas précisé.

Jury s'excusa et sortit en disant qu'il revenait tout de suite.

— Où va-t-il? s'étonna Charly.

— À la gare, je parie.

— On dirait que la relaxe ne l'a pas soulagé, remarqua Charly en regardant Jury sortir.

— Oh, si, mais je ne peux pas lui reprocher d'être déçu.

Plant épongea avec son mouchoir les gouttes de bière qui menaçaient de couler du verre de Charly sur ses genoux.

— Vous avez bien bossé, tous les deux, déclara Charly. Merci.

Melrose ne put s'empêcher de penser qu'elle le remerciait davantage pour avoir épongé son verre que pour avoir « bien bossé ». En outre, elle se retournait toutes les deux secondes pour voir si Jury était bien parti, comme si, ce faisant, elle avait le pouvoir de le faire revenir.

— J'aurais été ravi de reconduire Jenny chez elle, déclara Melrose.

Charly Moss le regarda droit dans les yeux.

— Je suis peut-être indiscrète, mais vous semblez

tous deux très... euh... attachés à Jennifer Kennington. Est-ce une vieille amitié ou...?

— De l'amour? Non, nous sommes juste de vieux amis, assura Melrose d'un ton qu'il aurait voulu convaincant. Je parle pour moi, ajouta-t-il.

— Et Richard?

— Oh, c'est autre chose!

35

La gare était déserte. Il n'y avait même pas de chef de gare, le préposé aux billets n'était pas derrière son guichet, et lorsqu'il réussit enfin à trouver les horaires des trains, épinglés sur le mur, Jury n'arriva pas à les lire. Les horaires, avec les flèches qui pointaient dans les deux directions, auraient aussi bien pu concerner les trains en route pour le paradis ou l'enfer. Si Jury devait s'attaquer à une enquête dans laquelle les horaires de train seraient l'indice principal, il était sûr de ne pouvoir la résoudre.

Il crut comprendre qu'il n'y avait pas de trains directs pour Stratford-upon-Avon et n'en fut pas surpris. Mais où devait-on changer ? À Lemington Spa ? À Coventry ? À Warwick ? Aux trois ? Probable. Jenny devrait aller jusqu'à Londres ou à Birmingham, se dit-il, et changer deux ou trois fois. Le voyage prendrait plus de quatre heures ; c'était ridicule. D'autant que Melrose rentrait au Northamptonshire le soir même et que Stratford (ainsi que le témoignage sur la déviation l'avait clairement établi) était presque au pas de sa porte.

Justement, la question se posait, n'est-ce pas ? Pourquoi était-elle partie comme une voleuse ? Il se dit qu'il ne devrait pas se sentir coupable, il avait fait tout ce qu'il avait pu pour Jenny.

Pourquoi s'était-il si mal conduit au pub ? À eux deux, Peter Apted et Charly Moss avaient réussi un joli coup. Jury savait que sa mauvaise humeur au pub, lorsqu'ils avaient parlé de la relaxe, était due au fait que Jenny n'avait pas été acquittée. La simple relaxe laissait trop de questions en suspens.

Il comprit soudain pourquoi Apted voulait que les deux accusations soient liées, car en réfuter une revenait à réfuter l'autre. Or cela avait été si facile, trop facile. Certes, c'était toujours ce qu'on disait après que le tour de passe-passe avait été expliqué.

Jury ouvrit d'un coup sec la porte qui donnait sur les voies et parcourut le quai du regard. Il était désert, lui aussi, à l'exception de l'adolescent qui se tenait à l'autre bout. Jury arpenta le quai comme un voyageur impatient. Parvenu au bout, il revint sur ses pas. Il envisageait de monter dans le prochain train dont il ignorait pourtant la destination.

Quelle ingratitude ! Qu'elle ne dise pas au revoir à Jury, à la rigueur, mais bon Dieu, elle aurait au moins pu prévenir Melrose Plant ! C'était lui qui réglait les frais de justice, non ? Jury soupira. L'indignation ne marchait pas.

Assis sur le dernier banc, le jeune garçon regardait droit devant lui en battant la mesure sur son siège. Le crâne tondu teint en bleu et violet, il portait la tenue bigarrée des punks. Jury croyait cette mode dépassée. À côté de lui, une radio portative comme celles qu'on voyait dans Oxford Street et à Piccadilly. Avec une étonnante considération pour le voisinage, le garçon avait branché ses écouteurs, la musique filtrait néanmoins.

Jury releva le col de son manteau pour se protéger du crachin qui lui fouettait le visage. Il s'assit sur un des bancs d'aspect fragile et enfonça les mains dans ses poches dans la pose classique du voyageur prêt à l'attente. Il était déterminé à attendre, même s'il savait qu'elle était sans doute déjà partie. Comme s'il faisait pénitence, il attendit que la déprime l'envahisse.

Tout en méditant sur Jenny, il s'aperçut que la radio du punk diffusait une mélodie française. Le jeune garçon avait débranché les écouteurs comme pour faire profiter Jury des paroles. Jury n'en revenait pas : ce punk écoutait une chanson mélancolique, et en français !

Jury se dirigea vers la source de la musique. Elle provenait bien de la stéréo portative. Hormis les quelques répliques tirées de son manuel de conversation pour touristes, Jury ne connaissait pas la langue. Il tendit néanmoins l'oreille pour essayer de saisir un mot ou deux.

... à l'amour*...

Oui, ça, il comprenait.

... Que je suis perdue*...

Perdue*. Le mot lui dit quelque chose. Plant aurait mieux fait d'être là pour lui traduire, au lieu de vider des pintes de bière avec Charly. Mais Jury ne voulait pas réellement qu'on lui traduise ; en fait, c'était le manque de compréhension qui rendait la chanson si poignante. Le jeune punk tourna la tête vers Jury, lui fit un signe amical et se replongea dans la musique. Il était assis, penché en avant, les coudes sur les genoux, la tête baissée. Peut-être croyait-il partager certaines valeurs communes avec Jury : les chansons françaises, par exemple.

Jury se leva et retourna dans la salle d'attente, toujours déserte. La musique le suivit en s'estompant... le piano plaintif et les sanglots des violons s'étaient durablement installés dans sa tête.

Je t'aime... adieu*...

Aucune difficulté. Mais qu'y avait-il dans l'intervalle ? Des sons inconnus, dont le sens lui échappait complètement. Jury contempla le rideau tiré du guichet, voulut frapper au carreau, mais se ravisa. Qu'aurait-il demandé, de toute façon ?

... Que j'ai fini*...

La voix, étrangement belle, se tut, cessant ainsi d'envelopper dans sa chaleur protectrice quiconque l'écoutait. Immobile, Jury connut un bref moment de froide lucidité. Il venait de comprendre la véritable source de déception pour Jenny et pour lui-même : elle n'avait jamais déclaré son innocence, pas plus qu'il ne lui avait assuré qu'il croyait fermement à son innocence.

Parce qu'il ne savait pas si elle était innocente, et parce qu'elle savait qu'il ne le savait pas.

D'ailleurs, il continuait de douter. *Amour... Adieu... Fini*...*

Jury quitta la gare.

— Je vous dois des excuses, Charly, déclara-t-il, de retour au pub, moins bondé désormais.

Ils avaient trouvé des tabourets et s'étaient installés à la tablette circulaire du pilier.

— Ça s'arrose ! déclara Melrose Plant en levant son verre.

Jury trouva que son ami n'avait pas les yeux en face des trous.

— Ensuite, une chanson! reprit Melrose.

Charly Moss pouffa, toussa et réprima en même temps un éternuement. Melrose semblait en train d'accorder sa voix... « mi, mi, mi ».

— Tu es saoul! remarqua Jury, ébahi. Vous êtes tous les deux saouls!

Il les dévisagea tour à tour. Il n'avait jamais vu Melrose dans cet état.

Charly fit de nouveau son bruit bizarre, comme si Jury venait de dire quelque chose d'un comique inouï. Jury hocha la tête, prit son verre vide, encore taché de mousse, se dirigea vers le bar, revint sur ses pas, s'aperçut que les deux autres verres étaient vides et les emporta en lâchant :

— Oh, après tout!

Au comptoir, il regarda l'accorte patronne, jolie malgré un léger embonpoint, remplir les trois chopes. En se retournant, il vit une jeune femme au teint cireux glisser des pièces dans le juke-box. Presque aussitôt, comme s'il avait attendu en coulisses, Frank Sinatra entonna « My Way ». Qui pouvait chanter avec autant d'assurance que ce charmeur aux yeux bleus? Jury s'intéressa de nouveau à la patronne, qui finissait de remplir la demi-pinte de Guinness de Charly. Laquelle allait être saoule comme une Polonaise, à boire ce machin... elle l'était déjà. Tandis que Jury essayait d'emporter les trois chopes en même temps, il entendit des voix reprendre en chœur la chanson de Sinatra, mais avec un temps de retard ou une note en dessous. Jury crut reconnaître les voix... oui, elles provenaient bien de l'endroit où il avait laissé ses amis. Il soupira. Des heures avant la fermeture, ils étaient déjà complètement ivres !

*... each and every byyyyy-waaaaay
... da da di da... di da da daire...
... I did it myyyy waaaay...*

Frank avait trouvé des concurrents. Charly et Melrose ne s'arrêtèrent pas à l'arrivée de Jury, ils le dévisagèrent comme s'ils ne savaient pas qui il était (lui, le pourvoyeur de bière, le juge sobre) et chantèrent de plus belle à tue-tête.

— On nous regarde, souffla Jury.

Il but un tiers de son verre en se demandant combien de temps il lui faudrait pour les rattraper.

En fait, il était plutôt soulagé que ses deux compagnons aient enterré les propos mielleux sur les délits, codicilles, plaidoiries et compromis juridiques. Il avait déjà fini sa bière et commençait à se sentir, sinon ivre, du moins légèrement gris.

En fait, Charly avait une voix assez agréable, presque de chanteuse professionnelle. Melrose avait toujours un temps de retard, il ne connaissait pas les paroles et remplissait les vides avec des *ta-la-di-la-la*. Mais il connaissait la fin et, lorsque Frank Sinatra conclut sa chanson, Charly et Melrose se levèrent à demi de leur siège pour la brailler avec lui. Puis, ils s'effondrèrent, hilares. Jury se dit que Melrose n'était pas près de rentrer à Northampton.

Il fut surpris de sentir quelqu'un lui tapoter l'épaule. C'était la patronne qui lui glissait, *sotto voce*, que ses « amis » faisaient un peu trop de bruit et que les clients se plaignaient. Jury exhiba sa carte avec un large sourire et déclara :

— Oh, écoutez, ils fêtent leur acquittement. On vient juste de les relaxer d'un crime odieux...

— Ah oui ? fit la patronne. Ils avaient encore chanté ?

Et sur ces belles paroles, elle s'éloigna.

36

Il arriva à Stratford-upon-Avon peu avant vingt-deux heures, et à Ryland Street quinze minutes plus tard. On se perdait facilement dans ce système de rues à sens unique ; il suffisait de prendre le mauvais tournant et on se retrouvait à Warwick sans coup férir. Jury se dit que les pères fondateurs de la ville, contraints de trouver une astuce pour canaliser le flot de touristes, avaient ainsi imaginé ce moyen absurde. Il finit tout de même par trouver une place pour se garer près de l'église, non loin de chez Jenny.

À travers les rideaux de la fenêtre, il la vit aller de la cuisine à la table de la salle à manger. Un peu tard, se dit-il, mais elle avait peut-être raté le dîner au wagon-restaurant ou peut-être venait-elle juste de rentrer. Elle portait un tablier et tenait un verre de vin à la main ; peu après, elle débarrassa son assiette de la table où ils avaient partagé un repas peu auparavant. En la voyant porter l'assiette à la cuisine, il trouva à la scène un banal côté domestique, presque un cliché.

En venant chez Jenny, Jury savait ce qu'il faisait ; du moins l'avait-il cru, mais, arrivé à la porte, il hésita et retomba dans les mêmes doutes que sur le quai de la gare. Il appréhendait l'accueil qu'elle allait lui réserver. Après tout, si elle avait voulu le voir, elle ne serait pas partie si vite de Lincoln. Il frappa.

Lorsqu'elle ouvrit la porte et qu'elle le vit, le « Richard ! » qu'elle lança fut accompagné d'une note de joie, plutôt que de consternation, mais avec, lui sembla-t-il, une surprise trop marquée. Pourquoi devrait-elle être surprise qu'il l'ait suivie ? Son refus presque pervers de reconnaître les sentiments qu'il éprouvait le mit en colère, mais il s'efforça de ne pas le montrer.

Il essaya, mais n'y parvint pas.

— Pourquoi t'être enfuie comme une voleuse ?

Elle ôta son tablier.

— Entre. Tu as mangé ?

Non, il n'avait pas mangé, mais qu'il soit pendu s'il se laissait acheter par un repas !

— Oui, j'ai mangé. Remarque, ça sent bon, fit-il avec un sourire pincé.

— Du *pot au feu**, dit-elle en refermant la porte derrière lui. Donne-moi ton manteau. Seigneur, tu es venu en voiture... ?

La question mourut, comme si elle voulait lui demander quelque chose d'important mais se rabattait sur un sujet plus neutre. Elle insista pour lui servir un café et un cognac, comme s'il venait de prendre froid. Peut-être avait-il pris froid, après tout, ses doigts étaient gelés. Il s'assit près du feu, en face du fauteuil qu'elle avait à l'évidence occupé avant d'aller préparer son dîner. Elle revint peu après avec un plateau sur lequel elle avait posé deux tasses de café, une carafe et deux verres.

— Ah, je crève d'envie d'une cigarette ! annonça Jury.

Il goûta le cognac. Délicieux ! Il aurait pu vider la carafe.

Jenny prit un coffret en porcelaine sur une étagère.

— Tu dis ça comme si on n'en fabriquait plus, remarqua-t-elle en souriant et en lui tendant le coffret à cigarettes.

Jury regarda les cigarettes d'un œil torve, puis repoussa le coffret d'un geste résolu.

— Non, j'ai arrêté de fumer, tu te rappelles ?

Sa colère s'accrut, déraisonnée.

— Ah oui, j'avais oublié. (Elle remit le coffret à sa place.) C'est pour ça que tu es si irascible ?

Il faillit s'étouffer avec le cognac. *Irascible* !

— Non, Jenny, dit-il après avoir recouvré son calme, ça n'a rien à voir. Mais je deviens de plus en plus irascible, comme tu dis. Comment peux-tu sourire comme ça ?

Le sourire de Jenny s'évanouit, ce qui ne fit qu'accentuer la colère de Jury ; on aurait dit un mannequin, un être dépourvu d'âme et de cervelle à qui il suffisait de donner un ordre pour en être aussitôt obéi.

— Bon Dieu, Jenny, pourquoi t'être enfuie comme une voleuse ?

— Je voulais rentrer, c'est tout. Quitter Lincoln au plus vite. Tu peux comprendre ça, quand même ?

Elle avait le chic pour le mettre sur la défensive, le caricaturer en brute épaisse pressée de faire passer ses propres exigences avant les désirs légitimes de Jenny. C'était d'ailleurs le nœud du problème, n'est-ce pas ? Ses désirs à lui étaient différents des siens. Elle paraissait ignorer sincèrement pourquoi Jury — ou Plant, ou Charly Moss, ou n'importe qui — trouvait bizarre qu'elle soit partie sans dire au revoir. Pire, elle n'avait même pas éprouvé le besoin de les voir.

— Certains d'entre nous avaient envie de connaître tes réactions à la décision du tribunal.

Ah, se reprocha Jury, comme c'était dit avec raideur et grandiloquence !

— Je suis désolée, dit-elle, avant de plonger le nez dans son verre de cognac.

Croyait-elle qu'il avait roulé depuis Lincoln pour lui arracher des excuses ? Il avait toujours les mains gelées, malgré la chaleur de la tasse, malgré l'alcool.

— Nous voulions savoir ce que tu ressentais, dit-il. Moi, je voulais le savoir.

— Ça ne veut pas dire que c'est terminé, répliqua-t-elle avec une vive inquiétude.

— Il est peu probable que l'accusation apporte des éléments nouveaux, dit Jury en écho aux propres mots de Charly Moss, mais sans son assurance.

Malgré lui, un sourire éclaira brièvement son visage. Il venait de revoir Melrose et Charly sur le trottoir, tanguant allègrement et chantant à tue-tête. Il garderait longtemps ce souvenir, il le savait, et l'image des deux ivrognes lui arracherait chaque fois un sourire. Il repensa alors à leur rencontre malheureuse à Stonington, quand Jury était tombé par hasard sur Jenny et Melrose. Bien que Jury ne l'eût pas fait exprès, Melrose Plant avait tout de suite lu dans son esprit. Pis : il avait deviné ses sentiments. Il avait compris ce que Jenny persistait à ignorer.

— Ça t'amuse ? Pourquoi ?
— Hein ? Oh, je pensais à Melrose Plant. Tu n'as

pas trouvé que Peter Apted avait fait un travail remarquable ?

Était-il en train de lui reprocher de manquer de gratitude ? Oui, c'était exactement ce qu'il faisait.

— Si, remarquable. C'est juste que j'espérais que je serais...

Elle esquissa un haussement d'épaules et replongea le nez dans son verre.

— Que tu serais acquittée, je sais. Qui songerait à te le reprocher ? Mais à part ça, une relaxe est la meilleure chose qui pouvait t'arriver. Je ne vois pas comment tu aurais pu bénéficier d'un non-lieu en l'absence d'autres suspects...

Elle ne répondit pas tout de suite ; elle le dévisageait d'un air interrogateur.

— Si j'avais découvert quelque chose, dit-il, j'en aurais aussitôt fait part à Bannen.

Cette impression de ne pas avoir été à la hauteur lui faisait horreur.

Jenny resta un instant silencieuse, puis déclara :

— Je crois que je vais déménager.

Un affreux châle pendait sur le bras du fauteuil. Elle le prit et s'en enveloppa.

Jury sentit de nouveau le froid l'envahir.

— Je ne comprends pas, dit-il.

— Partir d'ici... enfin, peut-être. Mais pour aller où ? C'est ça le problème ; pour moi, en tout cas.

Jenny se moula dans le châle qu'elle serra si fort contre elle qu'on aurait cru une seconde peau, comme si la première n'était pas suffisante pour la protéger. Une bûche crépita, s'émietta et s'effondra en projetant des braises sur la dalle du foyer ; Jenny les repoussa du bout du pied.

Jury sentit que sa résolution s'effondrait de la

même manière. Il sentit que son influence sur Jenny s'effritait. Derrière la douceur de Jenny, sa passivité apparente, se cachait une grande détermination. Jury avait l'impression qu'elle se retirait dans sa coquille, comme plusieurs années auparavant dans le cimetière de Littlebourne où une tombe les avait séparés. Jury craignait qu'une tombe ne les sépare à nouveau. Il attendit qu'elle reparle du procès, mais elle n'en fit rien. Ils sirotèrent leur cognac et leur café ; Jenny contemplait le feu ; Jury observait Jenny. Comment pouvait-elle se retrancher ainsi du monde ?

Il fit le calcul et s'aperçut qu'il ne l'avait vue qu'une poignée de fois en dix ans. En fait, il savait peu de chose d'elle. Avec une froide lucidité, il comprit que le silence qui les séparait n'avait pas la qualité chaleureuse du silence de vieux amis qui n'éprouvent pas le besoin de parler pour se sentir proches. Il ressentit leur éloignement avec acuité ; le silence qui les séparait s'étira, rempli de non-dits — reproches, espoirs ou désolation — comme d'autant de sons blancs.

Il n'y avait aucun moyen de savoir si ces non-dits la troublaient. Et c'était bien le problème. Jury était incapable de discerner ce qu'elle ressentait, or il était d'habitude très doué pour décoder les sentiments d'autrui. En avait-il toujours été ainsi ? Peut-être, mais son propre désir de parler de lui l'avait empêché d'en avoir conscience. Jenny ne lui avait jamais fait de confidences comme celles qu'il lui avait faites, quelques semaines plus tôt, sur son enfance et la mort de ses parents. Il s'aperçut avec effroi qu'il ne savait rien d'elle sinon ce qui était connu de tous : la mort de son mari, son déménagement de Stonington, son installation à Stratford-upon-Avon.

Il vida son cognac et la regarda, mais si elle avait conscience d'être observée, elle ne le montra pas. Elle paraissait totalement absorbée dans la contemplation du feu. Le malaise de Jury vira au désespoir ; il sentit que le peu qui les reliait s'évanouissait ; il ne comprenait pas ce qui se passait et savait que s'il lui posait la question elle le dévisagerait d'un air surpris. Il ne pouvait se fier à leur longue relation, car elle n'était précisément pas si ancienne, malgré le nombre d'années sur lequel elle s'était étalée, et il fut obligé d'admettre qu'elle n'avait jamais été vraiment intime. Ce fut sans doute ce désespoir qui le poussa à se lever et à s'approcher d'elle. Il étendit la main et, avec un sourire proprement indéchiffrable, elle le laissa l'attirer à lui et l'embrasser — elle fit même plus que de le laisser. Puis elle soupira, l'enlaça et posa sa tête contre son épaule. Jury avait l'étrange impression qu'elle n'était pas faite de chair et de sang, qu'elle était aussi immatérielle qu'un personnage d'un tableau de Magritte disparaissant à travers un nuage.

Le personnage du tableau lui dit :

— Il n'y a pas de raison pour que nous ne puissions pas nous occuper pendant que tu te livres à ces méditations, n'est-ce pas ?

Bien que le visage de Jenny fût enfoui au creux de son cou, il devina qu'elle souriait.

— En tout cas, je n'en vois aucune, susurra-t-elle.

Aussi immatérielle fût-elle, elle l'entraîna malgré tout dans sa chambre.

461

L'amour physique, s'était-il dit, effacerait les distances, mais il n'y avait pas cru et ne le croyait toujours pas. Allongés sur le dos, ils contemplaient le plafond.

Jury eut l'impression que chacun attendait que l'autre parle le premier, dise quelque chose sur le fait qu'ils étaient dans le même lit. Fournisse un début d'explication. La seule chose qu'il réussit à dire fut :

— Ne pars pas, Jenny.

— Après ce qui s'est passé, j'ai le sentiment que ça vaut mieux.

Il n'y eut ni marchandages ni arguments.

La veille, le matin même, il aurait dit : « Reste et épouse-moi », mais c'était trop tard.

— Je ne comprends pas, répéta-t-il pour la seconde fois, mais autant pour lui-même que pour Jenny.

— Si, je crois que tu comprends.

Elle se tourna vers lui et le dévisagea.

— Non, insista-t-il.

Il y eut un long silence, pendant lequel Jury eut de nouveau conscience du problème : jamais au cours du procès elle n'avait dit qu'elle était innocente. Et il ne le lui avait pas demandé. Ce fut elle qui aborda le sujet :

— Tu as toujours eu des doutes, hein? Tu t'es toujours demandé ce que je faisais... avec les autres hommes. Tu n'étais pas sûr que je sois innocente.

— C'est ridicule, fit-il.

Il avait parlé avec un élan de sincérité, mais il savait qu'il n'en pensait pas un mot.

— Alors, pourquoi ne me l'as-tu pas demandé?

Silence. Puis :

— C'était inutile.

— Tu veux dire que j'aurais dû te le dire...

Jury cessa de contempler les ombres défiler sur le plafond et ferma les yeux.

— Non, je veux dire que tu n'avais pas besoin de le dire.

Nouveau silence, brisé cette fois par Jenny :

— La dispute avec Verna ? Tu veux savoir de quoi il s'agissait ?

— Évidemment. (Il ne put retenir une pointe de sarcasme.) J'aurais préféré l'apprendre la première fois que tu m'en as parlé...

La raillerie ne troubla pas Jenny.

— Ç'a commencé avec Jack Price, tu comprends. C'est chez lui que j'étais ; je n'étais pas sur le sentier. C'est pour ça que le major Parker ne m'a pas vue.

Bon sang ! se dit Jury. Puis le flic prit le dessus et il demanda :

— Pourquoi Price ne l'a-t-il pas dit, merde ?

— Je ne voulais pas. Ça n'avait rien à voir avec les meurtres, et ça ne m'aurait même pas fourni d'alibi.

— Ah, quand les amateurs se mettent à faire leurs propres règles ! Si Bannen l'avait su, tout aurait été différent...

Jury s'interrompit et poussa un profond soupir. Quelle différence cela faisait, désormais ?

— Je ne voulais pas que ça se sache. J'ai bien le droit, non ?

La question était purement théorique.

— Et Verna Dunn ?

— Elle m'a dit qu'elle avait une liaison avec

Jack, que ça durait depuis longtemps. Bon, je me suis dit qu'elle mentait, et Jack l'a farouchement nié...

— Quand vous vous êtes retrouvés le mardi? demanda Jury, amer.

— Oui. Nous avions rendez-vous à Sutterton. J'avais envie de... de réconfort, de tendresse... je ne sais pas. Je le connais depuis longtemps...

— Et tu l'aimes?

— Je... je ne sais pas.

Jury accueillit cette hésitation avec davantage de rage qu'un simple acquiescement. Il s'assit, chercha machinalement ses cigarettes sur la table de chevet, s'aperçut qu'il n'était pas chez lui et qu'il n'y avait pas de cigarettes. Il soupira. Comment supporter tout ça sans fumer? Il se prit la tête à deux mains, ne sachant pas ce qu'il désirait le plus : que Jenny affirme qu'elle n'aimait pas Jack Price, ou une cigarette.

— Comment ça, tu ne sais pas?

Jenny ne répondit pas. Il n'y avait rien à répondre. Elle chassa la question comme si c'était de la fumée de cigarette incommodante.

— Pourquoi tant de secrets? fit Jury, dressé sur son séant. Pourquoi ne pas avoir dit que tu connaissais Verna Dunn, même si tu ne voulais pas admettre que tu connaissais Price? Je comprends que Verna n'ait rien dit parce qu'elle se nourrissait de duperies. Mais toi... c'est ridicule! Tu ne joues pas à ces petits jeux.

— Je voulais découvrir ce qu'elle avait en tête.

Jury savait que c'était faux ; Jenny inventait au fur et à mesure.

— Je ne te crois pas, Jenny.

Elle s'assit à son tour et jeta une vieille robe de chambre en chenille sur ses épaules.

— Tu crois que je mens? fit-elle avec une certaine dureté.

— Oui, dit Jury en regardant la fureur se dessiner sur son visage.

Elle ne dit rien; elle se leva, enfila la robe de chambre et en noua la ceinture.

— Tu ne sais toujours pas, hein? Tu ne sais pas si je suis innocente ou coupable?

— Écoute, chérie. Je me fiche de la réponse. C'est le fait que tu refuses de répondre qui... oui, c'est ça qui me fait mal.

Il sortit ses jambes des draps, s'assit sur le bord du lit, ramassa sa chemise et son pantalon froissés qui étaient roulés en boule sur une chaise. Il enfila son pantalon, puis ses chaussettes.

— Tu n'as pas confiance en moi, remarqua-t-il.

Il sentit une profonde tristesse s'abattre sur lui, comme s'il était sur le point de perdre quelque chose.

— La confiance, ça marche des deux côtés, rétorqua-t-elle sans le regarder. Et tu ne me fais pas confiance, toi non plus.

— Non, c'est bien possible.

Ah, c'était dur à entendre!

— Est-ce qu'on peut être jugée deux fois pour le même délit? J'ai l'impression d'être au tribunal.

Assis sur une chaise, une chaussure en équilibre au bout des doigts, Jury déclara d'un air triste :

— Non. Tu devrais faire la différence, Jenny.

— Entre quoi et quoi?

— Entre l'amour et la loi.

Il sourit, ne sachant pas trop ce qu'il avait voulu

dire. *Amour, adieu, fini**. Sa gorge se serra, les non-dits l'étouffaient. Il ferma les yeux, paupières serrées.

— Je ne sais pas ce que tu veux dire, lâcha-t-elle en serrant sa ceinture si fort que Jury crut qu'elle allait se couper en deux. Tu veux une tasse de thé ?

C'était le bouquet. Jury éclata de rire. Le remède, typiquement britannique, pour affronter l'amour finissant, la perte, les roses flétries.

L'Angleterre sera toujours l'Angleterre.

QUATRIÈME PARTIE

LES AFFAIRES DU SIÈCLE

37

— Votre Honneur, je demande l'autorisation de traiter le témoin en témoin à charge, déclara Mr Bryce-Rose, l'avocat de la plaignante.

Oh, pour l'amour du ciel ! songea Melrose. Juste parce que j'ai donné des réponses évasives sur ce que j'ai soi-disant vu ! Qui n'aurait fait preuve d'hostilité à l'égard d'Agatha, hormis Theo Wrenn Browne, ce serpent visqueux ? Oui, mais Theo avait quelque chose à gagner dans cette affaire de pot de chambre.

Melrose parcourut la salle des yeux. Le procès avait lieu à Sidbury. La plupart des habitants de Long Piddleton étaient venus sur leur trente et un, comme si l'affaire *Ardry contre Crisp* inaugurait la fête des fleurs. Les jambes croisées, élégamment chaussé, Melrose balançait son pied droit sur son genou gauche, attendant d'être interrogé comme témoin à charge.

Le magistrat, le major Eustace-Hobson, souleva ses paupières tombantes et agita une petite main blanche vers Bryce-Rose pour l'autoriser à poursuivre.

— Permettez-moi de vous reposer la question, Lord Ardry : pendant que vous étiez sur le trottoir opposé, juste en face de Lady Ardry, qui se tenait elle-même devant la boutique de l'accusée, que le chien était encore assis sur une chaise, au soleil...

Melrose s'adressa au juge :

— Puis-je savoir quelle est la question, Votre Honneur ?

Il avait retenu la leçon en regardant plaider Peter Apted.

Eustace-Hobson, qui écoutait les yeux mi-clos, la tête appuyée sur son poing, ne changea pas de position lorsqu'il déclara :

— Lord Ardry, essayez de vous rappeler que vous n'êtes pas l'avocat, mais le témoin. Toutefois, comme l'avocat de la défense semble trouver normal de laisser passer des irrégularités, en effet, je juge prudent...

Qu'avaient-ils donc tous ? Ne pouvaient-ils pas dire les choses simplement, sans faire chaque fois des détours du pub au tribunal ?

— ... de vous autoriser à demander quelle est la question.

Assis à côté d'Ada Crisp, Marshall Trueblood resplendissait dans son costume trois-pièces à rayures en laine et soie, superbement coupé par un tailleur italien, qui n'était pas pour une fois Armani. « Armani (avait dit Trueblood à Melrose) faisait trop confortable. » Trueblood portait une chemise d'un blanc immaculé — Melrose ignorait qu'il avait des chemises blanches — et une cravate grise d'une soie exquise rehaussée çà et là de taches de couleur pastel. Trueblood ne s'était pas une seule fois levé pour objecter, pas même lorsque Theo Wrenn Browne, ce ver de terre, avait juré ses grands dieux qu'il avait vu des tas d'accidents provoqués par les « cochonneries » qui traînaient devant la boutique d'Ada Crisp, que son chien aboyait sans arrêt et montrait les crocs aux passants. « Une honte, un danger pour tous ceux qui empruntent ce trottoir, une menace mortelle permanente... »

Bla-bla-bla.

Trueblood avait laissé accuser le pauvre chien sans broncher. On ne faisait pas le procès du chien, n'est-ce pas ?

— ... et que vous n'étiez qu'à quelques mètres à peine, Lord Ardry ?

— Plaît-il ? fit Melrose, tiré de ses rêveries. Ah, vous voulez dire que j'avais une vue dégagée sur le trottoir d'en face ?

— En effet, acquiesça Bryce-Rose, sur ses gardes.

— Il ne faut pas oublier que c'est une rue très fréquentée, que les voitures défilent sans arrêt...

— *Balivernes !* s'exclama Agatha, qui se leva à demi de son siège.

— Madame ! grogna le magistrat en donnant un coup de marteau pour rappeler Agatha à l'ordre. Je vous saurais gré de nous épargner vos interventions !

Ce n'était pas la première fois qu'Agatha braillait ses objections.

— Mais vous voyez bien qu'il essaie d'embourber les choses ! rétorqua-t-elle. Il dit n'importe quoi, vous...

— Asseyez-vous, Lady Ardry ! (Nouveau coup de marteau.) Maître, calmez votre cliente, je vous prie.

Au grand plaisir de Melrose, Agatha était rouge comme une betterave.

471

— J'essayais juste de répondre de mon mieux à la question, monsieur le juge, certifia Melrose.

Le titre de Melrose, bien qu'il y ait renoncé une dizaine d'années auparavant, n'était pas sans impressionner Eustace-Hobson, qui savait par ailleurs que le « Lady » qu'Agatha avait adopté était totalement usurpé. L'oncle de Melrose avait été un « Honorable Sir », mais c'était tout. Eustace-Hobson fit signe à Melrose de poursuivre.

Ce dernier en était réduit au même point que les autres : il avait oublié le sujet de la discussion, et en fit porter le chapeau à l'avocat d'Agatha.

— Maître Bryce-Rose, voudriez-vous reposer votre question, s'il vous plaît ?

Jetant à Melrose un regard incendiaire, Bryce-Rose rappela qu'il parlait de la vue dégagée qu'avait eue le témoin de la boutique d'Ada Crisp, et par conséquent de « l'accident ». Et le témoin avait-il conscience des risques qu'il encourait en cas de parjure ?

— Oh, tout à fait, répondit Melrose.

— Continuez, je vous prie, demanda Bryce-Rose, circonspect.

— Continuer quoi ?

L'avocat montra les dents, et Melrose pensa aussitôt à Bob, le chien de Zel.

— Votre position dans High Street par rapport à celle de votre tante. Et n'essayez pas de nous convaincre qu'il s'agit d'un carrefour dangereux, gémit Bryce-Rose.

— Très bien, mais j'ai souvent pensé qu'il devrait y avoir un passage clouté à cet endroit. Ça serait mieux pour les personnes âgées... (Melrose adressa un sourire à Agatha, dont les joues étaient toujours empourprées)... et pour les poussettes.

Bryce-Rose, qui s'était prudemment tenu à l'écart du témoin, s'en rapprocha.

— Lord Ardry, je vous repose la question... pour la dernière fois, je l'espère : avez-vous, oui ou non, vu Lady Ardry trébucher sur la chaise en bois abandonnée sur le trottoir par l'accusée, perdre l'équilibre et se prendre le pied dans le pot de chambre ?

— Heu... en quelque sorte, oui.

Bryce-Rose prit un air exaspéré.

— Non, pas en quelque sorte, c'est exactement ce qui s'est passé !

Qu'attendait Trueblood pour intervenir, nom d'un chien ? Il avait à peine ouvert le bec depuis que Bryce-Rose s'était lancé. Assis à côté d'Ada Crisp, Trueblood lissait sa cravate. Melrose prit sur lui de déclarer :

— Monsieur le président, je proteste, maître Bryce-Rose essaie de me souffler les réponses. N'est-ce pas ce qu'on appelle « influencer le témoin » ?

— Veuillez laisser le témoin répondre, maître.

Bryce-Rose grommela dans sa barbe, puis dit :

— Lord Ardry aurait-il l'amabilité de nous répondre par oui ou par non ? Je n'en demande pas plus. Une réponse simple suffira. Bien, avez-vous vu l'accident de Lady Ardry ?

Melrose parut faire un effort de réflexion.

— Euh, oui-iii, si vous voulez.

— Non, vous l'avez vu ou vous ne l'avez pas vu, je prends donc votre réponse pour un oui affirmatif. Vous avez vu cette personne... (il désigna Agatha) trébucher et se prendre le pied dans le pot de chambre...

— C'est juste, mais...

— Ce sera tout, Lord Ardry.

Melrose quitta la barre, mais pas avant d'avoir jeté un regard lourd de reproches à Trueblood.

Le docteur Lambert Leach s'installa dans le box des témoins, rajusta ses épaisses lunettes et parcourut la salle de ses yeux plissés et vindicatifs. Les villageois n'appelaient le docteur Leach qu'en toute dernière extrémité.

— Docteur Leach, vous avez soigné la plaignante, Lady Ardry, peu après son malheureux accident, n'est-ce pas ?

— En effet, acquiesça le médecin dont les lunettes étaient si épaisses que les verres grossissaient ses yeux. (Il dévisagea longuement sa prétendue patiente.) Elle était dans un état déplorable. Heureusement qu'on m'a appelé à temps ; j'étais en train de manger mon œuf à la coque, j'ai accouru aussitôt ; heureusement, parce que je ne crois pas qu'elle aurait sur...

Comprenant que le docteur Leach se trompait de cliente, Bryce-Rose vola à son secours.

— Bien sûr, bien sûr. Bon, docteur Leach, veuillez nous décrire l'état dans lequel vous avez trouvé Lady Ardry. Dans quel état était sa cheville ?

Le médecin étudiait Agatha : sans doute essayait-il de se rappeler dans quelles circonstances il l'avait rencontrée.

— Elle était dans un état effroyable.

— De quoi souffrait-elle ? D'une entorse ?

Trueblood, qu'est-ce que tu attends pour objecter ?

Le docteur Leach s'illumina et acquiesça avec ardeur :

— Je n'avais jamais vu une entorse aussi grave. Jamais.

— Vous avez été obligé de lui bander la cheville, n'est-ce pas ? Est-ce tout ?

— Je lui ai prescrit des antalgiques. Elle souffrait énormément. Je lui ai recommandé de ne pas s'appuyer sur son pied, de le maintenir en position haute.

— Quelle a été la durée de son incapacité, docteur Leach ?

— Plusieurs jours. (Il réfléchit.) Plusieurs semaines...

Bryce-Rose l'interrompit vivement, avant qu'il ne s'avise de changer les semaines en mois.

— Le témoin est à vous, Mr Trueblood.

Trueblood se leva, tranquille comme Baptiste, et déclara :

— Pas de questions pour l'instant.

Melrose aurait volontiers étranglé Trueblood. Bon Dieu ! Tu parles d'une expertise médicale ! Interroge-le sur les radios, au moins !

Trouvant qu'il était plus que temps d'aller déjeuner, Eustace-Hobson suspendit la séance d'un bref coup de marteau et jeta un regard d'une infinie tendresse vers Trueblood, qui, si les choses en étaient restées là, aurait sans doute gagné par défaut.

Comme il n'était pas question d'aller au Jack and

Hammer, ni dans un pub de Sidbury, Trueblood et Melrose optèrent pour le Perroquet Bleu, le seul où ils étaient sûrs de ne rencontrer personne... (« personne sain d'esprit », avait précisé Trueblood). Ils étaient assis le plus loin possible de Trevor Sly, qui était pour l'instant dans la cuisine en train de préparer leur déjeuner.

— Tu n'as même pas interrogé le docteur Leach! pesta Melrose. (Voyant qu'il n'avait pas entamé l'humeur de Trueblood, il poursuivit :) Ce toubib a une mémoire atrophiée! Au début, il ne parlait même pas d'Agatha, il confondait sans doute avec une patiente qu'il avait connue il y a cinquante ans. Sa dernière patiente, je parie! Tiens, fit-il en poussant vers Trueblood l'assiette de Kibbi-Bi-Saniyyi (un prétendu plat oriental) que venait d'apporter Trevor Sly, il risque d'avoir bientôt de nouveaux patients...

— Attention, prévint Sly, les assiettes sont brûlantes!

— Tu n'en aurais fait qu'une bouchée! protesta Melrose, qui passa sa fourchette à Trueblood. Tu l'aurais réduit en bouillie, comme ce Kibbi-Bi-bla-bla-bla...

— C'était à la portée de n'importe qui, dit Trueblood, qui ignora le plat et alluma une Sobranie turquoise. C'est justement, vieille ganache. Pourquoi me serais-je abaissé?

Il aspira une longue bouffée et recracha la fumée loin de Melrose.

— T'abaisser? T'abaisser? (Melrose lâcha ses couverts et leva les mains au ciel.) On croit rêver! Tu es le défenseur d'Ada, nom d'un chien!

D'une pichenette, Trueblood nettoya la cendre tombée sur sa veste.

— Ça m'a donné le beau rôle de ne pas avoir mis le docteur Leach sur le gril, tu ne comprends donc pas ? Ah, bien sûr, si j'avais eu besoin de mettre son témoignage en pièces, je ne me serais pas gêné. Mais ce n'est pas le cas.

Melrose goûta son plat d'un air hésitant. Le curry d'agneau qu'il avait commandé ressemblait à s'y méprendre à du bœuf haché.

— Tu ne t'es livré à aucun contre-interrogatoire ! Tu es resté planté là comme un vieux flan. Passe-moi le ketchup.

Trueblood lui tendit le pot en plastique en forme de sphinx.

— Tu ne connais pas ma stratégie, vieux frère. Attends la reprise, cet après-midi. Je voulais simplement voir combien de fers Bryce-Rose avait au feu. J'ai bien l'impression qu'il n'en a aucun.

— Aucun ? Il a moi ! Et tu peux parier qu'il me rappellera à la barre !

— Oh, cesse donc de paniquer. Tiens, prends plutôt une Cairo Flame. Mr Sly !

38

Le lendemain matin, assis sur un banc du commissariat de Lincoln, Jury attendait que Bannen ait terminé sa conversation téléphonique et qu'il l'appelle dans son bureau. Ce n'était pas une pièce à proprement parler, plutôt un coin à l'écart, avec un bureau et des chaises assorties. Finalement, il raccrocha et fit signe à Jury de venir le rejoindre.

— Mr Jury! fit-il. Comment se fait-il que vous soyez encore dans les parages?

— Toujours pour la même histoire, mais avec une tournure nouvelle.

— Oh, rien n'est encore sûr, dit Bannen sans la moindre trace d'ironie ni de colère. Mr Apted a fort bien pu se tromper...

— Vous me paraissez d'excellente humeur, vu la situation.

— Quelle situation? Ah, parce que j'ai perdu, vous voulez dire?

— Pas tout à fait. Plutôt à cause d'une enquête de six semaines que vous aviez crue terminée.

Bannen se gratta la nuque de son index, davantage une habitude qu'une marque d'inconfort. C'était une manie qu'il avait quand il était plongé dans ses réflexions.

— Je n'aurais jamais dû laisser l'affaire aller devant le tribunal, finit-il par dire. C'était un peu tôt.

— Ce n'est pas votre faute, corrigea Jury, la décision appartenait à la Cour.

— Hum, peut-être, mais le procureur m'aurait accordé un délai si je l'avais demandé.

— Bon, et maintenant ?

— Eh bien, je continue, forcément. Il s'agit de remettre les faits en perspective.

— Croyez-vous toujours que Jenny Kennington soit coupable ?

— Et vous ? fit Bannen avec un de ses sourires ironiques.

Ses yeux paraissaient opaques, impossible d'y lire quoi que ce soit. Ils ne dévoilaient rien.

— Vous avez parlé aux parents de Dorcas Reese ?

— Au début, oui, bien sûr. Leur témoignage ne m'a rien apporté.

— Vous permettez que je leur rende visite ?

— Je vous en prie, tant que vous me tenez informé. Mais ça m'étonnerait que vous en tiriez quelque chose...

Située à quelque trente kilomètres au sud de la propriété des Owen, Spalding était au centre de cette région de culture de tulipes. Elle ressemblait à bien des petites villes de province : boutiques et bureaux regroupés autour d'une place centrale, ou plutôt un petit parc, quelques pubs et maisons de thé, une poste, un hôpital. La Welland coupait la ville en deux, et ses rives verdoyantes formaient une sorte d'esplanade comme on en voit dans les stations thermales, à Harrogate ou à Leamington, où les curistes trempent leurs membres fatigués dans les eaux bienfaisantes.

Les Reese habitaient un pavillon surmonté d'un toit à forte pente dont la partie basse recouvrait presque les fenêtres. À part les nains de jardin, il ressemblait aux autres pavillons de la rue. Jury se demanda ce qui se passait dans la tête de ceux qui aiment avoir des gnomes en plastique et des flamants roses dans leur jardin, surtout avec ces parterres qu'embraseraient bientôt les tulipes aux couleurs flamboyantes, abricot, orange, rouge vif.

Jury fut reçu sur le pas de la porte par Mrs Reese, qu'il avait eue au téléphone le matin. C'était une femme vigoureuse au visage quelconque, le portrait craché de Dorcas. Une de ces ménagères qui ne plaisantent pas avec les règles. Elle demanda à Jury d'utiliser le grattoir pour nettoyer ses chaussures et de s'essuyer ensuite les pieds sur le paillasson avant d'entrer. Il avait beau être commissaire à Scotland Yard, ses chaussures se crottaient comme celles de tout le monde.

Jury avait vu des centaines de Colleen Reese dans sa carrière. Des femmes avec un œil d'inquisitrice, mais dont l'intelligence n'était pas le point fort. Des femmes combatives ou querelleuses, aux mains rougies, qui avaient lavé trop de vaisselle et gardé la maison trop propre pour connaître le plaisir. Le petit salon ressemblait à tous ceux qu'il connaissait : housses défraîchies, étagères garnies de porcelaines, abat-jour à franges, rideaux à fleurs, charbons factices qui illuminaient la cheminée, froide et proprette, branchés juste avant son arrivée, sans doute, afin d'économiser l'électricité. La pièce était à peine chauffée.

Après que Colleen Reese lui eut désigné un siège, il s'assit et accepta une tasse de thé et un biscuit, bien que mourant d'envie d'un café noir serré. En outre, pas de chance, c'était une maison de fumeurs, à en juger par les cendriers disposés un peu partout. Étant donné le penchant de Mrs Reese pour la propreté, Jury s'en étonna. Mais peut-être que le salon faisait partie de la zone fumeurs. Des photos représentaient Dorcas à diverses étapes de son adolescence et Jury fut de nouveau frappé par le caractère éphémère de la vie. Les instants saisis par l'objectif étaient aussi immatériels que l'ombre, aussi fugitifs que la lumière.

Comme Jury avait prévenu de son arrivée avant de quitter Lincoln, Mrs Reese avait sorti son service en porcelaine et sa boîte de biscuits. Un bon mois s'était écoulé depuis la mort de Dorcas, Colleen Reese avait eu le temps de verser son content de larmes ; Jury ne put s'empêcher d'en être lâchement soulagé. Pourtant, elle ne lui paraissait pas du genre à se laisser dominer par ses émotions.

Elle déclara qu'elle avait déjà dit tout ce qu'elle savait à « ceux du Lincolnshire » (les policiers de Spalding et de Lincoln), mais que lui, Jury, en tirerait meilleur parti, « vu qu'il était de Scotland Yard ». Il n'était certes pas habitué à ce qu'on ait une vision aussi positive de Scotland Yard.

Les sentiments prennent le pas sur l'impartialité quand on parle de son enfant décédé, et la mère de Dorcas ne faisait pas exception à la règle. Pendant que Jury buvait son thé, elle avait maintes fois répété que « Dorcas était une gentille fille ».

— C'était une gentille fille, notre Dorcas, répéta encore Colleen. J'en dirais pas autant de notre Violet.

Cependant son sourire effronté contredisait ses dires, comme si Violet, d'une certaine manière, avait pris le meilleur sur sa sœur. Jury se dit que les qualités de Dorcas et les défauts de Violet étaient surtout dus au fait que l'une était morte et l'autre vivante.

Ayant exprimé ses sentiments, Colleen montra à Jury une photo des deux sœurs. Violet était plus jolie, mais tout aussi insipide.

— Dorcas la coincée, Violet la rusée, c'est ce qu'on disait toujours, déclara Mrs Reese en insistant sur la rime.

Jury se dit que cela rimait peut-être mais que cela n'en était pas moins faux. On aurait pu reprocher beaucoup de choses à Dorcas, sauf d'être « coincée ». Jury aborda avec prudence le sujet de la prétendue grossesse. Mrs Reese blêmit, son visage se vida de toute émotion.

— Ça lui ressemblait pas, décréta-t-elle.

— Je n'en doute pas. C'était peut-être seulement...

Seulement quoi? Le fruit d'un amour de rencontre? Un accident? Pouvait-on dire que la perte du monde virginal de l'enfance était due à n'importe quoi?

— Le destin, finit par dire Jury.

Colleen se montra de nouveau coopérante :

— C'est ce que j'ai dit à Trevor — c'est mon mari —, ça devait arriver, qui sait si le fait qu'elle se dise enceinte, c'était pas la main du destin qui lui inculquait un peu de bon sens? C'est les meilleures qui se font prendre, mais vous devez le savoir, avec le métier que vous faites. J'ai refusé l'autopsie parce que je voulais pas qu'on sache que Dorcas...

— Mais nous savons qu'elle n'était pas enceinte.

Colleen porta à sa bouche le mouchoir roulé en boule dans son poing.

— Oui, mais pourquoi elle a menti en disant qu'elle l'était, c'est ça que j'arrive pas à comprendre.

— Elle ne mentait peut-être pas ; elle le croyait peut-être. Ou elle l'espérait, ou c'était un moyen de pousser l'homme qu'elle aimait à l'épouser. Ça s'est déjà vu.

Colleen renifla et se redressa sur son siège.

— C'est pas très malin. Enfin, ça ne m'étonne pas, et c'est pour ça qu'on l'a tuée. Je lui avais dit qu'elle aurait un jour des ennuis, à toujours raconter des histoires.

Une nouvelle vague de larmes assaillit Colleen Reese. Jury lui tendit la boîte de Kleenex qui se trouvait sur le guéridon à côté de lui. Elle le remercia, en prit un et se tamponna les yeux.

— C'était une rebelle, notre Dorcas. Elle passait son temps à tester les limites.

Jury dissimula un sourire. Colleen Reese avait dû lire trop d'ouvrages sur l'adolescence. Dorcas était un peu âgée pour tester ses limites.

— Par exemple, Mrs Reese ?

— Par exemple, refuser d'aller à Skegness avec la famille. On y va tous les étés depuis quinze ans. À chaque fois que Trevor a des vacances. Et Violet aussi, maintenant qu'elle travaille. C'est une tradition, si vous voulez. On réserve toujours les mêmes chambres, au Seagull's Rest, d'une année sur l'autre. Mrs Jelley affirme qu'elle les considère comme nos chambres personnelles, et elle nous inscrit chaque année pour la suivante. Même chambre, même pension, et ça coûte jamais plus de 170 livres. On peut pas trouver mieux, comme je dis toujours à Trevor...

Jury la laissa discourir sur Seagull's Rest, imaginant l'ennui qui devait y régner, surtout pour une jeune femme qui rêvait de discothèques, de terrasses de café, et d'une manière générale de tous les passe-temps qui permettaient de rencontrer des hommes et de les séduire. Dorcas aurait sûrement préféré rester à la maison sans avoir Papa ou Maman dans les pattes, ni Violet comme rivale ! On ne pouvait décemment reprocher à Dorcas d'avoir été une « rebelle ». Skegness ! Même Jury aurait préféré rester chez lui.

— ... et Dorcas n'était pas comme Violet. Les hommes tournent sans arrêt autour de Violet. Je ne voudrais pas dire du mal de ma propre fille, mais Dorcas n'était pas si jolie que ça, vous comprenez. C'était pas comme avec Violet, les hommes ne lui couraient pas après. Violet, c'était elle la plus douée...

Là-dessus, Mrs Reese se lança dans l'énumération des multiples qualités de Violet.

Jury laissait toujours les témoins parler à leur guise. C'était souvent quand ils se sentaient libres de s'exprimer qu'un détail important leur échappait. Violet entourée de prétendants, Dorcas seule dans son coin...

— ... ça rendait Dorcas jalouse, comme vous pouvez imaginer.

— Il y avait pourtant un homme, même si ce

n'était pas vraiment son petit ami, pour qui elle avait un faible...

— Oui, inspecteur, acquiesça vigoureusement Colleen. Je ne pense pas qu'elle inventait là-dessus. Pendant des semaines, elle avait été toute guillerette, ce qui ne lui ressemblait pas.

— C'est ce que m'a déjà dit Mrs Suggins. Vous savez, la cuisinière de Fengate. Elle disait qu'elle lui avait paru très heureuse, mais que vers la fin elle était devenue maussade et irritable. Vous avez une idée de ce qui a pu provoquer un tel changement ?

— Non, fit vivement Colleen. Si vous voulez parler de cet homme, je ne sais pas qui ça pouvait être, ni ce qu'il avait fait. Mais c'est vrai, deux ou trois semaines avant... sa mort... elle était redevenue hargneuse. On avait retrouvé notre Dorcas. Je m'étais dit qu'elle avait dû se disputer avec son petit ami. S'il y en avait un, bien sûr.

— Oui, je crois qu'il y en avait un. Ça ne pouvait pas être simplement qu'elle prenait ses désirs pour des réalités, mais quant à savoir s'il était au courant de ses projets, c'est une autre histoire.

Dans la cuisine, une bouilloire chanta.

— C'est rien, fit Colleen en jetant un regard par-dessus son épaule, ça va s'arrêter tout seul. Je me demande comment je faisais avant d'avoir cette bouilloire électrique...

— Je ne voudrais pas abuser, dit Jury, qui se leva pour partir.

— Non, je vous en prie, insista Colleen. Trevor sera là d'une minute à l'autre, Violet aussi. Ils rentrent toujours vers cette heure-là pour leur thé. (Colleen parut hésiter.) Quand il y en a pour trois, il y en a pour quatre, et un policier doit manger comme tout le monde. Pourquoi ne resteriez-vous pas ?

— C'est très aimable à vous, mais...

— Ah, je comprends, minauda Colleen, votre dame est sans doute meilleure cuisinière que moi.

Jury faillit presque en rire. On lui tendait une perche, il ne laissa pas passer l'occasion.

— Je ne suis pas marié, Colleen.

— Non ! Un bel homme comme vous, les femmes sont aveugles !

Elle continua ses flatteries pendant que Jury réfléchissait à sa proposition. Pourquoi ne pas rester et en profiter pour parler au mari et à la fille ? Mais il redoutait que la conversation ne se cantonne à des choses insignifiantes, ou que la mère ne passe son temps à lui vanter les qualités de Violet, qui n'avait pas encore trouvé chaussure à son pied.

— Je viens de penser à une chose, dit-il après réflexion. Non seulement Dorcas croyait peut-être sincèrement qu'elle était enceinte, mais il s'agissait peut-être d'une grossesse nerveuse. Ça existe.

— Une quoi ?

— Une grossesse nerveuse. Il y a des femmes à qui ça arrive. Elles ont les mêmes symptômes que si elles étaient réellement enceintes : nausées matinales, taches sur la peau, envies irrépressibles et tout le reste.

Colleen porta la main à sa joue en feu.

— Et ça continue pendant les neuf mois ?

— Je ne sais pas. Non, ça m'étonnerait.

— Et vous croyez que c'est ce qu'avait Dorcas ?

— Aucune idée. Si elle se croyait réellement enceinte, ça montre à quel point elle voulait un enfant.

Colleen pouffa.

— Pas elle! s'exclama-t-elle. Elle se moquait sans arrêt de son amie Sheila qui devait changer les couches et se lever à n'importe quelle heure de la nuit pour préparer les biberons. Non, Dorcas n'avait aucune envie d'être mère!

— Elle devait pourtant avoir des projets, dit Jury en se penchant vers Colleen. Le mariage, par exemple. Mettre le grappin sur l'homme qu'elle croyait être le père de son futur enfant...

Jury fut interrompu par des rires et des grognements en provenance de l'entrée. Les grognements étaient ceux de Trevor, le père.

Violet entra en coup de vent — l'expression lui allait comme un gant, songea Jury, non à cause de sa souplesse, mais parce qu'elle paraissait immatérielle. Elle voleta à travers le salon, examina la table pour voir si le repas lui convenait, alla se regarder dans le miroir accroché au-dessus de la cheminée pour voir si elle se plaisait. Oui, ça pouvait aller. Elle rejeta sa chevelure flottante par-dessus son épaule. Elle avait le même joli minois, sans aucune personnalité, que Jury avait déjà vu sur la photographie. Elle était potelée, mais sans consistance. Elle finit par se laisser tomber sur le canapé où elle s'affaissa comme un sac de cendres.

Le visage en forme de fer à repasser, Trevor s'était arrêté sur le seuil et avait été présenté à Jury. Scotland Yard ne l'impressionnait pas; il se contenta de demander si le thé était prêt.

Violet, en revanche, parut impressionnée pour deux.

— Je parie que vous parliez de Dorcas, dit-elle. Je tiens à ce que vous sachiez que je trouve honteux que cette femme s'en soit tirée à si bon compte! Vous pouvez l'écrire.

Elle devait confondre la police avec la presse.

— Il n'y avait pas assez de preuves pour la condamner, répondit Jury avec ménagement. Elle est sans doute innocente.

— C'est toujours les riches qui s'en sortent, répliqua Violet avec un geste de mépris.

— Violet, intervint sa mère, nous étions en train de parler de Dorcas qui prétendait être enceinte alors qu'elle l'était pas...

— Encore une de ses inventions, voilà ce que je pense.

— Non, elle croyait peut-être sincèrement l'être, dit Colleen, qui se lança dans une longue explication.

Elle avait retenu, à la virgule près, ce que Jury lui avait dit, et il en fut surpris. Il ne l'aurait jamais crue capable d'une telle attention.

Avec sa voix de fausset chevrotante, Violet déclara :

— Un bébé? Dorcas? Me faites pas rire. C'est bien la dernière chose qu'elle aurait voulue. Elle pouvait pas saquer les enfants. Des braillards et des chieurs, qu'elle disait.

— Vous n'êtes donc pas surprise qu'elle n'ait pas été enceinte? interrogea Jury.

— Rien ne me surprend s'agissant de Dorcas. Elle inventait toujours des histoires. On arrivait jamais à savoir si c'était du lard ou du cochon, ça m'épuisait. Remarquez, ça m'empêchait pas de dormir.

— Tu devrais avoir honte, Violet Reese, de parler de ta pauvre sœur de la sorte, pleurnicha Colleen.

— Oh, Maman ! soupira Violet, voyant sa mère en larmes.

Désireux d'éviter une scène, Jury demanda :

— A-t-elle jamais parlé d'un homme en termes qui laissaient penser qu'ils étaient intimes ? D'un homme qui aurait été son amant ?

Violet s'allongea presque sur le canapé, secouée de rires silencieux. Lorsqu'elle se redressa, elle hoqueta :

— Depuis la communale, elle s'était acquis une réputation.

— Violet ! claqua Colleen, scandalisée. Attention à ce que tu dis...

— Désolée, Maman. (Puis, regardant Jury, elle précisa :) Elle parlait de quasiment tous les hommes dans ces termes.

— Je ne comprends pas. Je croyais que Dorcas n'était pas séduisante... euh, qu'elle ne plaisait pas aux hommes.

— Séduisante ? fit Violet. Qui a jamais dit qu'il fallait être séduisante ? Du moment qu'elle était consentante. Elle cavalait après tous les garçons. Désolée, Maman, je ne voudrais pas te faire de peine, mais c'est un flic — si vous me passez l'expression, ajouta-t-elle avec une mimique d'excuse, et faut rien cacher à la police. Vous avez raison de dire la « pauvre Dorcas ». Elle était, comment dire, « disponible ». « Consentante », comme disaient les gamins à l'école. « Dorcas est consentante. » Ils avaient pris ça dans un livre de, comment qu'y s'appelle, déjà ?

Elle plissa le front dans un effort de concentration.

Jury vint à son secours :

— Charles Dickens. C'est dans *David Copperfield,* et c'est Barkis qui dit la phrase.

— Dickens, c'est ça ! C'est l'histoire de ce type qui ne parle presque pas et quand il veut faire sa demande en mariage à l'infirmière, il lui envoie un message : *Barkis est consentant.* Eh bien, Dorcas, c'était pareil, vous voyez ?

Livide, Colleen pressa un Kleenex sur sa bouche, puis dit :

— Tu n'as pas le droit de déterrer ces vieilles histoires, Violet. Il s'agit de ta pauvre sœur défunte.

Ayant déjà entendu ces reproches plusieurs fois, Violet ignora les récriminations de sa mère.

— J'avais de la peine pour elle, assura-t-elle. C'était son seul moyen de s'attirer les grâces d'un homme. Mais, vous pouvez me croire, ça suffisait pas à en accrocher un pour de bon. Je peux vous citer quelques noms, ça veut pas dire que j'en aurai fait le tour.

— Violet, tu n'as pas honte ? Tu parles de ta sœur ! (Nouvelles larmes, aussitôt essuyées.) Je ferais mieux de m'occuper du thé, que ton père puisse enfin manger quelque chose...

Et elle quitta la pièce.

Jury estima que la mère était la seule à afficher un réel chagrin et ressentit un élan de sympathie pour elle. Violet aurait très bien pu attendre que sa mère soit partie avant de porter ce jugement sans pitié sur sa sœur. « Dorcas est consentante. » Si elle avait été séduisante, ou même tendre, ou pleine de bonté, cela aurait pu passer ; c'était l'absence de ces trois qualités qui rendait ses histoires de coucheries aussi affligeantes.

— Pourquoi n'avez-vous pas dit tout ça à la

police du Lincolnshire — pardon, aux « flics » ? demanda Jury.

— Ah, vous laissez rien passer, vous, dit Violet en le toisant avec coquetterie. Je peux vous dire une chose, c'était pas un gars du coin, c'est-à-dire de Spalding. Vous feriez mieux de voir là où elle travaillait.

— À Fengate ?

— Là et au pub. Le Bord du Monde. Vous connaissez ?

— Oui. Mais comment en êtes-vous si sûre ?

— À cause de ce qu'elle disait. « Je me suis dégoté un homme, un vrai, cette fois, qu'elle disait, et c'est pas par ici qu'on en trouve. » (Violet pouffa.) « Je bénis le jour où j'ai trouvé ce boulot. » C'étaient des allusions transparentes. C'est ce qui me fait dire que c'était forcément un type de Fengate, ou du pub, ou des environs.

— Votre mère affirme que Dorcas était hargneuse les dernières semaines avant le drame. Ça vous a frappée ?

— Bof. Si vous voulez mon avis, elle était toujours comme ça. D'accord, elle avait vraiment été de bonne humeur pendant des semaines, mais elle était redevenue comme avant.

— Vous avez une idée de la raison ?

— Oh, elle avait dû se faire plaquer.

— Si elle se croyait sincèrement enceinte...

Violet balaya l'idée d'un revers de main.

— Pensez, elle mentait, comme chaque fois qu'elle parlait des gars qui avaient le béguin pour elle.

Jury s'amusa de cette façon désuète de parler. Mais il doutait des explications de Violet. Il était

491

davantage disposé à croire que Dorcas avait réellement eu une grossesse nerveuse.

— Quel est votre médecin de famille, Violet ? demanda Jury, qui tira un petit carnet en cuir noir de sa poche intérieure.

— Le docteur McNee, mais faut pas vous imaginer que Dorcas a été le voir. Pourquoi qu'elle y aurait été, hein ?

Au même moment, Trevor, qui avait terminé son thé et était allé chercher un gros livre, reparut dans le salon, suçant un cure-dents, un doigt entre les feuilles pour marquer la page. Il s'assit, ouvrit le livre et se désintéressa de Jury. Il ne semblait pas prêt à répondre aux questions de la police. À l'évidence, les deux femmes paraissaient habituées à son manque de politesse. Colleen lui demanda s'il avait assez mangé.

— Ouais.

Elle lui signala que l'inspecteur Jury était venu pour l'enquête. Trevor regarda Jury par-dessus son livre.

— Ouais.

— Il veut peut-être te poser quelques questions. Il est de Scotland Yard... (Trevor opina et retourna à sa lecture.) Il pense qu'on se rappelle peut-être un détail important qu'on avait pas dit à l'autre policier qu'est venu. Tu sais peut-être quelque chose...

— Je sais rien, dit Trevor sans même lever les yeux de sa page.

Ce qui surprit Jury, c'est qu'il paraissait lire pour de vrai, il n'utilisait pas le livre comme un bouclier. À voir ses yeux parcourir le texte, cela ne laissait planer aucun doute. Jury se demanda comment il pouvait comprendre ce qu'il lisait quand les trois personnes dans la pièce essayaient d'engager la conversation avec lui. Jury avait été sur le point de prononcer quelques mots de condoléances, mais il se ravisa ; Trevor ne semblait pas en avoir besoin. C'était un petit homme maigre, brun, avec une moustache en brosse et une pâleur chaplinesque. Mais sans la fantaisie de Chaplin. Il semblait posé, maussade, avare de mots. Il n'en maîtrisait que trois — ouais, non, et rien — et les utilisait avec parcimonie, mais il réussissait malgré tout, avec son vocabulaire restreint, à faire comprendre qu'il n'était pas disposé à se laisser intimider par un « flic ». On le passerait à tabac qu'il ne dirait rien.

Jury le regarda mouiller son doigt, tourner une page et reprendre sa lecture. Le livre était épais, il semblait lourd à porter, encore plus à maintenir ouvert.

— Vous savez que votre fille — Dorcas — n'était pas enceinte, finalement.

Trevor abaissa le livre d'un cheveu.

— Ouais.

Les « ouais » avaient plusieurs intonations, ce dernier avait été soupçonneux, comme si Jury était venu leur dire que l'état de la pauvre Dorcas ferait l'objet d'un article dans le *Daily News*.

— Est-ce que vous allez au Bord du Monde, Mr Reese ?

La question le prit au dépourvu, comme Jury l'avait espéré. Il fut assez dérouté pour poser le livre sur ses genoux.

— Ouais.

— À propos des habitués : est-ce que Dorcas paraissait avoir le béguin pour quelqu'un en particulier ?

Trevor fit la moue, médita la question.

— Ouais. Ce type, Price.

La réponse surprit Jury.

— Celui qui habite à Fengate ?

— Ouais.

N'était-ce pas ce qu'il venait de dire ? Trevor hocha la tête et reprit son livre. Sa voix était étrangement mélodieuse, avec un accent irlandais, mais il détachait les consonnes et les diphtongues comme les gens des marais.

— Comment saviez-vous que Jack Price lui plaisait ?

— Ça se voyait, elle minaudait.

Il se livra à une petite danse amusante des sourcils pour illustrer son propos, puis il retourna à sa lecture, s'humecta un doigt et tourna la page.

De rage, Violet donna un coup de poing dans le coussin qu'elle tenait sur ses genoux.

— Oh, je t'en prie, Papa ! T'en sais plus que tu le dis. Et pour l'amour de Dieu, referme ce livre ! Papa adore lire, expliqua-t-elle à Jury. Des fois, l'hiver, il nous fait la lecture. Maman fait une tarte et quand c'est presque prêt, elle baisse la porte du four, on s'assied autour et on écoute Papa. Dorcas aussi nous faisait la lecture. Elle avait une belle voix, agréable à l'oreille.

Quelle surprise, cette charmante description d'une scène familiale ! Lire à haute voix... plus personne ne faisait cela, hélas.

— Allez, Papa ! insista Violet. Tu sais quelque chose que tu nous caches...

— Holà, ma fille, c'est pas à toi de me dire ce que je sais ou ce que je sais pas.

Violet, qui s'était levée, se planta devant son père

et marqua sa désapprobation devant son entêtement en hochant la tête d'un air exaspéré.

— Bon, je vais manger, moi aussi, décida-t-elle.

Comme la dernière réponse de Trevor avait presque comporté deux phrases entières, Jury décida de tenter sa chance :

— Voyez-vous quelqu'un d'autre que Dorcas aurait traité de la sorte, Mr Reese ?

Trevor médita longuement la question, mais se borna à un simple « non ».

— Je sais que vous voulez qu'on arrête l'assassin de votre fille...

Le livre retomba sur les genoux du maigrichon.

— Vous savez rien du tout. Vous croyez qu'on a envie que des policiers viennent nous obliger à repenser à tout ça ?

— Non, bien sûr. Mais n'êtes-vous pas davantage obligé d'y penser parce que le meurtre de Dorcas n'a pas encore été élucidé ?

Trevor ne répondit pas ; il haussa les épaules et reprit son livre.

— Est-ce que Jack Price montrait de l'intérêt pour votre fille ?

— Pas lui. Y restait dans son coin, y s'occupait de ses affaires. J'en connais qui pourraient pas en dire autant...

Le regard qu'il jeta suggérait que l'un de ceux-là était assis sur son canapé.

— Les avez-vous vus ensemble ?

Trevor Reese poussa un soupir sonore.

— Bien sûr. Je viens juste de vous dire...

— Non, pas au pub. Rentraient-ils parfois ensemble à Fengate ?

Trevor fit de nouveau la moue en retournant la question dans sa tête.

— Hum, ça se peut, j'imagine. Y z'allaient au même endroit, alors pourquoi pas ?

— Et vous êtes sûr qu'il n'y avait personne d'autre ?

Cette fois, Trevor posa son livre sur le guéridon.

— C'est que je voudrais pas dire du mal de ma propre fille, mais Dorcas... elle était pas... elle avait pas de succès auprès des hommes. Ah, ça m'ennuie de le dire, mais Dorcas était une pauvre gosse. Elle avait pas été aidée par la nature. C'était dur pour elle de pas être aussi jolie que Violet.

— Et le fait qu'elle ait été de bonne humeur pendant quelques semaines, qu'est-ce que vous en pensez ? Votre épouse avait remarqué ce changement.

— Ouais. Elle a pas été comme d'habitude pendant un temps.

— Violet affirme que Dorcas lui avait dit qu'elle avait trouvé un homme, « un vrai », et que sa vie allait changer.

— Je me suis dit qu'elle rêvait. Ça lui arrivait souvent, forcément, la pauvre.

— Mais ce changement d'humeur, ça ne vous a pas incité à penser qu'elle avait vraiment « quelqu'un » ? Même si elle prenait ses désirs pour des réalités, son désir s'appuyait sur un homme en chair et en os.

Trevor ne répondit pas. Il feuilleta son livre.

— Si Dorcas n'a pas prononcé son nom, ça laisse penser que leur liaison devait rester secrète ; sinon, vu ses problèmes avec les hommes, on peut imaginer qu'elle s'en serait vantée. Surtout si c'était un homme comme Jack Price. Il est agréable, intelligent, et, s'il n'est pas vraiment beau, il a quelque chose de plus précieux — c'est un artiste, un sculpteur, qui deviendra peut-être célèbre un jour.

— C'est bien pour ça que ça m'étonnerait qu'il ait fait marcher notre pauvre Dorcas.

— Sans doute, mais elle s'était peut-être mis dans la tête qu'elle l'intéressait. Et si c'était pas Jack Price, qui alors? N'oubliez pas que Dorcas disait qu'elle était enceinte...

— J'oublie pas, Dieu m'est témoin.

— Il y avait donc forcément quelqu'un.

Trevor regarda Jury d'un air rusé.

— Non, pas forcément. Vous oubliez que Dorcas aurait pu tout inventer.

— C'est possible, en effet. Mais vu son comportement, ça m'étonnerait. Juste après être retombée de son nuage, a-t-elle dit quelque chose qui vous a fait dresser l'oreille? Comme quoi elle aurait jamais dû le faire? Ou qu'elle n'aurait pas dû écouter certains conseils, ou surprendre une conversation?...

— Non, rien.

Jury se leva et remercia Trevor Reese pour sa patience.

— Y a pas de quoi. C'est juste qu'on est chagrin à cause de ce qu'est arrivé à notre Dorcas.

Il se leva aussi, jeta le livre sur le guéridon qui branla sous le poids et dit en le montrant :

— Il se met à dérailler, çui-là. Je comprends pas pourquoi on en fait tout un plat, de ce bouquin. Ah, ces bon Dieu de Russes, c'est rien que du bavardage. J'aurais pu écrire ces fadaises moi-même...

— C'est quel livre? demanda Jury.

— *Fichue Guerre et bon Dieu de paix.*

39

Marshall Trueblood, de loin le plus élégant de la salle, se leva, lisse comme du sirop. Il plongea un doigt dans la poche gousset de son gilet, comme s'il allait en sortir quelque chose — une carte de visite ou un gri-gri capable de régler l'affaire. En fait, il avait réellement une montre dans cette poche, il la sortit et se mit à la remonter avec une lenteur exaspérante. Tous les yeux étaient rivés sur lui, attendant qu'il fasse quelque chose, qu'il sauve le procès, car les cœurs penchaient du côté d'Ada Crisp et de son petit chien. Lady Ardry était nouvelle dans le village, c'était une Américaine, de surcroît, de Milwaukee, dans le Wisconsin, qui avait réussi à se faire épouser par Robert, l'oncle de Melrose. L'oncle Robert, qui ne savait rien faire de ses dix doigts, s'était dit, sans doute après une nuit de nouba, qu'une Américaine ferait une agréable compagne pour un riche oisif. Il s'était bien trompé, le pauvre !

— La défense appelle Theo Wrenn Browne.

Ah, quand on parle de témoin à charge ! songea Melrose qui avait pris place au fond de la salle.

Souriant, Marshall Trueblood tira sur son gilet de soie gris et marcha sur Browne.

— Mr Browne, vous êtes le propriétaire d'une librairie appelée Wrenn's Nest. Est-ce exact ?

— Vous le savez très bien, grogna Theo.

— Cette librairie est située juste à côté de la boutique de meubles d'occasion de Miss Crisp.

— Oui, acquiesça Browne, renfrogné.

— Le jour de cet « accident » présumé, vous avez dit être sorti de votre librairie au moment où Lady Ardry arrivait à la hauteur de la boutique de Miss Crisp. Vous avez alors vu le chien attaquer la plaignante, qui a trébuché et s'est pris le pied dans le pot de chambre. C'est bien cela ?

Browne s'efforça de mimer un profond ennui, mais sans y parvenir tout à fait.

— C'est bien cela.

— Pourquoi être sorti de votre magasin ?

— Pour parler à Lady Ardry, je l'ai déjà dit.

— Parfait. Et comment saviez-vous que Lady Ardry se trouvait devant la boutique voisine ?

Browne poussa un profond soupir de lassitude.

— Parce que je venais de la voir passer devant ma vitrine. Comme je l'ai déjà dit.

— Très bien, fit Trueblood. Il a été démontré que Lady Ardry était allée faire quelques courses au village ; elle portait un filet à provisions contenant ses achats : une pelote de ficelle, des timbres, une demi-douzaine de brioches. Vous confirmez ?

Browne renversa la tête et parut examiner les toiles d'araignée au plafond.

— Oui, oui.

— Elle portait ce sac lorsqu'elle est passée devant votre vitrine ?

Browne abaissa les yeux.

— Euh, je suppose, oui, répondit-il, agacé.

— La vitrine de votre librairie donne sur High Street ?
— Évidemment.
— Combien de fois est-elle passée devant ?

Browne leva son menton du poing sur lequel il s'était appuyé, pour attester de son effarement devant la stupidité des questions.

— Que voulez-vous dire ?
— Est-elle passée devant une seule fois ? Deux fois ? Combien de fois l'avez-vous vue passer devant votre vitrine ?
— Euh.. une fois... Vous ne croyez tout de même pas qu'elle paradait avec un chapeau neuf devant ma boutique !

La mine réjouie, il se tourna vers la salle pour lui faire partager l'ironie piquante de sa réplique.

Melrose jeta un coup d'œil à la ronde. Seule sa tante arborait un sourire affecté. Theo Wrenn Browne n'avait jamais joui d'une grande popularité.

— Elle devait donc se diriger vers la boutique de Miss Crisp, étant évident qu'elle n'avait pu passer devant votre vitrine en venant de l'autre côté, de chez Miss Crisp, après l'accident.

Pour montrer à quel point il méprisait les questions de Trueblood, Browne s'affala sur son siège.

— Évidemment, dit-il, elle venait sans doute de chez elle.
— Oh, je ne crois pas, sourit Trueblood. Le filet à provisions qu'elle a laissé tomber contenait des timbres, une pelote de ficelle et des brioches, comme je l'ai déjà dit. Elle n'avait pu les acheter entre son cottage et votre librairie. Elle avait dû prendre la pelote de ficelle à la poste ; les timbres, c'est évident. Les brioches provenaient de la bou-

langerie Betty Ball, puisque c'est le seul endroit où on les trouve. La poste et la boulangerie se trouvent au nord, et non au sud de votre magasin. Ainsi, Lady Ardry venait de l'autre direction ; c'est-à-dire qu'elle était parvenue devant la boutique d'Ada Crisp avant de passer devant votre vitrine. Elle n'a donc pas pu passer devant chez vous, car par la suite elle a eu ce grave accident...

Trueblood marqua un temps d'arrêt pour attendre la réaction de Browne.

— Euh... bredouilla le libraire, euh, quelle différence ça fait ? C'était peut-être plus tôt, ou plus tard... je ne sais pas.

— Non, ça ne pouvait être ni plus tôt ni plus tard car vous nous avez dit qu'elle était passée devant votre vitrine juste avant l'accident.

Theo Wrenn Browne se gratta la tête, l'air hagard. Melrose jubilait.

— Ce qui vous a fait sortir de votre boutique, Mr Browne, dit enfin Trueblood, ce sont les cris et les jappements de Lady Ardry et du chien... (Melrose apprécia beaucoup cette association)... et, ce qui est naturel, vous vous êtes précipité pour voir ce qui se passait...

— Si vous voulez, c'est possible...

— Et dans ce cas, vous n'avez pas pu voir ce qui était arrivé. Vous n'avez vu que le résultat de l'accident.

Oui ! Melrose brandit son poing. *Bravo, Marshall !*

Browne cilla, comme aveuglé par le sourire éclatant de Trueblood.

— Euh, recommença-t-il à bredouiller. Le chien

courait dans tous les sens, il semblait furieux, il aboyait...

— Oh, je n'en doute pas. Mais qui dit que ce chien n'essayait pas de se défendre ? Qui dit que Lady Ardry n'avait pas menacé la pauvre bête de sa canne ?

Bryce-Rose jaillit de son siège tel un missile, une demi-seconde après Agatha.

— Menteur ! rugit Agatha. Menteur !

— Objection ! s'époumona l'avocat. Objection, Votre Honneur !

Des rires et des éclats de voix retentirent dans la salle.

Eustace-Hobson réclama le silence à coups de marteau.

— Asseyez-vous, madame ! Objection retenue, Mr Trueblood. Vous vous livrez à des spéculations...

— Pas plus que le témoin, monsieur le président.

Nouveaux rires, nouveaux coups de marteau.

— Plus de questions, fit Trueblood avant de s'incliner.

Browne fulminait. Il avait été pris en flagrant délit de mensonge.

Maintenant, se dit Melrose, le témoin principal de l'accusation ayant été retourné, il ne restait plus qu'un autre témoin. Lui-même. Il ne serait pas d'une grande utilité.

Trueblood demanderait-il la relaxe ?

Non, il appela Melrose à la barre.

— Lord Ardry, commença Trueblood afin d'impressionner le juge. (Puis il se reprit et s'excusa.) Oh, je suis désolé. Vous préférez peut-être qu'on vous appelle Mr Plant ?

— En effet, car il se trouve que c'est mon nom.

— Lorsque l'accident s'est produit, vous étiez sur le trottoir opposé, n'est-ce pas ?

— C'est exact.

— Et nous... vous et moi, nous discutions, avec une certaine fougue, si je me souviens bien, des All Blacks, l'équipe de rugby de Nouvelle-Zélande.

Melrose réfléchit. Oui, ils avaient discuté rugby, mais parler de fougue était tout de même exagéré. Néanmoins, c'était suffisamment proche de la réalité pour que Melrose n'ait pas à faire un faux témoignage.

— Vos souvenirs sont bons, acquiesça-t-il.

— Mr Plant, vous avez une solide connaissance des objets d'art, n'est-ce pas ?

Melrose sursauta. Non, ça n'allait pas recommencer !

— Oh, n'exagérons pas, fit-il. Je connais deux, trois petites choses...

C'était la stricte vérité. Melrose espéra afficher une modestie appropriée.

— Prenons par exemple... Tenez, un *bonheur-du-jour* *. Pouvez-vous dire à la Cour de quoi il s'agit ?

Bien sûr, Bryce-Rose avait déjà surgi pour demander quel rapport il y avait avec l'affaire. Trueblood affirma que le rapport apparaîtrait bientôt. Le magistrat soutint avec joie la défense car il s'était ennuyé à mourir avec l'avocat de la plaignante. Mr Trueblood pouvait poursuivre. De même que Mr Plant, qui décrivit, avec force détails, un *bonheur-du-jour* *.

— C'est cela même. Et un... (Trueblood croisa les bras, cala son menton sur la paume de sa main, l'image même du penseur.) un... *secrétaire à abattant* * ?

Ah, oui, ce truc dans lequel on a trouvé le cadavre ? Amusé, Melrose décrivit le meuble. Trueblood le mit à l'épreuve avec deux autres objets, dont le tapis d'Ispahan que Melrose avait eu toutes les peines du monde à étudier durant son séjour à Fengate. Assis à leur table, Bryce-Rose et sa cliente bouillonnaient. Agatha était, bien sûr, furieuse de la piètre exhibition de Theo Wrenn Browne, son complice.

Ayant établi l'autorité du témoin sur les objets d'art anciens, Trueblood présenta un livre et lui demanda s'il le connaissait.

Melrose eut un moment de surprise lorsqu'il reconnut sur la quatrième de couverture la photographie des Nutting au sommet de leur forme. Qui était-il pour contester l'autorité des *Affaires du siècle*. Mais puisque Trueblood voulait jouer les Socrate, autant suivre le mouvement.

— Oui, je connais. Je l'ai lu plus d'une fois.

— Comment décririez-vous ce livre, Mr Plant ? C'est-à-dire, si vous deviez le résumer en deux mots ?

Melrose pensa à une ou deux définitions qu'il n'aurait jamais répétées en public, puis déclara :

— C'est d'abord un livre sur les ventes aux enchères. Mais c'est aussi un livre sur les arnaques.

— Les arnaques ?

— Euh, oui... *(Grands dieux, il ne va pas avoir le culot de suggérer... ?* Melrose imagina la suite, puis déclara, en s'efforçant de masquer la jubilation qui l'habitait :) Oui, les arnaques. Les auteurs décrivent les divers stratagèmes utilisés par certaines personnes et certains antiquaires — pas tous, bien sûr, la plupart des antiquaires sont des gens honnêtes...

(Melrose inclina la tête vers Trueblood, qui le gratifia d'un sourire éclatant.) Disons qu'il s'agit de gens qui réussissent à embobiner les antiquaires ou les commissaires-priseurs. Ou plus simplement les acheteurs naïfs. Par exemple, les auteurs citent la vieille technique de « l'appât et de l'escamotage »...

— Ah, et pouvez-vous dire à la Cour en quoi cela consiste ?

Bryce-Rose se leva aussitôt pour protester avec véhémence. Agatha se força à rester assise, mais n'en fulminait pas moins. Eustace-Hobson ne prit même pas la peine de répondre : irrité que l'avocat interrompe une histoire qui promettait d'être croustillante, il fit signe à Bryce-Rose de se rasseoir.

Melrose ôta une peluche de sa veste et poursuivit :

— C'est un terme américain (ce qui n'a rien de surprenant, faillit-il ajouter) qui recouvre une technique par laquelle des gens qui possèdent... de l'argenterie, par exemple, réussissent à rouler l'acheteur. Ainsi, les auteurs racontent l'affaire des frères Dewitt, du Kentucky. Les Dewitt possédaient un très joli bol à punch anglais du dix-huitième siècle. Ils l'apportent chez un antiquaire — en évitant soigneusement un vrai spécialiste —, le posent sur le comptoir et déclarent qu'ils sont décidés à le vendre, avec un service à café et quelques autres pièces d'argenterie restés chez eux. L'antiquaire examine le bol, le trouve à son goût et propose un prix honnête. Les Dewitt repartent et reviennent avec un coffret de couverts en argent — prétendument du dix-huitième — et comme l'antiquaire qui a examiné le bol est sûr de sa valeur, il ne se livre qu'à un examen superficiel de ces nouvelles pièces. Celles-ci, soigneusement polies, sont en apparence authentiques. En réalité, ce sont des couverts dépareillés. Évidemment, les Dewitt finissent par s'excuser, ils ne peuvent se séparer du bol qui « appartenait à notre vieille grand-mère », mais sont décidés à vendre l'argenterie. Je les ai trouvés plutôt amusants, conclut Melrose, d'autant qu'ils approchaient des quatre-vingt-dix ans...

Apparemment, Eustace-Hobson les trouva lui aussi « amusants », car Melrose avait réussi à le tenir éveillé. Il émit une sorte de gloussement et lança un regard plein de sous-entendus vers Agatha chez qui la tension artérielle avait dû monter de plusieurs crans car elle semblait sur le point de trépasser sur place, en pleine audience. Le salaire du péché.

Trueblood feuilleta *Les Affaires du siècle,* choisit une page et demanda :

— Mr Plant, vous souvenez-vous de l'histoire de « Piggy » Arbuckle ?

— Piggy ? Oh, bien sûr. Son arnaque préférée était celle que les Nutting appellent « le poing dans le vase ». Mr Arbuckle — qui se prénommait en fait « Peregrine », mais qu'on appelait « Piggy » même s'il était maigre comme un fil de fer — avait près de quatre-vingt-dix ans. Bref, Piggy entrait chez un antiquaire et faisait le tour du magasin. Il était accompagné par un garçon qui, sur un signe de Piggy, plongeait sa main dans un vase en porcelaine de Meissen, ou un objet de valeur analogue, et n'arrivait plus à l'en ressortir. C'était la panique. Or, comme par hasard, un médecin se trouvait dans le magasin, un certain docteur Todd qui déclarait qu'il allait être obligé de casser le vase... à moins d'emmener le garçon à son cabinet afin de lui appliquer quelque onguent ou pommade pour extraire la main sans abîmer la porcelaine. L'antiquaire optait bien sûr pour la seconde solution. Les trois hommes étaient de mèche, vous l'aviez compris. C'étaient tous trois des Arbuckle, le garçon était l'arrière-petit-neveu et le docteur Todd un cousin, et ils voyageaient en groupe, comme un cirque familial. Le pauvre antiquaire avait tellement peur qu'on lui casse son vase de Meissen qu'il marchait comme un seul homme.

Melrose jubilait. Pas besoin d'être Einstein pour comprendre que le coup du « poing dans le vase » pouvait être remplacé par le « pied dans le pot de chambre » — même si c'était le seul point commun aux deux affaires.

— Où avez-vous trouvé ce charmant petit livre, Mr Plant ? questionna Trueblood.

Ah, c'était donc ça ! Merveilleux ! Coupable par association d'idées ! Melrose eut du mal à se contenir pour répondre avec la gravité que la situation exigeait :

— Eh bien, je l'ai trouvé au Wrenn's Nest, la librairie de Mr Browne.

La salle éclata de rire. Theo Wrenn Browne jaillit de son siège ; Agatha bondit en poussant des hauts cris ; Bryce-Rose hurlait des objections. Et, pour la première fois depuis des semaines, Ada Crisp sourit. Non seulement elle souriait, mais elle levait les bras en signe de victoire, tel un boxeur qui vient de mettre son adversaire KO.

Melrose était presque plié en deux.

Eustace-Hobson réclama le silence à grands renforts de coups de marteau.

Lorsque le calme fut revenu, Trueblood alla à la

table des « pièces à conviction » où trônait, dans toute sa splendeur, le pot de chambre, si tant est qu'on pût qualifier de splendide un vase banal aux reflets verdâtres. Trueblood avait recollé les morceaux avec un art consommé. Il passa l'objet à Melrose.

— Mr Plant, auriez-vous l'amabilité de retourner ce vase et de regarder sa marque...

Melrose s'exécuta. Il y avait une légère boursouflure, mais pas de nom.

— Cette petite marque définit ce vase comme datant de la période Ch'ien-Lung, expliqua Trueblood. C'est une des pièces de la « famille verte », d'où sa nuance verdâtre — et il s'agit d'un vase d'une grande valeur...

Oui! faillit exploser Melrose en regardant Trueblood ouvrir un catalogue de prix. Même Eustace-Hobson avait les yeux rivés sur eux, ayant complètement oublié que dans cette affaire, c'était Plant qui était censé être l'expert.

— ... 900 livres. Ou, plutôt, c'était ce qu'il valait avant. (Trueblood gratifia Agatha d'un regard sévère.) Je l'ai fait authentifier. Ce n'est pas un pot de chambre. C'est un large bol, sans doute destiné à servir de corbeille à fruits. (Trueblood se tourna vers le public.) De toute façon, il n'était pas destiné à... (Il marqua une pause. L'audience était suspendue à ses lèvres.) Certainement pas destiné à autre chose, si vous me suivez...

Et il s'inclina. Le public se déchaîna; Agatha et Theo Wrenn Browne donnaient l'impression d'avoir besoin des soins du docteur Todd; même le vieil Eustace-Hobson paraissait réjoui. Il actionna son marteau, plus pour la forme que pour réclamer le silence, et fit signe à Trueblood et à Bryce-Rose d'approcher. Il leur murmura quelque chose à l'oreille et, après que les deux avocats eurent regagné leurs places, il prononça le non-lieu.

— C'est une affaire grotesque ! dit-il, oubliant sa fonction. On gaspille l'argent du contribuable ! Ne soyez pas surpris s'il devait y avoir des suites à cette affaire, maître Bryce-Rose, votre cliente mérite d'être poursuivie pour diffamation ! Ou pour complicité, ou les deux !

Et il sortit en pouffant et ahanant.

Ada Crisp embrassa Trueblood, puis se livra à une danse devant la table de la plaignante, fit un petit signe à Agatha, et sortit en gambadant retrouver son club de bridge.

— Fameux ! s'exclama Melrose. Génial ! Viens, conclut-il en prenant Trueblood par le bras. Ça s'arrose ! Je t'offre une Cairo Flame.

40

Au Bord du Monde, Jury demanda à Julie Rough l'appareil qui se trouvait sous le comptoir, tira le long fil jusqu'à une table à l'écart afin de téléphoner discrètement, et composa le numéro du commissariat de Lincoln. Lorsque Bannen décrocha, Jury lui parla du changement d'humeur de Dorcas.

— Je crois que c'est important : quelque chose de capital avait dû se produire. (Bannen garda la silence si longtemps que Jury crut que la communication avait été coupée.) Allô... ? Vous êtes toujours là ?

— Nous savons qu'un événement capital s'était produit. Elle se croyait enceinte.

— Non, à part ça. Qu'est-ce qu'elle n'aurait pas dû écouter ? Qu'est-ce qu'elle n'aurait pas dû faire ?

— Elle n'aurait pas dû écarter les cuisses. Elle s'était fait plaquer, ce qui explique son changement d'humeur.

Jury dut admettre que c'était possible, mais... Ce fut son tour d'observer un long silence lorsque la porte du pub s'ouvrit pour laisser entrer une femme qu'il avait déjà vue. Madeline Reese, la sœur de Trevor, la tante à qui Dorcas avait avoué être enceinte. Elle ressemblait tellement à Dorcas que Jury se demanda si leur laideur commune n'avait pas créé des liens assez forts pour expliquer la confiance que la nièce avait dans sa tante.

— Il y a pourtant des choses qui m'échappent, reprit Jury. Tout le monde nous a affirmé que Dorcas n'avait aucun charme. Le simple fait qu'elle soit « enceinte » a surpris. Qui trouverait Dorcas assez séduisante pour coucher avec elle ?

— Désolé, fit Bannen, mais je n'ai jamais entendu dire qu'une belle frimousse était *de rigueur** pour ça.

— Certes, sauf que Dorcas n'avait rien pour elle, même physiquement. Peut-on supposer, c'est une hypothèse, que l'homme qu'elle voyait voulait bien quelque chose, mais pas Dorcas elle-même ? Il voulait peut-être qu'elle tienne sa langue.

— Pourquoi ? Le seul qui aurait souffert des conséquences de cette grossesse, c'est Max Owen. Price s'en serait fichu ; on lui aurait pardonné parce que c'est un artiste ; tout le monde sait que ces gens-là sont des excentriques et qu'ils croient à l'amour libre. Quant au major Parker, il est célibataire. Il n'est pas non plus du genre à tolérer le chantage. D'ailleurs, Dorcas n'avait rien pour le faire chanter. Elle est enceinte, il est le père, et alors ?

— Et le type de Spalding ?

— Impossible. D'après lui, et ceux qui le connaissent l'ont confirmé, leur liaison n'existait que dans l'esprit de Dorcas.

Jury se tut ; il observait la nouvelle venue, qui s'était assise au comptoir, seule. À l'autre bout, les habitués l'avaient saluée, mais personne n'était venu s'asseoir à côté d'elle. La porte s'ouvrit de nouveau, laissant entrer un courant d'air glacé et un vieil homme.

— Il y a quelque chose d'important qui m'échappe, dit Jury. Je crois toujours que quelqu'un voulait la réduire au silence.

— Eh bien, c'est réussi ! rétorqua Bannen avant de raccrocher.

Le vieillard était celui que Jury avait déjà vu au pub. En le regardant se diriger péniblement vers le bar, Jury pensa à un arbre foudroyé. Le vieux s'assit entre Ian et Malcolm et posa sa canne de bruyère sur le comptoir.

Julie vit Jury revenir au bar ; elle lui sourit, tira sur son pull et lissa sa jupette. Jury commanda une pinte d'Adman et lui dit de verser une tournée aux trois hommes. Il songea à en faire profiter Madeline Reese, mais attendit de se présenter à elle.

Ian — ou Malcolm, Jury les confondait — présenta le vieil homme ; il s'appelait Tomas.

— Je parie que vous êtes là pour les meurtres, fit Tomas.

— Gagné.

Tomas se pencha vers lui à en tomber.

— Elles ont été violées, pas vrai ?

— Non, nous ne le pensons pas, sourit Jury.

— C'est courant, décréta Tomas. C'est l'affaire d'un sadique. Ils ont que le cul dans la tête, dit-il en se tapotant la tempe.

— À propos de cul, dit Ian en baissant la voix, c'est exactement la poupée qu'y te faut, Tomas.

Il fit un clin d'œil à Jury et pointa son menton vers Madeline Reese.

— Qui c'est ? fit Tomas, les yeux plissés.

— Là-bas.

— J'la vois pas.

— Mets tes carreaux, idiot.

Tomas trifouilla dans la poche de sa veste et en extirpa une paire de lunettes cerclées de fer qu'il ajusta sur son nez.

— Ah, purée, c'est la Reese ! J'la préfère sans mes verres.

Et il remisa ses lunettes.

Malcolm le poussa du coude.

— Vas-y, Tomas, je suis sûr que t'en crèves d'envie...

— Ferme ça, Mac. Faudrait être aveugle. Arrête de faire chier, tu veux ?

Madeline avait l'air épuisée ; c'était sans doute son état habituel, songea Jury. Fatiguée de ne provoquer chez les hommes que le ridicule ou la bêtise. Jury prit son verre et s'approcha d'elle.

Elle parut réellement surprise lorsqu'il s'assit à côté d'elle et lui offrit un verre. Vue de près, elle ne gagnait pas au change. Une raie séparait en deux ses cheveux raides dont elle coinçait les mèches châtains derrière ses oreilles. Ses yeux marron clair étaient humides, de la couleur du sable mouillé. Elle annonça qu'elle prendrait un panaché. Cela faisait des années que Jury n'entendait plus personne commander cette boisson. Comme sa robe, Maddy était démodée, une relique de l'ancien temps. Chez certaines femmes, le passé s'accrochait telle une patine de poussière.

Dorcas serait-elle devenue comme Madeline si elle avait vécu ? En butte aux railleries, à la sollicitude moqueuse des hommes qui préféraient la regarder sans leurs lunettes ? Tandis que Julie Rough apportait les pintes, Jury présenta ses condoléances et expliqua sa position — il n'enquêtait pas officiellement ; il essayait juste d'aider une amie.

Lorsque Maddy apprit que cette amie était la femme dont le journal local avait couvert le procès en long et en large, elle se déclara « fascinée ». Elle dit qu'elle n'arrivait toujours pas à croire que ça avait pu arriver à quelqu'un comme « notre Dorcas ». Jury apprécia le possessif, le même que celui que la mère avait employé. Maddy avait lu tous les journaux et elle était contente que cette Kennington ait été innocentée. Jury en déduisit qu'il avait affaire à une femme honnête et généreuse, car l'innocence de Jenny laissait le meurtre de sa nièce impuni. Il le lui dit. Peu habituée aux compliments, Maddy rougit.

Sa crainte résidait dans la présence d'un serial killer dans la région, et Jury eut beau lui affirmer qu'au contraire les meurtres n'avaient pas été commis au hasard mais dans un but bien précis, elle n'avait pas confiance dans la police pour arrêter un tueur en série. Elle semblait tenir à cette idée. Cela rendait les meurtres plus fascinants, sans doute. Les gens sont bizarres.

Jury remarqua qu'elle avait une voix plutôt agréable. Comme son frère Trevor, elle avait un léger accent irlandais qui ne cédait que pour laisser place à celui de la région. Malgré son physique ingrat, elle aurait pu séduire grâce à sa voix. Le père n'avait-il pas dit, ou la sœur, que Dorcas avait une voix si agréable qu'ils préféraient quand c'était elle qui faisait la lecture. Elle avait une voix « douce à l'oreille ».

Madeline était d'accord avec son autre nièce, Violet. L'humeur de Dorcas avait changé du tout au tout peu avant son assassinat.

— Je me suis dit qu'un type l'avait laissée tomber comme une malpropre, dit Maddy. (Elle secoua la cendre de sa cigarette au-dessus du cendrier métallique.) Comme une malpropre, répéta-t-elle.

Jury eut l'impression qu'elle parlait d'expérience.

Il était sur le point de faire un commentaire quand il se rappela que Madeline travaillait parfois pour le major Parker. Il lui demanda depuis combien de temps elle faisait des ménages chez lui.

— Régulièrement, depuis un an. Et je lui donne aussi un coup de main quand il reçoit à dîner. C'est un grand cuisinier, on vous l'a dit?

— Pensez, tout le monde le dit...

— Moi, je trouve ça bien qu'un homme comme lui fasse si bien la cuisine. La plupart des hommes, ils préféreraient mourir que de s'abaisser à ça. Imaginez ces trois-là... (Elle désigna Malcolm, Ian et Tomas.) Imaginez-les en train de parler de *cassoulets** et de *soufflés**. Ça me fait rire rien que d'y penser. Le major Parker, d'après moi, il est bien dans sa peau.

Jury pensa à Zel et à ce qu'elle lui avait dit.

— Vous avez déjà vu Dorcas chez lui? demanda-t-il.

— Dorcas? Non. Qu'est-ce qu'elle aurait été y faire?

— On m'a dit qu'elle allait parfois chez lui.

— Dorcas? Qu'est-ce que... commença-t-elle. (Elle s'esclaffa.) Oh, non, vous ne pensez pas que le major Parker...? Non, qu'est-ce qu'il ferait avec un morceau comme Dorcas? Si vous pensez que c'est lui qui... non, jamais de la vie. Dorcas n'avait rien pour séduire. Je suis bien placée pour le savoir, on se ressemble... On se ressemblait, rectifia-t-elle avec tristesse.

Elle ne s'apitoyait pas sur son sort ; néanmoins, Jury eut de la peine pour elle.

— La séduction dépend de beaucoup de facteurs, dit-il. On ne peut jamais savoir. Donc, vous pensez que sa réputation de fille facile était exagérée ?

Maddy piocha une autre cigarette dans son paquet.

— Je ne sais pas. Ce que je sais, c'est qu'elle sortait avec des garçons quand elle allait encore à l'école.

— « Dorcas est consentante ? »

— Oui. C'est bien la seule chose qu'ils aient trouvé de toutes leurs études. Je parle de cette réplique. Et encore, ils ne savent même pas qui l'a écrite.

Elle se pencha pour allumer sa cigarette à la flamme de l'allumette que Jury lui tendait, aspira une profonde bouffée et recracha un ruban de fumée.

L'odeur de la fumée qui serpentait avec langueur fit frissonner Jury d'envie. Il suivit le filet jusqu'au plafond où il se dispersa. Il se rappela comment, sur le toit de l'hôtel de Santa Fe, il avait voulu se jeter dans les bras des superbes femmes qui tenaient un cocktail dans une main et une cigarette dans l'autre. Ce n'était pas l'envie du sexe qui l'avait démangé, mais celle du tabac. Il se demanda s'il existait des études scientifiques sur la relation entre le tabac et le sexe.

— Jusqu'à quel point c'est sexuel ?

— Quoi ? La conduite de Dorcas ?

— Non, la cigarette. (Maddy devait le trouver aussi confus qu'un enfant. Deux meurtres à élucider et il ne pensait qu'au tabac !) J'essaie d'arrêter, expliqua-t-il.

Elle le dévisagea avec compassion et souffla la fumée sur le côté.

— Je comprends, j'ai essayé moi aussi... Elle donnait peut-être un coup de main, dit-elle après un silence de réflexion. Je parle de Dorcas.

Jury se souvint de ce que Zel lui en avait dit.

— Oh, ça m'étonnerait qu'elle l'ait aidé à la cuisine. Quant au ménage, c'est vous qui le faites, non?

— Une fois par semaine. Il n'a pas besoin de plus. Il est très soigneux, et c'est pas tant de travail que ça, beaucoup de pièces sont condamnées. De toute façon, si le major Parker avait besoin d'une autre femme de ménage, il me demanderait d'en chercher une.

— Vous ne savez pas du tout ce qu'elle allait y faire?

— Aucune idée. Qui vous a dit qu'elle y allait, d'ailleurs?

Jury ne voulait pas lui dire que c'était Zel. Même s'il la croyait, lui, qui se fierait aux renseignements sortant de la bouche d'une fillette à l'imagination débordante?

— Vous connaissiez Verna Dunn?

— De vue seulement. Je savais juste à quoi elle ressemblait. D'après ce que j'ai entendu dire, elle n'était pas très sympathique. (Melrose acquiesça.) Vous saviez que votre amie allait s'en tirer?

— Oui. Elle avait deux excellents avocats.

— Je me demande si ça peut pas être deux assassins différents... Ça serait plus logique.

— Qu'est-ce qui vous fait penser ça?

— C'est que je ne vois personne qui aurait eu des raisons de les tuer toutes les deux. Tenez, je vois bien Dorcas aller dire à ce type qu'elle est en cloque.

Et s'il refuse de l'épouser, je la vois bien faire une scène et le menacer de le dire à tout le monde. Si c'est un homme marié, c'est une tuile pour lui. Même s'il ne l'est pas, mais qu'il a une position à défendre, c'est possible qu'il ait envie de... se débarrasser d'elle. C'est peut-être dégueulasse, mais ça serait pas étonnant. Ça, je pourrais comprendre.

— Moi aussi.

41

— Il n'y a rien de mal à ça, commissaire, assura Parker. Dorcas était nulle pour la cuisine. Alors, j'ai essayé de lui enseigner les rudiments. Ça a duré quelques semaines. D'accord, j'aurais dû le dire à l'inspecteur Bannen, mais je ne voyais pas le rapport. C'était très innocent, vous savez.

— J'en suis sûr, dit Jury. (Il but une nouvelle gorgée de café, sans doute le meilleur qu'il ait jamais goûté.) L'ennui, c'est que dans une enquête, les petits détails apparemment sans importance sont souvent les plus importants.

— Quel rapport entre mes cours de cuisine et la mort de Dorcas ?

— Je n'en sais rien.

Parker fourra sa pipe entre ses lèvres et dévisagea fixement Jury.

— Ce que je me demande, dit ce dernier, c'est pourquoi ? Pourquoi Dorcas voulait-elle apprendre à faire la cuisine ?

— Elle ne me l'a pas dit, sinon que c'était très important pour elle. Elle n'arrivait même pas à suivre une recette de cuisine dans un livre. Remarquez, c'est bizarre, je ne lui ai jamais demandé pourquoi elle voulait apprendre. C'est que, voyez-vous, je me dis que tout le monde a envie de savoir faire la cuisine, ou devrait avoir envie.

— Pas Dorcas Reese. Pas d'après ce qu'on m'a dit d'elle.

Parker fuma sa pipe en silence, songeur. Jury en venait parfois à se demander s'il n'était pas le seul au monde à ne pas fumer.

— Oui, finit par acquiescer le major, je vois ce que vous voulez dire.

Ils avaient parlé du procès. Parker avait assuré que la relaxe avait soulagé tout le monde, lui comme les Owen. Ils aimaient beaucoup Jenny Kennington. Parker n'avait jamais cru à sa culpabilité, Max et Grace non plus. D'ailleurs, le dossier de l'accusation était bien mince.

— Oui, reprit-il, je vois où vous voulez en venir. Dorcas n'aurait jamais eu envie d'apprendre si elle n'avait eu un projet secret. (Il ôta sa pipe de sa bouche et en examina le culot.) Tenez, il y a des années, j'ai fréquenté une école de *cordons-bleus* *. La majorité des élèves étaient des hommes, il n'y avait que deux ou trois femmes. Tous les hommes sauf un voulaient devenir chefs. Pour deux des femmes, c'était parce qu'elles n'y connaissaient rien et qu'elles allaient se marier... Peut-être que Dorcas... ? conclut-il, sceptique.

— Oui. Elle venait souvent?

— Un ou deux après-midi par semaine. Pendant cinq ou six semaines, à peu près.

— Jusqu'à sa mort?

— Euh, non. (Parker se frotta la tempe avec l'embout de sa pipe.) Elle a raté quelques leçons. En fait, ça m'avait surpris. Elle semblait pourtant déterminée. Elle n'a même pas téléphoné pour prévenir...

Elle a dû arrêter... oh, peut-être dix jours avant sa mort.

— J'ai interrogé les Reese, j'ai aussi parlé à sa tante, Madeline. Elle ignorait que Dorcas venait chez vous.

— Ah, Maddy. Elle ne pouvait pas le savoir. Dorcas ne venait pas quand elle était là. C'était peut-être une coïncidence, ou... Dorcas ne voulait pas qu'on sache qu'elle prenait des cours culinaires.

— Un secret mieux gardé que sa prétendue grossesse ? Elle avait dit à sa tante qu'elle était enceinte. À vous aussi. Pourquoi ?

— Aucune idée, fit Parker, perplexe. Bon, d'accord, j'aurais dû en parler au commissaire Bannen. Mais vous devinez pourquoi je ne l'ai pas fait. Vous avez raison, pourquoi Dorcas m'aurait-elle dit qu'elle était enceinte, sinon pour... ? (Il laissa la question en suspens.) Dorcas était une vraie tête de linotte. Elle n'arrivait pas à se concentrer sur la hollandaise. Elle ne pensait qu'au produit fini... une mousse, un soufflé... mais elle n'arrivait pas à exécuter les étapes qui y conduisaient. Je ne l'ai jamais vue réussir un cassoulet ni une poire confite *à la Parker*. Excusez-moi, fit-il, penaud, j'ai tendance à être un peu précieux dès qu'il s'agit de cuisine...

— En tout cas, ça fait saliver, sourit Jury. Et ça sent bon. Qu'est-ce que vous préparez ?

— Un ragoût d'agneau. Vous devriez vous joindre à moi... à nous, devrais-je dire. Zel vient pour le dessert. Vous êtes sûr de ne pouvoir rester dîner ?

C'était la troisième fois que Parker lui posait la question, avec une ténacité presque puérile.

— Ah, j'aimerais bien, mais j'ai un truc qui me

trotte dans la tête, le début d'une réponse... et ça risque de m'échapper en plein milieu du ragoût. Si vous êtes aussi fort qu'on le prétend, bien sûr...

— Oh, gloussa Parker, on ne vous a pas menti.

Jury dévisagea le major d'un air circonspect.

— Est-ce que Dorcas vous a dit quelque chose qui vous aurait semblé... euh, anodin mais qui, finalement, ne l'était pas ?

— Ah ! s'esclaffa Parker. Dit comme ça, c'est difficile de répondre. Si ça m'avait semblé anodin, je n'aurais pas fait attention, vous ne croyez pas ?

— Oui, bien sûr. Dites-moi seulement si elle vous a dit quelque chose que vous auriez trouvé bizarre. Vous comprenez, fit Jury en se penchant vers le major, quand nous saurons qui est l'homme, nous saurons peut-être qui l'a tuée. Je repense sans arrêt à ce qu'elle disait : « Je n'aurais pas dû écouter. Je n'aurais pas dû le faire. » Écouter qui ? Faire quoi ? Parlait-elle de sa grossesse ? Supposons qu'elle ait dit à cet homme qu'elle était enceinte...

— Mais elle ne l'était pas...

— Aucune importance, du moment qu'elle croyait l'être. Le père putatif l'aurait cru, lui aussi. Et s'il avait eu des doutes, Dorcas aurait fini par le convaincre. Elle était déterminée.

— Et s'il avait appris qu'elle était enceinte, il aurait voulu se débarrasser d'elle ? (Parker se frotta de nouveau la tempe avec sa pipe.) Ce n'est pas un mobile suffisant. Pas de nos jours, les mœurs sont trop libres. On peut faire n'importe quoi, ça ne dérange plus personne. Les filles mères, par exemple, ça passe inaperçu. À vrai dire, je ne sais pas pourquoi Dorcas m'a choisi comme confident. D'un autre côté, je ne sais pas pourquoi elle voulait prendre des leçons de cuisine. J'espère que vous me croyez ; je n'étais pas intime avec Dorcas ; j'ignore absolument pourquoi elle m'a avoué être enceinte. Ça lui a échappé, un jour. Elle semblait vraiment bouleversée.

— Est-ce que c'était vous qu'elle n'aurait « pas dû écouter » ?

— Je ne comprends pas...

— Le jour où elle vous a dit qu'elle était enceinte, ou qu'elle croyait l'être, lui avez-vous donné un conseil ?

Parker hocha la tête avec tristesse, ôta ses lunettes, les posa sur la table et se plongea dans la contemplation des objets en argent. Il prit la tabatière, la reposa, puis...

— Je ne donne jamais de conseil, dit-il enfin, c'est pas mon fort. Je ne sais pas affronter les crises, c'est peut-être pour ça que je vis seul.

Son regard parcourut la pièce, s'arrêta un instant sur les délicates pièces dépareillées — le meuble oriental qui jouxtait une étagère en acajou, le miroir vénitien suspendu au-dessus d'un bureau de ministre anglais fin dix-septième, le meuble russe en palissandre, la bibliothèque en pin du dix-huitième.

— Elle s'est peut-être confiée à vous parce que vous donnez l'impression de quelqu'un de fiable, dit Jury en se levant.

Parker l'imita, reprit ses lunettes, se massa le nez, chaussa ses lunettes et ajusta les branches autour de ses oreilles.

Jury dévisagea Parker, bouche bée. Les lunettes ressemblaient à celles que le vieux Tomas avait mises pour regarder Madeline. « Il faudrait être aveugle. » La vérité s'imposa à lui avec une clarté éblouissante.

— Il faut que j'y aille, dit-il, encore sous le choc. Ne m'en veuillez pas.

Il n'était pas obligé de partir; il voulait simplement être seul, réfléchir.

Le crépuscule enveloppait le sentier d'une lueur pourpre. Jury s'arrêta pour méditer. C'était forcément Peter Emery. Le seul que le physique de Dorcas n'aurait pas rebuté, qui aurait été séduit par sa voix. Un hibou ulula, quelque chose bougea dans les épineux; Jury reprit son chemin.

Dorcas avait cru qu'il allait l'épouser. Quelle naïveté! Ils étaient séparés par des années d'émotions calcifiées. L'amertume de son infirmité. Il avait cent ans de plus que Dorcas, si l'âge se mesurait à l'aune des émotions vécues. Il avait peut-être eu une passade pour Dorcas, si ce terme désuet décrivait leur liaison, mais de là à vivre avec elle pour le restant de ses jours? Non, impossible.

Jury respira profondément et s'arrêta, immobile, l'oreille aux aguets. Il écouta le néant béni, trouva le marais Wyndham restauré d'une beauté stupéfiante... car c'était cela, on l'avait restauré avec le même soin que Max Owen ou Parker auraient pris pour un meuble ancien. Jury eut soudain envie — même s'il savait que son vœu péchait par romantisme — de remonter le temps et de voir tout le comté comme il avait dû être, quand, à force de travail et de persévérance, les vieux paysans des plaines marécageuses du Norfolk tiraient leur maigre revenu du sol. Ou même avant... voir la région quand il n'y avait que des îles : Ely, Ramsey,

Whittlesey, March. Des villages entourés d'eau, quand il n'y avait que des tourbières, des roseaux, rien d'autre. Excès de romantisme, car c'était aussi le temps où les berges des rivières cédaient devant les courants bouillonnants, le temps des inondations ravageuses. « ... Que même épuisée / La rivière serpente jusqu'à la mer, / Saine et sauve... » Jury entendait encore Parker lire le poème de Swinburne.

Il soupira. Ces pensées n'étaient là que pour en cacher d'autres. Jenny était innocente, désormais il le savait. « Tu n'en seras jamais sûr », lui avait-elle dit. Désormais, il l'était, mais trop tard parce que ni l'un ni l'autre n'avait osé formuler ses doutes. Ils s'étaient tenus à distance, ils ne pouvaient se fier l'un à l'autre. Ils ne s'étaient pas fait confiance, pas même naïvement comme Dorcas avec Parker. « ... Que même épuisée / La rivière serpente jusqu'à la mer, / Saine et sauve. »

Ce n'était plus un début de réponse, la vérité l'éblouit. Elle s'étalait devant lui telle l'eau inondant les marais. Il avait l'impression qu'une force en lui réfléchissait à sa place.

Il ne pouvait agir seul. Il lui fallait téléphoner au commissariat de Lincoln ; il devait parler à Bannen et se plier à ses ordres. Envahi d'une infinie tristesse, il retourna chez Parker.

— Ah, vous regrettez le ragoût ? s'exclama Parker en ouvrant la porte en grand.

De sa main qui tenait un verre de vin, il fit signe à Jury d'entrer.

— En réalité, sourit Jury, c'est votre téléphone qui m'a fait revenir. Il faut que j'appelle Lincoln.

Parker le conduisit dans une petite pièce, agréablement défraîchie par un usage constant. La bibliothèque, à en juger par les livres qui non seulement encombraient les étagères du sol jusqu'au plafond mais s'empilaient par terre et sur toutes les surfaces disponibles. Parker allait sortir pour le laisser seul, mais Jury l'arrêta.

— Vous n'auriez pas une carte de la région, par hasard ? Une carte d'état-major ?

— Oh, si, une centaine. (Il tira quelques cartes d'une étagère.) Quelle partie de la région, exactement ?

— Ici, le Wash.

Parker le regarda d'un air interrogateur, dressa un sourcil puis fouilla dans les cartes.

— Tenez, fit-il en en tendant une à Jury. Vous avez une idée derrière la tête, je parie ?

— Oui, et c'est la première depuis longtemps, je peux vous le dire. C'est grâce à Swinburne.

— Vraiment ? fit Parker. (Il s'esclaffa.) J'ai découvert que Swinburne éclaire souvent nos points aveugles. Nous avons un excellent médoc, dit-il en levant son verre. Vous en voulez ?

— Plus tard, merci.

— Donc, vous restez dîner. Vous m'en voyez ravi. Prenez votre temps.

Jury déplaça des journaux et des papiers, et étala la carte sur le vaste bureau. Tout en examinant les canaux du marais — il y en avait tant, de toutes tailles, la terre en était zébrée —, il suivit le fil de la Welland qui traversait Spalding et continuait son cours jusqu'au Wash.

— Quoi ? s'exclama Arthur Bannen à l'appareil. Ma parole, Mr Jury, vous êtes devenu fou !

— Non, non, j'ai toute ma tête, croyez-moi. Quand on y pense, connaissant Emery, c'est tout à fait vraisemblable. Il a grandi parmi les canaux.

— Mais, Mr Jury, Peter Emery est aveugle ! Entendu, un aveugle peut fort bien étrangler quelqu'un, mais tuer une femme d'un coup de fusil en plein cœur ? Et du premier coup, apparemment !

— Je n'ai jamais dit qu'il l'avait tuée d'un coup de fusil.

Dans le commissariat de Lincoln, Bannen écouta Jury lui expliquer son hypothèse.

— Oui, finit-il par admettre, vous n'êtes peut-être pas si fou que ça. Il nous faut une heure pour vous rejoindre. Ne faites rien avant notre arrivée.

C'était un ordre superflu, mais Bannen avait besoin de réaffirmer son autorité blessée. Forcément, il devait se dire qu'il aurait dû le savoir ; il avait grandi parmi les canaux, les fossés, les marais... au milieu de toute cette eau. Il avait vu, comme Jury, la barque couchée contre le cottage.

— Ne vous inquiétez pas, commissaire, je ne veux rien faire.

Jury raccrocha, malade en pensant à Zel. Soudain, comme si son nom était une incantation magique, il entendit sa voix exigeante :

— Il faut que vous restiez dîner ! C'est moi qui ai presque tout fait !

C'était elle. Zel. Elle tenait une cuillère en bois et portait un des tabliers de Parker, si grand qu'elle avait dû le replier plusieurs fois afin de ne pas se prendre les pieds dedans. Les pans traînaient derrière elle quand elle marchait.

— Zel ! Qu'est-ce que tu fais là ?

Il se souvint alors qu'elle venait préparer le « dessert ». Rarement dans sa vie, il avait été aussi content de voir quelqu'un. Zel, en sûreté à Toad Hall !

Portant son propre tablier et agitant un couteau à découper comme si c'était un cimeterre, Parker déclara :

— On ne plaisante pas, commissaire. Alors, vous restez, n'est-ce pas ?

Jury gloussa.

— J'espère que vous n'avez pas besoin de ce couteau pour découper l'agneau, fit-il.

— Attends de voir mon dessert ! fit Zel. C'est un soufflé au chocolat !

Comme elle s'éloignait, Jury comprit pourquoi Dorcas Reese avait absolument eu besoin de cours de cuisine : elle ne pouvait permettre à une gamine de dix ans de lui faire la leçon.

42

Dans les marais salants, près de la langue de terre où avait été retrouvé le corps de Verna Dunn, Jury et Bannen contemplaient le Wash... la vase, le sable, et les eaux de la mer du Nord. Bannen s'était garé près de Fosdyke Bridge et ils avaient parcouru le reste du chemin à pied, sans savoir pourquoi. Si on leur avait posé la question, ils auraient dit que c'était la scène du crime. Cela vous attirait inexorablement.

— Quel coin désolé, dit Bannen. Ou paisible, tout dépend dans quelle humeur on se trouve.

— Bon Dieu, expliquez-moi comment il a su que c'était Verna Dunn ? Ça remontait à si loin !

— C'est vrai, mais elle a commis une erreur. Évidemment, elle est allée à son cottage pendant son séjour à Fengate. Verna Dunn ne pouvait jamais laisser personne tranquille. Emery raconte qu'ils discutaient de chasse dans les marais, et Verna lui a demandé s'il avait essayé de tirer avec de l'acier au lieu du plomb — vous savez, pour éviter l'empoisonnement de l'eau par le plomb — et, forcément, son accident est venu sur le tapis. C'est là que Verna Dunn a fait une gaffe stupide. Elle lui a dit qu'il n'aurait jamais dû porter sa « veste Barbour foncée », que, du coup, les autres chasseurs ne pouvaient pas le voir. Or il venait juste de l'acheter la veille. Elle ne pouvait pas savoir qu'il la portait, sauf si elle avait été là. J'ai toujours trouvé cet accident étrange ; je ne comprenais pas pourquoi personne n'était venu se dénoncer.

— Elle le détestait donc tant que ça ? Juste parce qu'il l'avait plaquée ?

— Les femmes comme Verna Dunn ne supportent pas qu'on les plaque, déclara Bannen. Dieu merci, tout ça est terminé. Et je suis content de m'être trompé sur Jennifer Kennington, vous savez, ajouta-t-il.

— Je me suis parfois demandé si vous croyiez réellement à sa culpabilité.

Jury leva les yeux vers le ciel brumeux. Le temps tournait à l'orage.

— Le plus épineux, c'était le meurtre de Dorcas Reese, dit Bannen. Pourquoi l'aurait-elle tuée ? Si seulement elle avait dit la vérité. Si elle n'avait pas fait tous ces mystères, si elle n'avait pas menti, je ne crois pas que je l'aurais inculpée...

Bannen passa l'ongle du pouce sur son menton mal rasé. C'était étrange comme le silence angoissant augmentait le son, semblable à celui du papier de verre que l'on gratte.

— Je ne peux pas la blâmer de ne pas avoir voulu qu'on sache qu'elle était restée un jour de plus à cause de Jack Price, dit Jury.

En réalité, il lui en voulait, comme Bannen lui en voulait d'avoir menti. En outre, elle s'était confiée à Jack Price, pas à Jury. *Oh, tourne la page, mon vieux !*

— Elle n'a jamais précisé quelle était leur relation, commença Bannen. On peut supposer...

Il s'arrêta net. Jury lui sut gré de ménager ses sentiments. Il termina la phrase de Bannen à sa place :

— On peut supposer qu'ils étaient amants.

— Vous pensez que c'est dans son caractère, ce goût du secret ? Ça s'est retourné contre elle, c'est sûr. Nous n'avons eu aucun mal à retrouver cet endroit à Sutterton où ils sont descendus le mardi soir.

— Oui, je crois que c'est dans son caractère, assura Jury. C'est peut-être dû au fait que, dès son plus jeune âge, elle a appris à se taire de peur que Verna ne lui dérobe tout ce à quoi elle tenait. (Il remonta le col de son manteau et enfonça ses mains nues dans ses poches.) C'est de la psychologie d'amateur, bien sûr, et ça ne justifie pas sa conduite. Rien ne la justifie, d'ailleurs.

Le vent coupant, l'air glacé de la mer du Nord ne semblaient pas indisposer Bannen. Son pardessus marron foncé ouvert, ses mains derrière le dos, il donnait l'impression de se réchauffer devant un bon feu.

— Ça m'ennuie que Peter Emery soit coupable, dit-il, je ne vous le cache pas. C'est à cause de la gamine. Zel. Qu'est-ce qu'elle va devenir ? Je déteste les orphelinats.

— Oh, je ne crois pas qu'il y aura de problèmes.

— Non ?

— Non, sourit Jury. Linus Parker et elle sont très amis. Je suis sûr que Parker s'occupera du service social.

Bannen médita la question.

— De toute façon, conclut-il, elle sera mieux avec lui. Être obligée de vivre avec un aveugle, c'est un fardeau trop lourd pour une enfant.

Ils gardèrent un instant le silence, plongés l'un et l'autre dans leurs pensées. Celles de Jury étaient moroses, comme le paysage.

Bannen se retourna pour observer l'étroit chenal que formait la Welland en arrivant à ce stade de son parcours.

— Ils ont mis la barque à l'eau, près du marais Wyndham, et de là, ils ont suivi les canaux jusqu'à la Welland.

— Peter aimait se déplacer en barque, dit Jury. Ça explique qu'il ait choisi le Wash. Ça n'avait rien à voir avec les marées. Il pouvait gagner cet endroit en barque. Mais comment l'ont-ils amenée là, elle ?

— Ils ne l'ont pas amenée. C'est Peter qui l'a persuadée ; d'après lui, Verna prenait ça comme un jeu, ça l'amusait de rencontrer quelqu'un dans un coin perdu. Tout le monde disait qu'elle était impétueuse. À mon avis, tirer sur Verna depuis une barque, c'était pour Emery une sorte de justice poétique. Mais sacrément difficile à réaliser.

— Sans doute pas pour lui, contesta Jury. Comme ça, ils ne laissaient pas d'empreintes, n'est-ce pas ? Même quand on voit clair, c'est impossible dans cette gadoue, fit-il en examinant les plaques de boue. Et il se fichait pas mal que Dorcas y laisse les siennes. Regardez comment les choses se sont passées : Dorcas prend la carabine des Owen, c'est elle qui tire. Ensuite, elle ramène la voiture de Verna. Seigneur, Emery n'apparaît nulle part, il est aussi invisible que de la fumée.

— Et cependant, il l'a tuée.

— Peut-être en avait-il simplement marre d'elle. Il n'avait aucune intention de l'épouser, c'est certain.

Méditatif, Bannen scruta l'embouchure de la Welland.

— Ce doit être par là qu'ils avaient arrimé la barque. C'est de là que Dorcas a tiré.

— C'est comme ça que les gens des marais chassaient. Enfin, aucun des deux n'aurait pu agir seul. Il avait besoin de ses yeux ; elle avait besoin de ses nerfs et de son sens de l'organisation.

— J'ai oublié de vous dire, déclara Bannen. J'ai enquêté en Écosse. Je suis allé dans le Perthshire. Selon moi, Emery avait sans doute assassiné cette gosse. C'était un pont en bois pour piétons ; l'eau était assez profonde, mais la fille n'avait pas pu tomber toute seule. Impossible. On l'avait aidée.

— Vous soupçonniez Emery ? s'étonna Jury. Vous avez pourtant eu l'air de tomber des nues quand j'ai suggéré que c'était peut-être lui...

— Oh, forcément. Comme il est aveugle, je ne comprenais pas comment il aurait pu tuer Verna Dunn. Mais je le tenais à l'œil quand même. Je me souvenais de l'histoire de sa fiancée, enceinte elle aussi. Et morte, comme notre pauvre Dorcas.

Jury sourit. Même Bannen utilisait le possessif.

— Pauvre fille. Peter a dû être drôlement persuasif pour qu'elle accepte de tuer Verna.

— Eh bien, d'après Emery, pas tant que ça. Elle aurait fait n'importe quoi pour le garder. En outre, elle voulait se débarrasser de Verna Dunn. Elle était jalouse, ça se comprend. C'est la jalousie qui explique son changement d'humeur.

— Ça, ou alors elle s'était rendu compte qu'elle

n'aurait « pas dû le faire ». Tuer quelqu'un, ça suffirait à bouleverser n'importe qui. (Jury retourna une plaque de vase du bout du pied.) Une seule balle ? s'étonna-t-il. Elle devait viser bigrement bien.

— Ça dépend. Je crois qu'une cartouche, au moins, reste enterrée dans ce sable. Et souvenez-vous, ils avaient approché la barque tellement près... (Bannen se passa le pouce sur le front.) Une version grotesque du rendez-vous amoureux, vous ne trouvez pas ? (Pour la première fois, Bannen parut sentir le froid cinglant. Il souffla dans ses mains.) Dieu me garde de l'amour, dit-il, si c'est pour mener à ça.

Jury ne dit rien.

— Partons, décida Bannen. Je ne sais pas ce qu'on est venus faire ici. Ça me fait penser à la guerre. On ne cessait de me mettre en garde contre ces plages. Non, répéta-t-il, je ne sais pas pourquoi on est venus. Pourquoi, à votre avis ?

— Certains lieux agissent comme des aimants, proposa Jury. On ne peut les exorciser tant qu'on n'a pas vu leur aspect inoffensif.

— Seigneur, vous êtes presque poétique.

— J'essaie, sourit Jury.

Tandis qu'ils regagnaient la voiture, Jury se retourna pour jeter un dernier coup d'œil. Le ciel crayeux se teintait d'une lueur nacrée et le soleil, estompé par la gaze d'un nuage, dégageait une lumière d'étain en fusion. Sous cet éclairage mystérieux, on aurait dit que la terre détrempée et incolore refusait la monotonie et luttait de toutes ses forces contre le déclin.

Bannen claqua la portière et démarra.

— Seigneur, fit-il, je suis content que ça soit terminé. Allons fêter ça. Disons que c'est *fini** et allons boire une pinte dans ce foutu pub au bord du monde...

— Je vous suis, acquiesça Jury. C'est *fini**.

Hécatombe à Tarn House

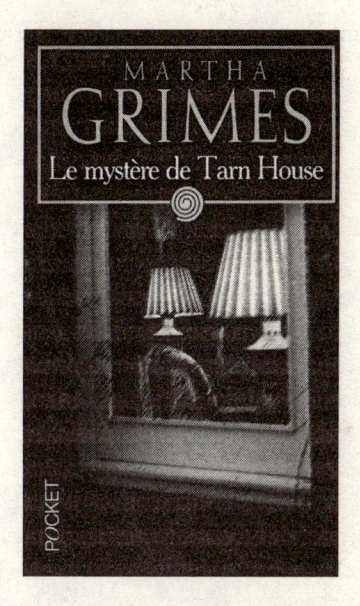

MARTHA GRIMES
Le mystère de Tarn House

(Pocket n° 7185)

Avec le suicide de Jane, c'est le quatrième décès qui survient dans la famille Holdsworth ; c'est suffisant pour éveiller les soupçons de Scotland Yard. Le commissaire Jury, intime de la victime, est écarté de l'enquête et charge son ami Melrose Plant d'infiltrer la famille Holdsworth. Pendant ce temps, Jury s'installe dans la maison familiale de Tarn House ; non loin de là, dans une maison de retraite, le vieil excentrique Adam Holdsworth s'obstine à vivre, entouré de mystérieux psychiatres.

Il y a toujours un Pocket à découvrir

Pas de Noël pour Jury

(Pocket n° 4383)

Helen Milton, jeune femme qui menait des recherches généalogiques dans les cimetières de la région de Durham, est assassinée dans un pub mal famé le soir de Noël. Pour le commissaire Jury et son aristocratique ami Melrose Plant, c'en est fini des fêtes de fin d'année. Cette histoire s'annonce délicate. C'est qu'il leur faudra utiliser des connaissances diverses en botanique, mondanités ou même billard américain. Que diable faisait-elle dans ce vieux pub enneigé ?

Il y a toujours un Pocket à découvrir

Mystérieuse zibeline

(Pocket n° 11309)

Le commissaire Jury remarque dans le bus une étrange beauté en manteau de zibeline. Fasciné, il la suit, puis la laisse disparaître dans le parc de Fulham Palace... Le lendemain, la police lance un appel à témoins pour identifier le corps d'une jeune femme répondant exactement à la description de sa belle inconnue. Jury, entraînant son ami Melrose Plant, entame alors une enquête qui les conduira au cœur du milieu artistique londonien.

Il y a toujours un Pocket à découvrir

Cet ouvrage a été composé par EURONUMÉRIQUE
à 92120 Montrouge, France

Impression réalisée sur Presse Offset par

BRODARD & TAUPIN

GROUPE CPI

16279 – La Flèche (Sarthe), le 16-12-2002
Dépôt légal : janvier 2003

POCKET – 12, avenue d'Italie - 75627 Paris cedex 13
Tél. : 01.44.16.05.00

Imprimé en France